BASTEI
LÜBBE

Von Cathy Vasas-Brown sind bei Bastei Lübbe Taschenbücher lieferbar:

15129 Das Blutmal
15329 Gespenster meiner Angst
15719 Süß schmeckt der Tod

Über die Autorin:

Cathy Vasas-Brown lebt mit ihrem Mann und ihren vier Katzen in Ontario, Kanada.

Cathy Vasas-Brown

Stimme der Angst

Thriller

Aus dem Englischen von
Martin Hillebrand

BASTEI
LÜBBE

BASTEI LÜBBE TASCHENBUCH
Band 15861

1. Auflage: Mai 2008

Vollständige Taschenbuchausgabe

Bastei Lübbe Taschenbücher in der Verlagsgruppe Lübbe

Deutsche Erstausgabe

Titel der englischen Originalausgabe: »Safe as churches«

Umschlaggestaltung: Nadine Littig
Satz: hanseatenSatz-bremen, Bremen
Druck und Verarbeitung: Nørhaven Paperback
Printed in Denmark
ISBN 978-3-404-15861-4

Prolog

Sie erkannte seine Stimme auf Anhieb. Gepflegter britischer Akzent, der Tonfall kultiviert näselnd, ein rhythmischer, geradezu einlullender Singsang.

»Du bist Opals Telefongentleman.«

»Wie bitte?«

Beherrscht. Geschliffen. »Ihr Strippenkavalier. Das war ihre Bezeichnung für dich.«

Ein tiefes, verhaltenes Lachen. Dann: »Aber du bist nicht Opal.«

»Nee, Schätzchen. Ich bin Amber.« Rasch blätterte sie in ihrem Notizbuch. »Wir beide hatten vor geraumer Zeit einmal das Vergnügen. Und du kannst auch jetzt mit mir reden. Könnte mir gefallen.«

Eine ausgedehnte Pause. Ein leiser Seufzer. Dann wieder eine ganze Weile nichts. Schließlich: »Du verstehst mich nicht.«

»O doch, durchaus, Darling. Ich verstehe so einiges. Mir leuchtet ein, dass du jemand ganz Besonderes brauchst, eine, die deine geheimen Wünsche mit dir teilt. Ich kann deine Träume wahr werden lassen, aber dazu musst du sie mir erst einmal schildern.«

»Geht nicht … Bringe ich nicht … Ich werde Opal nicht untreu.«

Opal untreu werden?

Schweigen am anderen Ende der Leitung. War er noch dran? Aufgelegt hatte er nicht; es kam kein Freizeichen. Was mochte der da bloß treiben? Sie hörte kein einziges Mal, dass er etwa schwer atmete. *Das* trieb er also nicht.

Schließlich ein heiseres Räuspern. »Schluss mit dem Scheiß«, blaffte er in einem schroffen Flüsterton, der so klang wie ein Todesröcheln. »Wo … ist … sie?«

Ihr war, als fauche ein frostiger Windstoß aus dem Hörer. Trotz Pullover und Strickjacke und einer dampfenden Tasse Tee fröstelte sie. Egal, so schnell ließ Amber sich nicht abwimmeln. Zumal das Geschäft an diesem Abend bisher schleppend verlief. Sie warf einen Blick auf den Kalender. Langes Wochenende. Die Verheirateten waren mit ihren Familien unterwegs. Die Ledigen … das mochte der Himmel wissen.

Wie nun am besten vorgehen? Sie blieb bei ihrem sanften, verführerischen Ton. »Opal ist weg, Süßer. Aber ich bin da und stehe voll und ganz zu deiner Verfügung.«

»Weg? Was soll das heißen – weg?«

Eigentlich war die Sache damit erledigt. Sie fragte sich, ob sie nicht einfach auflegen sollte. Eine Pediküre war angesagt, und offenbar hatte Jade gerade nicht viel Betrieb. Fort mit dem blassen Blütenrosa, mal für den Herbst einen dunkleren Ton probieren. Burgunderrot. Oder ein tiefes Pflaumenblau.

»Na, weg eben. Nicht mehr da. Aber ich für meinen Teil würde mit Vergnügen für sie einspringen. Na los, Süßer! Was hast du schon zu verlieren – außer deinen Hemmungen?« Bei dem Klischee verdrehte sie genervt die Augen.

»Wo finde ich sie? Los, sag schon!« Der Singsang war verflogen, die Stimme tonlos, geisterhaft, unpersönlich. Auch der britische Akzent war verschwunden.

»Ist nichts mit Finden, Schätzchen. So gern wir euch alle mal persönlich näher kennenlernen würden – das ist gegen die Bestimmungen.« Eine Anordnung, die Amber bei Gelegenheit durchaus großzügig ausgelegt hätte, denn dazu waren Regeln da.

Wieder das verhaltene Lachen – nur dass es diesmal wie eine eisige Triole durch die Leitung jagte. »Wenn Opal nicht mehr da ist, dann gelten die Regeln nicht. Also, zum letzten Mal: Wo steckt sie?«

Mit einem Wink machte Amber die Schichtleiterin auf sich aufmerksam, tippte sich an die Schläfe und gab ihrer Vorgesetzten so zu verstehen, dass der Anrufer nicht ganz richtig im Kopf war. Energischer als beabsichtigt fauchte sie in den Hörer: »Ich weiß nicht, wo sie ist. Opal ist ja nicht mal ihr richtiger Name.« Mist! Das hätte sie besser nicht gesagt. So etwas ging auf Kosten der Glaubwürdigkeit ihrer Hotline, deren Kunden ihre geheimsten Fantasien auf einem Fundament aus sorgsam konstruierten und dennoch absolut glaubhaften Lügen aufbauten.

Ja selbstverständlich trage ich Stilett-Pumps und Netzstrümpfe ... einen Gummianzug ... die Schürze deiner Mutter.

Na, und ob der echt war, der Orgasmus!

Ich kann's kaum erwarten, bis du dich wieder meldest. Du bist der Beste.

Je nachdem, was sie hören wollten.

Sie ruderte zurück. »Klar, Opal war was Besonderes für dich, Süßer, aber jetzt heißt die Devise: Neues Spiel, neues Glück. Ist doch das Beste für dich.« Den Kopf in den Nacken gelegt, lockerte sie ihre Stimmbänder, senkte die Lider und gurrte: »Ich kann sie dich vergessen machen, glaub mir! Soll ich's nicht mal versuchen?«

»Nein!«

Die Augen weit aufgerissen, zuckte Amber kerzengerade hoch. Eine einzige Silbe nur, aber sie bohrte sich wie ein Eiszapfen in sie hinein. Schon kam die Schichtleiterin herübergehastet.

»Ich finde sie!«, raunte die leblose Stimme Amber ins Ohr. »Und zwar mit Leichtigkeit.«

Die Abschiedsworte des Telefonkavaliers ließen den Apparat krachend zu Boden poltern. »Wo *du* bist, weiß ich nämlich schon. Du fette Schlampe!«

1. Kapitel

»Lieber Gott?« An den scharfzackigen Wipfeln der Sitkafichten vorbei blickte Paige Rowan in den klaren Himmel über Oregon. »Man braucht eine Frau an seiner Seite. Darf ich dir Mutter Natur vorstellen?«

Der morgendliche Seenebel hatte sich aufgelöst. Hoch über dem Horizont schwebte ein Bussard. Zur Linken die Pazifikbrandung, eine Decke aus niedriger, weißer Gischt. In der anderen Richtung ein Waldschutzgebiet, doch gaben sich die Rehe und Rothirsche an diesem Abend scheu. Paige atmete tief durch und füllte sich die Lungen mit frischer Abendluft. Dass man sie wegen ihrer vermeintlichen Selbstgespräche für verrückt hielt, brauchte sie nicht zu befürchten. Die meisten Wanderer hier im Naturpark hatten ihr Vesperbrot nämlich bereits verzehrt und befanden sich auf dem Heimweg. Parker, Paiges schokoladenbrauner Labrador, war die Zwiegespräche mit der Natur gewöhnt und ließ sein Frauchen gewähren. Zwar hatten ihre Eltern ihr alles Kirchliche und vieles mehr gehörig vermiest, doch war der angerichtete Schaden nicht gar so groß, als dass er ihr den Glauben an eine höhere Macht komplett ausgetrieben hätte. Bevor das geschehen konnte, hatte sie sich rechtzeitig aus dem Staub gemacht. Sofern es einen Gott gab, so folgerte sie jetzt, schwebte er bestimmt hier oben am Himmel und bewunderte die Aussicht.

Joshua warnte sie fortwährend davor, auf eigene Faust durch die Wälder zu streifen. »Ich bin eine vorsichtige Wanderin«, versicherte sie ihm. »Ich bleibe auf den Wegen. Ich kürze nicht ab bei Serpentinen. Ich halte gebührenden Abstand zu

Steilwandkanten.« Das sei nicht seine größte Sorge, meinte er dann. Um ihn zu beruhigen, hatte sie stets ein Handy dabei.

Dass Joshua sich um sie sorgte, empfand sie als schmeichelhaft. Möglicherweise bedeutete es, dass ihre Beziehung doch noch irgendwann in himmlische Sphären vordringen würde, wie ihre Freundin Lani immer so gern behauptete. Für eine solche Aussage war's zwar noch zu früh, doch schön träumen ließ sich davon allemal.

»Und außerdem«, so hatte sie ihn mal im Anschluss an eine seiner Belehrungen erinnert, »bin ich nicht alleine. Ich habe doch Parker.«

»Wie? Das Hundeviech? Einen Kriminellen zu Tode zu schlecken, das entspricht aber nicht meiner Vorstellung von Beschützer.«

Damit lag er nicht ganz falsch. Parker benötigte eine Auffrischung in Sachen Hundeschule, besonders in punkto Gehorsam. Obwohl Labradore gemeinhin als intelligente Rasse gelten, wiesen Parkers Erbfaktoren entscheidende Lücken auf. Seine Eltern, Beauregard und Miz Lucie, mussten wohl ebenfalls geistig minderbemittelt gewesen sein – eine Tatsache, die leider Gottes in der Abstammungsurkunde des Welpen fehlte. Paige ruckte kurz an der Leine, und die beiden setzten ihren Weg den Wanderpfad hinauf fort.

Am Aussichtspunkt angelangt, hielten sie an. Paige setzte sich auf die Bank und spritzte dem Vierbeiner etwas Wasser aus ihrer Sportflasche in die Schnauze. Gut eine Meile draußen ragte der Leuchtturm von Tillamook Rock aus dem Meer. Allgemein als *Terrible Tilly* bekannt, hatte er allen erdenklichen Naturgewalten getrotzt – Sturmfluten, einem Tornado und selbst einem Hagel aus zentnerschweren Felsbrocken, die während eines Sturms abgebrochen waren. Ungeachtet all dieser Sturmangriffe thronte der Turm weiterhin stolz auf seiner

Basaltinsel, wo mittlerweile Kormorane und Trottellummen nisteten. Ein prachtvolles altes Schätzchen war sie, ihre »Terrible Tilly«, und für Paige der Beweis, dass man trotz einer von Widrigkeiten gespickten Geschichte tatsächlich überleben konnte. Mochten andere über den weiter südlich gelegenen Haystack Rock ins Schwärmen geraten – für Paige war der Anblick hier das schönste Panorama an der ganzen Westküste. An dem Leuchtturm – ihrem Leuchtturm – konnte sie sich schlichtweg nicht sattsehen.

Prüfend musterte sie den westlichen Himmel. Keinerlei Anzeichen von schlechtem Wetter. Egal, es war wohl Zeit, den Rückmarsch anzutreten. Sie hatte vor, den Windungen des weiter landeinwärts verlaufenden Wanderweges zu folgen, bis sie den Parkplatz am Indian Point erreichte. Zu Hause gedachte sie sich ein Steak zu grillen und es sich danach mit einem Buch auf der fliegengeschützten Veranda gemütlich zu machen. Dort würde sie vermutlich dem Wind in den Hemlocktannen lauschen und einnicken.

Sie steckte die Trinkflasche zurück in den am Koppel sitzenden Klettverschluss und stand auf. Obschon von gelegentlichem Zaunkönig-Gezwitscher aufgescheucht, benahm Parker sich diesmal und trottete folgsam an der schlaff durchhängenden Leine neben seinem Frauchen her. Vorsichtig setzte Paige einen Fuß vor den anderen. Zwar gab es auf diesem Teilstück des Weges keine brüchigen Steilkanten, doch dafür gewaltige Bodenwellen aus knorrigen Wurzeln – erstklassiger Untergrund, um sich den Knöchel zu verrenken. Paige konnte Joshua förmlich hören: »Siehst du? Hab ich dir nicht gesagt, du sollst nicht allein los?«

Sie überlegte sich schon einmal, was sie morgen, an ihrem freien Tag, machen sollte. Eine Radtour über den Highway 101 an der Küste entlang, vielleicht ein bisschen den Strand nach Scheidenmuscheln absuchen. Dann rasch in die

Stadt für ein Frühstück, das den ganzen Tag reichte, und hinterher ins Fitnessstudio, um die Kalorien wieder abzuschwitzen. Ihr Urlaub stand an, eine Ökotour auf den San-Juan-Inseln mit ausgiebigem Kanu- und Radfahren. Dafür musste sie in Form bleiben.

Parkers Gehorsam hielt nicht lange vor. Inzwischen zerrte der Labrador winselnd an seiner Leine, den Blick wie festgeheftet auf einen Fleck einige Meter vor ihnen, unter einem Gewirr aus Wurzeln, Dreck und Farn. Ein Eichhörnchen, wie Paige sofort vermutete, obwohl kein Rascheln zu hören war. Dann eben ein totes Eichhörnchen. Sah Parker ähnlich, dass er das aufspürte. Schon mehrmals hatte er sich von der Leine losgerissen, um jedes Mal gut eine Stunde später mit Beute nach Hause zu kommen, zwischen den Fängen ein junges Kaninchen oder Streifenhörnchen. Mittlerweile glich Paiges Garten einem provisorischen Tierfriedhof.

Als sie sich der Stelle näherten, wo der Weg in den Parkplatz mündete, fiel ihr im Dreck unweit ihres hellbraunen Kombis ein rosarotes Etwas auf. Ein schwarzes Vogeltrio pickte munter daran herum. Und in der frischen Luft lag auf einmal ein widerlicher Geruch. Verdorbenes Fleisch. Der Hund jaulte nun wie verrückt. Die Leinenschleife fest im Griff, stemmte Paige die Absätze in den weichen Boden. »Sachte, Parker! Ist ja gut, Junge!«

Nur – das war es keineswegs. Parker riss sich los und stürzte sich auf den rosafarbenen Fleck, sodass das schwarz gefiederte Trio erschrocken aufflatterte. »Parker!«, schrie sie. »Parker, hierher! Bei Fuß! Verdammt!« In Wirklichkeit meinte sie: *Geh da nicht ran, Junge! Lieber Gott, mach, dass er da nicht rangeht!* Aber das rief sie nur in Gedanken.

Sie spürte ein Kribbeln zwischen den Schulterblättern, als krabbelten ihr Tausende winziger Ameisen über die Haut. Sie fühlte, wie ihr Puls schneller ging, hörte das hektische Wummern in ihren Ohren, während sie sich Zoll für Zoll vorarbeitete. *Ist ein Stück Stoff. Rosafarbenes Tuch. Oder ein Fetzen Dämmstoff, Fiberglas etwa.* Hier draußen?

Parkers Riesenkörper versperrte ihr die Sicht. Erst als Paige neben ihrem Hund stand, sah sie, was sie sich gern erspart hätte: einen abgetrennten Menschenfuß.

2. Kapitel

»Dürfte nicht allzu schwer sein, den Rest von ihr zu finden. Guck sich mal einer den Umfang von dem Knöchel an! Muss ein gewaltiger Brecher gewesen sein, die Frau.«

Paige barg das Gesicht noch tiefer in den Nacken ihres Hundes, der wie ein nasses Hemd an ihr klebte. Die Arme um die angewinkelten Knie geschlungen, hockte sie unter dem Schutzschirm einer Tanne. Obwohl bemüht, sich auf die Fragen des Ermittlers zu konzentrieren, war ihr doch, als zöge sie etwas unerbittlich hinein in die grausigen Beobachtungen des Spurensicherungsteams, das ganz in der Nähe ihren Kombi und dessen Umgebung untersuchte.

»Wenn sie zerteilt wurde wie eine Laborprobe, liegen die Portionen womöglich im gesamten Bundesstaat verstreut.«

In Paiges Kopf nahm ein makabres Bild Gestalt an: Ein durch Oregon wandernder Rucksacktourist, der eine Spur aus Leichenteilen legt. Heiße Tränen strömten ihr erneut über das verquollene Gesicht. Sie presste sich die Handballen gegen die Augen, als könne sie mit dem Druck auf die Augenhöhlen diese grässliche Vision verscheuchen. *Geh weg! Lieber Gott, mach, dass es verschwindet!*

Der Detective ging neben ihr in die Hocke, drückte ihr tröstend die Schulter und hielt ihr ein Papiertaschentuch hin. Seine Miene war mitfühlend, sein Griff zupackend und fest. »Haben Sie unterwegs noch weitere Wanderer gesehen?«

»Ein älteres Ehepaar. Vor etwa einer Stunde. Ich bin ihnen am ersten Aussichtspunkt begegnet. Vogelbeobachter, glaube ich. Sie hatten Fernstecher dabei.« Beide mit Sonnenbrille und

Baseballkappe, dazu Steppwesten – seine marineblau, ihre rot.

Der Detective schrieb auf einem linierten Block.

»Surfer hab ich auch gesehen. Bei Indian Beach. Kurz nachdem ich auf den Parkplatz gebogen war.«

»Wie viele?«

»Vier.« Ein mühsames Schlucken. »Ja. Vier.«

»Männlich? Weiblich?«

Paige kniff die Augen zu und versuchte, sich zu erinnern. »Weiß ich nicht«, murmelte sie nach einer Weile. »Sie waren weit weg und trugen Neoprenanzüge. Darin sehen doch alle gleich aus.« Wie glänzende, schwarze Robben. Futter für Haie.

Trassierband wurde um den Stamm eines uralten Baumes gewunden. Einer der Polizeibeamten schritt auf dem Parkplatz ein großes Viereck ab und kennzeichnete den Fundort mit gelben Bändern. Ob die wohl genug davon dabeihatten? Mit einer genuschelten Warnung wandte sie sich an den Detective. Der Polizist mit der gelben Streifenrolle geriet nämlich gefährlich nah an die Stelle, wo Paige sich zuvor übergeben hatte.

Jupiterlampen zum Ausleuchten des Fundorts wurden aufgestellt. In einem abgelegenen Winkel des Parkplatzes verlöschten Autoscheinwerfer. Türen knallten. Dann Gebell. Leichenspürhunde.

Parker hob zitternd den Kopf.

»Kann ich jetzt nach Hause?«, wollte Paige wissen. »Mein Hund ist total durcheinander. Er denkt, er hat was ausgefressen.«

Der Kriminalbeamte nickte. »Ich nehme an, der hellbraune Subaru – das ist Ihrer?«

»Ja.«

»Ich fahre Sie und Ihren Hund heim. Ihr Fahrzeug bekommen Sie wieder, sobald wir mit der Untersuchung des Fundortes fertig sind. Soll ich jemanden telefonisch benachrichtigen?«

Joshua fiel ihr ein. »Nein«, sagte sie, »ich möchte allein sein.«

»Meinst du, irgend so 'n Tier hat das Ding hier angeschleppt?«, hörte sie einen der Beamten fragen.

»Ist nur geringfügig angefressen«, lautete die Antwort. »Bloß ein paar Einstiche von den Vogelschnäbeln. Sieht ganz danach aus, als hätte so 'n perverses Schwein das Ding gezielt hier abgelegt. Als hätte er es regelrecht darauf angelegt, dass einer drauf stößt. Da kann sie von Glück sagen, dass sie dem nicht in die Arme gelaufen ist.«

»Der Kollege hat recht«, bemerkte der Detective, an Paige gewandt. »Kann man so sehen. Es hätte weitaus schlimmer ausgehen können.«

Jetzt kam Detective Carolyn Latham Holt herüber, kauerte sich neben Paige nieder und legte ihr beruhigend die Hand auf die Schulter. »Ab nach Hause mit dir, Paige. Unser ›rasender Ungar‹ hier kümmert sich um dich. Solltest du etwas brauchen, frag ihn einfach.« Paige fühlte sich einigermaßen getröstet durch die Anwesenheit von Joshuas Schwester, ein vertrautes Gesicht in diesem unheilvollen Chaos. Paige schenkte ihr ein klägliches Lächeln, stand auf und folgte Carolyns Kollegen Zygmunt Takacs – dem besagten rasenden Ungarn – zurück zu dessen Wagen.

In knapp einer Stunde hatte er Paige nach Hause gebracht, ihr einen starken Espresso aufgebrüht und sie auf ihrer Veranda auf das verschlissene Chintzsofa gepackt, von dem aus man in den Garten blickte. Parker wurde zum Wachdienst vergattert und auf den Sisalteppich zu Frauchens Füßen verwiesen.

»Tolles Haus«, bemerkte Detective Takacs, voller Bewunderung angesichts des Blicks auf den dichten Baumbestand im hinteren Bereich des Anwesens. »Macht Ihnen das eigentlich nichts aus, so mutterseelenallein hier draußen?«

»Hier hat man seine Ruhe«, erwiderte Paige. »Städte machen mich nervös.«

Takacs lächelte. »Kommt halt drauf an, was man gewohnt ist. Wie groß ist Ihr Grundstück?«

»Gut sieben Hektar. Gehört meinem Onkel. Der lebt in einem Pflegeheim in Portland.«

»Ach?«

»Schlaganfall. Kommt nicht mehr allein zurecht. Aber ich besuche ihn. Halte ihn auf dem Laufenden.«

»Apropos Laufen – ich glaube, ich mache mich auf die Socken. Kann ich Ihnen noch irgendwas besorgen? Sind Sie sicher, dass ich niemanden anrufen muss? Detective Holt meint, Sie sollten lieber nicht alleine sein.«

»Geht schon. Wirklich. Danke vielmals.«

Der Detective drückte Paige seine Visitenkarte in die Hand. »Sie melden sich, wenn Ihnen noch etwas einfällt. Oder besser – Sie melden sich, basta. Sie haben einen höllischen Abend hinter sich.«

»Ich wünschte, ich hätte Ihnen weiterhelfen können.« Den Spruch hörte man bei der Polizei sicher ständig.

»Schon okay. Jetzt hängt es an uns.«

Als er sich zum Gehen wandte, rief sie: »Warten Sie mal ... da fällt mir gerade was ein.«

Er wirbelte herum.

»Hat höchstwahrscheinlich nichts zu bedeuten, nur ...«

»Zuweilen ergeben diese Nichts die tollsten Sachen.«

»Wirklich, es kommt mir so ...« So blöd vor, wollte sie sagen. Aber es war nicht blöd. Überhaupt nicht.

Der Beamte wartete und sah sie unverwandt an.

»Der Fuß«, murmelte Paige. »Als ich den sah, war ich so ...

so durcheinander, so angewidert. Aber jetzt ... also, ich meine Folgendes ... womöglich kenne ich die.«

»Was?«

»Der Zehenring. Den hab ich ganz kurz gesehen, und der erinnerte mich an ein Mädchen, das ich vor ein paar Jahren bei einem Kurs kennenlernte. So eine Mollige. Bettina Reid hieß die, und sie trug auch so einen Ring.«

Takacs notierte alles auf seinem Notizblock und guckte Paige dann zweifelnd an. »Wie gut kannten Sie die denn, diese Reid?«

»Nicht besonders gut«, antwortete sie und senkte den Blick zu Boden. »Wie gesagt, wir saßen im selben Seminar. Tranken in der Pause zusammen Kaffee.«

»Wann haben Sie sie das letzte Mal gesehen?«

»Am Ende des Kurses.« Paige schluckte. »Wir tauschten die Telefonnummern aus und wollten in Verbindung bleiben.«

»Die haben Sie nicht zufällig noch, die Nummer, hm?«

»Kann ich nachgucken.«

Paige durchwühlte die Lade unter der Wandhalterung für das Telefon und zog ein Telefonregister hervor. »Hier, bitte.« Sie gab dem Beamten Bettinas Privatanschluss.

»Das lässt die ganze Lage in einem völlig neuen Licht erscheinen. Sollte sich herausstellen, dass der Fuß tatsächlich zu ...« – er konsultierte seinen Notizblock – »... zu Bettina Reid gehört und Sie diese Frau zudem auch noch kennen, wäre das echt ein Zufall sondergleichen. Oder auch nicht.«

Paige schluckte nochmals. »Aber wie schon gesagt, ich hab ihn nur flüchtig gesehen. Ich könnte ebenso gut total danebenliegen. Hoffe ich sogar. Denn nach dem bisschen, das mir noch erinnerlich ist, war Bettina echt nett.«

Kaum hatte der Detective sich verabschiedet, ging Paige in die Küche und machte sich noch einen Espresso. Nachdem sie den Rest einer Flasche Weinbrand in das schwarze Gebräu geleert hatte, fingerte sie in ihrer Handtasche nach dem Parfümzerstäuber. Sie drückte ein paar Mal auf den Spray-Knopf und machte einen Schritt mitten in die Duftwolke hinein. Der Gestank des Todes, jener widerlich süßliche Verwesungsgeruch, hielt sich trotz alledem, haftete in der Kleidung, auf Haut und Haaren. Wie eine ständige Erinnerung folgte er Paige von Zimmer zu Zimmer. Wieder kämpfte sie mit den Tränen, die ihr in den Augen brannten. Die Kehle war ihr wie zugeschnürt; der Schmerz saß ihr im Hals wie ein scharfkantiger Stein.

Auf ihre Rückkehr wartend, wärmte Parker ihr schon die Couch auf der Veranda vor. Als sie sich neben ihm auf das Sofa quetschte, spürte sie tröstlich den großen, warmen Hundekörper. Paige nippte an ihrem Espresso, tätschelte ihren Hund und schnappte sich, wohl wissend, dass an Schlaf ohnehin nicht zu denken war, die Zeitung, die zu lesen sie am Morgen noch keine Gelegenheit gefunden hatte. Sie überflog den Aufmacher auf der Titelseite, einen Artikel über eine Gruppe Prostituierter aus dem Großraum Seattle. Die hatten sich auf den Stufen des Rathauses versammelt, und zwar aus Protest gegen die schleppenden Ermittlungen im Mordfall Tammi Jean Flowers, deren Leiche man vor knapp einem Jahr aus der Elliott Bay gefischt hatte. Überall Tote!

Erst mit einiger Verzögerung merkte Paige, dass sie die Zeitung noch immer in Händen hielt, den Blick nach wie vor auf den Beitrag gerichtet. Eindrücke flammten auf wie Bilder bei einer Dia-Show: Ein Bussard; ein Grüppchen androgyner Surfer; ihr heiß geliebter Leuchtturm. Der letzte Bilderrahmen enthielt, gleichsam in ihrem Gedächtnis tiefgefroren, einen fleischigen, abgetrennten Fuß. Einen Fuß mit einem auffälligen silbernen Zehenring, bestückt mit einem winzigen runden blauen Edelstein in der Mitte. Und mit pastellrosa lackierten Zehennägeln.

3. Kapitel

Amber hatte eine wundervolle Stimme, fließend wie ein Strom aus geschmolzener Schokolade, voll, warm und verführerisch. Sie spielte damit wie auf einem Instrument, erforschte die gesamte Bandbreite und ließ dabei dem Animalischen in ihr freien Lauf. Sie konnte maunzen, schnurren, säuseln, bellen. In Griffweite stand stets eine Kanne Tee, frisch gebrühte Kamille, Balsam für ihre beanspruchten Stimmbänder.

Belastet wurden aber auch andere Körperteile, zum Beispiel Rücken, Beine, Herz. Für ihre Kunden war Amber eine zierliche Asiatin mit straffem Haar und wie nach dem Lineal geschnittener Frisur, mit kohlschwarzen Wimpern, einem üppigen Schmollmund und zarten, bleichen Brüsten, die in die kleinste Hand passten. Leibhaftig war Amber nichts von alledem. Seit die Waage über hundertdreißig Kilo anzeigte, wog sie sich nicht mehr. Ein BH für ihren wogenden Hängebusen, der ihr im Sitzen beinahe bis auf den Schoß reichte, musste erst noch hergestellt werden. Bei warmem Wetter steckten ihre geschwollenen Füße in Birkenstock-Sandalen; wurde es kalt, trug sie fleecegefütterte Herrenpantoffeln. Ihre Oberbekleidung bestand aus Saris oder wallenden Hawaiigewändern, obwohl Amber weder aus Ostasien noch aus der Südsee stammte. Bei nassem Wetter bewegte sie sich mithilfe eines dreizackigen Gehstocks; als Ende vom Lied, so die Prophezeiung ihres Arztes, stand ihr ein Dasein im Rollstuhl bevor, und zwar in diesem Jahr noch. Ihre Haut war makellos, ihr Haar üppig, der Blick voller Wärme und Staunen.

Wenn du nur ein bisschen abnehmen würdest, könntest du

umwerfend aussehen. Von diesem und ähnlichen Sprüchen hatte sie schon lange die Nase voll.

Amber war dankbar für die Arbeit, die ihr so gut wie nie ausging, und stolz wie Oskar auf ihre eigenhändig kreierte Rolle. Von dem Zwang, zahllose demütigende Vorstellungsgespräche mit nichts als Absagen über sich ergehen zu lassen, hatte sie sich befreit. Inzwischen handelte sie mit Männerfantasien, ohne Wenn und Aber und ohne dass es ihr peinlich gewesen wäre. Am Telefon übte sie Macht aus. Sie konnte die Sache hinhalten, verzögern, in die Länge ziehen und ihre Anrufer auf diese Art halbwegs in den Wahnsinn treiben. Für Amber war das eine prickelnde Erfahrung. Beglückend. Telefongeplauder mit Männern, und das auch noch gegen Bezahlung – das war das Tollste, was sie je gemacht hatte. So einen Job hinzuwerfen und sich etwas anderes zu suchen, das wäre ihr nie im Leben in den Sinn gekommen. Die Männer waren von ihr hin und weg.

Und nun war sie tot. Die halbe Nacht über hatte Paige sich mit ihren Erinnerungen herumgeschlagen. Ihre erste Begegnung …

»Hi, ich bin Paige.«

»Und ich krankhaft übergewichtig. Freut mich, dich kennenzulernen.«

Bilder von Ambers bloßen Füßen auf einem Milchträger aus Kunststoff, als Polster ein Telefonbuch unter den Hacken. Dann Jade, angehende Kosmetikerin, die sich zwischen den Anrufen Meersalz auf die spröden Fersen rieb, gefolgt von einem üppigen Klacks Linderungssalbe. Und Lani, von der Paige letztes Jahr zu Weihnachten diesen niedlichen Zehenring bekam. Den hatte sie oben in Seaside aufgetan, in einer der Einkaufspassagen auf dem dortigen Broadway.

Mitten in ihrem ruhelosen Schlaf wurde Paige von einem Kaleidoskop des Schreckens heimgesucht: Das Wetzen einer

Klinge an einem Schleifstein; ein Müllkipper voller abgetrennter Gliedmaßen, die mit ihren blutigen Stümpfen auf sie herunterpurzelten bis auf wenige Zoll vor ihrem Gesicht, ehe sie seitlich daran vorbeischossen; kreischende Stimmen, die ein Dutzend dudelnder Telefone übertönen – *Los, mach's mir, genau so, du weißt doch, was ich will!*

Schaudernd wachte sie auf. Ein gebogenes Scheibchen Morgensonne, grell wie eine Orangenschale, schob sich über den Horizont. Elf höllische Stunden seit Parkers erstem klagenden Jaulen. Elf Stunden, seit ihr jener Gestank in die Nase drang, fast so, als könne sie ihn sogar schmecken, den widerlichen Geruch, der ihr langsam den Rachen hinuntersickerte.

Als hätte so 'n perverses Schwein das Ding gezielt hier abgelegt ...

Welche Botschaft mochte dahinterstecken? *Wenn er an Amber herankommt, dann auch an jede andere!*

Wie gefährdet war sie wohl selbst? Und wieso?

Dass sie Detective Takacs gesagt hatte, sie habe den Fuß erkannt, war unvermeidlich. Das gehörte sich so. Ambers Eltern, gleichgültig wie Amber zu ihnen stand, mussten erfahren, was ihrer Tochter zugestoßen war, und sie anständig und in allen Ehren beerdigen. Aber die Aussage, sie, Paige, habe den Kontakt zu Bettina verloren, die war gelogen. Es war ihr wie von allein herausgerutscht, und es fiel ihr nicht einmal schwer, die Unwahrheit zu sagen. Die Polizei brauchte das nicht zu erfahren, das mit ihnen; die brauchten nicht zu wissen, wie die vier Frauen ihre Freundschaft fortgeführt hatten, nach Abschluss der Universität.

Nein. Das hätte nichts gebracht, die ganze Geschichte auszubreiten. Am besten ließ man die Polizei in dem Glauben, Paiges Tränen und Übelkeit rührten schlicht nur daher, dass sie unweit ihres Wagens diesen grausigen Fund gemacht hatte. Jeder hätte so reagiert. Zumal der Fuß eventuell zu jemandem gehörte, den sie von früher kannte. Sofern Carolyn und Detective Takacs nicht an Zufälle glaubten, würden sie ohnehin in dieser Richtung ermitteln und aufdecken, warum jemand das Leichenteil für jedermann sichtbar deponiert hatte, sodass Paige fast zwangsläufig darüber stolpern musste. Vorerst aber blieb ihr Geheimnis noch gewahrt.

Zwischen ihr und Joshua lief es ausnehmend gut; die Möglichkeit einer soliden Zukunft war gegeben. Dass sie das alles aufs Spiel setzen sollte, sah Paige nicht ein. Viel einfacher war es, so zu tun, als sei das Mädchen mit den pastellrosa Zehennägeln eine flüchtige Bekannte gewesen.

4. Kapitel

Sie musste wohl eingenickt sein. Wach wurde sie erst wieder am nächsten Morgen, als Parker ihr mit der Vorderpfote auf die Wange patschte. Geblendet durch das Sonnenlicht, blinzelte Paige in die Richtung, in die der Hund blickte. Dort auf ihrem hinteren Treppenpodest stand Joshua und spähte durch die Fliegentür. Mitgebracht hatte er zwei große Mitnahmebecher Kaffee und eine braune Tüte mit hoffentlich etwas Süßem für ein Sonntagsfrühstück.

Sie rieb sich die Schlafkörnchen aus den Augen. Hätte sie bloß eine Haarbürste und ein Mundwasser gehabt! »Na, du? Warte, ich mache dir auf.«

Sie erhob sich und schloss ihm auf. Joshua trat ein, legte die Gebäcktüte auf den ovalen Tisch und nahm Paige in die Arme. »Hab's gerade gehört. Wieso hast du mich nicht angerufen? Immerhin verrammelst du inzwischen deine Türen. Und stimmt das wirklich? Du kanntest die?«

Paige löste sich eher aus der Umarmung, als ihr lieb war. Zu lange in seinen Armen, dazu noch die Besorgnis in seiner Stimme, und sie hätte das heulende Elend gekriegt, Joshua die ganze Geschichte brühwarm aufgetischt, ihm womöglich gestanden, wie verängstigt sie in Wirklichkeit war. Sie kehrte zum Sofa zurück, Joshua auf den Fersen.

»Mir ging's bestens, Joshua«, versicherte sie gleichmütig. »Ehrlich. Es war sowieso schon spät. Und dass ich sie kannte, habe ich nie gesagt. Sondern dass ich eine kannte, die einen Ring trug wie den, den ich meine gesehen zu haben. Ich könnte mich aber genauso gut irren. Ich konnte da ja gar nicht lange hingucken.« Sie stupste Parker mit dem Fuß zur Seite, um Joshua einen Platz auf der Couch freizumachen.

Joshua setzte sich neben sie, Oberschenkel an Oberschenkel, und legte ihr den Arm um die Schultern. »Muss schlimm gewesen sein. Hättest du mich doch verständigt! Ich wäre binnen Minuten bei dir gewesen. Hätte dir zu Hause einen Tee gekocht oder 'nen Weinbrand eingeschenkt. Ganz nach Wunsch. Weißt du doch!«

»Einen Schnaps habe ich mir schon selbst genehmigt. Trotzdem vielen Dank.«

»Zum Teufel mit euch selbstständigen Frauen heutzutage! So kriegen wir Kerle nie Gelegenheit, mal den Knallharten rauszukehren. Wie soll sich da einer als Held beweisen?«

Trotz allem, was geschehen war, musste sie lachen. Joshua tat ihr gut. Sie lachten viel. Und hatten tollen Sex. Held? Er hatte sie doch ohnehin schon gerettet. »Was ist in der Tüte? Oder ist das geheim?«

»Sieh doch selber nach.«

Ein Mehrkorn-Bagel. Für ihn. Ferner zwei Hefeplunder im Miniformat, einer mit Zitrone, einer mit Kirsch. Weil Paige sich nie entscheiden konnte. Zwischen zwei Bissen fragte sie: »Wie hast du's erfahren?« Blöde Frage, wie sie sofort merkte, kaum dass die Worte heraus waren.

»Carolyn rief mich gleich heute Morgen zu Hause an. Sofort zu Dienstbeginn.«

Carolyn war Joshuas Zwillingsschwester und geschlagene zehn Minuten älter, weshalb sie darauf pochte, dass sie quasi von Hause aus das Sagen hatte. Joshua dagegen, seines Zeichens Dienststellenleiter bei Friends for Families, nahm für sich in Anspruch, den stressigeren Job zu haben; nie reichte das Geld, nie gab es genug Ehrenamtliche, und nie versiegte der Strom der Hilfebedürftigen. Die jungen Leute, mit denen er und seine Mitarbeiter zu tun hatten, mussten zwangsläufig scheitern – sozial im Abseits, seelisch verwahrlost und manchmal auch geistig zurückgeblieben. Die brauchten auf dermaßen vielen Gebieten Unterstützung, dass es oft Jahre dauerte, ehe Joshua in der Arbeit, die sein Sozialdienst leistete, irgendeinen Nutzen erkannte. Jedes Jahr schickten die Schulen mehr Jugendliche und Kinder zu ihnen; Friends for Families strampelte sich ab und arbeitete auf Hochtouren, doch was Joshua und die anderen Sozialarbeiter in ein paar Stunden zuwege brachten, reichte nicht aus, um den wahren Grund für die Probleme auszugleichen: jahrelange Vernachlässigung nämlich. Ob Einzelberatung oder Rap-Sessions in Gruppen, die Hilfestellungen kratzten lediglich an der Oberfläche. Als weiteres Angebot stellte 3F den Kids Räumlichkeiten zur Verfügung, wo sie nach der Schule in Ruhe ihre Hausaufgaben anfertigen konnten. Im Grunde aber fehlten ihnen Eltern, denen sie nicht gleichgültig waren.

An manchen Tagen hoffte Joshua auf ein Wunder. Blieb das aus, verhielt er sich so wie viele andere Frustrierte und Gebeutelte auch: Er kam trotzdem zum Dienst, schloss die Haustür der antiquierten viktorianischen Villa auf, in der seine Dienststelle untergebracht war, und nahm mit zusammengebissenen Zähnen den Arbeitstag in Angriff. Seine Schwester, so frotzelte er oft, die habe doch überhaupt keine Ahnung, was Stress eigentlich sei.

Carolyn, die mittlerweile auf eine Beförderung zum Lieutenant schielte, war eine von fünf Beamten im »Support Services Bureau«, dem Dezernat für Verwaltung, Information und Personalunterstützung bei der Polizeidirektion von Cypress Village. Verbrechen, und zwar in jeglicher Form, waren dieser Nobelgegend mit ihrem Künstlerflair eigentlich eher fremd. Bis jetzt.

»Detective Takacs hat Carolyn berichtet, du hättest dich wacker gehalten – mal abgesehen von der Kotzpfütze.«

»Und ich hielt den schon für einen netten Kerl, den Takacs.«

»Carolyn zufolge ist er das auch. Aber beileibe kein Weichei, wenn's um Verbrechensbekämpfung geht. Im Revier nennen sie ihn den rasenden Ungarn.«

»Schön zu wissen, dass er auf unserer Seite steht. Haben die inzwischen was rausgekriegt?«

Es klang schrecklich, wenn man so betont ungezwungen und munter daherschwatzte. Dabei ging es doch um Amber! Jemand hatte sie umgebracht, ihr den Fuß abgetrennt, vielleicht noch ... Nein, Schluss damit!

»Carolyn lässt sich keine Dienstgeheimnisse entlocken. Wenn überhaupt, dann beziehen wir unsere Erkenntnisse aus der Presse. Das Unheimliche dabei ist nur: Dem Killer war es schnurz, dass der Fuß gefunden wurde. Was ist das für ein sadistisches Schwein? Was, wenn er damit eine Botschaft senden will? ›Da seht ihr mal, wozu ich fähig bin. Zugabe gefällig?‹ Heute Morgen habe ich in den Nachrichten nur gehört, dass die Leichenspürhunde nichts weiter gefunden haben. Jedenfalls nicht entlang der Parkwege. Obwohl die letzte Nacht ein beträchtliches Gebiet abgeklappert haben.«

Paige stieß der Weinbrand vom Vorabend säuerlich auf. Rasch klappte sie den Pappdeckel von dem Mitnahmebecher und gönnte sich einen ordentlichen Schluck von dem dunklen Bohnenkaffee. Dann noch einen, um anschließend das zweite Hefeteilchen zu verputzen. Joshua streichelte ihr übers Haar. Parker hockte auf ihren Füßen und wärmte sie.

»Ich ... ich muss dringend duschen«, sagte sie, noch immer mit einem flauen Gefühl im Magen. »Hast du ... könntest du nicht bleiben? Nur bis ich fertig bin?«

Joshua stand auf, fasste Paige bei beiden Händen und half ihr vom Sofa auf. »Ich hab 'nen besseren Vorschlag. Wir verbringen den Tag gemeinsam. Machen was Albernes. Spaßiges.

Damit du auf andere Gedanken kommst. Na, du weißt schon. Es sei denn, du hast schon was vor.«

»Nein. Sag mal, gehst du denn heute nicht zur Messe?«

»Ich war schon gestern Abend.«

»Aber Joshua, das kann ich dir nicht zumuten ...«

»Und ob du das kannst. Doch jetzt ist Körperpflege angesagt. Ich füttere derweil Parker und gehe fix 'ne Runde mit ihm Gassi.« Er drückte ihr einen Kuss auf die Stirn und folgte ihr in die Küche, wo Paige ihm die Hundeleine gab.

»Vielleicht solltest du ihm scharfe Hustenpastillen unter die Nase halten. Ich möchte nicht, dass er wieder so eine Fährte verfolgt.«

Es war ein Versuch, Humor zu beweisen, zaghaft zwar, aber irgendwo musste sie ja anfangen. Amber war tot. Paige hätte sie nicht retten können und konnte auch jetzt nichts mehr für sie tun. Zeit, das Ganze abzuhaken und nach vorn zu schauen. Jetzt waren Joshuas Schwester und deren Kollegen gefordert. Sollten die ihren Grips anstrengen und ihre wissenschaftlichen Kenntnisse bemühen, damit Amber in Frieden ruhen konnte. Vielleicht, Paige, hast du dann ja auch deine Ruhe.

5. Kapitel

Das Städtchen war ein Mekka für Flaneure. Denkmalgeschützte Holz- und Fachwerkhäuser beherbergten Kunstgalerien, Cafés und Geschäfte für Wander-, Trekking- und Freiluftzubehör beiderseits einer kopfsteingepflasterten Straße, die nur zu Fuß zugänglich war. Die Ladenschilder waren holzgeschnitzt oder schmiedeeisern. Sechs Häuserzeilen bildeten den Ortskern, herausgeputzt mit überquellenden Pflanztrögen und Blumenkübeln, farbenprächtigen Gärten und malerischen Höfen, mit Staketenzäunen voller üppig rankender Kletter- und Buschwindrosen. Jetzt, da der Sommer vorbei und der Touristenstrom versiegt war, wurden die Bürgersteige wieder von Einheimischen bevölkert, die sich in Buchhandlungen verzogen oder bei einem Cappuccino ein Päuschen einlegten. Man hätte Cypress Village für vollkommen halten können, wären nicht die in unregelmäßigen Abständen angebrachten Informationstafeln gewesen – Hinweise auf die Fluchtwege bei einem Tsunami.

An diesem Morgen sah Paige den Ort mit anderen Augen – mit Augen nämlich, denen sich ein entsetzlicher Anblick geboten hatte. Sie musste ständig an Amber denken. Was hatte die in den Händen ihres wahnsinnigen Mörders wohl erleiden müssen? Die Polizei gab zur möglichen Todesursache keine genaue Auskunft, aber Paige hoffte, dass Amber nicht lange hatte leiden müssen. Sie mochte sich lieber nicht vorstellen, dass ihre Freundin nach einem ohnehin erbärmlichen Leben womöglich noch Schlimmeres hatte erdulden müssen.

Joshua überließ Paige für eine Weile ihren Grübeleien, dann

aber holte er sie doch in die Gegenwart zurück, indem er sie sacht beim Gehen mit dem Körper anstupste. Er schlug ein zweites herzhaftes Frühstück vor, und obwohl Paige vorgab, sie habe keinen Hunger, landeten sie doch in einem Café, wo sie sich Pfannkuchen mit Mohnsamen und gegrillter Pampelmuse bestellten. Anschließend wandten sie sich ihrem eigentlichen Ziel zu, einem Laden für Sportlenkdrachen, direkt gegenüber von The Great Outdoors, in dem Paige von dienstags bis samstags arbeitete. Arlen Dale, der Leiter des Drachengeschäfts, ein blassgesichtiger Drachen-Freak, Mitte bis Ende zwanzig, entsprach ganz und gar nicht dem sportlichen, wind- und wettergegerbten Naturburschen, wie man ihn üblicherweise hier in der Gegend antraf. Wenngleich er in überweiten Cordhosen und dicken Fischerpullovern herumlief, ließ sich doch niemand von diesem textilen Aufwand täuschen: Dale war ein Strich in der Landschaft. Sein Gesicht, glatt wie ein Babypopo, wies weder eine einzige Falte auf, noch lag darauf jener unvermeidliche stoppelbärtige 5-Uhr-Schatten, den Paige an Joshua so mochte.

Jeden Morgen winkten sich Paige und Arlen zu, entweder auf der Straße oder durch ihre jeweiligen Schaufenster. Gelegentlich blieben sie auf ein Schwätzchen stehen, um übers Geschäft oder örtliche Ereignisse zu plaudern. Meist war es allerdings zwecklos, ihm einen Gruß zuzurufen, denn in jüngster Zeit traf man Arlen nie ohne einen Walkman an.

Wenn man sich hier an der nördlichen Pazifikküste auf eines verlassen konnte, dann auf Wind, und der wiederum war gleichbedeutend mit dem Steigenlassen von Drachen. Als engagierter Verkäufer zeigte Arlen den beiden nur zu gern, was sein Laden zu bieten hatte.

»Nichts Ausgefallenes«, stellte Joshua klar. »Und keinen schwer Lenkbaren.«

Arlen kam hinter dem langen, hölzernen Verkaufstresen

hervor. »Dann nehmt ihr am besten 'nen Einleiner. Der lässt sich leicht starten, und wenn er erst mal oben ist, braucht man nicht mehr viel technisches Wissen. Gibt's in allen möglichen Formen: Schmetterlinge, Gleitschirme, Flugzeugdrachen, Deltadrachen …«

»Und allzu albern aussehen soll er auch nicht«, unterbrach ihn Joshua.

Paige lächelte. Arlen desgleichen.

»Kastendrachen sind klasse. Astrein für große Höhen. Werden gern genommen, weil sie dreidimensional sind. Und heute ist es windig genug, um so einen steigen zu lassen. Die anspruchsvolleren Modelle kosten allerdings 'ne Kleinigkeit.«

»Wie teuer?«

Arlen wies zur Decke. An Angelschnüren aufgehängt, baumelte dort ein wunderschöner Drachen, bestehend aus einer Reihe vielfarbiger Kästen. »Der kommt so an die zweihundert Dollar.«

Im Endeffekt kassierte Arlen knapp dreißig Dollar für ein Gerät namens »Bubbles der Fisch« und wünschte seinen Kunden einen ruhigen Flug. »Ein Plausch mit dir ist mir immer ein Vergnügen, Paige.«

»Ganz meinerseits, Arlen. Man sieht sich.«

Über dem Strand flogen schon etliche Drachen in der Luft herum – einer mit langem, im Wind flatterndem Schweif, ein nach aztekischem Vorbild gestalteter Vogel und ein mit Doppelseilen gesteuertes Kunstfluggerät, das gemächlich seine Schwünge und Loopings drehte. Es war der ideale Tag, um Drachen steigen zu lassen – ablandige Brisen, gerade böig genug, dass Blätter rauschten und Büsche sich bogen. Noch weiter oben am Himmel eine Cessna. Mercer Wyatt, der Dotcom-Millionär, flog von seinem Wochenenddomizil wieder zurück nach Silicon Valley.

Hand in Hand ließen Paige und Joshua das vor ihnen ausgebreitete Panorama auf sich wirken – nach Süden hin mächtige Felsformationen, im Norden Klippen mit einer Kolonie Papageientaucher, alles vor einem Hintergrund aus bewaldeten Landzungen. Jadegrün erstreckte sich der Pazifik; weiße Gischtkämme krönten die heranrollenden Brecher.

»Wir sind echt Glückspilze, hm?«, bemerkte Joshua.

Von Rührung überwältigt, konnte Paige nur nicken. Seit ihrem neunten Lebensjahr hatte Amber keinen Strand mehr aufgesucht und auch keinen Badeanzug mehr angezogen. Wahrscheinlich hatte sie auch nie einen rücksichtsvollen Verehrer gehabt, der ihr Plundergebäck mitbrachte oder ihr die Hand hielt, wenn Not am Mann war. Es war nicht fair. Nicht in Ordnung.

»Morgen wird's dir schon besser gehen«, sagte er.

Sie nickte nochmals, rang sich ein winziges Lächeln ab und folgte Joshua den Strand hinunter, weg von den anderen Drachen. »Gibt nichts Schlimmeres, als wenn man sich in jemandes Schnur verheddert«, erklärte er. Tatenlos sah sie zu, wie er den Drachen aus der Einkaufstüte zog.

Er musterte sie. »Sag bloß, du hast noch nie einen Drachen steigen lassen!«

Endlich fand sie ihre Stimme wieder. »Nein. Bin äußerst behütet aufgewachsen.«

»Tja, so kommst du eben jetzt zu deinem ersten Drachenflug. Es heißt, ein Drache kriegt erst dann eine Seele, wenn man ihn hat steigen lassen. Also, hauchen wir unserem Bubbles mal etwas Leben ein. Ich fasse es nicht, dass ich mir diesen Fisch von dir habe aufschwatzen lassen.«

Joshua drückte ihr das Gerät in die Hand, postierte sie mit dem Rücken in Windrichtung und erklärte ihr, wie man den Drachen beim Gestänge fasste und in den Wind hielt. Er gab etwas Leine, und Paige ließ den Drachenfisch los, der sich hoch über den Ozean schwang, bis er eine günstige Luftströmung erwischte und munter durch die Luft tanzte.

Joshua übergab ihr die Spule. »Hände seitlich unten halten. Bringt nichts, wenn du sie nach oben streckst. Dadurch steigt er auch nicht höher.«

»Mach ich das richtig so?«

»Klar. Guck mal, der Fisch! Der lächelt.« Er küsste sie auf die Wange.

»Joshua, ich muss mich konzentrieren!«

Aber er hörte nicht auf, und sie wollte auch gar nicht, dass er es bleiben ließ. Er schlang seine Arme um ihre Taille. »Augen stets auf den Drachen«, raunte er.

Immer wenn er ihr auf diese Weise auf den Pelz rückte, wollte es ihr absolut nicht in den Kopf, dass er einmal aufs Priesterseminar gegangen war, um Priester zu werden. Als Lover ein As, hatte er eine ungekünstelte, liebevolle Art und einen etwas hemdsärmeligen Humor. Andererseits wusste sie aber auch, dass ihm sein Glaube immer noch ungeheuer wichtig war. Jeden Sonntag besuchte er die Messe, ging in der Fastenzeit sogar täglich. An der Sonnenblende seines Geländewagens prangte eine Bronzeplakette mit dem heiligen Christophorus. Mit seiner herzlichen, mitfühlenden Art und seiner Fähigkeit, aus jedem das Beste herauszuholen, hätte er einen fabelhaften Seelsorger abgegeben. Seine Schäfchen hätten ihm sicherlich jeden Wunsch von den Augen abgelesen. Paige ebenfalls.

Unvermittelt ließ er sie los. »Au, Scheiße!«, knurrte er. »Warte hier!« Dann rannte er über den Strand auf zwei Jungen zu, die auf angeschwemmten Baumstämmen balancierten – viel zu nah an der Brandung.

Lebensgefährlich sei das, hörte sie ihn rufen und sah, wie er die Jungen von dem Strandgut herunterscheuchte. Das brandende Meer habe eine solche Gewalt, das könne selbst die dicksten Stämme hochwirbeln und einen Menschen darunter begraben. Und kleinere Exemplare saugten sich so voll Wasser, dass sie tonnenschwer würden. In Sekundenschnelle verwandelte sich dann ein harmloser Spaß in eine tödliche Gefahr.

Paige versuchte, die Drachenschnur einzuholen, stetig, peu à peu und dem Drang widerstehend, zu heftig zu ziehen. Der Drache indes hatte seinen eigenen Kopf und schoss mehrmals im Sturzflug auf die Brandung zu, ehe es Paige gelang, ihn auf dem Sand zu Boden zu bringen. Keine glatte Landung, aber auch nicht schlecht für ihren ersten Soloflug.

In einsamen Augenblicken ihrer Kindheit hatte sie sich oft vorgestellt, wie sie hoch über den Wolken schwebte, um dann auf Burgtürmen oder Brücken zu landen.

Hier kriegt ihr mich nicht.

Sie träumte davon, auf einen Schlag erwachsen zu werden und dann ein wunderschönes, sorgenfreies Leben zu führen, entweder bei einer Fluggesellschaft oder auf einem Kreuzfahrtschiff. Ihre Eltern, so hatte sie einmal Joshua erklärt, waren »völlig abgehoben« – weltfremde Sonderlinge, die dazu neigten, ihre Tochter von einer Umwelt, die sie mit aller Macht erkunden wollte, abzuschotten. Sie folgten ihren eigenen Vorstellungen, einem utopischen Ideal, für das Paige kein Verständnis aufbrachte. Paige hasste die Kleider, die sie ihr aufzwangen, ärgerte sich maßlos darüber, dass sie keinen Fernseher besaßen, und fand es unerträglich, wie ihre Schulfreundinnen penetrant unter die Lupe genommen wurden, bis schließlich keine mehr kam. Keine außer Lani, seit der dritten Klasse ihre besten Freundin, die Einzige, die Paige nicht hänselte oder für eine Schrulle hielt. Lani Holli, so nahm Paige an, hatte sicher auch noch nie einen Drachen steigen lassen.

Lanis Welt hatte aus Nadelstreifenanzügen und gestärkten Hemden bestanden. Abends zogen sich ihre Eltern in ihr Arbeitszimmer zurück, um über ihren Gesetzestexten zu brüten. Die Tochter blieb sich selbst und ihren Träumen überlassen. Schon früh entwickelte sie eine Neigung zu den Eltern ihrer Freundin, zu deren schwärmerischem Wahn und dem Glauben, Beten und Opfermut seien der Weg zum Heil. Sie himmelte Paiges Eltern regelrecht an. Zu sehr, denn um ein Haar hätte diese Bewunderung sie um alles gebracht. Selbst heutzutage erahnte man hinter Lanis aufgesetzter, bewusst einstudierter Forschheit das zerbrechliche, verängstigte Geschöpf, das hilflos durchs Leben stolperte. Die Rolle der Retterin war inzwischen Paige zugefallen. Für ihre Freundin wäre sie durch die Hölle gegangen. Lani hatte die Hölle bereits hinter sich.

Paige kauerte sich nieder, nahm einen glatten Kiesel und schleuderte ihn flach übers Wasser. Sie hörte ein Plumpsen, und der Stein war versunken. Kiesel über die Oberfläche hüpfen zu lassen – auch das hatte sie nie gelernt.

Als Joshua zurückkam, schüttelte er den Kopf. »Eltern! Laden ihre Sprösslinge an einem unbewachten Strand ab und gehen im Dorf shoppen. Toll, was? Aber ich habe den beiden Bengeln ganz schön Angst eingejagt. Mit 'ner Predigt über Monsterwellen.«

»Monsterwellen? Was ist das denn?«

Joshua erklärte, dass man dem Ozean tunlichst nicht den Rücken zukehren sollte, weil Monsterwellen jederzeit ohne Vorwarnung ausgelöst werden konnten und dann mit brutaler Gewalt auf die Küste zurollten. Selbst an ruhigen Tagen war eine solche Killerwelle nur schwer vorauszusagen. Eine plötzliche Riesenwoge konnte einen nichts ahnenden Strandgutjäger ohne Weiteres ins Meer reißen. »Du warst aber wirklich behütet, was? Wo gibt's denn so was, dass ein in Oregon aufgewachsenes Mädchen noch nie was von Monsterwellen gehört hat!«

»Wie man einen Drachen steigen lässt, wusste ich doch auch

nicht. Aber guck dir mal unseren Bubbles an!« Der Fisch lag friedlich auf dem Sand. »Wohlbehalten gelandet. Allerdings ist er ein bisschen nass geworden.«

»Halb so wild. Ist ja von Fischen nicht anders zu erwarten.«

Sie lachte, bekam aber umgehend ein schlechtes Gewissen, weil sie sich amüsierte. Weil sie Ambers Tod verdrängte, wenn auch vorübergehend bloß. Ließ es sich wohl konservieren, dieses Gefühl? Ein Weilchen länger? Joshuas Lippen an ihrem Hals fielen ihr ein. »Lass uns nach Hause fahren«, schlug sie vor.

Während der Rückfahrt lag ein erwartungsvolles Knistern in der Luft. Von Zeit zu Zeit sahen sie sich stumm und verstohlen an, erwischten sich dabei und kicherten nervös. Seinen Atem deutlich spürend, merkte Paige, wie er mit seinen kräftigen Fingern die weiche Innenseite ihrer Hand streichelte und sich unter den Ärmelsaum ihrer Jacke vortastete. Sie hörte, wie er schluckte. Seufzte. Er ließ die Fingerspitzen sanft innen an den Nähten ihrer Jeans hinaufspazieren und stoppte erst kurz vor ihrem Schritt. Wenngleich den Blick stur auf die Straße gerichtet, lächelte er. Als er in den zu ihrem Blockhaus führenden Kiesweg einbog, nestelte Paige bereits an seinen Jackenknöpfen. Sie flüchteten geradezu aus dem Fahrzeug, doch statt die Haustür aufzuschließen, hastete Paige, Joshua an der Hand hinter sich her zerrend, zur Rückseite des Hauses. »Los, komm!«

Rechts von der Veranda stand eine Jahrzehnte alte Tanne. Unter dem schützenden Schirm des Nadelbaums angelangt, breitete Paige ihre Jacke auf einen Teppich aus trockenem Laub und Tannennadeln aus, streifte sich die Schuhe von den Füßen und zog mit wenigen Griffen ihre Jeans aus. Sie zerrte an Joshuas Gürtel, dann an seinem Reißverschluss und legte sich, während er seinerseits aus der Hose stieg, auf ihre Jacke.

Ihre Bewegungen waren hektisch, verkrampft, und als Joshua ihren Körper mit dem seinen bedeckte, griff sie nach unten, streichelte, führte ihn.

»Dafür sind schon welche eingebuchtet worden!«, raunte er, kurz bevor er sich in ihr versenkte. »Aber was soll's. Du fühlst dich herrlich an.«

Ganz und gar von ihm erfüllt, stöhnte sie leise und lustvoll auf. »Erstens bin ich volljährig, und zweitens mache ich freiwillig mit. Merkt man das nicht?« Die Hüften aufwärts gewölbt, passte sie sich dem Takt seiner Bewegungen an. »Und – außerdem sind wir hier auf Privatgelände.«

»Na, dann halt jetzt mal die Klappe.«

Sie waren jedoch alle beide ein eher stimmgewaltiges Liebespaar; jede Bewegung, jeder Stoß mündete in ein solches Crescendo aus Lustgestöhn, dass ein Eichhörnchen ganz in der Nähe aufgeschreckt raschelnd durchs Blattwerk huschte. Paige genoss jeden Laut, jedes Zucken ihrer Nervenenden, denn es verriet ihr: Das hier war machtvoll, das hier war echt. Das Liebesspiel mit Joshua, ganz gleich wann, wo und wie, gehörte zu jenen Dingen, die sie am Leben hielten. Als er zum Höhepunkt kam, erfüllte sein Stöhnen sie sowohl mit Verzückung als auch mit einem Gefühl tiefster Einsamkeit, gleichsam als fürchtete sie, sie könnten sich zu weit voneinander entfernen, wenn er sich aus ihr zurückzog. Bei seinem Aufschrei umklammerte sie ihn deshalb mit den Beinen und hielt ihn so in sich fest.

»Hör mal, Paige«, raunte er, den Mund an ihrem Hals, die Lippen weich und kitzelnd, »so behütet kann deine Kindheit aber nicht gewesen sein …«

»Selber schuld«, gab sie zurück und schob die Hände erneut unter sein Hemd, als habe sie immer noch nicht genug. »So wie du die Drachenschnur bedient hast – da fielen mir unwillkürlich deine anderen Talente ein.«

»Na, wer hätte das gedacht, dass ein 30-Dollar-Drachen dich auf solche Gedanken bringt?«

»Beklagst du dich etwa?«

»Bewahre!« Er glitt behutsam aus ihr heraus, sah ihr inständig in die Augen und küsste sie leidenschaftlich, die Lippen fest auf den ihren, dann zärtlicher werdend, um schließlich ihren Mund nur noch federleicht zu streifen und sein Gesicht in ihre Halsbeuge zu betten.

Es war unglaublich, in den Monaten ihrer Beziehung war das Nachspiel immer genauso gut gewesen wie das Davor und Dabei. Ausnahmslos. Obwohl sie sich Liebeserklärungen bisher verkniffen hatten, war Paige überzeugt, dass das, was sie füreinander empfanden, nichts anderes sein konnte als Liebe. Gut Ding will Weile haben, dachte sie. Sollte sich Joshua irgendwann veranlasst sehen, ihr seine Gefühle zu gestehen, sollte ihr das recht sein. Deswegen empfand sie ihre Beziehung noch lange nicht als anrüchig.

»Lass uns reingehen«, drängte er. »Ich friere mir noch den Hintern ab.«

»Schade«, bedauerte sie. »Parker scheint den zufällig für deine Schokoladenseite zu halten. Guck mal.« Sie deutete auf das Blockhaus, wo der Labrador die Schnauze von innen gegen das Fliegengitter drückte.

»Siehst du? Ich hab dir ja gesagt, wir werden ertappt. Das ist die Hundestaffel.«

Sie rappelten sich hoch, rafften ihre abgelegten Kleider zusammen und rannten halbnackt ins Blockhaus. Drinnen angekommen, ließen sie Jeans und Schuhe am Eingang fallen. Dann fasste Joshua Paige bei den Schultern und wirbelte sie zu sich herum. »Ich muss dir was sagen.«

»Ich weiß schon. Du hast auch morgen Früh noch Respekt vor mir.«

Er umfasste ihr Gesicht, berührte ihren Mund sacht mit

dem seinen und fuhr mit den Lippen sanft über ihr Kinn bis hinauf zum Ohr. Sein Atem war heiß. »Paige?«

Ein köstlicher Schauer rann ihr über den Rücken.

»Das eben da draußen ... ich glaube ...« Ein Knabbern am Ohrläppchen. Noch ein heißer Atemstoß. »Also, ich hätte dir eventuell noch mehr davon zu bieten. Lass uns ins Bett gehen. Runter mit den restlichen Klamotten!«

Mehr als ein Stöhnen brachte sie nicht zuwege. Im Schlafzimmer schlüpfte Joshua immer in die Rolle des Verführers, und Paige war auf Anhieb klar, dass er es diesmal langsam angehen lassen würde. Auf seinem Gesicht lag ein Ausdruck, den sie kannte, einer, der ausdrückte: Lass mich nur machen. Vor dem Fußende des riesigen, aus Kiefernholz gefertigten Pfostenbettes blieb er stehen und streifte noch einmal flüchtig ihre Lippen.

»Josh ... Ich ... wenn du das machst ... da fühlt man sich ...«

»Stimmt«, flüsterte er, die Lippen dicht an ihrem Mund. »Geht mir genauso.« Er ließ die Hände unter ihren Pullover schlüpfen, tastete über ihre Rippen und fuhr dann leicht mit den Fingerspitzen über den Spitzenbesatz ihres BH. »Schön weich.«

Mit einer einzigen gewandten Bewegung streifte er ihr den Rollkragenpullover über den Kopf, während sie ungeschickt an der Knopfleiste seines Hemds nestelte und ihm den Stoff dann beinahe vom Leibe riss. Für Paige gab es kein Halten mehr. Aber Joshua ließ sich Zeit – Zeit, die für sie quälend und elektrisierend zugleich war. Noch immer küsste er sie zart, fast ohne eine Berührung, obwohl sie sich nach ihm verzehrte. Mit dem Daumen streichelte er aufreizend ihre schwellenden Knospen, doch erst als sie ihn beinahe schon anflehte, hakte er den BH auf und ließ ihn zu Boden fallen.

»Joshua, bitte ...«

»Ist was?« Er senkte den Mund auf eine ihrer Brüste. Begehren durchzuckte sie wie ein elektrischer Schlag.

»Ja! Du machst mich wahnsinnig! Ich …«

Dann war es um sie geschehen.

Auf der Bettkante sitzend, umfasste er ihren Po und zog eine Spur mit der Zunge, tiefer und tiefer, hinunter über den Bauch und dann noch tiefer, bis sie die Schenkel ganz wie von selber öffnete. Er ließ sich zu Boden gleiten, ihr Inneres tief mit seiner Zunge erforschend, bis Paige war, als fluteten ganze Hitzewellen über sie hinweg, und ihr die Knie weich wurden, sodass sie sich am Bettpfosten festhalten musste. Es war, als wisse er ganz genau, dass sie ihn noch näher spüren wollte, als wären ihre Gedanken irgendwie verschmolzen. Und als sie, fast besinnungslos vor Begehren, dem Rand des Abgrunds entgegentaumelte, da hielt er inne, stand auf und sah Paige an, die Lippen feucht und glänzend.

»Komm her«, flüsterte er, legte sich rücklings aufs Bett und zog sie zu sich herunter. »Küss mich. Probier mal!«

Er zwang ihr Gesicht zu sich herab, und sie schmeckte auf seinen Lippen ihr eigenes Begehren, überließ sich bereitwillig jeder Empfindung – dem Gefühl von Joshuas Zunge, die inzwischen sanft ihre eigene erforschte, das Wummern seines Herzens, das gegen ihr eigenes pochte, das Drängen seiner Erektion, die sich prall zwischen ihre Schenkel zwängte.

Ohne sie aus den Armen zu lassen, wälzte er sie auf die Seite und drang in sie ein, den Blick tief in ihre Augen versenkt. Ihr Rhythmus begann gemächlich, gleichmäßig, und Paige nahm deutlich jeden Dufthauch in sich auf, jedes Mienenspiel, jedes lustvolle Flattern, das Joshua mit kleinen Scherzen noch verstärkte. »Ich könnte jetzt aufhören. Wenn du kurz davor bist … vielleicht noch mal so?«

»Von wegen … untersteh dich …«

Dann ein Kuss, ausgiebig, innig, mit allem, wonach Paige sich sehnte.

»Nee, geht nicht«, raunte er. »Würde ich nicht …«

Der Höhepunkt, ein Ausbruch ihrer Gefühle, ließ ihr das Herz selbst dann noch aufgehen, als sie danach eng umschlungen beisammen lagen. Ihr Atem ging einheitlich. Sie dösten ein, wachten schlaftrunken auf und küssten sich.

Das schrille Klingeln des auf dem Nachttisch stehenden Telefons riss sie aus ihrer Seligkeit. Paige nahm den Hörer ab. »Hallo?«

»Hey, Baby! Hast du mich vermisst?«

6. Kapitel

Paige konnte hören, wie Joshua in der Küche Schranktüren zufallen ließ und den Kühlschrank öffnete. Er war aufgestanden, damit sie in Ruhe telefonieren konnte. Sie hüllte sich eng in eine Decke, als befürchtete sie, die Person am anderen Ende könne sie nackt sehen. »Nicholas?«

»Genau der. Schön, mal wieder deine Stimme zu hören, Kleines.«

»Ich hatte dich doch gebeten, mich nicht mehr anzurufen! Wie oft soll ich dir das denn noch sagen?«

»Bis ich davon überzeugt bin, dass es dir ernst ist.« Er lachte. »Andererseits – vielleicht höre ich nicht mal dann auf.«

»Rausgeworfenes Geld, die vielen Ferngespräche.«

»Das war mal. Ich bin näher, als du denkst.«

»Du bist nicht in Europa?« Er macht Scherze, dachte Paige. Seit ihrer Abreise hatte er sie hin und wieder angerufen.

Bitte! Mach, dass er noch in Frankreich ist!

»Nee, nee. Bin schon seit etlichen Monaten wieder im Lande. Durchforste den Nordwesten auf der Suche nach einer festen Bleibe. Rate mal, wo ich stecke!«

»Ich hab keine Lust zu raten, Nicholas. Ich will nicht mal mit dir reden!«

Sein selektives Gehör hatte sich eingeschaltet. »In Portland. Schlappe anderthalb Autostunden entfernt. Ich würde mich gern mit dir treffen, mal das Neueste erfahren. Komm doch her. Ich hab ein Haus gekauft, Schätzchen. Mit sagenhaftem Blick auf den Fluss. Würde dir bestimmt gefallen.«

Die Augen zur Schlafzimmertür gerichtet, lauschte Paige auf etwaiges Rumoren aus der Küche. Das Klappern von Besteck verschaffte ihr eine Atempause. »Auf gar keinen Fall. Kannst du vergessen. Am besten vergisst du bei der Gelegenheit auch gleich, dass wir uns kannten. Ich für meinen Teil habe das bereits.«

Sie wollte schon auflegen. Aber seine Worte ließen sie innehalten. »Cypress Village ist ein relativ kleines Kaff, Mäuschen. Wird nicht schwer sein, dich zu finden. Also, stell schon mal 'ne Kerze ins Fenster.«

Das Klicken am anderen Ende der Leitung hallte in ihrem Ohr wider wie ein Schuss. Sie legte den Hörer auf und merkte, wie ihre Hand zitterte. Das durfte nicht wahr sein! Das war wohl ein grausamer Scherz! Nicholas war nach wie vor in Chamonix, hangelte sich von einem Job zum anderen und ließ sich volllaufen. Er war nicht in Portland. Dafür gab es nicht den geringsten Anlass.

Inzwischen in Boxershorts, lugte Joshua um den Türpfosten und vergewisserte sich, dass sie nicht mehr telefonierte. Er trug ein Tablett mit einem Mix aus den Restbeständen des Kühlschranks – Obst, ein keilförmiges Stück Käse, zwei Gläser Milch. Dann fiel ihm auf, dass sie sich in die Decke gehüllt hatte.

»Ich hole dir was zum Anziehen.« Er stellte das Tablett auf dem Nachttisch ab und öffnete die zweitoberste Kommodenschublade. Sie fand es anrührend, dass er sich so selbstverständlich in ihrem Haus bewegte und sogar wusste, wo sie ihre Nachtwäsche aufbewahrte. Es war ein gutes Gefühl. Sie versuchte, sich daran aufzurichten.

Er brachte ihr eine gestreifte Schlafanzugjacke sowie passende Shorts, in die er ihr hineinhalf. »Bedecke lieber deine Blöße, ehe mich der Drang überkommt, schon wieder über dich herzufallen.« Lächelnd drückte er die Lippen auf die ihren. Sie wollte sich gar nicht wieder lösen. »He!«, nuschelte er. »Nun mal sachte! Ich kriege ja keine Luft mehr.«

Sie kuschelten sich unter die Laken und ließen das Essen warten. In seinen Armen vergaß Paige beinahe den Anruf, vergaß die Stimme von Nicholas Bissonette, vergaß, dass er womöglich nur einen Katzensprung entfernt war.

»Weißt du, was ich nicht abkann?«, fragte Joshua.

Ihre Wange ruhte auf seiner Brust. Sein Herzschlag pulste in ihrem Ohr. »Was denn?«

»Morgenstunden ohne dich. Nachmittage ... Nächte ...«

»Dann magst du mich also?«

Leise lachend fuhr er ihr mit den Fingern durchs Haar. »Und wie! Hast du irgendwelche schlechte Angewohnheiten, von denen ich wissen müsste? Wie Strumpfhosen an der Duschstange hängen lassen oder Ähnliches?«

»Spinnst du?«, entrüstete sie sich, wich dabei indes seinem Blick aus. »Ich bin vollkommen!«

Es musste wohl an ihrem Tonfall gelegen haben. Joshua war kein Dummkopf; er spürte sofort, dass etwas ungesagt geblieben war.

»Der Anruf vorhin – stimmt was nicht damit?«

»Alles in bester Ordnung, Joshua. Alles okay. Es war niemand von Bedeutung.«

7. Kapitel

In der Regel liebte Paige Montage. Montags war ihr freier Tag, den sie häufig auf dem Fahrrad, in ihrem Kajak oder beim Wandern mit Parker verbrachte. Der Spaß am Wandern war ihr allerdings vergangen, und das war noch untertrieben. Heute stand ihr der Sinn weder nach Wandern noch nach etwas anderem. War Joshua im Büro, kam ihr das riesige Blockhaus wie eine Höhle vor – viel zu groß und viel zu abgelegen. Jawohl, zu einsam. Jedes Mal, wenn ein Eichhörnchen im welken Laub raschelte, schreckte sie zusammen. Dass ihr nicht wohl in ihrer Haut war, spürte auch Parker, der ständig anschlug, weil er mal wieder irgendein unsichtbares Raubwild im Waldstück hinter dem Haus witterte. Die Laute der Natur waren heute keineswegs friedlich.

»Wir sind vielleicht ein Pärchen!«, sagte sie zu ihrem Hund und klatschte sich flach auf den Oberschenkel – die Aufforderung, ihr von der Veranda nach drinnen zu folgen. Sie brühte sich einen chinesischen Tee auf und machte es sich im Wohnzimmer gemütlich, bestrebt, ihre Gedanken allein auf Joshua auszurichten, auf seine Frage nach schlechten Angewohnheiten. Was mochte er damit bezweckt haben? Sie erlaubte sich die Vorstellung, dass er sich möglicherweise für die nicht allzu ferne Zukunft mit Heiratsabsichten trug, und malte sich ein gemeinsames Leben unter einem Dach aus. Flüchtige Eindrücke vom grauen Alltag mit seinem Einerlei zuckten ihr durch den Sinn: sie beim Wäschewaschen, er beim Rasenmähen, eventuell gar umgekehrt. So sehr sie sich auch auf ihre beglückenden Liebeswonnen oder auf imaginäre Haushaltsrituale konzentrierte – stets wurden ihre Gedanken von Nicholas Bissonette überschattet.

Warum rief er sie immer noch an? Es lag inzwischen sieben Jahre zurück, seit sie diese armselige kleine Bude inklusive Bad und Kochplatte in Chamonix geteilt hatten. Sieben Jahre, seit sie ihn mitten in der kältesten Januarnacht, als er weggetreten und schwer schnarchend seinen Rausch ausschlief, verlassen hatte. Es hatte sie ungeheure Kämpfe gekostet, jene Zeit zu vergessen, nicht mehr daran zu denken, wie sie überhaupt so anfällig, so verzweifelt, so blöd hatte sein können. Die Europareise damals, ein Geschenk ihres einzigen Onkels zum Abitur, hatte ihr die lang ersehnte Freiheit verschafft: Endlich konnte sie Seraphina Greene hinter sich lassen.

Paige hasste den ihr aufgezwungenen Namen. Seraphina, nach den obersten Engeln der himmlischen Heerscharen. Noch inbrünstiger als Erzengel und Cherubim, waren die Seraphim für ihre hingebungsvolle Liebe bekannt. Für Paiges Mitschüler indes war Seraphina schlicht ein bescheuerter Name und ein Grund mehr, sich über sie lustig zu machen. Nachdem sie auch noch herausgefunden hatten, dass die Seraphim sechs Flügel und vier Köpfe hatten, war Paige Freiwild. Die Pausen verbrachte sie allein, da die Klassenkameraden in alle Richtungen rannten, um alle Welt davor zu warnen, Paige ins Gesicht zu sehen, weil das die sofortige Vernichtung zur Folge habe.

Zwar wurden sie ihre Spielchen mit der Zeit leid, doch bekam Paige ihre Grausamkeiten auch weiterhin schmerzhaft zu spüren. Es war ihr nicht schwergefallen, im Alter von achtzehn Jahren Oregon den Rücken zu kehren. Es hielt sie dort nichts mehr.

In Europa wandelte sie sich zu Paige Rowan, heilfroh über die Möglichkeit, die Fesseln, die sie an ihre Eltern ketteten, zu sprengen. Eine Gelegenheit, die ihr Onkel ihr verschafft hatte.

Der Genuss der Freiheit war allerdings nur von kurzer, flüchtiger Dauer. Für Nicholas, der ihr ihre Bedürfnisse am Gesicht angesehen, sie womöglich sogar gewittert haben musste, war sie ein gefundenes Fressen.

Seinerzeit gut ein Jahr in Frankreich, hatte sie als Fremdenführerin gearbeitet und gerade so viel verdient, dass sie sich über Wasser halten und die Miete für die enge Mansarde über dem Käseladen zusammenkratzen konnte. Eines Tages fiel ihr Nicholas auf der Straße auf, wo er die Karikatur eines kleinen Mädchens skizzierte, eine umwerfend komische Darstellung der Kleinen bei einer Achterbahnfahrt mit einem Elefanten. Paige lachte. Nicholas spendierte ihr einen Kaffee. Dem Kaffee folgte ein Drink, dem Drink ein Dinner. Einen Monat später zogen sie zusammen.

Sie hatte Nicholas so gesehen, wie sie ihn sehen wollte – als Schöngeist und verkanntes Genie, das nur noch seine Nische entdecken musste. Wie Paige war auch er nach Europa geflohen, um das Leben nach eigenen Regeln zu erkunden. Er wollte sich einen Namen machen, wusste aber noch nicht, auf welchem Gebiet. Wenn sie an jene traurigen Augen dachte – tiefe, mokkabraune Teiche, in denen man sich schier verlieren konnte – krampfte sich jetzt noch alles in ihr zusammen.

Es hätte auch wirklich nicht viel gefehlt, und sie wäre tatsächlich hoffnungslos versunken. Auf subtile Weise begann Nicholas sie nämlich zu beeinflussen und umzuformen. Anfangs war sie dankbar und schwer beeindruckt von dem, was sie für sein überlegenes Wissen hielt. Gerade mal neunzehn, kam sie sich ziemlich unbedarft vor. Nicholas aber, neun Jahre älter als sie, besaß den großen Durchblick. Ihre Eltern hatten sie unterdrückt. Er wollte Paige befreien.

Etwas mehr Lidstrich, Baby. Und den Lippenstift einen Tick greller. Mit roten Haaren sähest du klasse aus. Probier's doch mal. Für mich!

Sie machten ja nicht viel Aufwand, die Sachen, die sie ihm zuliebe anziehen musste, die neue Frisur, das gewagte Make-up. Jeden Abend stylte sie sich auf, um Nicholas zu gefallen, wenn er durch die Tür kam.

Stattdessen rauchte er wie ein Schlot. Trank.

Tagsüber baute er am Straßenrand seine Staffelei auf und verhökerte Kitschgemälde an Touristen – Schoßhündchen, berühmte französische Wahrzeichen, alles, was Bares einbrachte. Dazu ständig die Karikaturen mit Bleistift und Tusche, bis er schon meckerte, er werde zu einer Karikatur seiner selbst.

Paige redete ihm gut zu. Es sei, so ihre Ansicht, nur eine Frage der Zeit, bis er seine wahre Bestimmung erkennen werde. Seine ständigen Sticheleien, mit Drogenhandel ließe sich mehr Kohle verdienen, tat sie ab. Sie ermunterte ihn, Unterricht zu nehmen und eine Kunstakademie zu besuchen, doch die Diplome einer Akademie, so Nicolas, seien nichts weiter als gerahmte Fetzen Papier, die sich nur Leute an die Wand hängten, die sich nicht trauten, an ihren eigenen Grips zu glauben. Er sei, verdammt noch mal, ein mündiger Mensch und auch ohne Abschluss clever genug, um etwas aus sich zu machen.

In ihren wöchentlichen Briefen an Lani schrieb Paige, alles sei in bester Ordnung. Sie prahlte mit Nicholas, mit ihrem gemeinsamen Leben, mit ihren Zukunftsplänen. Sie schilderte ihr die Schönheit der französischen Landschaft. Zumindest Letzteres entsprach der Wahrheit.

Paige verbrachte möglichst viel Zeit an der frischen Luft. Mit penibel geschrubbtem Gesicht, die rote Mähne unter einer Wollmütze verborgen, führte sie Wandergruppen über Gletscher. Das große Geld, es werde schon kommen, so Nicholas. Dann brauche sie nicht mehr zu arbeiten. Er kenne Leute mit Beziehungen. Ständig hatte er ein ganz großes Ding in der Mache.

Zu finsterster Nachtzeit zog sich Nicholas in eine grottenartige Klause unten im Keller zurück, um seiner Kunst zu frönen. Damals lief eine Renaissance der in den 40er-Jahren populären Groschenkrimis, und Nicholas versuchte sich an den Titelbildern einiger unabhängiger Veröffentlichungen. Immer darauf bedacht, sich denkbar französisch und *très moderne* zu geben, ließ Paige ihn gewähren, wenn er sich nach lahmen, wenig mitreißenden Verführungsversuchen aus dem Bett stahl. Mit der Zeit war sie sogar froh, dass er sich nächtens in sein Kellerloch verkrümelte.

Zum Ende hin war er für sie nur noch »Nicholas mit der 5-Sekunden-Erektion«. Natürlich gab er ihr die Schuld daran. Seiner Ansicht nach hatte sie den Klammergriff ihrer Eltern noch immer nicht abgeschüttelt, befreite sich auch nicht selbst, um den Reiz der Avantgarde auszukosten, den allerhöchsten Genuss. Sofern es ihr nicht gelinge, sich von den Fesseln der Vergangenheit zu lösen, werde sie immer eine Gefangene bleiben, so Nicholas, der sich zudem darüber beklagte, sie sei im Bett so leidenschaftlich wie ein Brett.

Die attraktiven Damen, die das Gebäude durch den Nebeneingang betraten, blieben Paige nicht verborgen. Sie wusste, dass sie über die trübe erhellte Treppe hinunter in den Keller schlichen, wo Nicholas bereits wartete. Er hatte eingeräumt, dass er zuweilen Akte male. Manchmal, so seine Behauptung, wünschten die Damen ein Nacktportrait als ganz besonderes Geschenk für ihre Lover oder Gatten. Würde gut bezahlt, betonte er zudem. Paige redete sich ein, dass alle großen Maler der Welt Akte angefertigt hatten. Nicholas wandelte da nur in deren Fußstapfen, was nicht bedeuten musste, dass da unten noch etwas anderes ablief.

Es folgten noch mehrere Wochen mit erbärmlichem Gefummel nach dem Abendessen. Dann hörte selbst das auf. Paige hatte soeben ihren einundzwanzigsten Geburtstag gefeiert.

Sie hatte alles getan, was Nicholas von ihr verlangte, hatte angezogen, was ihm gefiel, war auf jeden seiner Wünsche eingegangen. Ausgeschlossen hatte er sie trotzdem.

Der ständige Strom von nächtlichem Damenbesuch riss nicht ab. Manchmal rückten die Frauen gleich zu zweit oder dritt an. Männer bisweilen auch. Paige wurde eifersüchtig. Und sauer. Und neugierig.

Eines Tages, als Nicholas einen Kunden besuchte, der ein Spezialporträt seiner Tochter in Auftrag gegeben hatte, suchte Paige nach dem Schlüssel zu Nicholas' Kellerversteck. Laut Nicholas sollte das Porträt ein hübsches Sümmchen einbringen; er sei zum Abendbrot zurück.

Der Schlüssel steckte unter der Einlegesohle eines übel riechenden Laufschuhs. Ohne Hintergedanken zog Paige ihn aus seinem Versteck und ging um das Gebäude herum zum Seiteneingang. Ihre Beziehung mit Nicholas stand auf der Kippe; sie musste in Erfahrung bringen, ob sie womöglich Gespenster sah. Sie brauchte Klarheit darüber, ob Nicholas Frauengeschichten hatte.

Die Stufen der hölzernen Kellertreppe sackten zur Seite ab; das halb morsche Holz gab bei jedem Schritt nach. Oben unter der Kellerdecke schwitzten und tröpfelten uralte Kupferleitungen. Zertretener Mörtel, der aus den Mauerfugen gebröckelt war, knirschte unter Paiges Schuhsohlen. Sie hatte das Gefühl, der ganze Bau könne mit einem Male über ihr zusammenkrachen und sie unter sich begraben.

Vor sich sah sie vier Türen, zwei an jeder Seite des engen Kellerflurs. Der erste Raum rechts stand bereits offen; in der Ecke fauchte ein monströser schmiedeeiserner Heizkessel. Ansonsten war die Kammer leer bis auf ein paar antiquierte Ski und ein Paar Rennskistiefel. Gegenüber dem Heizkeller befand sich ein provisorischer Abstellraum für die wenigen Mieter. An der hinteren Wand stapelten sich beschriftete Kartons – *»Le Duc, apartement 1B«; »M. Plante, No. 2E«* –, ein rostiger Liegestuhl, drei Fahrräder mit platten Reifen und eine Schaufensterpuppe, die noch die Anfänge eines längst aufgegebenen Schneidereiprojekts trug.

Paige steckte den Schlüssel ins Schloss der nächsten Tür links, die sich quietschend öffnete, und tastete nach dem Lichtschalter. Eine nackte Glühlampe unter der Decke warf ihren gelblichen Schein auf Nicholas' Staffage – ein breites Messingbett, ein Kaffeehausstuhl, eine Plüsch-Chaiselongue, eine Edelstahlstange von der Art, wie sie Stripperinnen benutzen, und eine hölzerne, an einem dicken Deckenbalken hängende Schaukel. Auch Kostüme waren zu sehen: Regale mit Zylinderhüten, Fliegen, Spazierstöcken, Federboas; Ständer mit Korsagen und Dessous aus verschiedenen Epochen. Den Wagemutigeren stand eine Auswahl an Sadomaso-Utensilien zur Verfügung; diese befanden sich in einer offenen, in der hintersten Ecke stehenden Buckeltruhe. Als Paige entgeistert zurückprallte, bemerkte sie die in die Wand eingelassenen großen, verrosteten Ringe, an denen noch die Lederschlaufen hingen. Dann sah sie die bräunlichen Flecken an der Wand. O nein!, durchzuckte es sie. Mach, dass das nur Farbe ist! Es konnte doch nur Farbe sein!

Linkerhand lag ein weiterer Raum, gesichert mit einer Holztür, die derart ramponiert wirkte, als habe sie schon mal einer Burgbelagerung standgehalten. Paige bekam eine Gänsehaut, tastete sich aber trotzdem auf den Eingang zu. Problemlos schwang die Tür auf, offenbar auf gut geölten und häufig benutzten Scharnieren. Der Lichtschalter befand sich auf Höhe von Paiges rechter Schulter. Jedes freie Fleckchen Wand war bedeckt mit Bordell-Pinseleien: Knapp bekleidete Damen, wie nicht anders zu erwarten. Doch als Paige den Blick von links nach rechts schweifen ließ, da verkam diese Bilderserie zu einer Horrorshow aus Hardcorepornos. Nur flüchtig erhaschte sie einen Blick auf ein Damentrio, das sich auf der Chaiselongue räkelte und in einem Gewimmel aus Händen und Zungen hingebungsvoll einen Mann verwöhnte, den einzigen auf dem ganzen Bild: Nicholas.

Page wandte sich schon zur Flucht, blieb aber wie angewurzelt stehen angesichts eines lebensgroßen Posters, das an der hölzernen Tür klebte. Es war eines von Nicholas' Titelbildern, darauf mit knalligen roten Lettern die Zeile: »Sie fand ihren Meister.« Die auf dem Bild befindliche Frau war buchstäblich ausgeweidet; Spiralen aus grauem Gedärm ringelten sich bis auf den Boden. Ihr Mund war in stummem Schrei weit aufgerissen. Grotesk verrenkte gespreizte Beine enthüllten eine entblößte, rasierte Scham und blutrote Schamlippen. Aus einem Einmachglas starrten die blicklosen Augen des Opfers auf diese grausige Szene. Im Vordergrund links grobkörnig die drohende Silhouette des Schlächters, die gebogene Klinge noch gezückt.

Am ganzen Körper zitternd, musste Paige ein Würgen unterdrücken. Blitzartig flüchtete sie aus dem Raum, rannte den schmalen Flur entlang, die durchgetretenen Stufen hinauf und hinaus in die bitterlich kalte Winterluft. Die Tränen gefroren ihr auf den Wangen, aber sie schnappte trotzdem in gierigen Zügen nach eiskalter Luft. Erst einen Wimpernschlag später begriff sie zu ihrem Entsetzen, dass sie noch einmal hinunter musste in den Keller, um die Tür zu diesem Horrorkabinett abzuschließen.

Zehn Minuten später kam Nicholas nach Hause. Paige schaffte es mit knapper Not, ihm einen Teller Boeuf Bourguignon vorzusetzen. Die zwei Flaschen roten Burgunder leerte er allein; dazu bedurfte es keines Zuredens. Nach zweiminütigem, halbherzigem und linkischem Gefummel, das sie geduldig über sich ergehen ließ, zog er sich für ein Nickerchen aufs Sofa zurück, wo ihm bald darauf die Augen zufielen.

Begleitet von seinem lauten Geschnarche, packte Paige ihre wenigen persönlichen Dinge in eine verschlissene Segeltuchtasche. Eyeliner, Lippenstift und die Flittchenfummel ließ sie zurück. Vier Tage nach ihrer Rückkehr in die USA stand sie, inzwischen wieder blond, heulend vor der Haustür ihres Onkels und bat ihn um Hilfe.

Ihr Onkel brach ebenfalls in Tränen aus. Wo sie denn die ganze Zeit gesteckt habe, wollte er wissen. Er hatte versucht, Kontakt mit ihr aufzunehmen. Ihr Vater, ihre Mutter – tot. Und Lani – ach Gott, Lani!

Kopfüber wurde Paige in einen Albtraum gestürzt. Bei der Beerdigung ihrer Eltern folgten ihr die Mikrofone von den aufgebahrten Särgen über die offenen Gräber bis hin zu dem grässlichen, unwirklich erscheinenden Leichenschmaus im Tiefgeschoss einer Kirche, bei dem ein Trupp Damen, die Paige noch nie gesehen hatte, pappige Schnittchen und süßlichen Punsch servierte. Während die Trauergäste ihr mit klammen Fingern die Hand drückten, wollte Paige eigentlich nur eins: Nichts wie weg und hinüber zum Hospital, zu Lani, von der sie dringender gebraucht wurde. Der Albtraum hielt mehrere Monate an. Onkel Spence übernahm für sie das Sichten der Unterlagen ihrer Eltern, und er ersparte es ihr auch, ihn beim Verstreuen der Asche im Wald hinter dem Blockhaus zu begleiten. Die Medien waren weniger feinfühlig und saßen ihr ständig wegen ihrer Eltern im Nacken. Was sie denn gehalten habe von deren Religion? Ob sie den Autounfall als Teil einer Verschwörung betrachte? Wieso sie nach Europa gegangen sei? Sie beantwortete keine Fragen, ließ sich auf keine Interviews ein. Ihre Zeit widmete sie Lani, um mitzuhelfen, dass sie wieder gesund wurde.

An jene Leidenszeit wollte Paige nicht erinnert werden. Aber nun war Nicholas womöglich hier ganz in ihrer Nähe. Und diesmal würde ihr Onkel Spence nicht beistehen können.

Aber vielleicht zerbrach sie sich ja vorschnell den Kopf wegen nichts und wieder nichts. Falls Nicholas sie tatsächlich aufsuchte, würde sie ihm kurzerhand das sagen, was sie ihm schon damals in einem Abschiedsbrief hätte schreiben können. Kurz zusammengefasst: Zieh Leine.

Und das schaffte sie auch ohne ihren Onkel.

Nicholas hatte sich alle Mühe gegeben, undurchsichtig zu klingen. Bedrohlich. Mit Stimmen kannte Paige sich aus. Andererseits war ihr eins klar: Hinter dem großspurigen, einschüchternden Getue verbarg sich ein verwöhnter, noch nicht ganz erwachsen gewordener Bengel mit großem Mundwerk und lauter Flausen im Kopf – ein Schaumschläger. Nicholas Bissonette war bestenfalls Mittelmaß, sowohl hinsichtlich seines künstlerischen Talents wie auch als Liebhaber. Wenn er jetzt tatsächlich in Portland wohnte, zumal noch am Wasser, musste es ihm jetzt finanziell besser gehen. Wahrscheinlich wollte er vor ihr angeben, erst recht vor dem jungen Dummerchen, das ihm den Laufpass gegeben hatte. Die Gelegenheit gedachte Paige ihm nicht zu bieten.

Wenn einer Schluss macht, Paige, dann ich!, hatte er ihr einmal bei einem nächtlichen Anruf vorgehalten. Selbst nach so vielen Jahren hatte sein Ego sich immer noch nicht erholt. Mit seinem unveränderten Imponiergehabe wollte er Paige zeigen, was sie verpasste. Von ihrer Warte gesehen verpasste sie aber nur eins: die Geisel eines Frauenhassers zu sein. Das war ihr nach den grauenhaften und lebensechten Bildern, die sie in diesem französischen Kellerloch gesehen hatte, endgültig klar.

Inzwischen hatte sie die Hälfte ihres freien Tages damit vertrödelt, sich über den dämlichen Anruf ihres Exlovers aufzuregen. Vielleicht ließ sich wenigstens der Nachmittag noch retten – mit einer Radtour oder einem ausgedehnten Spaziergang …

Denn diese Grübeleien brachten sie mit einem Schlage wieder zum Ausgangspunkt zurück, nämlich auf jene unheilvollen Anwandlungen, die sich ihr bereits den ganzen Morgen über aufgedrängt hatten. Irgendjemand hatte Amber umgebracht und ihr einen Fuß abgetrennt, den Fuß, an dem sie diesen Zehenring trug. Wozu? Warum hat er den Ring nicht entfernt?

Der Ring war ein Identifizierungsmerkmal, mit dem der Täter, wie schon von Joshua vermutet, eine Botschaft übermittelte. *Ich habe sie getötet.*

Das Schlimmste war, dass er den Fuß unweit von Paiges Wagen deponiert hatte. Das war kein Zufall. Was, wenn die beabsichtigte Botschaft lautete: Ich habe sie umgebracht und möchte, dass Paige Rowan es weiß?

Mit der Frage nach dem Warum schlug sich Paige bis weit in den Abend hinein herum. Als graue Schatten in tiefes Schwarz übergingen, zermarterte sie sich immer noch das Hirn, bemüht, sich an Gespräche mit Amber zu erinnern, an ganz nebenbei gefallene Bemerkungen, die ihr damals möglicherweise bedeutungslos erschienen waren, inzwischen jedoch entscheidend sein konnten. Je mehr sie es versuchte, desto ferner entrückten ihr die Erinnerungen. Das Warum war zwar wichtig, gewiss. Die entscheidende Frage galt aber dem Wer.

8. Kapitel

Kent Marland lehnte sich den Rotstift zwischen den starren Fingern in seinem Sessel zurück und ließ den Kopf kreisen, wobei seine verspannten Nackenwirbel hörbar knackten. Seine Lider starrten vor Gries, als wäre er in einen Sandsturm geraten, und das körnige Zeug ließ sich auch nicht wegblinzeln. Nach seiner Überzeugung war er bloß noch eine Stunde von einem akuten Karpaltunnelsyndrom entfernt. Egal, er hatte versprochen, mit der Korrektur der restlichen Arbeiten bis heute Abend fertig zu werden, damit er den kommenden für Patti freihalten konnte. Sie hatte laut eigener Aussage in letzter Zeit wenig von ihm gesehen. Außerdem war er scharf.

Dreißig Minuten später überflog er seine Notenliste. Ein leeres Kästchen. Er folgte der Zeile nach links hinüber zum Namen. Bettina Reid. Komisch. Sah Bettina eigentlich nicht ähnlich, eine Arbeit nach Abgabetermin abzuliefern. Sie hatte voriges Jahr bereits an einem seiner Seminare teilgenommen, da ihre Aufgaben stets prompt eingereicht und nie auch nur eine Sitzung versäumt. Gewöhnlich kam sie schon früh, um einen Platz gleich vorn in der Mitte zu ergattern, sodass er sich mitunter fragte, ob sie sich wohl in ihn verguckt hatte. Sie wäre nicht die Erste gewesen, aber Bettina Reid? Gott bewahre! Ganz gleich, wo sie sich im Hörsaal postierte – sie war kaum zu übersehen.

Dabei war sie intelligent und eloquent, der Inhalt ihrer Arbeiten stets penibel recherchiert, die Argumentationen schlüssig. In einem Stapel Essays, die meistens vor Binsenweisheiten und hohlem Gesülze strotzten, taten sich Bettinas Ausführungen wohltuend hervor und boten eine willkommene Erholung vom üblichen Geschreibsel der anderen Studenten – nicht selten eine wahre Zumutung. Sie legte zudem ihre Arbeiten ausnahmslos in einem lila Pappschnellhefter vor. Ausgeschlossen, dass er den übersehen hatte.

Er überlegte ... Vor fast zwei Wochen war ihm Bettina das letzte Mal begegnet. Weder hatte sie ihm in der Zwischenzeit eine E-Mail geschickt noch eine Nachricht in seinem Büro hinterlassen. Falls sie den Abgabetermin aus Krankheitsgründen nicht hatte einhalten können, hätte sie ihm das bestimmt irgendwie mitgeteilt. Ob sie das Studium wohl geschmissen hatte? Alles schon vorgekommen – helle Köpfe, aber gesellschaftliche Außenseiter, die mit dem Studentendasein nicht klarkamen. Die gingen von daheim fort in der hohen Erwartung, das College werde mit Sicherheit anders sein als die Schule, nur um dann festzustellen, dass dieselben Lehrertypen, die schon vorher auf ihnen herumgehackt hatten, immer noch lebten und ihnen die Hölle heiß machten. In der Regel waren die Studienabbrecher nach dem ersten Trimester weg – heim zu ihren Eltern und einem Job mit Mindestlohn, ausgerechnet in demselben Kaff, aus dem sie zuvor gar nicht schnell genug hatten abhauen können. Bettina – so sie denn tatsächlich ihr Studium abgebrochen hatte – war prima über das erste Jahr gekommen. Aber wer wusste schon, was sie wegen ihrer Konfektionsgröße alles an Gespött hatte über sich ergehen lassen müssen? Nicht ohne Bedauern guckte er noch einmal auf das leere Kästchen neben ihrem Namen. Sie ließ ihm keine Wahl. Seufzend trug er ein »F« für null Punkte ein. Kein Schein.

* * *

Clark Beattie unterhielt einen tadellosen Wohnkomplex mit zwanzig Mieteinheiten, gelegen fünf Häuserzeilen von der Portland State University unmittelbar südlich des Zentrums. Er bildete sich einiges darauf ein, dass er sämtliche Mieter gut kannte. Mrs. Lukasik aus 211, Besitzerin eines Kanarienvogels, war Abonnentin des *Reader's Digest* und erzählte Clark, wenn sie ihm auf dem Weg zum Friseur im Eingangsbereich begegnete, des Öfteren die Witze aus der Rubrik »Lachen ist die beste Medizin«. Don Rollick, Mieter der Zweizimmerwohnung gleich gegenüber, war ein Spitzenkoch und Feinschmecker, der elegante Dinnerpartys veranstaltete und zweimal die Woche Bridge spielte. Die Tunneys hatten immer noch Ärger mit ihrem Auto und konnten sich nicht entscheiden, ob sie noch einmal Geld in die Reparatur ihres zwölf Jahre alten Mazdas stecken oder ihn lieber verkaufen und sich einen neueren Wagen leasen sollten.

Die unmittelbare Nähe zur Universität hatte zur Folge, dass Clark Beattie jedes Jahr im August ganze Schwärme von Studienanfängern abwimmeln musste, die sich auf der Suche nach einer Studentenbude die Klinke in die Hand gaben. Er vermietete nicht gern an Studenten. Die waren schlampig, laut und meistens auf ein Mietverhältnis für acht Monate aus. Voriges Jahr hatte er eine Ausnahme gemacht, und zwar bei der Reid, die das kleine Einzimmerapartment am Ende des Korridors bezog.

Sie war höflich und freundlich. Sie hielt die Wohnung sauber, bepflanzte im Sommer auf ihrer Terrasse Körbe mit fleißigen Lieschen sowie Blumenkästen mit Hängegeranien und hatte erst letzte Woche einen wunderhübschen Herbstkranz an ihre Wohnungstür gehängt. Besuch bekam sie keinen. Ja, genau genommen hatte Clark sie noch nie in Gesellschaft gesehen. Keine Zeit, so hatte sie ihm mal gestanden. Tagsüber Vorlesungen und Seminare, dann lernen, und abends jobbte sie in einer Telemarketing-Firma.

Schade eigentlich, dass sie es zu solcher Leibesfülle hatte kommen lassen, zumal in noch jungen Jahren. Clarks bessere Hälfte machte sich Sorgen um sie; die gewaltige Oberweite, so ihre Befürchtung, müsse doch Herzprobleme hervorrufen. Diabetes auch, so hatte sie kopfschüttelnd gemeint. War früher mal eine Alterskrankheit, aber nach Überzeugung von Grace war das Mädel eine Risikokandidatin allererster Sorte. Ob man ihr Ratschläge erteilen sollte? Tipps für kalorienarmes Kochen vielleicht? Grace meinte es sicher gut, aber Clark hatte ihr geraten, sich tunlichst herauszuhalten. Man konnte es mit der Fürsorge auch übertreiben. Womöglich brachte man das Mädel damit nur in Verlegenheit.

Außerdem war Bettina Reid eine vorbildliche Mieterin. Sie zahlte pünktlich die Miete. Bis jetzt zumindest. Sie war auch höchstens einige Tage im Rückstand; da hätte Clark nur ungern bei ihr angeklopft. War ja nicht die Regel. Vielleicht ging's ihr nicht gut, oder sie war verreist, um eine kränkliche Angehörige zu besuchen. Er überlegte, ob er seine Frau hinschicken sollte, damit sie nach dem Rechten sah. Doch wie er Grace kannte, wäre die mit der Tür ins Haus gefallen und länger als vorgesehen geblieben. Ergo beschloss er, noch einen Tag abzuwarten. War echt ein nettes Ding, das Mädel. Es gab bestimmt eine Erklärung.

* * *

Die Multnomah Falls sind die höchsten Wasserfälle in Oregon und die zweithöchsten in den USA, je nachdem, welchen Reiseführer man konsultiert. Der zweistufige Katarakt wurde durch Naturquellen und die Schneeschmelze des Larch Mountain geformt. Kilometerlange Wanderwege säumen die malerische Szenerie. Einer davon beginnt an der Steinhütte am Fuße der Fälle und windet sich hinauf zur Benson Bridge, einer Spannbrücke, über die man die Schlucht zwischen der unteren und der oberen Stufe überqueren kann. Besucher mit guten Knien steigen weiter die steilen Serpentinen hinauf bis zu dem Aussichtspunkt oberhalb der Kaskaden. Besonders im Sommer muss sich ein passionierter Fotograf vermutlich durch Busladungen von Touristen wühlen, um eine gelungene Aufnahme der Fälle hinzubekommen. Oftmals wird er sich dazu lebensgefährlich weit übers Geländer beugen, damit er nicht fremde Ellbogen oder Nasen vor der Linse hat.

Während der Herbstwochen, wenn die Besucherströme allmählich nachlassen, hätte ein Rucksacktourist dagegen mehr Ruhe. Ausgerüstet mit Wasserflasche, einem Beutel Studentenfutter und ordentlichen Wanderstiefeln könnte er so bis oben zum Aussichtspunkt gelangen und sich den Luxus absolut freier Sicht auf die unter ihm liegenden Fälle gönnen. Sofern er niemanden auf dem Pfad oder der Brücke sieht, könnte er einen grünen Müllbeutel aus dem Rucksack ziehen und in aller Ruhe überprüfen, ob er auch fest mit der Kunststoffkordel zugeschnürt ist. Anschließend könnte er seine Ladung über die Brüstung werfen und verfolgen, wie sie zweihundert Meter tief in die tosende Gischt stürzt. Genau so war es nach Ansicht von Detective Carolyn Holt von der Mordkommission vermutlich abgelaufen. Einige Zeit später hatte ein in der Gegend wohnender Wanderer den Sack, der an einem abgebrochenen Ast hängen geblieben war, aus dem Wasser geborgen. Beim Öffnen stieß der Wandersmann auf einen menschlichen Kopf.

9. Kapitel

Als um sieben Uhr morgens ihr Telefon schrillte, erschrak Paige beinahe zu Tode. Joshua hatte am Abend zuvor angerufen, um sich nach ihr zu erkundigen und ihr mitzuteilen, er werde es wohl nicht zum Blockhaus schaffen. Unbekannte hatten bei seiner Organisation eingebrochen und einen CD-Spieler sowie einen tragbaren Fernseher mitgehen lassen. Da auch der Aktenschrank sperrangelweit offen stand, musste Joshua erst einmal überprüfen, ob auch keine Unterlagen fehlten. Er würde sie also sicher nicht so früh aus dem Bett klingeln.

Beim dritten Ton war sie am Apparat. *Nicholas, wenn du das wieder bist, dann …*

Sie nahm den Hörer ab.

»Paige Rowan?«

Eine Frauenstimme. Erleichtert atmete Paige auf. »Ja?«

»Fallon McBride vom *Cypress Village Examiner.* Wenn ich richtig informiert bin, sind Sie doch diejenige, die im Naturpark den Frauenfuß fand. Hätten Sie was dagegen, wenn ich Ihnen ein paar Fragen stelle?«

»Eigentlich …«

»Wir könnten das am Telefon erledigen oder bei einer Tasse Kaffee, wenn Ihnen das lieber wäre.«

»Was ich weiß, habe ich bereits der Polizei mitgeteilt.«

Außer der Tatsache, dass ich Bettina Reid gut kannte. Wie leicht es ihr gefallen war, die Wahrheit zu verschleiern! Wie mies sie sich deswegen fühlte!

»Ja, aber mich interessiert viel mehr, wie es Ihnen geht. Wie Sie das verarbeiten.«

»Ich gebe dazu keinen Kommentar ab, Ms. McBride«, beschied sie förmlich, wobei sie spürte, wie sich ihre Nackenmuskeln verkrampften.

»Ihre Story wäre aber hochinteressant, Paige. Ich bin sicher, unsere Leser hätten etwas von der menschlichen Seite der Sache: Die Geschichte einer Frau, die sich allein in einer Krisensituation bewährt und trotz des Grauens nicht den Kopf verliert ...«

»Ich lege auf.« Gesagt, getan.

Fallon McBride machte von ihrer Wahlwiederholungstaste weidlich Gebrauch und ließ in der nächsten halben Stunde das Telefon in einer Tour bimmeln. Erst als Paige den Hörer danebenlegte, gelang es ihr, die Verkrampfungen, die sich in Nacken und Schultern geschlichen hatten, zu lockern. Die McBride stand in dem zweifelhaften Ruf, mehr Wert auf Drama denn Story zu legen, was ihr schon eine ellenlange Liste an Kritikern eingetragen hatte. Außerdem konnte Paige sie nicht leiden, in erster Linie deshalb nicht, weil das Weib ein paar Mal mit Joshua ausgegangen war.

Es sei nichts Ernstes gewesen, so Joshua. Die McBride hatte ihn damals vor vier Jahren bei seinem ersten Besuch im Ort angesprochen und einen Artikel über ihn und seine karitative Einrichtung geschrieben. Aus einigen Statements für die Zeitung wurde ein Treffen bei Irish Coffee und schließlich, einige Tage darauf, eine lockere Verabredung zum Lunch. Möglich, dass Fallon dabei auf mehr schielte; Joshua jedenfalls nicht. Der brave, vernünftige Joshua.

Paige überflog das Fernsehprogramm. *Cold Case – Kein Opfer ist je vergessen, American Justice, CSI Miami* ... Auch hier nichts als Kriminalität. Sie merkte, wie ihr beim erneuten Gedanken an Amber schon wieder etwas die Kehle zuschnürte. Weil sie für eine Magenbypassoperation sparte, hatte Amber den Großteil ihres Verdienstes rigoros auf die hohe Kante gelegt und sich bereits eine Jeans in Größe 42 gekauft. Die hing innen an der Küchentür an einem Haken – als Motivationsanreiz, so Amber. Ein Ziel, auf das man hinarbeiten könne.

Menschenskind, Amber! Was ist bloß passiert? Mit wem hast du dich getroffen?

Fantasie konnte gefährlich werden, besonders wenn sie für Realität gehalten wurde. Sowohl Amber als auch Lani hatten sich über Kunden geäußert, die angeblich in sie verknallt waren und die jegliche ihnen aufgetischte Ammenmärchen für bare Münze nahmen. Für Lani waren ihre schmachtenden Telefonverehrer hoffnungslose Flachpfeifen. Amber sah das anders. Für sie war die Liebeserklärung ein Rausch, eine überwältigende Erfahrung, geradezu ein Schuss Heroin für ihr Ego. Sie brauchte nur zu reden, und zack! Volltreffer. Schon hatte sie jemanden erreicht, hatte tief in ihm etwas zum Klingen gebracht, und er war darauf angesprungen. Ihr Donnerstagskavalier begann, kleine Aufmerksamkeiten in ihrem Postfach zu hinterlegen – eine Flasche Champagner, dann einen Gedichtband, zuletzt einen Plüsch-Koalabären, ihr Lieblingstier. Allmählich fing Amber an zu glauben, ihr Anrufer mache sich wirklich etwas aus ihr. Sie beide hatten vieles gemeinsam.

Mit der Zeit sah sie seinen Anrufen freudig erregt entgegen und traf entsprechende Vorbereitungen, indem sie ihr Haar stylte, sich die Nägel lackierte, Make-up auflegte und Duftkerzen entzündete. Auf dem Beistelltisch neben dem Bett hielt sie stets eine Flasche Mineralwasser, eine Auswahl parfümierter Öle, einige Federn und einen Vibrator bereit. Sie investierte in ein supermodernes schnurloses Telefon mit 900 Megahertz Frequenzbereich, das Neueste vom Neuen. Das rauschte nicht so wie ihr altes und ließ sich zudem besser zwischen Schulter und Ohr klemmen, wodurch man beide Hände frei behielt.

Von ihrem Verehrer, einem Dr. James Lowrey, wie sie behauptete, schwärmte Amber dermaßen in höchsten Tönen, dass die anderen drei Mädchen es irgendwann nicht mehr hören mochten. Begehren, so hatte Dory ihr eingeschärft, beruhe auf Neugier und auf Geheimnisvollem. Nähme man ihm das weg, würde Ambers Strippenkavalier nie wieder von sich hören lassen.

Amber bestritt das. Ihr Gewicht spiele keine Rolle, beharrte sie. Er liebe sie wirklich.

Die Trennungslinie zwischen Amber und Bettina verschwamm immer mehr. Amber wurde leichtsinnig. Sie gestand ihrem Donnerstagsdoktor, sie sehe im Grunde gar nicht so aus wie auf dem Foto auf ihrer Internetseite und sei in Wirklichkeit ein ziemlicher Moppel. Nach einigem Hin und Her beschrieb sie ihre wogenden Möpse, die Speckrollen, die Orangenhaut am Po – jeden Quadratzoll ihres voluminösen Leibes, wobei sie immer lauter wurde, um das orgastische Gestöhn ihres hingerissenen Doktors zu übertönen. Lowrey setzte seine Donnerstagsanrufe fort, und zwar heißer denn je, wie Amber stolz berichtete.

»Siehst du, Dory?«, hatte sie frohlockt. »Sind eben doch nicht alle Schweine, die Kerle!«

Gleich zu Beginn ihrer neuen Tätigkeit hatten die vier Mädel einen Pakt geschlossen: Techtelmechtel mit Anrufern waren tabu. Sie hatten es sich in die Hand versprochen: Nie, nie, nie, nie. Andere vor ihnen hatten die Regel ignoriert. Eine war verprügelt, eine andere vergewaltigt worden – schlimm, aber kein Vergleich zu dem, was Amber zugestoßen war. Sie alle hatten sich körperlich und gesellschaftlich perfektere Versionen ihrer selbst gezimmert. Hatte Amber alles auf eine Karte gesetzt? Hatte sie sich überreden lassen, einem ihrer Anrufer von Angesicht zu Angesicht gegenüberzutreten?

Paige fragte sich, wie lange es dauern mochte, bis die Polizei die Wahrheit über Bettina Reid ermittelt hatte. Sie selbst durfte dazu ja keine Aussage machen.

Entschuldigen Sie, Officer, aber die Tote, diese Reid – die war 'ne Telefonnutte.

Aha. Und woher nehmen Sie diese Weisheit, Ma'am?

Ich hab halt ein Auge dafür.

Selbst wenn den Zeitungen Paiges vormaliger Broterwerb keine Zeile wert wäre, würde Carolyn nichtsdestoweniger davon erfahren. Joshua gleich mit. Und dann wäre sie ihn los. Das durfte sie nicht zulassen. Sie liebte ihn. Amber war ganz begeistert darüber gewesen, dass auch Paige einen netten Kerl kennengelernt hatte.

Versau dir nicht alles, Paige! Nicht meinetwegen! Lass die Polizei nur machen. Die wird schon drauf kommen, wer mir das angetan hat.

Astreine Begründung!, lobte sie stumm, während Ambers Phantomratschläge allmählich verhallten. Zum Glück war kein Spiegel in der Nähe.

Möglicherweise, so Paige, gab es ja doch noch etwas, was sie für Amber tun konnte. Sie fasste unter ihr Sofa und zog ihr Notizbuch hervor. In eine Couchecke gekuschelt, auf dem Schoß Parkers ruhender Hundekopf, blätterte sie die Seiten durch, ständig auf der Suche nach einem Namen, einer Randnotiz, nach irgendetwas, das ihrem Gedächtnis auf die Sprünge helfen konnte, wie etwa ein Gespräch mit jemandem, der ihr irgendwie nicht geheuer vorgekommen war. Klar, es war wie die Suche nach der Stecknadel im Heuhaufen: In dem Maße, wie die Frauen sich verstellten, taten das auch die Männer. Ein Lkw-Fahrer konnte sich als Millionär ausgeben, ein Krösus den Trucker spielen. In der Welt der Fantasie war nichts unmöglich. Und echt schon gar nicht.

Und wenn sie dem nun auf die Spur käme, diesem Typen mit dem falschen Zungenschlag? Was dann? Ein anonymer Anruf bei der Polizei, ein an den Haaren herbeigezogener Hinweis, dem die Behörden von Amts wegen nachgehen mussten –

sie wäre nur einer von Dutzenden gewesen, die sich in den kommenden Tagen bei der Polizei melden würden.

Sie hatte nicht erwähnt, wie gut sie Amber kannte. Es ging nicht. Sie musste also Wiedergutmachung leisten. Irgendwie. Sofern Amber mit ihrem Mörder gesprochen hatte, musste Paige das eventuell ebenfalls tun.

Sie schlug das linierte Notizbuch auf. Die Liste darin war in alphabetischer Reihenfolge, beginnend mit Angus, der tatsächlich mit einem ausgeprägten irischen Akzent sprach und sich mit Vorliebe anhörte, wie Paige sich den Hintern versohlte. Jedenfalls tat sie so, indem sie heftig mit einem Lineal auf den Couchtisch knallte. Angus war ein amüsanter Vertreter – fantasievoll und humorvoll. Dann gab's noch drei Bills: den schüchternen, den mit Familie und vier Kindern und den alten, der vorgab, schon über siebzig zu sein. Nach seiner zittrigen Stimme zu urteilen stimmte das wahrscheinlich sogar. Es hatte Männer gegeben, mit denen Paige höchst ungern sprach – Frauenhasser, die sich an Strangulationsfantasien aufgeilten und zu deren Ergötzen sich Paige vor Schmerzen heiser schreien musste. Ein besonders widerwärtiger Patron namens Orson, angeblich Schadensregulator bei einer Versicherung, schwafelte etwas von einem Plastiksack, den er ihr über den Kopf stülpte. Während er stöhnte und grunzte, musste sie ihm beschreiben, wie ihr Gesicht beim Erstickungsvorgang blauviolett anlief. Dabei ging das wohl kaum, wenn man erdrosselt wurde.

Es sind die Stillen, auf die man Acht geben muss! Vermutlich zählte auch das zu den Realitäten des Telefonsex-Business. Unter Umständen lauerte das wirklich Böse nicht im augenscheinlich Abartigen, sondern hinter dem Anrufer, der sich einer kühlen, maßvollen Sprechweise befleißigte. Einem mit Manieren. Einem Gentleman eben.

Sie musste mit den anderen sprechen. Gerade griff sie nach

dem Telefon, als der Klingelton ertönte. Dory. Sie war völlig aufgelöst. »Wir müssen uns treffen. Irgendwas ist faul.«

»Ich wollte dich gerade anrufen.«

»Ich mache mir Sorgen um Amber.«

»Dazu ist es zu spät. Sag mal, liest du eigentlich keine Zeitung? Ruf Lani an. Ich muss mit euch reden.«

Am anderen Ende der Leitung ertönte ein Schluchzen. Mit erstickter Stimme würgte Dory mühsam hervor: »Im Ort. Bei Paisano. In 'ner halben Stunde.«

10. Kapitel

Das Paisano's war ein für konspirative Treffen gut geeignetes Bistro im Herzen des Ortes. Vermutlich hatte Dory das auf Holzofen-Pizza und hausgemachte Pastasaucen spezialisierte Lokal deshalb gewählt, weil es dort immer laut zuging und es keinen Menschen interessierte, über was die drei Damen sich unterhielten. Außerdem war es kinderfreundlich, denn Dory brachte bestimmt ihren sechsjährigen Sebastian mit, der am liebsten malte, auf Zaubertricks und Reiten stand und das Downsyndrom hatte. So jedenfalls beschrieb ihn immer seine Mutter, die zuerst seine Stärken hervorhob und die Behinderung eher beiläufig erwähnte.

Obwohl am weitesten vom Ortskern entfernt wohnhaft, traf Paige als Erste ein und wurde zu einer runden Nische hinten im Restaurant geführt, gleich neben der Küche. Sie bestellte sich einen Kaffee und fragte sich, was Dory wohl wusste. Dory hatte die Zeitung nicht gelesen – tat sie nie – und hatte dementsprechend nicht die geringste Ahnung von dem grausigen Fund im Naturpark und der reißerischen Schlagzeile im *Examiner*.

Dory brachte zwar nach wie vor die Telefondrähte zum Glühen, arbeitete aber mittlerweile von daheim aus und war daher zur Stelle, wenn Sebastian nach der Schule aus dem Bus stieg. So konnte sie mit ihm zu Abend essen, ihm bei den Hausaufgaben helfen oder eine Gutenachtgeschichte vorlesen. Nachdem sie ihn dann zu Bett gebracht hatte, verwandelte sie sich in Dallas, eine wuschelhaarige Blondine, die keinen Anrufer abblitzen ließ und niemals mitten im Gespräch auflegen würde. Tatsächlich war sie eine gertenschlanke Brünette ohne sichtbare Kurven und lebte einzig und allein für den Zweck, ihren Sohn lächeln zu sehen. Dory zufolge war Sebastian das einzige männliche Wesen, auf das man zählen konnte.

Dann stürmte Lani zur Tür herein, aufgedonnert bis zum Gehtnichtmehr. Paige winkte sie zu sich an den Tisch. Kurz danach erschien Dory mit Sebastian, der die Freundinnen seiner Mutter mit herzlichen Umarmungen begrüßte. Lanis Outfit aus schwarzem Minirock und Netzstrümpfen fand er zwar »cool«, doch mit dem Qualmen müsse sie aufhören, meinte er, denn davon rieche sie nach Rauch. Dory warf der so Gescholtenen einen entschuldigenden Blick zu und brachte ihren Filius mit einem Spumoni-Eis sowie einer Schachtel Buntstifte auf andere Gedanken. Im Nu verwandelte er das Papiertischtuch in ein farbenprächtiges Kaleidoskop aus Kreisen, die er um Salz- und Pfefferstreuer zog und nach und nach um andere Formen wie Kaffeetassen, Zuckerdosen oder Teelöffel erweiterte.

»Was gibt's, Paige?« Der panische Unterton in Lanis Stimme war nicht zu überhören. »Was ist passiert?«

Aus einer übergroßen Handtasche zog Paige einen Teil des *Examiner*, den Dory und Lani gemeinsam lasen. »Du hast einen Fuß gefunden?«, fragte Lani mit schriller werdender Stimme, so laut, dass nicht einmal der im Lokal herrschende Radau die Frage zu übertönen vermochte.

»Schlimmer noch. Es ist der von Amber. Ich weiß es.«

»Amber ist tot?«

»Wer ist tot, Mama?« Sebastian ließ seinen Malstift sinken. »Kenne ich die?«

»Nein, Schnuckiputz.« Dory glättete dem Jungen einen Haarwirbel und wischte mit sanften Berührungen Eisreste vom Gesicht des Kerlchens. Sie streichelte ihn auch dann noch, als die Eiskleckse längst weg waren. »Mommy und ihre

Freundinnen machen bloß ein Spiel. Ein Rätselraten, ja? Malst du mir noch ein Bild?«

»Klar!«, versicherte der Kleine und strahlte dabei übers ganze Gesichtchen. »Was soll ich denn malen?«

»Blumen«, schlug sie vor. »Ganz, ganz viele bunte Blumen.« An Lani gewandt, fügte sie hinzu: »Halte dich an die Spielregeln! Pass auf, was du sagst!«

Sebastian versuchte sich offenbar an einem Korb mit Tulpen. »Jawoll«, bekräftigte er. »Geflucht wird nicht!«

Paige schilderte die Ereignisse im Zusammenhang mit ihrer Wanderung, wobei sie mit Rücksicht auf den Jungen ihre Worte sorgsam wählte. »Ich hätte euch beide eigentlich schon gestern anrufen sollen. Tut mir leid. Aber ich musste mich erst einmal von dem Schrecken erholen.«

Es fiel ihr schwer, sich diesen Tag zu verzeihen. Eine Menge anderer Dinge auch. Verfehlungen noch und noch!

»Woher wusstest du denn, dass es Amber war?«, erkundigte Dory sich.

»Ich habe den Zehenring wiedererkannt, den Lani ihr gekauft hatte.«

Lani entfuhr ein leises Schluchzen, aber Sebastian malte weiter. Die Tulpen erfreuten sich inzwischen der Gesellschaft von Gänseblümchen nebst orangegelben und blauen Klecksen, die Dory als »ganz wunderschön« lobte.

»Wenn Amber umgebracht wurde, dann …«

»Sachte, Lani«, mahnte Dory mit einem demonstrativen Blick auf ihren Sohn. »Mach nicht die Pferde scheu!«

Nachdem Lani sich einigermaßen gefangen hatte, nahm Dory den Faden wieder auf. »Er rief mich an. Der Telefongentleman. Vor knapp 'ner halben Stunde. Der sucht noch immer nach Opal.«

Lanis ohnehin fahles Gesicht wurde kreidebleich. »Hat er das gesagt?«

»Hast du ihm verklickert, dass Opal nicht mehr arbeitet?«, setzte Paige hinzu.

Dory nickte. »Juckt ihn nicht. Er will mit der Suche erst dann aufhören, wenn er Opal gefunden hat. Faselte was von Seelenverwandtschaft, dass sie seine Erlösung sei, die Liebe seines Lebens …«

»Na schön«, bemerkte Paige, »hat halt ’ne fixe Idee, der Typ. Kommt vor. Kein Grund zur Panik. Irgendwann hat er die Faxen dicke, sucht sich statt Opal ’ne andere zum Anhimmeln, und das war’s.«

»Glaube ich nicht.« Dory senkte die Stimme zu einem Flüstern. Während Sebastian neben ihr Regenbögen und Drachen malte, streichelte sie ihm über das feine schwarze Haar, lobte sein Kunstwerk, küsste ihn auf den Scheitel und guckte ihn die ganze Zeit an, als wolle sie jedes bisschen ihrer Herzlichkeit auf ihn übertragen.

»Wie kommst du darauf?«

»Er sagte, er würde Amber mit Leichtigkeit finden.«

O Gott!, durchzuckt es Paige. Das Schlimmste war eingetreten: Der Telefonkavalier hatte angebissen, nahm nun die Lügengeschichten für bare Münze und ließ sich nicht mehr abwimmeln. Opal war sein Hauptgewinn, und bis er den hatte, würde er nicht locker lassen.

»Hat er sie denn auch angerufen?« Lani zupfte an den Glockenärmeln ihres Pullis. »Während der Suche?«

»Behauptet er jedenfalls«, erwiderte Dory. »Und dann meinte er, ich solle mal in die Abendzeitung gucken.«

Paige richtete den Blick auf Dory. »Glaubst du, dass der Strippenkavalier dahintersteckt? Oder wollte der dich veräppeln? Hörte sich das wie Schwindelei an?«

Mit verkniffenen Lippen betrachtete Dory ihren Filius, der inzwischen sein Meisterwerk vollendet hatte und sich müde an sie kuschelte. »Das war kein Bluff.«

»Woran willst du das denn gemerkt haben?«

»Er sprach mich nicht mit Dallas an«, sagte sie ruhig. »Sondern mit Dory.«

»O Gott!«, wimmerte Lani.

Dory holte tief Luft und fügte hinzu: »Und dann wollte er wissen, wie's Sebastian geht.«

11. Kapitel

Als sie am Dienstag wieder zur Arbeit ging, war Paige heilfroh. Aufgrund des vielen Alleinseins hatte sie Angst vor der Dunkelheit bekommen und beim Schlafen das Licht angelassen. Die Geister stellten sich indes trotzdem ein: Hirngespinste von Nicholas, ihren Eltern, Opals Telefongentleman. Und der grausige, abgetrennte Fuß. Auch Dory war der Schreck in die Glieder gefahren. Obwohl sonst nicht aus der Ruhe zu bringen, hatte sie mit bebender Stimme berichtet, was der Anrufer gesagt, wie er sie mit richtigem Namen angeredet und sich nach dem Befinden ihres Söhnchens erkundigt hatte. Dann war sie sauer geworden, weil ihr aufging, dass sie von Amber, mit der sie sich eine Woche zuvor gestritten hatte, ans Messer geliefert worden war. Amber hatte dem Anrufer bestimmt ihre wahre Identität verraten. Ihre Adresse. Was mochte die sonst noch alles ausgeplaudert haben?

Opal musste weiter tot und begraben bleiben. Im Grunde hätte man sie gar nicht erst erfinden dürfen. Wie in den Sagen und Mythen, die sich um den echten Opal rankten, den Schmuck- und Geburtsstein für den Monat Oktober, brachte sie tatsächlich Unglück. Sie hatte unter ihrem Decknamen ernsthaften Schaden angerichtet. Der Strippenkavalier durfte sie keinesfalls finden.

Als Paige den Laden betrat, war ihr Kollege Luke Rush gerade dabei, das Schaufenster mit Campingzubehör, Armee-Messern, Insektenschutzspray und Schlangenbiss-Gegenmitteln umzudekorieren. Kaum hatte er Paige erblickt, ließ er etliche Packungen Zeltheringe fallen und kam ihr eilig entgegen. »Dann stimmt es also? Du hast echt diesen Fuß gefunden? Krass!«

Ach, du liebe Zeit! Sie atmete tief und gleichmäßig durch. »Krass? Von wegen krass! Grauenvoll war das, Luke!« Grausiger, als du dir das vorstellst!, hätte sie noch ergänzen können.

Luke war vor einem Jahr zum Verkaufsteam des Great Outdoor gestoßen. An sich aus Seattle stammend, war er eine bekannte Größe in der dortigen Grungeszene gewesen. Allerdings kannte er sich zudem hervorragend mit Kajak- und Radfahren aus, war begeisterter Bergsteiger und hielt sich für den ausgeflipptesten Freiluftfreak überhaupt. Da Harry Washburne, der Geschäftsführer des Ladens, Wert darauf legte, dass Luke bei der Arbeit nicht ganz so ausgeflippt auftrat, trug er seine Rastalocken immer adrett zu einem Pferdeschwanz gebündelt. Seine T-Shirts mit Aufdrucken von Grungebands wie Nirvana oder Blind Melon hatte er gegen überweite Hemden eingetauscht, die er in den Bund seiner ausgewaschenen Jeans stopfte. Die Kunden mochten ihn ebenso wie Paige, die freilich seine Vorliebe fürs Schauerliche schwer erträglich fand. So trug er einen auffälligen Totenkopfring, ein Geschenk von einer Bekannten aus der Gothicszene, die in einem Sarg schlief. Trotz mehrmaliger Hinweise seines Chefs mochte er auf das Ding partout nicht verzichten.

»Ich möchte das Wochenende lieber abhaken, Luke. Mich in die Arbeit stürzen, verstehst du?«

Luke war noch nicht fertig. »Hätte schlimmer kommen können, Paige. War ja nur ’n Fuß. Denk mal an den Typen, der den Kopf gefunden hat!«

»Was?« Ihr war, als sacke der Boden unter ihren Füßen weg. Sie musste sich an einem stählernen Kleiderständer festhalten.

»Kam gestern Abend um elf in den Nachrichten. Harry hat die Zeitung dabei.«

Harry Washburne beugte sich gerade hinten im Laden über die Buchführungskladden, als Paige auf wackligen Beinen sein Büro betrat. Er legte den Bleistift nieder und sagte: »Unangenehmes Wochenende, nehme ich an. Alles okay mit Ihnen? Sie sehen ein bisschen grün um die Nase aus.«

»Stimmt das? Jemand hat einen Schädel gefunden?«

»Armes Schwein«, knurrte Harry mit einem musternden Blick. »Setzen Sie sich lieber hin, bevor sie mir hier noch schlappmachen. Ich hole Ihnen einen Kaffee.«

Unter Geschirrgeklapper erzählte er ihr, er habe die Zeitung bereits in den Papiercontainer entsorgt. »Sollten Sie meiner Ansicht nach sowieso nicht lesen. Regt sie nur noch mehr auf als ohnehin schon.«

Er reichte ihr einen Becher pechschwarzen Kaffee, von dem sie gierig trank. Das starke Gebräu weckte ihre Lebensgeister und schien ihre wackligen Beine einigermaßen zu stabilisieren. »Danke, Harry.«

Ihr Boss war ein drahtiger Mittfünfziger mit einer Vorliebe für geschniegelte Kleidung, Kurzhaarfrisuren und langbeinige Damen, die sich nicht zu schade waren, beim Segeln Hand anzulegen. Seit zwanzig Jahren geschieden, behauptete er zwar stets, er ziehe das Singledasein vor, aber das nahm Paige ihm nicht ab. In stillen Augenblicken hatte sie ihren Chef bisweilen ganz in Gedanken versunken ertappt, das Gesicht eine Maske tiefster Melancholie. Auf entsprechende Fragen erwiderte er stets, es gehe ihm blendend. Persönliches behielt er für sich.

»Besser?«, fragte er jetzt.

»Wird schon wieder«, antworte Paige in der Hoffnung, dass das auch stimmte.

»Na, kleine Abwechslung gefällig? Was würden Sie davon halten, mal mit einem waschechten Millionär Tuchfühlung aufzunehmen?«

»Ich verstehe nur Bahnhof, Harry.«

»Die Ökotour«, sagte er. »Mercer Wyatt kommt mit. Wundert mich, dass Luke es Ihnen nicht gleich brühwarm erzählt hat.«

»Ich glaube, der hat was anderes im Kopf. Mercer Wyatt? Auf die Tour? Der schottet sich doch schon seit Jahren ab!«

»Sie brauchen sich nicht zu kneifen. Es stimmt. Hat mir selber gesagt, es würde langsam Zeit, dass er mal wieder was vom Leben hat. Er wäre nicht der Erste, der 'nen Revoluzzer und Ausreißer zum Sohn hat, und er würde auch nicht der Letzte sein. Ich weiß auch nicht, wieso, aber der tat mir irgendwie leid, der Mann. Schwimmt zwar im Geld, ist aber im Grunde 'ne arme Sau.«

Paige erinnerte sich, dass vor ein paar Jahren ein Artikel über den Dotcom-Millionär im Nachrichtenmagazin »TIME« gestanden hatte. Wyatt war zu seinem Vermögen gelangt wie zahlreiche andere Unternehmer vor ihm: rackern, achtzehn Stunden am Tag und sieben Tage die Woche, und alles dem Aufbau eines Imperiums unterordnen. Mit dem Erfolg kam die Tragödie. 1997 wurde bei seiner Ehefrau Brooke Gebärmutterkrebs diagnostiziert. Der einzige Sohn Taylor, damals vierzehn Jahre alt, wachte am Krankenbett, während der Vater zwischen Büro und Krankenhaus pendelte und sich hier wie dort um jede Kleinigkeit kümmerte. Zum Schluss hatte der Sohn der sterbenden Mutter die Hand gehalten. Mercer Wyatt leitete derweil eine Sitzung mit japanischen Investoren.

Während der nächsten vier Jahre vegetierte der Junge in einer Art anarchischem Dämmerzustand dahin. Er konsumierte bald Rauschmittel jeglicher Sorte, nächtigte immer häufiger in Hinterhöfen und frühstückte dann Restaurantabfälle. Der Vater, gramgebeugt durch den Tod seiner Frau, hatte sich tiefer denn je in die Leitung seiner Firma gestürzt.

Dann verschwand Taylor. Das Foto in der *TIME* zeigte einen düster dreinblickenden Mercer beim Lesen des Abschiedsbriefes.

Dad, mach dir keine Sorgen. Ich bin auf der Suche nach mir selbst. Sobald ich mich finde, hörst du von mir.

Der Leiter des Sicherheitsdienstes von Wyatt Enterprises, ein Spitzenkönner auf seinem Gebiet, half dem Millionär bei der Suche nach seinem Sohn, aber Taylor blieb unauffindbar. Acht Monate darauf erwarb Wyatt einige Hektar Land auf einem entlegenen, bewaldeten Hügel unmittelbar nördlich des Ortes und ging dazu über, am Wochenende dort einzufliegen, um die Bauarbeiten an seinem ländlichen Refugium zu überwachen. Er war fest entschlossen, sein Leben wieder ins Lot zu bringen.

Und jetzt hatte er sich für einen Aktivurlaub angemeldet. Paige hätte gern gewusst, wie viel Wyatt wohl über sich erzählen würde, sobald das Lagerfeuer brannte. »Tja, gut für ihn«, sagte sie zu ihrem Chef. »Schätze ich mal. Müssten ein paar interessante Tage werden.«

»Wär auch klasse fürs Geschäft. Sowohl für meins als auch für Bills.«

Bill Washburne, Harrys Bruder, war Eigentümer der Motorjacht Madrona, eines Holzbootes Baujahr 1920, das früher für Angelexpeditionen gechartert wurde. Inzwischen wunderschön restauriert und auf dem neuesten Stand der Technik, ähnelte die Madrona einem schwimmenden Ferienhaus, mit dem zehn Passagiere rund um die San-Juan-Inseln schippern konnten. Die Fahrt, für die Paige – und nun auch Mercer Wyatt – gebucht waren, umfasste Wander-, Rad- und Kajaktouren. Paige freute sich auf den Urlaub und konnte ihn kaum erwarten.

Sie goss Milch in ihren Kaffee und kehrte in den Verkaufsraum des Geschäftes zurück. Auf der anderen Straßenseite schloss Arlen Dale, wie so oft mit Kopfhörern auf den Ohren, gerade seinen Lenkdrachenladen auf.

»Was meinst du, was hört der da wohl, der Vogel?«, fragte Luke. »Opern? Der hat so was von ’nem Theatergänger.«

Paige wehrte kopfschüttelnd ab. »Ich tippe eher auf *Spanisch leicht gemacht in zehn Lektionen*.«

»Sí. Es verdad.«

Da nur wenige Kunden den Laden aufsuchten, konnten Paige und Luke in aller Ruhe letzte Sommerartikel ins Tiefgeschoss räumen und den Laden auf Vordermann bringen. Zu Hause machte Paige gleich mit dem Aufräumen weiter. Nach einem langen Marsch mit Parker hinunter zum Briefkasten brachte sie ihr Wohnzimmer in Ordnung, bezog die Betten neu und vergewisserte sich, dass Bier und ordentlich gekühlter Weißwein im Kühlschrank standen. Joshua hatte sie noch im Geschäft angerufen; er sei unterwegs und bringe Pizza sowie Pyjama mit.

Sie zog sich eine alte Jacke über, ging zur Hintertür hinaus und wandte sich zu dem unter der Veranda lagernden Brennholzstapel. Ein frostiger Hauch lag in der Luft – das ideale Wetter für einen tollen Abend am prasselnden Kaminfeuer, komplett mit einem Becher Glühwein und knisterndem Sex. Nur wenige Meter entfernt flitzte ein aufgescheuchtes Streifenhörnchen über den Teppich aus dichtem, trockenem Laub. Während Paige sich einen Arm voll Scheite auflud, hörte sie draußen vom Weg her das Knirschen von Autoreifen auf Kies. Parker bellte. Paige lächelte erst, fragte sich aber dann, wieso Joshua entgegen seinen Gewohnheiten nicht gehupt hatte. Wieder im Haus, rief sie: »Ich habe dich gar nicht hupen gehört. Und seit wann trägst du einen Schlafanzug?«

Sie betrat das Wohnzimmer und sah ihn auf dem Sofa sitzen. Schlagartig gaben ihre Arme nach; die Scheite polterten zu Boden.

»Hi, Schätzchen. Die Haustür stand offen.«

12. Kapitel

Nicholas Bissonette hatte sich verändert. In den Jahren seit ihrer Abreise hatte er seiner Hungerkünstlergarderobe aus schwarzen Jeans und Schlabberpullovern zugunsten gängigerer Kleidung abgeschworen und trug nun Khakihosen zu Wildlederblazer und dunkelblauem Hemd. Das damals schulterlange Haar war inzwischen gestutzt, aber der Ausdruck süffisanter Arroganz, mit dem er Paige besonders in den letzten Wochen ihrer Beziehung bedacht hatte, der war geblieben. Nunmehr lag ein ständiges spöttisches Feixen auf seinen Zügen. Einen Mundwinkel leicht gelupft, erweckte er den Eindruck, als mache er sich wieder über sie lustig.

Dies war nicht die passende Gelegenheit für Sprüche wie »Mensch, ewig nicht gesehen« oder »Was hast du denn so getrieben?«. Stattdessen blickte Paige ihn unverwandt und zornig an. »Verschwinde aus meinem Haus!«

Er stand auf und kam auf sie zu. Parker, der neben ihr stand, witterte wohl Gefahr und ließ ein drohendes Knurren vernehmen. »Immer die Ruhe, mein Alter«, beschwichtigte Nicholas. »Halt mir den Köter vom Leib, Paige! Ich wollte dir nur das Holz tragen helfen.«

Sie machte keinerlei Anstalten, ihren Hund zurückzuhalten. »Ich möchte keine Hilfe. Ich möchte nur eins: Hau ab!«

»Nun sei doch vernünftig, Kleines! Ich bin extra von Portland hergefahren, nur um dich zu besuchen. Was ist denn schon dabei, wenn wir uns ein bisschen unterhalten und Neuigkeiten austauschen? Gib's zu, du bist doch auch ein bisschen neugierig, stimmt's?« Mit gerecktem Kinn wies er auf eines der hohen, mehrfach verglasten Fenster zu beiden Seiten des Kamins. Draußen stand ein marineblauer Porsche Boxster. »Hat sich einiges geändert. Beispielsweise ich. Guck mal! Zweihundertfünfundzwanzig Pferdchen unter der Motorhaube. Ist der nicht ein Schmuckstück?«

Paige streifte den Sportwagen vor ihrem Fenster mit einem beiläufigen Blick und wandte sich wieder Nicholas zu. »Toll. Kannst dich gleich auf deine zweihundertfünfundzwanzig Pferdchen setzen und dich vom Acker machen.«

Er stellte sich taub für ihre Abfuhr. »Gut schaust du aus, Paige«, sagte er und musterte ihr blondes Kraushaar, ihre Cargohosen, ihre Trekkingstiefel. »Richtig zünftig.«

»Wenn ich mich recht entsinne, hattest du nie viel Sinn fürs Zünftige. Eher fürs Operettenhafte. Aber das ist jetzt Schnee von gestern. Ich stand noch nie besonders auf Geschichte. Auf unsere schon gar nicht. Also, geh!«

Parker knurrte noch einmal.

»Erst, wenn du dich zum Essen einladen lässt.«

»Hier wird nicht gefeilscht, Nicholas. Du befindest dich hier in meinem Haus. Ich habe dich nicht hergebeten.«

»Du weißt wohl nicht mehr, wen du vor dir hast!« Er trat einen Schritt auf sie zu.

Sie blieb standfest und unbeeindruckt. »Wage es ja nicht, mich herumzukommandieren! Ich bin keine neunzehn mehr. Also, für den Fall, dass du schwerhörig bist: Ich habe dich gebeten zu gehen. Zwei Mal. Nenne es von mir aus Hausfriedensbruch, Belästigung – ich nehme an, der Polizei wird schon eine Bezeichnung für dein Verhalten einfallen, wenn ich sie anrufe. Genau das werde ich nämlich jetzt unverzüglich tun.«

Ohne ihn aus den Augen zu lassen, bewegte sie sich aufs Telefon zu. Verunsichert hob Nicholas die Hand. »Nun mach dir mal nicht gleich ins Hemd! Dann halt ein andermal. Verlass dich drauf!«

Eigentlich hätte es nicht so problemlos gehen dürfen. Nicholas war es immer gewohnt gewesen, das letzte Wort zu haben. Während ihrer gemeinsamen zwei Jahre hatte sich Paige in Auseinandersetzungen nicht ein einziges Mal durchgesetzt. Seine Stimme zählte stets doppelt – wir gehen in diesen oder jenen Film, heute gibt's dies oder jenes zum Dinner, heute probieren wir beim Sex mal diese oder jene Stellung aus –, und Paige gab gewöhnlich nach. Es war eben einfacher, und sie tröstete sich mit der Überlegung, dass sie sich nicht von diesem Kleinkrieg zermürben lassen durfte. Sie brauchte ihre Energie für Auseinandersetzungen, die ihr wirklich wichtig waren. Wenn Nicholas also über eine Stunde gefahren war, nur um sie zu besuchen – wieso gab er da so schnell klein bei?

Polizei. Ein simples Wort mit sieben Buchstaben, dessen bloße Erwähnung ausreichte, um Nicholas fluchtartig das Weite suchen zu lasen.

Wovor hast du Angst, Nicholas? Was hast du auf dem Kerbholz?

Durch das vordere Fenster sah sie, wie Joshua in seinem Jeep vorfuhr. Er drückte nicht auf die Hupe; wahrscheinlich machte ihn der Anblick eines unbekannten Fahrzeugs, eines Porsches zumal, stutzig. Mit verdutzter Miene und zwei Pizzaschachteln auf dem Arm stieg er aus seinem Geländewagen.

»Hast du mir noch was zu sagen, Kleines?«, fragte Nicholas über die Schulter.

»Nicht das Geringste«, erwiderte sie. »Tschüs.«

Es kam, wie es kommen musste: Nicholas öffnete die Haustür, und die beiden Männer standen sich gegenüber. Ein unangenehmes, gespanntes Schweigen hing in der Luft; scheinbar warteten beide darauf, dass Paige das Vorstellen übernahm.

Stattdessen eilte sie auf Joshua zu und küsste ihn auf die Wange. »Da bist du ja endlich. Komm rein, ich sterbe vor Hunger.« An Nicholas gewandt, sagte sie kühl: »Viel Glück.

Ich bin überzeugt, dass der Erfolg dir treu bleibt.« Mit geschickten Bewegungen zerrte sie Joshua am Jackenärmel ins Haus und nahm die Tür zu Hilfe, um Nicholas vollends hinauszudrängen. Sekunden später hörte man, wie der Porsche auf dem Kies wendete und mit jaulenden Reifen davonraste.

»Meine Güte, was war denn das da eben?«, fragte Joshua. »Das kenne ich ja gar nicht an dir, dass du mit jemandem so umspringst!« Jetzt fielen ihm die auf dem Boden zwischen Küche und Essecke zerstreuten Scheite auf. »Was ist denn hier passiert?«

Paige war bereits dabei, die Pizzaschachteln auf den Wohnzimmertisch zu stellen. »Erkläre ich gleich, aber erst mal brauche ich etwas zu trinken.« Sie brachte Joshua ein Bier und schenkte sich selbst ein ganzes Glas australischen Shiraz ein, ohne auf die Grundregel zu achten, dass man ein Rotweinglas höchstens zu einem Drittel füllt, damit der Wein sein Bukett entfalten kann. In aller Ruhe richtete sie die Pizzastücke auf den Steinguttellern an, holte Servietten und die Weinflasche aus der Küche und ging dann noch einmal, um die Scheite aufzusammeln und mehrere auf die heruntergebrannten im Kamin zu legen.

Joshua nahm einen Schluck aus der Bierflasche und zündete die auf dem Tisch stehenden Stabkerzen an. Paige spürte jedoch seinen Blick auf sich, während sie hin und her wuselte, um Zeit zu schinden und sich ihre Erklärung zurechtzulegen. Schließlich blieb ihr aber nichts weiter übrig, als sich im Schneidersitz neben ihn auf den Teppich zu hocken und Rede und Antwort zu stehen.

»Ich hab dir doch erzählt, dass ich einige Jahre in Frankreich war. Nach der Schule.«

»Richtig, weiß ich noch. Dein Onkel hatte dich rübergeschickt. Klingt aufregend.«

»Dachte ich auch erst. Eine ganze Weile. Der Mann, den

du da vorhin gesehen hast, der war Teil dieser Zeit.« Wie bescheuert sich das anhörte! »Joshua, hast du dir schon mal gewünscht, du könntest etwas ungeschehen machen? Und zwar so sehr, dass du am liebsten glauben möchtest, es wäre nie passiert? Dass etwas, das du erlebt hast, in Wirklichkeit zu jemand anderem gehören möge?«

»Mist gebaut haben wir früher alle, Paige. Deshalb wirst du mich auch nie auf Klassentreffen finden. Ich möchte nicht daran erinnert werden, was für ein Armleuchter ich war.«

Er lächelte. Sie wusste, er wollte ihr die Situation erleichtern. Als er die Bierflasche ansetzte, hätte sie seine Lippen am liebsten auf den ihren gespürt und Nicholas aus ihrem Gedächtnis gestrichen. Wenn sie mit Joshua allein war, dann war sie fast schon der Überzeugung, sie hätte Nicholas' Geheimnis an jenem Wintertag nicht aufgespürt, jenen entsetzlichen Keller in ihrem Wohnblock nie gesehen. Dann bildete sie sich beinahe ein, der Mann, der diese widerwärtigen Werke geschaffen hatte, habe nie ihre nackte Haut berührt.

Unter nervösem Nippen an ihrem Weinglas berichtete sie Joshua von Chamonix, von den ersten zwei Monaten und davon, was diese für sie bedeutet hatten: Freiheit, Abenteuer, Verliebtheit. Anfangs sei es gut gelaufen mit ihr und Nicholas, aber die Beziehung habe sich etwa gleichzeitig mit seinen häufigen nächtlichen Abstechern in den Keller verschlechtert. Was sie zu Beginn für künstlerisches Temperament gehalten habe, das habe sich bald zu einer beständig düsteren Stimmung gewandelt. Beim kleinsten Anlass hatte Nicholas sie mit Vorwürfen überschüttet. »Nie war ich ihm hübsch genug, nie sexy genug. Und dauernd porträtierte er irgendwelche leicht bekleideten Weiber. Ich wusste, irgendwas ging da nicht mit rechten Dingen zu. Ich fühlte mich richtig mies, was ihn jedoch offenbar geradezu antörnte. Dann bin ich abgehauen.« Ihm die grässlichen Bilder zu schildern, auf die sie in dem schummrigen Keller gestoßen war, brachte sie nicht über sich.

»Ja, was will er denn dann von dir? Nach all der Zeit? Stellt der dir nach?«

Paige schüttelte heftig den Kopf, so als wolle sie sich erst noch selbst vom Gegenteil überzeugen. »Nicholas ist ein Kindskopf. Ich glaube, der ist nur aufgetaucht, um mir was vorzusülzen und mir zu demonstrieren, dass er's zu etwas gebracht hat. Kann sein, dass er glaubte, ich würde ihm um den Hals fallen und ließe mich von seinem Porsche beeindrucken. Da dem nicht so ist, wird er mich jetzt in Ruhe lassen.«

»Wollen wir's hoffen.« Joshua schenkte ihr Wein nach und nippte kurz an dem Glas, bevor er es ihr reichte. »Paige, wenn der Kerl Ärger macht, sag mir Bescheid, ja? Im Ernst! Keine Geheimnistuereien. Abgemacht?«

Sie nahm einen ordentlichen Schluck Wein und gab sich alle Mühe, das gemäß Etikett robuste, rauchige Aroma zu würdigen. Allerdings schmeckte sie weder das eine noch das andere heraus. »Abgemacht«, bekräftigte sie und biss von einem Pizzastück ab.

13. Kapitel

Keine Geheimnisse.

Lange, nachdem Joshua eingeschlafen war, hallten Paige noch seine Worte im Kopfe wider. Zuerst versuchte sie, sich vom rhythmischen Wiegenlied seiner Atmzüge in den Schlaf forttragen zu lassen. An seinen Rücken geschmiegt, die angewinkelten Knie fest in seine Kniekehlen gepresst, spürte sie seine nackte warme Haut an der ihren. Angestrengt durchforstete sie ihr Gedächtnis nach erotischen Details aus ihren verliebten Anfangstagen, hoffte sie doch, die vergessenen Liebeswonnen könnten eventuell einschläfernd wirken. Allein, solche Erinnerungen ließen sich nicht herbeizaubern, jedenfalls nicht als abendfüllender Kinofilm, höchstens als eine Folge loser Fragmente – ein Kuss, eine Zärtlichkeit, Liebesgeflüster; allesamt voyeuristische, aus dem Zusammenhang gerissene Schnappschüsse, von denen sie erst recht hellwach wurde. Im Dunkeln liegend begriff sie, warum sich weder der Schlaf noch die beglückenden Erinnerungen einstellen wollten: Sie hatte Joshua manches vorenthalten. Vieles sogar.

Wieso hatte sie ihm das Entsetzliche, das sie in dem Schmuddelkeller gesehen hatte, verheimlicht? Damals, als sie und Nicholas die schäbige Wohnung bezogen, war sie noch jung gewesen, naiv, leicht zu beeindrucken. Dass Nicholas sich als Scheusal mit einer abartigen Fantasie entpuppen würde, konnte sie seinerzeit unmöglich ahnen. *Wir haben alle mal Mist gebaut, Paige …* Der Mensch, der sie damals gewesen war, der existierte nicht mehr.

Wie aber verhielt es sich mit ihrem viel eklatanteren Geheimnis? *Ach, Joshua, ich wollte es dir längst sagen, aber irgendwie bin ich nie dazu gekommen. Ich habe ein Jahr bei einer Telefonsexhotline gearbeitet.*

Er würde sie verlassen. Joshua, der um ein Haar Priester geworden wäre, hielte sie dann für … beschmutzt. Entehrt. So schmutzig, wie sie sich selbst fühlte, wenn sie über alles nachdachte.

Eine Strippenhure. So pflegte Dory sich zu bezeichnen, und sie war auch noch stolz darauf. Für sie war alles ein Spiel. Oftmals brüstete sie sich damit, dass sie die Kunden bis auf den letzten Tropfen ausgequetschte, dass ihre Klienten selbst dann noch nicht genug bekamen, wenn sie ihre Kreditkarten bis zum Anschlag überzogen hatten. Dass man dabei bisweilen mit aggressiven und richtig miesen Kerlen zu tun hatte, war ein notwendiges Übel, aber die Ausnahme. Berufsrisiko. Und außerdem: Solange Anrufer ihre Aggressionen am Hörer abreagierten, tobten sie ihre Fantasien nicht im wirklichen Leben aus. Aus Dorys Sicht fungierten die Frauen wie eine Art Sexmiliz.

Es fing ganz harmlos an. Sagt das nicht jeder, der sich auf etwas Leichtsinniges einlässt?

Ich wollte es nicht, Liebling. Ist halt passiert. War 'n Scherz. Und Hand aufs Herz – wem hat's geschadet?

Vier junge Frauen im vierten Semester Soziologie, alle Teilnehmerinnen eines Abendseminars für Frauenstudien. Vier Mädel, die in der Pause gemeinsam Kaffee tranken und sich dabei gegenseitig schilderten, wie hundsmiserabel sie es im Leben getroffen hatten. Dory, die ihren Sohn allein großzog und nebenbei auf ihren Bachelor studierte; Bettina, die für eine Magen-OP sparen wollte, aber angesichts ihrer Korpulenz keinen Job an Land ziehen konnte; Lani, Busenfreundin von Paige, den elitären Eltern entfremdet, aufstrebende

Autorin von Liebesromanen und permanent in finanziellen Nöten; und Paige, die sich einfach nur sexy und begehrenswert fühlen wollte. So schlug an einem Februarabend, als die Straßen glatt von Graupel waren und man Dorys heißer Schokolade mit Schuss viel zu unbekümmert zusprach, die Geburtsstunde eines Quartetts namens Amber, Dallas, Laurel und Opal.

Sie stürzten sich in ihr Abenteuer wie in die Gründung einer eigenen Firma. Monatelang recherchierten sie die unterschiedlichen Sexhotlines und konzentrierten sich auf solche mit aufwändiger Werbung in Herrenmagazinen. Das nämlich ließ laut Dory darauf schließen, dass es sich um einen legalen Service handelte und sich die Hotline wohl bereits seit geraumer Zeit am Markt etabliert hatte. Nach vielem Hin und Her, eingehender Beratung sowie etlichen Gläsern Wein einigten sich die vier darauf, bei einem 900er-Service vorzusprechen. In der Branche galten die 900er-Nummern als antiquiert, was die Sache für das Quartett jedoch umso reizvoller machte. 900er-Nummern unterlagen der strengen Überwachung durch die Fernmeldeaufsichtsbehörde; der Erste Zusatzartikel zur amerikanischen Verfassung schützt zwar die Meinungs- und Redefreiheit, nicht aber Obszönitäten. Kurzum: Die Frauen, die diese Verbindungen nutzten, durften nichts Illegales schildern wie Vergewaltigung, Unzucht mit Minderjährigen oder Inzest. Daher die 900er-Nummern. Die hielten ihnen, so die Annahme des Quartetts, Perverslinge vom Leibe.

Sie recherchierten auch in anderer Richtung, indem sie gemeinsam Pornovideos analysierten, dabei Notizen machten und sich gegenseitig ihr Sexvokabular abfragten, bis ihnen die ansonsten eher fremde Terminologie zur zweiten Natur wurde. Sie lasen erotische Kurzgeschichten im Internet, was speziell Lani jede Menge Spaß machte. Sie übten jede erdenkliche Fantasie ein, jedes mögliche Szenario, zuweilen angewidert von den Erfindungen einer Freundin, manchmal aber auch von Lachkrämpfen geschüttelt. Als sie ihre Dienste anboten, kamen sie sich schon wie erfahrene Liebesdienerinnen vor, ganz so, als hätten sie die Weisheit mit Löffeln gefressen. Ein Irrtum, wie sich herausstellen sollte.

Sie waren auf einiges gefasst: Auf Crossdresser, Fetischisten, Sadomasofreaks oder Anrufer, die auf Domina- oder Unterwerfungsspielchen abfuhren. Paige und Lani weigerten sich, Gespräche mit Typen, die sich an Quälereien oder Verstümmelungen delektierten, überhaupt anzunehmen. Beide wussten: Je länger das Spiel lief, desto weiter verschob sich die Grenze zwischen dem, was man ablehnte, und dem, was man tolerierte. Daher versprachen sie sich: Keine verbotenen Ausflüge in dubiose Gefilde. Bettina und Dory, die auf das schnelle und große Geld aus waren, sahen das weniger eng.

Was die Beziehung zwischen Anrufer und Hostess anging, galten für alle vier feste Prinzipien: rein geschäftlich. Keine Gratisnummern, nicht einmal an Geburtstagen oder für vorgeblich Arbeitslose oder Sterbenskranke. Und erst recht keine Preisgabe persönlicher Daten.

Der Telefongentleman begann seine Anrufe im März. Opal erfand für ihn Storys von Abenden bei Kerzenschein in zugigen Burgen. Sie selber trug ein wallendes Samtgewand, so eng geschnürt, dass ihr kleiner, schwellender Busen schier aus dem tiefen Dekolleté quoll. Während des Mahles sprengte er dann auch prompt das prall gespannte Tuch, sodass die Brüste gänzlich entblößt waren. Außerstande, sich noch länger zu beherrschen, lud sich der Schlossherr die Schöne auf die Arme und trug sie eine lange, steinerne Wendeltreppe hinauf. Das Liebesspiel fand anschließend auf einem riesigen Himmelbett statt, wobei der Gentleman ganze Lagen von Röcken entblättern musste, bis sich ihm zu guter Letzt weiße Schenkel und eine vor Wollust gleißende Scham darboten. Opal gefielen die Dialoge mit ihrem romantischen Schlossherrn, und so wie Amber mit ihrem Donnerstagsdoktor ging sie allmählich dazu über, sich auf seine Anrufe zu freuen. Ihr Fehler war, ihm das zu sagen.

Als Erste warf Paige den Telefonjob hin, zum einen deshalb, weil er sie recht bald schon anödete. Zum anderen war er bei weitem nicht so lukrativ, wie er dem Vernehmen nach hätte sein können; es gab weder Sozialleistungen noch Prämien, und die Arbeitszeiten waren brutal. Und später schlug ihr das Ganze richtig aufs Gemüt. Sie begann sich zu fragen, ob jeder, der ihr im Ort auf der Straße entgegenkam, wohl ein finsteres Geheimnis hütete, beispielsweise der Kfz-Mechaniker, der ihren Wagen winterfest machte, der Kellner, der sie im Schnellrestaurant bediente, der Mitarbeiter im Supermarkt, der ihre Einkäufe in die Tüte packte. Wollte etwa jedes männliche Wesen in Damendessous herumlaufen, einen flotten Dreier hinlegen oder es mit Zwergwüchsigen treiben?

Letztendlich wurde ihr der Job schlicht und ergreifend unheimlich. Die Schichtleiterin verlor die Geduld mit Paige, hielt ihr vor, sie halse den anderen die ganzen unangenehmen Kunden auf, und verlangte von ihr, sie müsse auch die schwierigeren Fälle annehmen. Als der erste Anruf für eine Dreierkonferenz hereinkam, räumte Paige bereits ihren Arbeitsplatz. Die Telefonsexindustrie, die sich so gern als progressive, liberale Dienstleistungsbranche präsentierte, war aus ihrer Sicht nichts anderes als eine ultrakonservative Methode, die Frauen weiter zu gängeln und zu bevormunden. War sie nicht gerade davor ausgerissen?

Einen Monat nach ihrem Abschied aus der Branche erhielt sie einen Anruf von Lani.

»Paige? Kannst du kommen? Ich habe … es ist was passiert …«

Lani logierte in einem 1-Zimmer-Apartment im Süden des Städtchens. Als Paige dort eintraf, fand sie die Haustür unverschlossen vor. Alles war dunkel bis auf einen schmalen erhellten Streifen, der quer über den Wohnzimmerteppich verlief. Paige eilte auf die Lichtquelle zu. Im Badezimmer stieß sie auf ein Blutbad von solch entsetzlichem Ausmaß, dass ihr, von Schwindel erfasst, beinahe die Sinne schwanden. Die Badewanne war wie ein Becken voll Blut. Rote Spritzer bedeckten die gekachelten Wände. Es war, als hätte ein wild gewordener Fleischer das Badezimmer zum Schlachthaus umfunktioniert.

Mit an die Brust gezogenen Knien hockte Lani nackt auf dem Toilettensitz. Auf dem weißen Fußboden hatten ihre Füße eine Spur aus karmesinroten Fußabdrücken hinterlassen. Ein Haufen blutverschmierter Duschtücher lag unten vor dem Standwaschbecken. Die mit Handtüchern umwickelten Arme um die angewinkelten Knie geschlungen, drückte Lani ihre Handgelenke direkt gegen die Beine, wodurch die Blutung vorerst offenbar zum Stillstand gekommen war. Die Haut war schneeweiß.

»Mensch, Paige, was tut das weh!«

Oh, Lani, nein! Nicht schon wieder!

Vom Krankenhaus wollte Lani nichts wissen. »Mit mir ist alles in Ordnung, jetzt, wo du hier bist. Wenn du da bist, wird alles gut.«

»Von wegen! Diesmal nicht! Ich brauche Unterstützung.«

Letzten Endes verließ Paige sich auf ihre Kenntnisse in Erster Hilfe und improvisierte, so gut sie konnte, bis der Notarztwagen eintraf. Als sie mit einem frischen Handtuch einen provisorischen Druckverband anlegte, hatte sie große Mühe, ihr Essen bei sich zu behalten, besonders angesichts der rissigen, länglichen Schnitte an Lanis Pulsadern. Die Handgelenke glichen einem Spinnennetz aus zögerlich beigebrachten

Wunden. Sie zog ihrer Freundin einen Flanellschlafanzug an, streifte ihr dicke Socken über die kalten, klammen Füße und begleitete sie ins Wohnzimmer, wo Lani in liegender Haltung, ihre Füße und den verletzten Arm hochgelegt, auf das Eintreffen der Ambulanz warten musste.

In der Klinik wurden sofort Gegenmaßnahmen bei Schock eingeleitet, derweil Paige nervös im Warteraum auf und ab stapfte, froh und erleichtert über die Nachricht, dass ihre Freundin über den Berg war. Sie versprach, sie werde Lanis Eltern nicht informieren. Lanis Mutter war Richterin und stand kurz vor der Wiederwahl. Negative Schlagzeilen wären mehr als ungelegen gekommen, und Lani konnte gut darauf verzichten, sich einmal mehr anhören zu müssen, welch eine Enttäuschung sie war. Nach einiger Zeit schlief sie ein, anscheinend zur Ruhe gekommen, vorerst zumindest.

Während der stillen Nacht fuhr Paige zur Wohnung ihrer Freundin zurück, schrubbte das Badezimmer und beseitigte in stundenlanger Arbeit die Spuren von Lanis selbstzerstörerischem Gemetzel. Als die Freundin dann aus dem Krankenhaus entlassen wurde, nahm Paige sich einen Tag frei und brachte sie zu ihrem Blockhaus, wo sie bei leiser Musik wartete, bis ihre Freundin schließlich mit der Geschichte herausrückte.

Ein Kunde, auf den ersten Blick harmlos, einer von den vereinsamten Durchschnittsanrufern, denen gelegentlich nach Gesellschaft war. Jedenfalls hatte die Schichtleiterin ihn so eingeschätzt, weswegen Lani den Anruf auch übernahm.

Sie war bemüht, seine Signale zu deuten und seinen Wünschen zu entsprechen, aber es funktioniere nicht, so monierte er, es mangele an der richtigen Mischung. Nach einiger Zeit hatte Lani die Nase voll, und es wäre ihr mehr als recht gewesen, wenn der Anrufer mit einem Kraftausdruck aufgelegt hätte. Dann geschah es.

Eine Kinderstimme. »Nein, ich will nicht spielen!«

»Na?«, fragte der Anrufer. »Schon drauf gekommen, was ich will?«

»Ey, hör mal, ich mache nichts mit …«

»Ist zirka vier, die Kleine, stimmt's nicht, Mäuschen? Hat niedliche rote Ringellöckchen und die Pausbäckchen voller Sommersprossen. Außerdem habe ich noch was, das dich interessieren könnte.«

»Wir dürfen keine …«

»Ein Kreuz. Ein Holzkreuz. Und stell dir mal vor: Nägel hab ich auch!«

Dann ertönte ein heftiger Schlag, gefolgt von einem ohrenbetäubender Kreischen.

»Du perverses Schwein! Hör auf damit!«

Lani vernahm einen zweiten Knall, das Geräusch eines wuchtigen Hammerschlags auf Holz, gepaart mit schrillen, nicht enden wollenden Schmerzensschreien. Noch lange, nachdem sie den Hörer auf die Gabel geknallt hatte, hallte das Gekreisch immerfort in ihrem Kopf wider.

Paige merkte, wie ihr der Magen hochkam, verbarg aber ihre Gefühle vor der Freundin, die wimmernd und mit großer Mühe den Rest der Geschichte hervorwürgte. »Das hast du doch sicher der Schichtleiterin gemeldet!«

Lani nickte. »Sie kümmert sich drum, hat sie gesagt.«

Paige hielt den Mund, bezweifelte jedoch, dass das Vermittlungsbüro sich dahintergeklemmt hatte. Weder hatte sie je erlebt, dass ein Anrufer gesperrt wurde, noch war sie überzeugt, dass die Schichtleiterin oder der Aufpasser mit der orangegelben Frisur sich für Lani oder eine andere Mitarbeiterin einsetzen würde. Die versprachen viel, erfüllten ihre Zusagen aber nicht.

»Das war bestimmt nicht echt«, versicherte Paige nach einiger Zeit. »Der Typ hat Kindergeschrei aufgenommen und dir das vorgespielt. Hat vermutlich in seiner Garage Nägel in ein Brett gehämmert. Kapierst du denn nicht? Deine Angst ... deine Abscheu ... darauf kam's ihm an, davon geht ihm einer ab. Echt war das nicht, Lani«, betonte sie noch einmal. »Nichts davon.«

Und sie waren ebenfalls nicht echt. Amber nicht, Dallas nicht, Opal nicht. Pappkameraden waren sie, erfundene Witzfiguren – Frauen, die Lügen als Broterwerb betrieben, Mädchen, die sich, wenn sie nicht aufpassten, den ekelhaftesten Horrorfantasien aussetzten. Am schlimmsten mitgenommen hatte es Lani, die beinahe alles eingebüßt hatte. Die blässlich gezackten Narben an ihren Handgelenken, die waren oberflächliche Male; viel tiefer ging der Schaden, den der Sadist angerichtet hatte: tiefe Kerben in der Psyche.

Auch Paige stellte sich mittlerweile die Frage, wie sich der Telefonjob wohl auf sie selbst ausgewirkt haben mochte. Wenn einem Halbwahrheiten so leicht über die Lippen gingen, wenn sich Teile des eigenen Ichs dermaßen geschickt verschleiern ließen – konnte sie dann mit Fug und Recht behaupten, sie habe diese Episode hinter sich gelassen? War sie nicht vielmehr immer noch dieselbe Telefonhure, die Joshua gegenüber nur als perfektere Version ihrer selbst auftrat und ausschließlich das offenbarte, was er mit einiger Sicherheit gelten ließ oder sich sogar wünschte?

Die Arme um sein Kopfkissen geschlungen, lag Joshua bestimmt schon in Tiefschlaf versunken da. Paige zog ihm die Decke über die bloßen Schultern, glitt leise aus dem Bett und stakste vorsichtig über den auf dem Bettvorleger ausgestreckten Parker hinweg. Im Wohnzimmer nahm sie sich eine Häkeldecke vom Sofa, wickelte sich hinein und trat hinaus auf die Veranda. Die Nachtluft war kalt, half ihr jedoch, ihre Gedanken zu ordnen.

Es gab sehr wohl noch etwas, das sie für Amber tun konnte.

Sie musste der Polizei mitteilen, womit Bettina Reid ihre Studiengebühren und ihre Miete bezahlt hatte. Die Polizei musste von dem Telefonkavalier erfahren.

Sie nahm sich vor, am Morgen Carolyn anzurufen. Lag die Aussage erst einmal auf dem Tisch, würde schon alles gut werden. Es musste.

14. Kapitel

Die Morgennachrichten im Regionalfernsehen verpassten Paiges guten Vorsätzen gleich einen Dämpfer. Joshua und Paige frühstückten gerade mit Orangensaft und Croissants im Bett, als die Moderatorin verkündete, die im Naturpark sowie am Fuße der Wasserfälle gefundenen menschlichen Überreste waren zweifelsfrei Körperteile der vermissten Bettina Reid, 24, wohnhaft in Portland, Chilton Way Nummer 24. Vor laufender Kamera sprach ein sichtlich erschütterter Herr Anfang sechzig in ein überdimensionales Mikrofon.

»Sie war 'ne tadellose Mieterin«, erklärte er. »Nettes Mädel. Hatte nie ein böses Wort über irgendjemanden oder irgendetwas. Also, so etwas – das zerreißt einem glatt das Herz in der Brust.«

Clark Beattie, der Vermieter der Toten, wurde mit der Aussage zitiert, Bettina Reid habe zurückgezogen gelebt und sei selten ausgegangen, hätte aber gegenüber seiner Frau erwähnt, sie schwärme für Johnny Depp.

Paige schluckte heftig. »Sie ist es tatsächlich! Dabei hatte ich so sehr gehofft, ich könnte mich geirrt haben.«

»Du warst gestern Abend ja ziemlich durch den Wind.« Joshua stellte das Glas auf dem Nachttisch ab und griff nach ihrer Hand. »Hast du überhaupt geschlafen?«

»Nicht viel, nein. Ich hatte so was Ähnliches befürchtet.«

In einem Telefongespräch mit Detective Carolyn Holt bestätigte Paige die Aussage des Vermieters. Ja, Bettina hatte auf sie den Eindruck eines netten Mädchens gemacht und sei alles andere als eine Partynudel gewesen. Sie war bedrückt wegen ihres Gewichtes, frustriert ob ihrer vielen Diäten mit anschließendem Jo-Jo-Effekt. Einmal hatte sie erwähnt, sie zöge die Möglichkeit einer Magenklammerung in Betracht.

»Au weia«, entfuhr es Joshuas Schwester. »Das ist aber 'ne Prozedur! Gilt als allerletztes Mittel. Kostet obendrein 'ne Stange Geld. Was eventuell die zehntausend Dollar Guthaben auf ihrem Konto erklärt. Was meinst du, wie kommt die an so viel Geld?«

»Du wirst es vielleicht kaum glauben – ich jedenfalls hab's nicht –, aber sie machte mal so 'ne Andeutung, sie arbeite im Telefongeschäft. Telefonsex, verstehst du?« Paige merkte, wie sie siedend heiß anlief. »Kann aber sein, dass sie mich nur angeschwindelt hat, um mich auf die Palme zu bringen. Ich halte es für viel wahrscheinlicher, dass sie Nachhilfeunterricht gab. Sie kam mir ziemlich helle vor.«

Paige war froh, dass sie Carolyn im Revier angerufen hatte. So konnte Joshuas Schwester ihr Gesicht nicht sehen, das inzwischen nach ihrer Überzeugung knallrot angelaufen sein musste.

»Okay, Paige. Jede Kleinigkeit bringt uns weiter. Übrigens, wie geht's dir überhaupt?«

»Noch ein bisschen wacklig auf den Beinen.«

»Verständlich. Da lass dich mal schön von meinem Bruderherz verwöhnen. Ach, eins noch, Paige: Falls dir noch was einfällt – du weißt ja, wo du mich findest.«

* * *

Begleitet vom swingenden Schubidu eines im Radio laufenden Rocksongs, trocknete Dory Getz am Donnerstagabend die letzten Teile des Abendbrotgeschirrs ab. Sebastian saß am Küchentisch und bereicherte seine Buntstift-Unterwasserwelt um einen farbenprächtigen Schwarm gefleckter Fische. Dory hatte ihm schon erklärt, wie Fische unter Wasser atmeten, wovon sie sich ernährten und wie sie sich vor Fressfeinden schützten.

»Mom?«

»Was denn, Bärchen?«

»Ich hab Fische mit Punkten und welche mit Streifen.« Er begutachtete sein Kunstwerk. »Gibt's auch welche mit Karos?«

Sie bedachte ihn mit einem breiten Lächeln. »Im richtigen Meer wohl nicht, aber auf deinem Bild vielleicht doch.«

Sebastian legte drei Buntstifte nebeneinander – Pink, Lila und Limonengrün. »Gibt das wohl ein gutes Karomuster?«

Dory faltete das Trockentuch zusammen, zwängte es durch den Kühlschrankgriff und ging hinüber zu ihrem Sohn. Sie gab ihm einen schmatzenden Kuss auf den Scheitel. Sein Kichern war unwiderstehlich. »Ich glaube, deine anderen Viecher, die werden ganz neidisch, weil der Karo-Fisch so hübsch aussieht.«

Ihr schnurloses Telefon klingelte – einmal lang, einmal kurz. Mit gerunzelter Stirn nahm Dory ab. »Hallo?«

»Spreche ich mit Miss Dallas?« Eine sanfte Stimme mit einem Hauch von Südstaatenakzent.

Dory warf einen Blick auf die Wanduhr, dann auf Sebastian, der den Boden seines Bildes offenbar mit ganzen Bündeln von rosa und lila Blumenkohlköpfen verzierte. Korallen, nahm sie an, erfreut darüber, dass er ihren Vortrag verinnerlicht hatte.

19:00 Uhr. Heiliger Bimbam! Was war denn das für ein Knallkopf? Ihre Schicht begann doch erst in zwei Stunden!

»Schon, aber …«

»Oh, gu-u-u-t«, nuschelte die Stimme gedehnt im unverkennbaren Slang von North Carolina. »Weil ich mich doch so unheimlich gern mit dir unterhalte!«

Na, Augenblick mal! Ein Scherz! Jawohl, das war des Rätsels Lösung. »Ben, du verdammter …«

Sebastian schaute von seiner Zeichnung auf und drohte ihr du-du-du mit dem Finger.

»Entschuldige, Schätzchen«, bat sie, die Hand über der Sprechmuschel. »Mommy hat sich versprochen.«

Ben Fahey war einer von zwei männlichen Mitarbeitern der Agentur. Mit seiner melodischen Stimme war er bereits als Darsteller in zahlreichen sogenannten *Dinner-Theatres* aufgetreten – Bühnenshows plus Dinner in Restaurants. Am Telefon mimte er die Madame Patrice, eine überaus nachgefragte Domina ganz in Schwarz. Er verkörperte den Charakterdarsteller par excellence; in einer einzigen Nachtschicht konnten seine Stimmungen dramatisch zwischen liebenswertem Luftikus und sarkastischer Furie schwanken. Da man nie genau wusste, welches seiner vielen Gesichter er aufsetzen würde, hatte Dory in jenen Monaten, in denen sie im Call Center arbeitete, gewöhnlich einen Bogen um ihn gemacht. Eigentlich hatte sie angenommen, Ben habe sie inzwischen vergessen. Vermutlich, so ihre Annahme, lief das Domina-Geschäft an diesem Donnerstag nicht besonders.

»Hör mal, Ben, so witzig ist das nicht. Du weißt doch, dass ich mich zu dieser Zeit um meinen Sohn kümmere.«

»Selbstverständlich«, kam die Antwort. »Nur kann ich mich des Eindrucks nicht erwehren, dass du mich mit jemandem verwechselst. Und wie geht's deinem reizenden Kerlchen eigentlich? Ist ja ein richtiger kleiner Künstler, was?«

Wie mit Klauen fuhr ihr die Angst über den Rücken. Sie sah durchs Küchenfenster. Die Jalousie war noch oben, seit Dory sie am Nachmittag hochgezogen hatte, damit die Sonne ins Zimmer scheinen konnte. Jenseits der Schwärze, direkt gegenüber von Dorys Garten, erhob sich ein Wohnblock mit Dutzenden erhellter Fenster.

»Mäuschen«, rief sie ihrem Sohn gedämpft zu, »geh doch mit deinem Malbuch rüber ins Wohnzimmer, ja? Kannst dir auch den Fernseher anmachen.«

»Au, klasse!« Sebastian packte seine Buntstifte ein, wobei ihm ein paar auf den Fußboden klackerten. Bis er sie umständlich aufgesammelt und in die Schachtel getan hatte, vergingen quälend lange Momente. Es dauerte noch geraume Zeit, bis er endlich sein Malblatt von dem dicken DIN-A4-Block gerissen hatte und sich aus der Küche trollte.

Als Dory den Arm ausstreckte, um das Radio abzuschalten, fiel ihr auf, dass ihr Sohn seine Zeichnung auf dem Küchentisch liegen gelassen hatte. Über den Fischen prangte in Rot die Zeile: Ich hab dich lieb, Mommy.

Vor Rührung zog es ihr derart die Kehle zusammen, dass sie kaum noch ein Wort hervorbrachte. Schnell drehte sie die Zeichnung um. Fassung bewahren! Das war jetzt oberstes Gebot. Sie war die Telefon-Expertin, nicht dieser Durchgeknallte.

»Kannst dir deinen Country-and-Western-Slang ruhig sparen, du perverses Schwein. Ich weiß, wer du bist.«

»Ach, ist das wahr, Dory, my Darling?«

Jetzt war der Akzent auf einmal britisch. Der Telefongentlemen? *Dass ich nicht lache!* Außerdem sprach er sie nicht mit Dallas an, sondern mit Dory.

»Ich glaube, wir sind uns beide darüber im Klaren, dass ich weiß, wer *du bist*. Und *wo* du bist. Aber mal Hand aufs Herz: Was weißt du schon über mich?«

»Na, dann erzähl doch mal ein bisschen von dir!« Jetzt war sie Dallas, die Stimme gerade so hoheitsvoll, wie sie es für angebracht hielt.

Ich habe hier das Sagen, du armseliges, perverses Würstchen!

»Ich wurde als Sohn einfacher, ehrlicher Bauersleute in einem kleinen kroatischen Dorf geboren. Meine Eltern wollten, dass ich Priester werde.«

Sie hörte sein leises Lachen und außerdem noch etwas: Das Schaben von Metall auf Metall. Abermals spähte sie durch ihr Küchenfenster hinüber zu dem Wohnkomplex. *Wo steckst du, du mieses Schwein?*

»Schluss mit den Akzenten«, zischte sie, die Stimme bemüht fest und gefasst. *Los, Dallas! Zieh deinen Stiefel runter!* »Oder gehören die etwa zu deiner Masche? Du hast ja viel zu viel Schiss, um mir zu zeigen, wer du wirklich bist. Deshalb versteckst du dich hinter ...«

»Schiss? Ach, meine liebste Dory, anscheinend kennst du mich überhaupt nicht gut. Mir macht nur weniges Angst. Was sich von deiner Freundin Amber allerdings nicht behaupten lässt. Oder hieß sie Bettina? Wie verwirrend das bisweilen sein muss! Weißt du, wieso ich sie zerlegt habe?«

Was war das eben? O Gott, o großer Gott!

»Weil ich sie nicht hoch bekam. Mein lieber Schwan, die war vielleicht ein Mops, was? Echt massig!«

Ihr war, als wühle sich sein Gelächter durchs Telefon und bohre sich direkt in ihr Herz. Dennoch straffte sie die Schultern und blaffte mit verkrampften Kiefern: »So ein Schwachsinn! Du bringst es ja nicht mal fertig, mit deiner normalen Stimme zu reden! An dir ist doch nichts Echtes dran, Mensch! Du meinst wohl, du könntest die Leute anrufen und irgendwelchen Blödsinn verzapfen, den jeder schon aus der Zeitung kennt! Und ...«

»Ach, Dory-Schätzchen, Ausrasten hilft dir auch nicht weiter, was? Es gibt immer eine Kleinigkeit, die die Polizei vor der Presse zurückhält. Aber du und ich, wir wissen beide, dass Amber einen Ring am rechten Fuß trug. Am zweiten Zeh. Einen Silberring mit einem blauen Stein. Den habe ich ihr drangelassen, als ich den Fuß abtrennen musste.«

Mit knapper Not schaffte sie es zum Spülbecken. Das Abendbrot kam hoch, säuerlich und scharf. Am anderen Ende der Leitung ein tiefes, belustigtes Glucksen.

»Aber das ist Schnee von gestern«, fuhr er fort, als sie den Apparat wieder am Ohr hatte. »Ich biete dir mal eine neue Anregung. Vielleicht beantwortest du mir ja dann die Frage, die ich dir schon einmal gestellt habe.«

Dory vernahm ein Reißen, gefolgt von leisem Gewimmer. Panisch rannte sie in den Flur und sah zu ihrer Erleichterung, dass Sebastian mit angewinkelten Knien vor dem Fernseher hockte.

Sag mal, spinnst du? Der ist doch nicht im Haus!

Dann: »Dallas?«

Eine weibliche Stimme, die ihr bekannt vorkam. Wo hatte sie die schon mal gehört?

»Jasmine hier.«

Jasmine? Ach ja, Jazz! Von der Agentur! Die Blondine in mittleren Jahren, die schon ewig bei der Hotline arbeitete. Dory entsann sich, dass Jazz immer die Nische nahm, die am weitesten vom Ventilator entfernt lag, weil ihre Kontaktlinsen von der Klimaanlage trocken wurden, wie sie behauptete. Dory bemühte sich zwar um ein genaues Bild der Kollegin, konnte sich aber nur daran erinnern, dass Jazz eher unauffällig war.

Dann wieder: »Dallas? Amber hat dich und mich nie gemocht. Sie hat ihm verraten, wer wir sind.«

»Wo steckst du, Jazz? Wer ist dieses Schwein?«

Ein erstickter Schrei ertönte, dazu im Hintergrund das sanfte Gurren des Gentlemans. »Muss ich erst richtig unangenehm werden?«

»Sag du's ihm, Dallas!«, jammerte Jazz beschwörend. »Sag ihm, ich habe keine Ahnung, wer Opal ist. Oder wo.« Wieder ein ersticktes Schluchzen. »Bitte, Dallas!«

»Jazz? Den Namen! Wird's bald?«

»Ich bin …«

Man hörte ein lautes Krachen, gefolgt von einem dumpfen Aufprall. Dann: »Ach, du Schande, den ganzen Fußboden versaut! Kann doch nicht zulassen, dass Jasmine meine ganzen Geheimnisse ausplaudert! Oder?«

»Lass sie in Ruhe!« Dory hämmerte das Herz in der Brust. »Was willst du?«

Eine Ewigkeit verstrich, in der Dory nichts weiter hörte als ihren eigenen schnellen Atem sowie das blecherne Gelächter, das nebenan aus dem Fernseher plärrte. Als der Anrufer wieder sprach, war seine Stimme nur ein Flüstern. »Du weißt, was ich will. Wo ist Opal?«

»Hab ich dir doch gesagt!«, rief Dory flehentlich. »Ich weiß es nicht!«

»Wie traurig!«, seufzte der Telefongentleman. »Das verheißt aber nichts Gutes für die arme Jasmine, wenn sie wieder zu sich kommt! Wo sie sich doch um ihre kränkelnde Mutter kümmern muss! Ein Jammer.«

»Das ist doch alles nicht wahr, verdammt! Du bist kein Gentleman! Du hast echt einen an der Waffel! Du gehörst in Therapie!«

Sebastian erschien im Türrahmen, das kleine Gesicht von Bestürzung überschattet.

Ein weiteres Mal säuselte ihr die britisch anmutende Stimme leise ins Ohr. »Kannst du dich an deine Freundin Amber erinnern? Ich sorge dafür, dass sie dir süße Träume wünscht, Dory.«

Sie hörte ein Klicken, gefolgt von einem Schnappen, so als werde eine Tür geöffnet und wieder geschlossen.

»Hör auf! Ich tue ja alles!«

Nein! *Nein, nein, nein!* Ambers Stimme. Er hatte Ambers Stimme aufgenommen!

»Ich …«

Ein unmenschlicher, herzzerreißender Schrei, dann etwas noch Schlimmeres. Stille.

»Mommy!«, entfuhr es Sebastian, als Dory den Apparat gegen die Fensterscheibe donnerte.

15. Kapitel

Harry Washburne schob seine Tasse mit kaltem Kaffee beiseite und breitete den *Examiner* auf dem Schreibtisch aus. Über die Schulter seines Chefs gebeugt, las Luke Rush mit. Fallon McBride hatte den Titelseiten-Knaller gelandet.

Freitag, 8. September 2006 –
FRAUENLEICHE GEFUNDEN

Beide schauten auf, als Paige das Büro betrat. »Endlich Freitag, Gott sei Dank!«, stöhnte sie. Als keiner der beiden Männer reagierte, hakte sie nach. »Was ist?«

»Sie haben wohl noch nicht in die Zeitung geguckt«, vermutete Harry.

Ihr Chef wirkte so übernächtigt, als sei er die ganze Nacht mit einem von Koliken geplagten Baby hin und her gelaufen. Seine Augen sahen aus, als schleppten sie Überseekoffer mit sich herum, und sein Gesicht schien ganz eingefallen, als laste ein düsterer Kummer auf ihm.

»Nee. Wieso?«

»Schon wieder 'ne Leiche.« Mit blitzenden Augen berichtete Luke von dem Surfer, der die grausige Entdeckung gemacht hatte, als er in der Hoffnung auf ordentlichen Wellengang sein Surfbrett über den Pfad hinunter zum Strand von Short Sands Beach schleppte, wie schon am selben Tag an die dreißig andere Wellenreiter vor ihm. »Hier steht, er guckte rein zufällig nach links, sah aber erst nur den alten, verkohlten Balken, eher er ihre Hände bemerkte. Pickten schon munter die Vögel dran herum.«

»Danke, Luke, verzichte!« In seinem übermüdeten Zustand wusste Harry an diesem Morgen der Begeisterung seines Angestellten für das Grausige offenkundig nichts abzugewinnen. Auch Paige war keineswegs scharf darauf.

»Short Sands Beach? Das liegt doch im Oswald West State Park. Direkt südlich von hier. Also, ich jedenfalls gehe da nicht mehr surfen!«

»Laut Polizei war's nicht derselbe Killer.«

»Diese war auch nicht zerstückelt«, bemerkte Luke. »Andere Handschrift, anderes Verhaltensmuster. Diese wurde erstickt, heißt es.«

»Das steht schon fest?«, fragte Paige.

Luke nickte. »Ersticken, beispielsweise mit einem aufs Gesicht gepressten Kissen, hinterlässt kaum Beweisspuren für die Gerichtsmediziner. Nicht wie bei Zyanidvergiftung oder petechialer Blutung – es sei denn, es hat ein größerer Kampf stattgefunden.«

Paige blinzelte heftig. »Woher weißt du das alles?«

»Ist sozusagen mein Hobby«, erwiderte Luke.

Hat wohl zu oft *Der letzte Zeuge* geguckt!, dachte Paige bei sich. Harry war anscheinend der gleichen Meinung, denn er fügte hinzu: »Luke, die neue Lieferung Sonnengläser muss noch ins Schaufenster. Und rufen Sie Freda MacIntyre an. Sagen Sie ihr, das bestellte Kajak ist noch nicht geliefert, aber sie kriegt es noch rechtzeitig vor Weihnachten.«

»Schon kapiert«, brummte Luke und wandte sich zur Tür.

»Ihnen kann man eben nichts vormachen«, sagte Harry.

Sobald Luke weg war, setzte sich Paige auf den vor dem Schreibtisch stehenden Stuhl. »Weiß man, wer die Tote ist?«

Harry ließ den Zeigefinger über den Artikel gleiten. »Sarah Lydell. Fünfundvierzig Jahre. Kassiererin in 'nem Supermarkt oben an der Küste. Pflegte offenbar ihre an den Rollstuhl gefesselte Mutter. Die machte sich Sorgen, weil die Tochter nach Feierabend nicht wie sonst mit dem Abendbrot anrückte.«

»Ist ja furchtbar!«

Harry nickte. »Hat's früher nicht gegeben, so was.«

Nach Aussage von Carolyn, einem wandelnden Statistikgedächtnis, war die Mordziffer in Oregon in den vergangenen zehn Jahren beständig gesunken. Multnomah, der kleinste Bezirk, in dem Portland lag, wies dagegen eine relativ hohe Quote an Tötungsdelikten auf, immerhin satte vierzig Prozent des gesamten Bundesstaates. Doch im vergangenen Jahr hatte es in ihrem County nur drei Mordfälle gegeben. Obwohl das immer noch drei zu viel waren, hatten die Einwohner weiterhin das Gefühl, dass sie in einer sicheren Gegend wohnten, wie in den guten alten Zeiten. Und jetzt zwei tote Frauen in weniger als zwei Wochen!

Paige wollte möglichst schnell den Rückzug antreten, ehe ihr Chef die alten Zeiten beschwor. Als sie aufstand, wurde ihr Blick jedoch von einem auf dem Kopf stehenden, grobkörnigen Foto angezogen, das auf der Titelseite der Zeitung prangte. Sie drehte das Blatt zu sich herum.

»Grottenschlechte Aufnahme«, bemerkte Harry. »Man sollte meinen, die hätten eine etwas vorteilhaftere auftreiben können. Sieht ja aus wie 'n Foto für die Verbrecherkartei!«

Sarah Lydell. Auf dem Lichtbild wirkte sie älter als fünfundvierzig, die blonde Dauerwelle hochtoupiert zu einer buschigen Spirale, die ihren ohnehin schon großen Kopf geradezu riesig erscheinen ließ. Finster, ja nachgerade brummig blickte sie in die Linse, als hätte der Fotograf schon auf den Auslöser gedrückt, obwohl sie noch gar nicht bereit für das Foto war. Den Blick starr auf das Konterfei gerichtet, dachte sich Paige die Dauerwelle weg und stellte sich einen schlanker wirkenden Pagenkopf vor. Das gibt's doch gar nicht!, durchzuckte es sie. Dennoch wusste Paige, sie hatte, wenn auch nur kurz, die grimmige Miene schon einmal gesehen – damals, als Sarah Lydell einen Schnorrer an der Strippe hatte, einen Nassauer, der mit Schleimerei und Gesülze eine Gratisnummer ergattern wollte. Da hatte sie auch so ein Gesicht gezogen.

Gekannt hatte Paige sie allerdings bloß unter dem Namen Jasmine. Kabine Nummer 8. Die Kollegin, die ihr am ersten Arbeitsabend das Desinfektionsspray für den Telefonapparat gegeben hatte.

»Stimmt was nicht, Paige?« Harry starrte sie an, die Miene neugierig und besorgt zugleich. »Sie kennen die doch nicht etwa, oder?«

»Nein, die kenne ich nicht.« Sie faltete die Zeitung zusammen. »Ist halt traurig. Mutter im Rollstuhl und so.«

Harry sagte nichts, starrte sie aber weiterhin an.

»Schlafen Sie sich ordentlich aus, Harry!« Hastig verließ Paige das Büro. Sie musste die anderen informieren.

16. Kapitel

»Meine Fresse! Haben Sie das gehört?« Ein rundlicher Typ mit hoher Stirn trat aus der Duschkabine und wand sich ein Handtuch um die Taille. Nur Sekunden später ertönte das nächste bedrohliche Grummeln, das in einen ohrenbetäubenden Donnerschlag mündete. »Gewittersaison. Eigentlich müsste ich mich inzwischen dran gewöhnt haben. Hoffentlich entspricht dieser Sport-und-Wellness-Club auch den Bauvorschriften!«

Joshua dachte an Paiges Hund, der sich wahrscheinlich, die riesigen Pfoten über dem Kopf, unters Bett verkrochen hatte. Auch Parker war kein Freund von Blitz und Donner.

Wegen des Regens hatte sich Joshua notgedrungen von draußen nach drinnen verzogen. An sich hatten Carolyn und er eine rasche Morgenrunde mit dem Kajak vorgehabt, aber sie mussten ihren Plan vertagen, bis Wetterbesserung eintrat. Nicht, dass ihnen das Regenwetter etwas ausgemacht hätte – dafür gab's Neoprenanzüge –, doch scheuten sie berechtigterweise die südlichen Winde, denn die bedeuteten unbeständiges Wetter. Schon am Morgen hatten sich hohe Wolken gebildet, und der verräterische Ring um die Sonne wies darauf hin, dass eine Unwetterfront heraufzog. Ein Abenteuer war gut und schön, Selbstmord hingegen stand auf einem anderen Blatt. Dem Gedränge im Club nach zu urteilen, hatte es wohl auch anderen die Petersilie verhagelt. Fast an jedem Trimmgerät standen die Leute Schlange.

Das nie ganz ernst gemeinte Fitnessduell der Zwillinge war heute ausgefallen. Carolyn hatte nur halb so viele Liegestütze geschafft wie ihr Bruder. Der behauptete zwar, er habe nicht gezählt, doch dass seine Schwester an den Folgen von Schlafmangel und zu viel Koffein litt – oder an etwas anderem –, war nicht zu übersehen. Sportlich gesehen, bewegte sich Carolyn in jüngster Zeit wie ein eingerosteter Roboter. Der Fund der toten Sarah Lydell bedeutete außerdem eine gewaltige Bürde, der ihre Physis allmählich nicht mehr gewachsen war.

»Man holt sich glatt Fußpilz auf den Fliesen hier!«, schimpfte der Dicke, der sich abrubbelte und das Handtuch anschließend in einen Metallbehälter segeln ließ.

»Deshalb beuge ich vor«, erklärte Joshua und wies auf seine Badeschlappen. Rasch trocknete er sich ab und rieb sich mit dem Frotteetuch durch die Haare. Es war noch früh am Morgen, und nach Gequatsche im Umkleideraum stand ihm nicht der Sinn.

Minuten später saß er in der kleinen Caféteria des Clubs, vor sich zwei Gläser Orangensaft und ein paar Weizenvollkornbagel. Carolyn trat aus dem Damenumkleideraum. Gemessen an ihrem Äußeren, hatten sowohl die Trainingseinheit als auch die erfischende Dusche ihre Lebensgeister nur mäßig geweckt. Nach Joshuas Ansicht wären eine Beruhigungsspritze und drei Tage absoluter Ruhe für sie gedeihlicher gewesen.

»Erst die Reid und jetzt die Lydell«, sagte er. »Machst du Fortschritte?«

»Kommt drauf an, was du unter Fortschritten verstehst.« Carolyn bestrich die eine Hälfte ihres Bagels mit Erdbeerkonfitüre, die andere mit Orangenmarmelade. Anschließend musste sie offenbar ziemlich lange überlegen, welche Hälfte sie zuerst anbeißen sollte. »Bettina Reid war vierundzwanzig, Studentin und wohnte in Portland. Sarah Lydell war Ende vierzig und arbeitete im Supermarkt in Seaside. Bis jetzt deutet nichts darauf hin, dass sie sich kannten. Im Übrigen hatte die junge Reid ohnehin keinen großen Bekanntenkreis. Ihr Vermieter hat sie nie in Begleitung gesehen. Wir haben 'ne Auflistung der Lehrveranstaltungen, die sie an der Uni belegt hatte. Jetzt klappern wir ihre Profs ab. Vielleicht können die sich an etwas erinnern – abgesehen von ihrer Figur.«

»Hatte die Lydell denn auch 'ne Verbindung zur Uni?«

Carolyn schüttelte verneinend den Kopf. »Die hatte 'ne kleine Wohnung drüben auf der Prescott Avenue. Ging zu Fuß zur Arbeit. Fuhr jeden Tag mit dem Bus zu ihrer Mutter raus und wieder zurück. Das Salz der Erde. Andererseits: Gilt das nicht für alle?«

»Die Lydell wurde nicht zerstückelt.«

»Weil sie 'n Leichtgewicht war. Etwa eins sechzig groß, knapp fünfundfünfzig Kilo schwer. Ließ sich relativ bequem tragen. Da war die Reid schon ein anderes Kaliber.«

Joshua dachte an Bettina Reid und das Bild von ihr im Fernsehen, eine unvorteilhafte Aufnahme von einer Riesin in einem geblümten Kleid, die obendrein ausgerechnet neben einem Mini Cooper stand. Offenbar hatte ein Scherzkeks sie bewusst so in Positur gestellt, dass der Wagen neben ihren fülligen Maßen geradezu zwergenhaft erschien. Logisch, dass der Killer sie zerstückeln musste, dachte Joshua. Oder verbrennen. Anders hätte er sie nicht vom Fleck bekommen.

»Stimmt. Ich habe ihr Foto in den Nachrichten gesehen. Ziemlicher Brecher.«

»Und was würdest du sagen, wenn ich dir verklickere, dass die ihre Brötchen möglicherweise mit verbalem Schweinkram verdiente?«

»Wie kommst du denn auf so einen Unsinn?«

»Paige rief mich an. Sie meint, die Reid hätte mal so was angedeutet. Wir überprüfen das.«

»Moment mal: Ich stelle mir gerade die Dickmadame aus dem Fernsehen bildlich vor. Die und Telefonsex?« Er hob sein

Saftglas und nahm einen ausgiebigen Schluck. »Nee«, wehrte er ab, »beim besten Willen nicht.«

»Na, hör mal, Josh, so ganz von der Hand zu weisen ist das nicht. Guck dir mal deren Figur an! Ich will ihr ja nichts Negatives nachsagen, aber jobmäßig wäre die schwer zu vermitteln. Bei 'ner Sexhotline kann sie sich als wahre Wuchtbrumme ausgeben, und kein Mensch merkt etwas. Wäre der ideale Job für sie.«

»Und das will sie Paige weisgemacht haben?«

»Allem Anschein nach ja. Paige wusste nicht recht, ob sie ihr das abnehmen sollte. Apropos Paige: Die muss wohl ziemlich mit den Nerven fertig sein.«

Joshua nickte. »Schläft schlecht, aber sie versucht, drüber hinwegzukommen. Keine Bange. Ich behalte sie scharf im Auge.«

»Kann ich mir denken«, sagte Carolyn mit einem Lächeln, in dem zum ersten Mal eine Spur Leben erschien. »Reden wir von der großen Liebe, Bruderherz?«

»Sagen wir mal so: Wir fühlen uns wohl miteinander.«

»Aber du schließt nichts aus?«

»Du bist eine alte Tratschtante! Und komm mir nicht mit deinen Vorträgen über politisch korrektes Verhalten. Nein, ich schließe nichts aus. Paige ist ziemlich einmalig. Was die Sache mit dem Traualtar angeht – warum eigentlich nicht? Kommt Zeit, kommt Rat. Immer hübsch einen Schritt nach dem anderen.«

»Ach, du grüne Neune!« Carolyn legte den Bagel nieder und wischte sich einen Klacks Konfitüre aus dem Mundwinkel.

»Was denn? Ist die Idee denn so schlecht?«

»Mitnichten. Schlecht ist vielmehr, dass diese Stadt bloß über einen einzigen Wellness-Club verfügt. Ich habe Fallon McBride im Visier, zwanzig Schritt hinter deiner linken Schulter. Steuert geradewegs auf uns zu. Mist, Mist und nochmals Mist.«

Dann stand sie vor ihnen, und zwar so dicht, dass Joshua die Sommersprossen auf ihrer bleichen Haut erkennen konnte. Ihr glattes, schwarzes Haar war zu einem zerzausten Dutt geknotet. Direkt auf Augenhöhe winkte verlockend eine durchtrainierte bauchfreie Taille.

»Na, so ein Zufall!«, flötete sie, wobei sie ihre blendend weißen Zähne aufblitzen ließ. »Dass ich Sie hier treffe! Und gleich alle beide! Aber wo soll man an so einem verregneten Morgen auch sonst hin?«

»Morgen, Ms. McBride«, sagte Carolyn.

»Hi, Fallon.«

Sie strahlte Joshua kurz an, wandte sich aber gleich wieder an seine Schwester. »Sie haben doch bestimmt alle Hände voll zu tun dieser Tage, Detective. Gibt's schon Spuren in einem der beiden Mordfälle?«

»Unser Polizeisprecher hat alles gesagt, Ms. McBride. Insofern müssten Sie Ihre Story haben.«

»Aber da gibt's doch bestimmt noch was. Ihr von der Polizei, ihr haltet immer etwas zurück.«

»Daher der Ausdruck ›zurückhaltend‹.«

Joshua konnte sich ein Schmunzeln nicht verkneifen. »Da ist was dran, Fallon.«

»Geschenkt. Vorerst. Sie beide werden sich doch hoffentlich mein Fernsehdebüt anschauen?«

»Was sagen Sie da, Ms. McBride?«

»Eine einstündige Dokumentation für das regionale Kabelfernsehen.« Es fiel ihr verdammt schwer, sich nicht an der Stimme anmerken zu lassen, wie stolz sie war. »Sekten. Insbesondere die Greenes.«

»Doch nicht etwa Jerome und Millicent Greene?« Joshua verstand die Welt nicht mehr. Welches Interesse sollte die Mc-

Bride oder sonstwer in Oregon noch an den beiden haben? Die waren ein alter Hut, und ihre Geschichte war vorbei gewesen, kaum dass sie richtig angefangen hatte.

»Genau die. Der Neue Orden der Engel und Heiligen.«

»Wozu das denn, um Himmels willen?« Carolyn sprach aus, was Joshua dachte. »In letzter Zeit ist es hier um Sekten doch ziemlich ruhig geworden. Warum da die Greenes ausgraben?«

»Wollen Sie mich veräppeln? Der Zeitpunkt ist ideal! Wir haben zwei Frauen, beide nicht weit voneinander tot aufgefunden, und das im Zeitraum von einigen Wochen. Von Tatverdächtigen oder gar Festnahmen keine Spur. Und nach allem, was mir so zugetragen wird, könnten wir am Anfang einer Mordserie stehen. Unser Bundesstaat wimmelt nur so von Transitreisenden – gesichtslose Rucksacktouristen, die unsere Wälder durchwandern. Und wenn Sie Ihren Täter nicht kriegen, Detective? Was dann? Was meinen Sie wohl, wie sich das auf die Psyche der Menschen hier bei uns auswirkt? Die Welt ist groß und böse. Niemand kennt mehr seinen Nächsten, keiner geht mehr zur Kirche, man hält kein Schwätzchen mehr vorn auf der Veranda. Da liegt das Entstehen eines neuen Kults doch förmlich in der Luft! Irgend 'ne Spinnertruppe, die sich auf die Fahnen geschrieben hat, die Enttäuschten und Desillusionierten vor dem Bösen ringsum zu bewahren.«

»Bisschen weit hergeholt, Ms. McBride. Kriegen Sie eigentlich nichts Aktuelleres auf den Schreibtisch?«

»Zwei Morde bieten reichlich Stoff. Aber Sie übersehen etwas, Detective Holt.« Fallon atmete tief durch – mit voller Absicht, wohlgemerkt – und dehnte die Brust unter dem hautengen Top. »Immerhin lebt Seraphina Greene noch mitten in Cypress Village.«

»Lass die Finger davon, Fallon«, mahnte Joshua. »Da ist keine Story für dich zu holen.«

»Irgendwo gibt's immer 'ne Story«, konterte die Reporterin, an Joshua gewandt. »Wie dem auch sei – es war mir ein Vergnügen. Sieht man sich mal auf 'nen Kaffee?« Eine Antwort wartete sie gar nicht erst ab, sondern schwebte in Richtung Ausgang, verfolgt von den Blicken etlicher männlicher Gäste, die interessiert den wiegenden Schwung ihres knackigen Pos studierten.

Als die Reporterin außer Hörweite war, schnaubte Carolyn: »Puh! Hast du das eben gerochen?«

»Was denn? Schweißgeruch? Wir sind hier in 'nem Fitnessstudio.«

»Ach, Schweiß doch nicht! Geilheit! War ja regelrecht mit dem Messer zu schneiden. Die hat's auf dich abgesehen, Joshua. Nach wie vor!«

»Da läuft nix, weißt du doch. Warum will die wohl die Greenes auferstehen lassen? Was soll das?«

»Wie gesagt, vielleicht hat sie Saure-Gurken-Zeit. Über die Morde lässt sich nicht das Meiste schreiben, weil es nichts Neues gibt. Also buddelt sie irgendwelche ollen Kamellen aus, möbelt die ein bisschen auf und versucht, sie groß rauszubringen. Ich möchte deiner Paige ja nicht zu nahe treten, aber ihre Eltern, Millicent und Jerome Greene, die hatten mächtig einen an der Waffel. Klar, an sich darf eine brave Irin wie ich keinem was Schlechtes nachsagen, aber irgendwie hatte der Unfalltod der beiden auch sein Gutes, finde ich. Hat den fanatischen Blödsinn gleich im Ansatz erstickt, bevor er Wurzeln schlagen und womöglich Riesenschaden anrichten konnte. Die meisten jungen Leute, die sie seinerzeit ködern wollten, die führen wieder ein normales Leben und möchten die Greenes am liebsten vergessen. Würde ich an deren Stelle auch wollen. Und Paige geht es doch nicht anders, nicht wahr? Aber wenn diese Pressetussi die Greenes aus der Versenkung holt, wird das alle Welt daran erinnern, wie durchgeknallt die waren.

Und wenn die Eltern nicht alle Tassen im Schrank hatten – wie stabil soll da die Tochter sein? Diese Dokumentation sagt eine Menge darüber aus, wie Fallon zu Paige steht – und zu dir. Die hofft vermutlich, dass dann keiner mehr etwas mit Paige zu tun haben will. Du auch nicht.«

»Sag bloß, ihr Weiber seid alle so durchtrieben!«

»Aber nicht doch! Guck nur, was für ein Schatz ich bin. Also – wo waren wir stehen geblieben, bevor uns diese Hyäne ins Gehege kam?«

Joshua durchforstete sein Gedächtnis nach Resten ihres unterbrochenen Gesprächs. »Bei Paige und mir. Dass wir möglicherweise heiraten.«

»Ach, richtig. Astreine Idee. Ich kann's mir richtig vorstellen. Und du bist verknallt in sie. Sonst würdest du nicht in deiner Wäscheschublade Platz für seidige Damendessous machen.«

Joshua schmunzelte. Es ließ sich nicht leugnen; jedenfalls nicht vor seiner Schwester. Die kannte ihn besser als er sich selbst.

Nach dem Verlassen des Priesterseminars hatte er es ziemlich toll getrieben und sich dabei, so musste er sich zu seiner Schande gestehen, nicht immer korrekt verhalten. Vermutlich wollte er die verpassten Jahre nachholen, Tuchfühlung zu seiner inneren Jugendzeit aufnehmen. Aus so manchem Bett verdrückte er sich schon zu nachtschlafender Zeit, weil er keine Lust hatte auf das morgendliche Badezimmer-Einerlei, auf Geschmuse und verliebte Blicke, auf das Geplapper beim Frühstück, das automatisch folgte, wenn man über Nacht blieb. Jetzt aber gab es Paige, und selbst Fallon McBride mit ihrer schnittigen Karosserie hätte ihn nicht davon abbringen können, bei Feierabend zu Paige zurückzukehren und dort zu bleiben.

Er schmiss seiner Schwester die zusammengeknüllte Serviette an den Kopf. »Grins nicht so doof, sonst kriegst du keine Einladung zur Hochzeit. Wenn's denn dazu kommt, wohlgemerkt.«

»Ich freue mich für dich, Josh. Paige ist ein nettes Mädchen. Sie passt zu dir.«

»Und wie sieht's bei euch zwei beiden aus? Ehekrise beendet?«

Carolyns Ehemann Gregg, Rechtsanwalt seines Zeichens, steckte derzeit bis zum Hals in einem gigantischen Pornografie-Verfahren. Er arbeitete mit Interpol zusammen, um einem Netzwerk aus Gruppenwichsern, die es mit ihrem Masturbier-Ringelpietz übertrieben und Minderjährige zu ihren samstäglichen Onanier-Orgien eingeladen hatten, das Handwerk zu legen.

Carolyn stieß einen tiefen Seufzer aus. »Wir sind ein richtiges Klischee, Josh. Zwei Akademiker, die mit ihren Jobs verheiratet sind. Allmählich beginnt die Fassade zu bröckeln.«

»Wie soll ich das verstehen?«

»Na, unsere Gespräche über Nachwuchs, die sind an einem toten Punkt angekommen. Gregg meint, wir wären beide zu beschäftigt und nie zu Hause. Das wäre ungerecht dem Kind gegenüber, es sei denn, ich wäre gewillt, aus dem Beruf auszuscheiden und die Vollzeitmutti zu spielen.«

»Gregg möchte, dass du aufhörst zu arbeiten?«

Sie nickte. »Er hat's zwar nie offen gesagt, aber ich weiß, dass er insgeheim so denkt. Und du weißt ja, wie scharf ich auf die Beförderung zum Lieutenant bin!«

In der Tat, und er wusste zudem, dass seine Schwester in dem Ruf stand, zu eigenmächtig zu handeln und deshalb ein Sicherheitsrisiko zu sein. Eine Unterstellung, klar, aber sie musste sich dennoch doppelt für ihre Beförderung abstrampeln, um Kollegen und Vorgesetzte wieder von sich zu überzeugen und begangene Fehler vergessen zu machen.

»Ist das denn falsch, Josh, sich beides zu wünschen? Kind und Karriere?«

»Ich bitte dich, Carl! So eine Frage verbietet sich in der heutigen Zeit!«

»Rein theoretisch sehe ich das auch so, nur …«

»Gregg kann ziemlich überzeugend sein. Das merkt jeder, der zehn Minuten mit ihm zu tun hat.«

Ihr Gesicht war von Kummer und Leid verschleiert. Sie tat Joshua leid.

»Womöglich taugt Gregg sowieso nicht als Vater.«

»Wie kommst du denn darauf?«

»Seine gesamte Einstellung zur menschlichen Natur hat sich verzerrt. Besonders jetzt, da er sich mit den ganzen Perversen herumschlagen muss. Er sagt mir dauernd: Immer, wenn er meint, ihm sei nichts Menschliches mehr fremd, werden die Abartigen noch abartiger.«

17. Kapitel

Lani hatte ihre Türriegelsammlung um ein weiteres Exemplar bereichert. Im Regenmantel, von dem das Wasser auf die Fußmatte tröpfelte, stand Paige in der Tür zur Wohnung ihrer Freundin und zählte. Sechs insgesamt, inklusive dem allerneuesten. Lächerlich. Und doch: Bettina und Jasmine waren tot. Was für Vorsichtsmaßnahmen hatten sie wohl ergriffen? Und hätten sie ihnen etwas genutzt? Hatten sie ihr Ende überhaupt kommen sehen?

»Du hast sie sicher nur nicht erwischt, Paige.« Lani zwängte die Arme durch die Ärmel der Regenjacke und schnürte ihre alten grünen Basketballschuhe zu. »Die ist entweder zu Hause oder an ihrem Handy. Wo soll Dory sonst sein? An einem solchen Abend?«

Eigentlich, so Paige, musste sie jetzt zu Hause sein und die Drähte glühen lassen. Es war Freitagabend, halb elf, und Sebastian sicherlich schon seit Stunden brav im Bett. »Das werden wir ja sehen.«

Sie rannten durch den strömenden Regen zum Besucherparkplatz, wo Paige den Subaru abgestellt hatte. Sie hatte bereits klatschnasse Füße und zitterte am ganzen Körper. Durchgefroren bis auf die Knochen, ließ sie den Motor an und wartete, bis warme Gebläseluft durch die Düsen rauschte. Ungeachtet des Sprints zum Wagen waren Lanis Wangen leichenblass. »Alles halb so wild, Lani«, beruhigte Paige sie. »Wir sausen bei Dory vorbei und stellen fest, dass der Akku von ihrem Handy leer ist und dass Sebastian ihr schnurloses Telefon mal wieder in die Waschmaschine geschmissen hat. Wirst schon sehen. Und Dory lacht sich ’nen Ast über uns.«

Im Wageninneren klang Lanis Stimme hohl. »Das glaubst du doch selber nicht.«

Nein, allerdings nicht. Dory brauchte das Telefon zum Geldverdienen. Sie hätte darauf geachtet, dass der Akku aufgeladen ist. Und wäre etwas mit ihrem schnurlosen Apparat, hätte sie sich ein Ersatzgerät besorgt. Zwei Sprecherinnen waren tot, und weder Paige noch Lani hatten Dory erreichen können, seit die Meldung von Sarah Lydells Leiche am Morgen zuvor in der Zeitung erschienen war. Paige graute es jetzt dermaßen, dass ihr das Herz dumpf pochte. Sie trat das Gaspedal durch. »Immer positiv denken!«

Auf höchster Geschwindigkeitsstufe ratschten die Scheibenwischer über die regennasse Frontscheibe. Durch den prasselnden Wolkenbruch blinzelnd, nahm Paige die Schilder am Straßenrand nur verschwommen wahr. Die Reifen hatten Mühe, auf der Fahrbahn zu greifen. An einem solchen Abend hätte Dory nie und nimmer mit ihrem Jungen das Haus verlassen. Bei diesem Wetter jagte man keinen Hund vor die Tür.

Die Hände fest am Lenkrad, konzentrierte sie sich auf die Höllenfahrt, während Lani stumm neben ihr saß, die Arme vor der Brust verschränkt. Ringsumher tobte das Gewitter. In der Ferne spaltete ein scharfzackiger Blitz den Himmel.

Es verging eine weitere Viertelstunde, ehe sie an der Bordsteinkante vor Dorys Bungalow hielten. Das Haus war dunkel und in dem Gewirr aus verwildertem Gestrüpp, das Dory immer schon hatte stutzen wollen, kaum zu erkennen.

»Los, komm!« Paige stülpte sich die Kapuze über und zog die Kordel zu. Lani tat es ihr nach, und schon sprinteten die beiden vom Wagen hinüber zum Haus. Lani klingelte an der Haustür, derweil sich Paige, einen Arm schützend vor dem Gesicht, durch einen dichten Eibenbusch zwängte, um durch das Wohnzimmerfenster zu spähen. Erkennen ließen sich allerdings lediglich die Umrisse von Mobiliar, mehr nicht. Falls sich drinnen etwas bewegte, sah man es nicht.

»Hinten herum!«, rief sie Lani zu und musste gegen den heulenden Wind geradezu anschreien.

Im Laufschritt bogen sie um die Garage und folgten dem schmalen Plattenweg zur Rückseite des Hauses. Paige langte über ein Holztörchen und schob den Riegel zurück. Lani folgte ihr durch die Hintertür. Hier war es nicht ganz so dunkel; der Schein aus den Fenstern des Wohnkomplexes sowie der Lichtkegel der Parkplatzbeleuchtung reichten bis hierher – genug Licht, um zu erkennen, dass das Küchenfenster eingeschlagen und mit Sperrholz vernagelt war.

»Was zum Teufel ist hier bloß los?« Jetzt trommelte Paige mit der Faust laut gegen die Hintertür und dann gegen die Sperrholzplatte, die die Fensterscheibe ersetzte. »Dory! Sebastian!«

»Sie sind nicht da!«, jammerte Lani. »Was jetzt?«

»Sieh mal dort drüben! Da bei dem Nachbarn ist noch Licht. Vielleicht wissen die ja was.« Ohne eine Antwort abzuwarten, rannte Paige wieder nach vorn und quer über den Rasen hinüber zu dem benachbarten, einladend hell erleuchteten Bungalow. Vom Treppenpodest aus sah sie, wie sich eine ältere Dame aus einem Sessel stemmte und durch die Scheibe nach draußen spähte. Sie kam an die Haustür, ließ die Sperrkette vor und fragte durch den Türspalt: »Ja?«

»Entschuldigen Sie die späte Störung, wir sind Bekannte Ihrer Nachbarin Dory. Haben Sie eine Ahnung, wo Dory und Sebastian sein könnten? Wir können sie partout nicht erreichen.«

»Bekannte von Dory? Meine Güte, kommen Sie erst mal rein. Was für ein scheußliches Wetter!«

Die Kette glitt zur Seite, die Tür öffnete sich, und einmal

mehr stand Paige triefnass auf einem Fußabtreter. Hinter ihr stand Lani und guckte ihr über die Schulter, während sie von Paige vorgestellt wurde.

»Ich bin Harriet Foster. Ich passe mitunter auf Sebastian auf, wenn Dory einen Babysitter braucht. Ach, so ein liebes Kerlchen! Möchten Sie einen Tee?«

»Nein, danke. Haben Sie eine Ahnung, wo Dory steckt?«

»Sie ist weg.«

»Weg?«

»Ist gestern Abend gegen neun los. Mit mehreren Koffern. Ich möchte doch bitte aufs Haus aufpassen, bat sie.«

»Hat Sie auch gesagt, wohin sie wollte? Oder wie lange sie wegbleibt?«

»Nein. Sie hatte es eilig. Aber Sebastian, der hat mir noch verraten, er und seine Mommy, sie wollten ›ein Abenteuer unternehmen‹. Ist das nicht putzig?«

18. Kapitel

Wieder in dem Subaru sitzend, folgten sie der Küstenstraße, jetzt allerdings weniger ungestüm. Dory und Sebastian konnten längst wer weiß wo sein. Da mochte Paige nicht einsehen, dass sie womöglich noch gegen einen Baum krachten.

Für Dorys zerschlagene Fensterscheibe hatte die Nachbarin keine Erklärung. Sie war am Abend zuvor zu einem Treffen ihres Buchclubs gewesen und hatte die Sperrholzplatte erst bemerkt, als sie gegen halb zehn in ihre eigene Küche ging, um ihre Medizin einzunehmen. Zu dem Zeitpunkt war Dory aber bereits abgereist; zum Fragen war also schon niemand mehr da.

Sie hatte es eilig. Die alte Dame war regelrecht verstört, wenn nicht gar gekränkt gewesen, weil Dory so kurz angebunden reagiert hatte. »Ich konnte dem Jungen nicht mal ein Plätzchen holen«, hatte die Nachbarin lamentiert. »So lange wollte sie nicht warten.«

Er hatte sich wieder gemeldet. Das musste es sein. Der Telefongentleman. Auf der Suche nach Opal. Womit mochte er Dory wohl zu dieser überstürzten Flucht veranlasst haben?

Eine Drohung. Dass er ihr etwas antun würde. Oder Sebastian. Oder beiden.

Paige verwarf den Gedanken. Sie alle hatten schon einmal Drohungen bekommen. Das war in der Branche nichts Besonderes. Verbale Entgleisungen wurden meist achselzuckend abgetan, galten als Spinnerei, als Teil des Spiels. Manche Anrufer geilten sich an solchen Drohgebärden auf. Und Dory hatte ein dickes Fell, eine wahre Lederhaut. An der prallte alles ab.

Es sei denn, es war gar kein Spiel mehr. Falls der Telefonkavalier Dorys Adresse kannte und ihr zu verstehen gegeben hatte, dass sie sich wirklich in Gefahr befand, musste sie sich zwangsläufig absetzen. Ihr Sohn sollte schließlich nicht enden wie Amber und Jasmine.

Falls aber die Flucht missglückt und Dory erwischt würde – was dann?

Sie würde Sebastian schützen. Um jeden Preis.

Und der Telefongentleman würde sich Opal vornehmen.

Aus ihrem durchnässten Haar rannen ihr Tropfen den Nacken herunter. Ihre Zehen in den klatschnassen Socken schmerzten vor Kälte, aber der eisige Hauch, der sie bis tief ins Mark durchbohrte, der kam nicht von der Nässe. Paige war vielmehr starr vor Furcht, eine Todesangst überfiel sie, deren Kupfergeschmack sie ätzend auf ihrer Zunge spürte. Neben ihr auf dem Beifahrersitz versenkte sich Lani derweil in ihre eigenen düsteren Gedanken.

Als die Straßenlaternen von Cypress Village in Sicht kamen, würgte Paige mühsam hervor: »Schaffst du's noch?«

Lani nickte. Die Augen weit aufgerissen, ließ sie den Blick vom Seitenspiegel zur Straße fliegen, von dort zur Motorhaube, als könne der Telefonkavalier jeden Moment aus seinem finsteren Hinterhalt springen und über sie herfallen.

»Kannst ein paar Tage bei mir unterkriechen. Wenigstens bis wir wissen, was mit Dory ist.«

Wieder ein Kopfnicken. »Ich versuche es noch mal auf ihrem Mobiltelefon.«

Paige hörte das getragene Piep, Piep, Piep beim Eingeben der Nummern. Dann nichts, bis Lani das Handy zuklappte.

»Und wenn er sie geschnappt hat? Oder den Kleinen?« Ihre Stimme zitterte wie die eines Kindes.

»Wir müssen uns zusammenreißen«, mahnte Paige, die aus einem verborgenen Winkel ihrer selbst einen letzten Rest von

Selbstbeherrschung schöpfte. »Wenn wir zusammenklappen, können wir nicht denken. Das nützt niemandem etwas. Im Übrigen wissen wir ja gar nicht, ob irgendwas nicht mit rechten Dingen zugeht.«

Einmal mehr hatte sie das Gefühl, als schlüpfe sie wieder in jenes zweite Ich, als übernähmen ihre dubiosen Telefontalente erneut die Kontrolle, ganz so wie damals zu Hotlinezeiten. Dann schaltete sie nämlich von einem Moment auf den anderen auf absoluten und völligen Blödsinn um.

19. Kapitel

Draußen vor dem Diner heulten orkanartige Stürme, doch deren Toben focht Sebastian kaum an. Ganz in sein jüngstes Meisterwerk vertieft, widmete er sich hingebungsvoll jener Szene aus seinem Lieblingsfilm *Der Zauberer von Oz*, in der die geflügelten Affen hinunter in den Zauberwald stoßen, um die kleine Dorothy mit ihren Gefährten gefangen zu nehmen. Nach Dorys Gefühl wollte Sebastian anscheinend darstellen, wie Dorothys kleiner Hund Toto gerade von den affenartigen Wesen gepackt und durch die Lüfte entführt wurde.

Sebastian hatte die DVD fünfzehn Mal gesehen. Auf Dorys Stichworte hin konnte er das Lied *If I only had a brain* singen. Ganz besonders angetan hatte es ihm das Finale des Songs, bei dessen letzten Takten er sich mit seiner Mutter abwechselte.

»Ach, hätt' ich doch Verstand ...« – »Ein Herz ...«

»Eine Heimat ...« – »Den Mut ...«

Dory hatte bereits Kunstunterricht für ihn ins Auge gefasst. Oder Musikstunden. Sebastian hatte eine herrliche Singstimme, hoch und engelsrein. Dory nahm sich fest vor, ihrem Jungen die bestmögliche Förderung angedeihen zu lassen, koste es, was es wolle.

Sebastian ... Was für ein langer Name für so ein kleines Kerlchen! Das hatte Harriet Foster, ihre Nachbarin, mal geflachst. Dory hingegen wollte keinen Babynamen für ihren Kleinen. Der heilige Sebastian, so hatte ihr jemand erzählt, sei der Schutzpatron der Soldaten. Und genau das sollte ihr Söhnchen einmal werden: Ein tapferer Soldat.

Die Gäste im Lokal bestanden zur Hälfte aus Leuten, die so wie Dory eine Rast einlegten, um sich im Trockenen aufzuwärmen oder nur einfach dem hypnotischen Rhythmus des gegen die Frontscheibe prasselnden Regens für einige Zeit zu entgehen. Offenbar sah sich jedermann veranlasst, seinen Senf zu dem Sauwetter dazuzugeben: Die einen hatte es fast von der Fahrbahn geblasen, andere wären infolge von Aquaplaning um ein Haar im Graben gelandet. Sie schauten allesamt gleich aus: Eine geschlechtslose Menge von Durchnässten beugte sich mit tröpfelnden Käppischirmen über die Speisekarten, die angeblich echte Hausmannskost anboten. Der Lokalbesitzer, der mit der Kaffeekanne seine Runde drehte, hörte sich kopfschüttelnd so manche Schilderung haariger Fahrmanöver an. »Mistwetter heute Abend!«, schimpfte er immer wieder. Tassen klapperten auf Untertassen. Löffel klirrten in Bechern.

Als er an Dorys Tisch kam, fragte er: »Der lila VW da draußen – gehört der Ihnen, Miss?«

Dory spähte durchs Fenster. Durch die Regenschleier, die wie Kaskaden an der Scheibe herunterfluteten, sah sie das Zartlila ihres Käfers, den Sebastian so mochte, weil der Wagen ihn an ein großes Bonbon erinnerte. »Ja, das ist meiner.«

»Fahren Sie den besser dort weg. Der Baum, neben dem Sie parken, der ist ziemlich morsch. Man kann nie wissen, was bei diesem Sturm noch alles passiert.«

Dory warf einen Blick auf ihren Sohn, der inzwischen mit dem Zauberwald fertig war und nun offenbar die gute Hexe Glinda in Angriff genommen hatte.

»Ich passe solange auf Ihren Jungen auf«, sagte der Mann, ein hagerer Späthippie mit einem breiten, offenen Lächeln und lustigen Krähenfüßen um die Augen. »Ich hole ihm noch ein Glas Milch, wenn's Ihnen recht ist. Geht aufs Haus. Vielleicht treibe ich auch noch 'nen Schokoladenkeks dazu auf.«

Das machte Sebastian hellhörig. Er legte den blauen Malstift nieder, schaute auf und sagte: »Geht der Keks auch aufs Haus?«

»Sebastian!«, mahnte sie. »Wenn du noch Milch möchtest ... und einen Keks, dann bezahlen wir auch dafür!« Unsicher ließ sie den Blick durch den Diner schweifen, um dann den Eigentümer argwöhnisch zu mustern.

»Dem passiert hier schon nix, Miss. Dauert ja nur 'ne Sekunde, den Wagen umzuparken.«

Draußen rummste ein lauter Donnerschlag, gefolgt von einem gezackten Blitz, der den schwarzen Himmel für einen Moment leuchten ließ.

»Mommy, geh du nur und rette unseren Herbie«, sagte Sebastian mit ernstem Blick.

»Na gut«, gab sie nach, wobei sie aufstand und sich vorbeugte, um ihren Jungen auf die Stirn zu küssen. »Wie lauten die Regeln?«

»Nicht weglaufen«, leierte Sebastian. »Und nicht mit Fremden reden.«

»Ich passe auf wie ein Schießhund, Miss«, wiederholte der Restaurantbesitzer. »Bei Onkel Mike passiert ihm nix.«

Dory glitt von der vinylbezogenen Sitzbank, hob ihre Regenjacke vom Haken an der hinteren Nischenverkleidung und zog sie über. Sie hastete aus dem Lokal, die Finger in der Tasche um die Schlüssel gekrümmt. Sturzbäche rannen ihr von der Kapuze in die Augen und trübten ihr die Sicht. Als sie den Zündschlüssel drehte, dröhnte das Autoradio los und erschreckte sie fast zu Tode. Mit bis zum Halse pochendem Herzen schaltete sie das Getöse ab und rang japsend nach Luft.

Ruhig Blut, Dory! Fahr die dämliche Kiste da weg, und dann nichts wie wieder rein!

Während die Scheibenwischer mit den Regenfluten kämpften, manövrierte sie ihren Beetle in die allerletzte freie Parkbucht, weiter weg vom Diner und vom Schein des in der Parkplatzecke aufragenden Flutlichtmasts. Ein massiger Müllcontainer stand wie ein Klotz vor einem weißen Zaun mit abblätterndem Anstrich. Müllcontainer waren Sebastian ein Gräuel, auch wenn er Dory noch nie den Grund dafür hatte nennen können. Jetzt hasste auch Dory die Dinger. Und Gewitter. Und abgelegene Diner voll fremder Menschen.

Und die Flucht vor einem namen- und gesichtlosen Dreckskerl, der sie durch ihr Fenster beobachtet hatte.

Sie stellte den Motor ab, riss den Schlüssel mit einem Ruck aus dem Zündschloss und stieß die Fahrertür auf. Als sie die Beine nach draußen schwang, landete sie mitten in einem randvoll mit Regenwasser gefällten Schlagloch. Einmal mehr wagte sie sich kopfüber ins Unwetter hinein und rannte in die Richtung, die Licht, Wärme und ein Wiedersehen mit Sebastian verhieß. Drinnen auf der laminierten Tischplatte stand ein Glas Milch mit einem Keks daneben, aber Sebastian saß nicht in der Nische.

Nein!, hörte sie sich stumm schreien. *Du warst doch nur zwei Minuten fort! Zwei dämliche Minuten!* Sie hastete durchs Lokal. Der Besitzer kam ihr auf halbem Wege entgegen.

»Sachte, Miss«, mahnte er leise. »Gucken Sie mal!«

Sebastian kam unter dem Tisch hervorgekrochen, in der rundlichen Faust einen orangegelben Malstift. Völlig mit sich selbst beschäftigt, kletterte der Kleine auf seine Sitzbank zurück, malte seelenruhig weiter und strahlte, als Dory sich neben ihn setzte, übers ganze Gesicht.

»Hast du draußen ein Abenteuer erlebt, Mommy?«

»Und was für eins!«, bekräftigte sie mit einigermaßen normalisiertem Puls. »Aber unser Herbie ist außer Gefahr.«

In grüblerisches Schweigen versunken, nippte sie an ihrer Tasse Kaffee und richtete den Blick abwechselnd auf das draußen wütende Unwetter sowie auf Sebastians Malblock.

Das Gewand der guten Hexe Glinda war von einem schimmernden Rosa, ihr Zauberstab am oberen Ende mit einem Stern aus funkelndem Gold geschmückt. Unerklärlicherweise fand Dory die Szene so beklemmend, dass sie einen Schauder unterdrücken müsste.

Ja, könnte man wie Dorothy im *Zauberer von Oz* drei Mal mit den roten Schuhen aufstampfen und sich nach Hause wünschen! *Daheim ist es doch am schönsten!*

An diesem Abend würde Dorys Zuhause ein Gasthof an der Küste sein, Hunderte Meilen von daheim. Fern der Heimat, fern von dudelnden Telefonen, fern von lauernden Blicken und einer Flüsterstimme, in der der Hauch des Todes lag.

20. Kapitel

Durchgefroren bis auf die Knochen! Der Wechsel vom warmen Inneren des Kombis wieder hinein in das Unwetter brachte einen neuerlichen Kälteschub mit sich. Vom Wagen bis zur überdachten Veranda waren es zwar nur zehn Meter, doch selbst im Laufschritt spürte Paige, wie der Wind das letzte bisschen Köperwärme aufzehrte, bis bloß noch ein bibbernder Eisklumpen übrig blieb. Lani war blau vor Kälte.

Kaum hatten sie sich ins Haus gerettet, kam Parker mit Riesensätzen angesprungen, um sie zu begrüßen. Den Hund abwechselnd tätschelnd, schälten sie sich aus ihrer triefenden Regenkleidung und streiften die durchnässten Schuhe und Socken ab. Plötzlich vernahm Paige ein Räuspern. Am Kamin stand Joshua. Als die beiden Frauen zu ihm herüberblickten, sagte er: »Ich dachte, ehe noch mehr Hüllen fallen, mache ich besser auf mich aufmerksam. Mensch, Paige, da hast du dir ja einen schönen Abend zum Ausgehen ausgesucht!« An Lani gewandt, fügte er hinzu: »Hi, ich bin Joshua.«

Lani reagierte mit einem knappen Nicken und stellte sich ebenfalls vor. Ein verlegenes Schweigen folgte.

»Du, Lani«, schlug Paige vor, »möchtest du nicht ein heißes Bad nehmen? Oder duschen? Du kennst dich hier ja aus. Ich bringe dir einen Pyjama und eine Tasse Tee und setze derweilen Joshua ins Bild.«

Lani suchte ihre Sachen wieder zusammen und wandte sich in Richtung Gästebad, gleich gegenüber dem Wohnzimmer. »Freut mich, Sie kennenzulernen, Joshua«, sagte sie nervös und guckte ihn quer durch den Raum verlegen an. »Paige hat mir schon unheimlich viel von Ihnen erzählt.«

Joshua hob die Brauen, als wolle er ausdrücken: »Und ich weiß von Ihnen nicht die Bohne.« Sobald Lani den Raum verlassen hatte, sagte er: »Ich setze schon mal Teewasser auf. Zieh dir trockene Sachen an, damit ich dich ordentlich in den Arm nehmen kann. Mal sehen, ob es nützt.«

Paige zog sich ins Hauptbadezimmer zurück, rubbelte sich das Regenwasser aus dem Haar, hüllte sich in einen frotteegefütterten Jogginganzug und streifte sich ihre dicksten Socken über. Als sie ins Wohnzimmer zurückkehrte, hatte Joshua bereits Tee aufgegossen und warf gerade einen mächtigen Scheit aufs Kaminfeuer. Parker hatte sich gleich daneben auf dem Teppich ausgebreitet. Dann erschien Lani in einem karierten Bademantel, nahm den von Joshua angebotenen Becher Tee entgegen und sagte: »Ich lasse euch zwei allein. Nochmals, Joshua, hat mich sehr gefreut.«

»Ziemlich von der Rolle«, bemerkte er, nachdem sich die Tür zum Gästezimmer geschlossen hatte. »Probleme, nehme ich an, hm?«

Paige nickte und schmiegte sich in seine Arme. »Für Lani kommt's in letzter Zeit knüppeldick. Da hielt ich es für angebracht, sie nicht alleine zu lassen.« Sie hatte gedacht, das genüge; Joshua werde die Vertraulichkeit zwischen zwei weiblichen Wesen schon respektieren. Sie hatte aber wohl vorübergehend vergessen, dass sie mit dem Zwillingsbruder einer Kriminalbeamtin sprach.

»Und da schleppst du sie kurzerhand an. Auf … na, wie lange? Ein paar Tage? Obwohl sie nicht mal 'ne Zahnbürste dabei hat? Keinen Kulturbeutel und nix? Da muss sie es aber eilig gehabt haben.«

Joshua hatte häufig mit jugendlichen Ausreißern zu tun, die vor katastrophalen Verhältnissen flüchteten, verzweifelt und verängstigt, nur mit dem Allernötigsten an Gepäck. Bei Nacht und Nebel, bei jedem Wetter.

Paige wand sich aus der Umarmung. »Einen gewalttätigen Partner hat sie jedenfalls nicht, falls du das denkst.«

»Doch, genau das ging mir durch den Kopf. Alles in Ordnung mit euch beiden? Ich habe mir echt Sorgen gemacht.«

Paige setzte sich auf die Couch. Joshua ließ sich neben ihr nieder und wärmte ihr die kalten Hände. Falls er enttäuscht war über den Ablauf des Abends, ließ er es sich nicht anmerken. Er servierte ihr Tee, rubbelte ihr die Unterarme warm, betonte wiederholt, wie besorgt er gewesen sei und dass er schon befürchtet hatte, sie habe womöglich einen Unfall gehabt. Da hockte sie nun mit einer verstörten Freundin im Schlepptau, ohne ihm bisher eine Erklärung geliefert zu haben. Wie Salven aus einem Schnellfeuergewehr schossen ihr die Formulierungen durch den Kopf.

Wir waren früher mal für 'ne Sexhotline tätig.

Einer der Anrufer ist hinter Opal her. Er darf nicht erfahren, wer sie ist. Ausgeschlossen.

Und jetzt sind zwei ehemalige Kolleginnen tot. Tot, tot, tot! Dory ist unauffindbar. Und keiner weiß, wer als Nächste dran ist.

Sie konnte förmlich hören, wie die Worte nur so aus ihr hervorsprudelten – ein wirres Durcheinander von Erzählfetzen, denen kein vernünftiger Mensch folgen konnte. Und seine Reaktion? Wie mochte die wohl ausfallen?

Wie bitte? Damit hast du deine Brötchen verdient? Wie lange? War nett, mach's gut.

Sie liebte ihn zu sehr und wollte ihn nicht verlieren. *Und wie sehr liebt er mich?*

Joshua unterbrach ihre Gedankengänge. »Echt stark, dass du dich so für 'ne Freundin einsetzt. Wirkt ziemlich verschüchtert, das Mädel. Kann ich irgendwie helfen? Ich möchte aber nicht neugierig sein.«

»Nee, ich bin ja selber ganz gespannt. Wir waren unterwegs zu einer gemeinsamen Bekannten«, erklärte sie. »Um einige von Lanis Problemen zu besprechen. Als das Wetter umschlug, schien es mir einfacher, Lani gleich herzubringen, anstatt sie zu ihrer Wohnung zu fahren. Ist ja nur für ein paar Tage, Joshua. Und dass du dir Sorgen gemacht hast, das tut mir leid.«

Er sah sie an. »Ach, ich bin doch heilfroh, dass alles okay ist! Na ja …« – er warf einen demonstrativen Blick hinüber zur Tür des Gästezimmers – »… vergleichsweise jedenfalls. Außerdem weiß ich ja, wie gern du die Retterin spielst.« Sein Mund verzog sich zu einem Lächeln.

Sie wusste, auf was er anspielte. Bei einer ihrer ersten Verabredungen waren sie durch den Cape Lookout State Park geradelt, um die Gezeitenbecken am Fuße der Landzunge zu erforschen, und dabei auf ein verletztes Kaninchen gestoßen. Außerstande, das Tier seinem Schicksal zu überlassen, hatte Paige Joshua zum Auto zurückgeschickt, um einen Karton zu holen, in dem sie es sicher zur Tierklinik transportieren konnten. Sie hatte die Rechnung bezahlt, und als das Langohr so weit wiederhergestellt war, dass es entlassen werden konnte, hatte es Paige sich nicht nehmen lassen, es persönlich abzuholen und an der Fundstelle wieder auszusetzen. Damals hätte sie schwören können, dass das Kaninchen, bevor es von dannen hoppelte, kurz innehielt und zu ihr aufsah, als wolle es sich bedanken.

Joshua drückte ihr kurz die Hand, stand auf und ging zum Garderobenständer neben der Haustür. Er nahm seine Jacke vom Haken.

»Wo willst du hin?«, fragte Paige, indem sie aufstand und zu ihm eilte. »Lani stört uns sicher nicht. Kannst ruhig bleiben!«

Er schüttelte den Kopf. »Wenn sie so durcheinander ist, braucht sie heute Abend die Freundin für sich allein. Sie kann von Glück reden, dass du dich hast breitschlagen lassen. Da stünde ich doch nur im Weg. Außerdem ...« – wieder schmunzelte er – »... dein Bettgestell quietscht!«

»Joshua, bitte geh nicht! Es ist furchtbar da draußen. Du hast dir Sorgen gemacht, weil ich bei dem Unwetter durch die Gegend gegondelt bin, und jetzt gilt das für mich umgekehrt auch!«

Er blieb hart. »Ich lasse es langsam angehen und melde mich, sobald ich zu Hause bin. Ach, hätte ich beinahe vergessen: Dein Spezi hat angerufen. Fallon McBride. Wollte wissen, ob du's dir anders überlegt hast. Bezüglich dieser Dokumentation, die sie da zusammenschustert.«

Paige verdrehte die Augen. »Das muss das sechste Mal sein, dass sie mich das fragt. Wie halte ich mir bloß diese Schreckschraube vom Leibe? Jetzt will das Weib doch allen Ernstes meine Vergangenheit ausgraben! Als wäre die Gegenwart mit dem gefundenen Fuß nicht schon schlimm genug! Was hast du ihr denn gesagt?«

»Ich sei zwar nicht dein Sprachrohr, wüsste jedoch, dass Nein in der Regel bei dir auch Nein heißt.«

»Danke«, sagte Paige. Ihr war indes klar, dass die McBride sich davon nicht würde abwimmeln lassen. In letzter Zeit spielte die Pressetante mit Behagen die Nervensäge.

Joshua unterbrach ihre unangenehmen Gedanken, indem er ihr den Arm um die Schulter legte und sie an sich zog. »Wollen wir hoffen, dass deine Freundin Lani gutes Heilfleisch hat. Als Mann kann man sich in solchen finsteren Gewitternächten schnell einsam fühlen. Ich bin vielleicht ein egoistischer Sack, was?«

Einmal mehr war Paige versucht, ihm reinen Wein einzuschenken, doch ihr Versuch blieb im Ansatz stecken. Stattdessen ließ sie es geschehen, dass er ihr noch feuchtes Haar durchwühlte und das Gesicht zu einem flüchtigen Kuss anhob.

»Und du willst wirklich nicht bleiben?«

»Ruf mich an, wenn die Luft wieder rein ist«, sagte er. »Ich hoffe, Lanis Probleme lösen sich in Wohlgefallen auf. Und denk dran, Paige: Du kannst nicht jeden retten.«

21. Kapitel

Vom ihrem Turmzimmer im Tidewater Inn ging der Blick hinaus auf den Ozean. Es kostete zwar mehr, als Dory eigentlich ausgeben wollte, aber sie hatte Sebastian nun mal ein Abenteuer versprochen. Kaum hatte er das Türmchen durch das beschlagene Autofenster erspäht, waren seine Augen bei der Aussicht auf eine Nacht in einer Burg kugelrund geworden. Erst lange nach seiner üblichen Schlafenszeit war es Dory gelungen, den Kleinen vom Erkerfenster loszueisen und ins Bett zu stecken. Friedlich schlummernd, die Wimpern sacht zuckend, lag er unter einer Daunendecke in süßen Träumen, die ihn hoffentlich in ein Zauberland entführten – weit fort von dem Unwetter und von allen anderen Gefahren. Von denen ganz besonders. Zum x-ten Mal gab sie ihm einen Kuss auf die Stirn, strich ihm das Haar aus dem Gesicht und betrachtete versonnen lächelnd seinen Lieblingspyjama: hellrotes Flanell mit lauter Dalmatinern darauf. Genau so einen Hund würde sie eines Tages anschaffen, so hatte sie es ihm versprochen.

Sie setzte sich in den Sessel, den ihr Söhnchen zuvor freigemacht hatte. Lediglich das aus dem Bad fallende Licht erhellte das Zimmer. Das Wetter jenseits der halbkreisförmig angeordneten Fenster zeigte sich von seiner scheußlichsten Seite. Kreischend jaulte der Wind um den Turm. Prasselnde Regenschauer tanzten wie rasend über die Fensterscheiben.

Zum ersten Mal seit langer Zeit bekam sie Heißhunger auf eine Zigarette. Und auf einen Weinbrand. Sie hätte sich liebend gern bei einem Gläschen entspannt, wusste jedoch, dass es nicht ging. Sie war darauf angewiesen, dass ihre Sinne allesamt hellwach blieben. Von wegen Abenteuer! Sie hatte noch keinerlei Pläne für den nächsten Tag oder den übernächsten. Weder konnte sie sagen, wie lange sie auf der Flucht sein würden, noch hatte sie eine Ahnung, wie weit die Reise gehen mochte. Wie viele Schultage musste Sebastian wohl fehlen?

Sie hatte zwar etwas Geld auf dem Konto, genug für eine ganze Weile, doch eigentlich war das ihr Notgroschen für schlechte Zeiten. Für Sebastians Ausbildung. War diese stille Reserve erschöpft, hatte Dory sich für nichts und wieder nichts den Mund am Telefon fusselig geredet. Schlimm genug, dass sie das Küchenfenster zerdeppert hatte. Eine impulsive Dummheit, und kostspielig dazu. Außerdem hatte sie ihren Sohn erschreckt. Ihre Erklärung war der Wahrheit schon ziemlich nahe gekommen: Ein böser Mann, der den Leuten gemeine Streiche spiele, um sie bange zu machen, habe sie geärgert. Mommy hätte die Fensterscheibe nicht kaputtschmeißen dürfen. Man mache nämlich keine Sachen kaputt. Aber sie würde das Glas bald ersetzen lassen.

Dieses »Abenteuer« musste aufhören. Die Bullen jedoch, die durfte sie nicht alarmieren. Sie hasste die Polizei, was allerdings auf Gegenseitigkeit beruhte. Niemand durfte von dieser Sache erfahren. Falls sie in Gefahr geriet, bedeutete das automatisch auch eine Gefährdung Sebastians. Von den Cops war kein Mitleid zu erwarten. Jedenfalls nicht beim zweiten Mal. Dory hatte ihren Sohn schon einmal verloren und mit Zähnen und Klauen gekämpft, um ihn wiederzubekommen. Ihn erneut herzugeben, das kam für sie nicht infrage. Als gute Mutter fühlte sie sich ihrer Aufgabe gewachsen. Und diese Situation, die würde sie schon bewältigen.

Wenn es nach ihr ging, würde Sebastian bald wieder zur Schule gehen, hoffentlich schon am Montagmorgen, und sie alle wären wieder zu Hause. Den Bullen von heute stand der allerneueste technische Schnickschnack zur Verfügung. Die würden Ambers Mörder bestimmt schnappen – vielleicht rückten sie dem Schwein ja schon auf die Pelle –, und damit hätte sich seine Suche nach Opal von selbst erledigt. Bis dahin aber sollte Sebastian nicht merken, dass seine Mutter Angst hatte, koste es, was es wolle. Sie würden Drachen steigen lasen, Hamburger und Pizza futtern, Lesebücher kaufen und *Sorry* spielen. Ein Kurzurlaub sollte es werden, sozusagen beste Sendezeit für Mutter und Sohn. Dagegen war nichts einzuwenden.

Und deshalb brauchte sie ihren Schlaf. Es ging auf ein Uhr zu. Für einen Augenblick fragte sie sich, was ihre Stammkunden wohl machten. Chuck D rief gewöhnlich Freitagnacht gegen zwölf an, Cowboy Bob eher kurz vor halb zwei. Auf den konnte man sich immer verlassen – er war sympathisch, voller Ideen und stets dankbar. Zu Weihnachten und zum Valentinstag sandte er Karten und Parfüm an ihr Postfach. Zum 16. April, ihrem vermeintlichen Geburtstag, hatte er ihr eine Sammlung erotischer Verse geschickt. Drei Jahre ging das schon so. Heute Nacht musste er mit einer anderen vorlieb nehmen. Was er davon wohl halten mochte, ihr Cowboy? Ach, was kümmerte es sie überhaupt noch?

Dory war Expertin darin, ihre Anrufer bei der Stange zu halten und in ihren Köpfen ein lebensechtes, visuelles Bild zu erzeugen. Sie sprach langsam, beschrieb minutiös, was sie mit ihrer Zunge anstellte und wo ihre Finger gerade waren. Indem sie jeden Vokal in die Länge zog, schaffte sie eine Atmosphäre anhaltender sinnlicher Spannung. Poesie am Telefon.

Ihre Kunden waren spät abends arbeitende Juristen, Professoren, Fernfahrer, ein oder zwei Priester. Einmal sprach sie sogar mit einem, der angeblich gerade irgendwo eingebrochen war. Keine Beratung, kein moralischer Zeigefinger, keine Fragen nach der besseren Hälfte. Dorys Aufgabe bestand darin, dem Anrufer zum Höhepunkt zu verhelfen und sich danach den Nächsten vorzunehmen.

Stress am Arbeitsplatz? Jede Menge. Paige hatte den Job treffend zusammengefasst: beschissene Arbeitszeiten, null Sozialleistungen, immer dasselbe Gequatsche. Ungefähr zwei Mal pro Monat meldete sich bei Dory ein Fußfetischist, und jedes Mal musste sie ein Gähnen unterdrücken, wenn sie ihm die Form ihrer Zehennägel beschrieb, die Höhe ihres Spanns, ob ihre Füße im Sommer schwitzten, im Winter austrockneten. Welche Fußpflegemittel sie benutzte, wie viele Paar Schuhe sie besaß und wie die aussahen. Zuweilen gingen ihr dabei die Adjektive aus. Im Allgemeinen aber waren die mit dem Fußtick noch die nettesten aus der ganzen Mischpoke.

Einige Anrufer waren ausgesprochene Ekel. Wenn Dory einen von denen abbekam, dachte sie ans Geld. Daran, dass sie von zu Hause arbeiten konnte. Dass sie sich nicht ausziehen musste. Und dass ihr nur noch ein Semester zu ihrem Bachelor fehlte. Womit sich dann ganz andere Möglichkeiten eröffneten.

Sie riss die Augen auf, warf einen Blick auf ihre Uhr. Schon wieder eine halbe Stunde herum. Jetzt aber ins Bett!, befahl sie sich, durch das gedämpfte Brausen des Sturms beinahe in dumpfer Lethargie erstarrt. Morgen, so nahm sie sich vor, würden sie und Sebastian – gutes Wetter vorausgesetzt – den neuen rautenförmigen Drachen steigen lassen und sich irgendwo an Pfannkuchen und Würstchen satt essen. Ein sehr schöner Tag würde das werden.

Da schrillte das Telefon neben dem Bett. Dory stürzte sich auf das Gerät und hob ab, ehe das Geklingel ihren Sohn aus dem Schlaf reißen konnte. Wer mochte das sein, zum Teufel? Zu dieser nachtschlafenden Zeit? Wahrscheinlich besoffen, und dann auch noch verwählt.

»Hallo?«

»Guten Abend, Dory. Noch auf? Na, so was! Lässt das Gewitter dich nicht einschlafen?«

Nein! Nicht möglich! Als sie die lispelnde Stimme hörte, konnte sie förmlich spüren, wie sich ihre Nackenhaare einzeln aufstellten. Von Grausen gepackt, ließ Dory den Hörer fallen und rannte im Dunkeln zur Tür. Vergewisserte sich, dass sie verschlossen war. Zog wie gehetzt die Vorhänge zu. Griff wieder zum Hörer.

»Wie bitte, Dory? Ich kann dich nicht hören. Hat's dir die Sprache verschlagen? Sieht dir überhaupt nicht ähnlich. Es entbehrt nicht der Ironie: Schweigen im Walde, und das bei einer, die sonst ihr Geld damit verdient, dass sie genau das Richtige sagt.«

»Wie …?«

»Wie ich dich aufgespürt habe? Na, deine Naivität verwundert mich. Weißt du denn nicht, dass du dich nicht vor mir verstecken kannst? Keine von euch kann das.«

»Jazz!«, flüsterte sie. »Du hast …«

»Mausetot«, säuselte er. »Liest du keine Zeitung? Die arme Jasmine! Schade eigentlich. Ich wollte doch nur 'ne winzige Kleinigkeit von ihr. Diese Komplikationen sind überflüssig.«

Mord – eine Komplikation! »Du abartiges Stück Dreck!«

»Aber, aber! Beschimpfungen bringen uns nicht weiter. Heraus damit, Dory: Wo ist Opal?«

Sie schluckte, biss die Zähne zusammen. »Kein Plan.«

»Wir wissen beide, dass das nicht stimmt. Ich weise dich ausdrücklich darauf hin, dass meine Geduld erschöpft ist. Ziemlich erschöpft.«

»Dann gib auf.« Die Stimme von Dallas setzte sich durch, dominant, sachlich. »Stell dich der Polizei. Lass dir helfen.«

Am anderen Ende der Leitung erklang verhaltenes Lachen, das ihr wie eine fette Made über die Haut kroch. Sie schüttelte es ab. Noch war sie nicht aus dem Spiel. Oder?

»Du wirst mir doch sagen, wo Opal steckt, nicht wahr, liebste Dory?«

»Was man nicht weiß, kann man auch nicht verraten.«

Ein leiser Seufzer. »Nun gut. Vielleicht erzählst du mir dann, wie deinem Sohn die neuen Buntstifte gefallen.«

Sie spürte noch, wie sie verwirrt die Stirn in Falten legte. Auf einmal war sie in klebrigen Schweiß gebadet. Der Puls wummerte ihr in den Ohren. Die Zeichnung von Glinda! Das rosa Glitzergewand! Eine Box mit acht funkelnagelneuen Pastellstiften, die sie vorher nie gesehen hatte!

»Du … in dem Rasthof … als ich mein Auto wegfuhr?«

Erneut das trockene Kichern, das sich gleichsam in ihr Ohr zwängte. »Siehst du, wie nahe ich dir bin? Wie dicht ich herankommen kann?«

Heiße Tränen strömten ihr über die Wangen, doch irgendwie schaffte sie es, den letzten Rest von Selbstbeherrschung zusammenzukratzen, gegen das Grauen anzukämpfen und ihre ganze Wut hinauszuschreien. »Lass bloß die Finger von meinem Jungen!«

Sie knallte den Hörer auf. Sebastian zuckte unter der Bettdecke. Ob er noch wusste, wie der Mann ausgesehen hatte? Hatte der Telefonkavalier ihn wohl angesprochen?

Ein voll besetzter Diner. Dory entsann sich an Reisende mit Baseballkappen, breitkrempigen Regenhüten, klatschnassen Haaren. Alle hatten sie unscheinbar dagesessen, beinahe nicht zu unterscheiden, alle über dampfende Kaffeetassen und soßentriefende Gerichte gebeugt. Er hätte durchaus am Tresen sitzen können. Oder in der angrenzenden Nische hinter ihr. Wieso hatte sie nicht besser aufgepasst?

Sie hatte sich in Sicherheit gewiegt. Sich eine Blöße gegeben. Dumm war sie gewesen, eine naive dumme Gans.

Du kannst dich nicht vor mir verstecken. Das kann keine von euch.

Dory streckte den Arm aus und berührte ihren Sohn an der Schulter. Am liebsten hätte sie ihn ganz sanft geweckt, um Antworten auf ihre Fragen zu erhalten, um vielleicht sogar gleich wieder zu packen und zu fliehen. Aber Sebastian lächelte im Schlaf. Süße Träume.

Sie ließ sie ihm. Am Morgen würde sich alles aufklären. Wenn sie sich beruhigt hatte. Sebastian würde es als ein weiteres Abenteuer auffassen. Als Wettkampf.

Erinnerst du dich an die Malstifte? Für jede kleine Auskunft über den Mann, der sie dir geschenkt hat, kaufe ich dir ein Malbuch.

Es wird ja schon bald Morgen, überlegte sie mit einem Blick auf ihre Armbanduhr. In Stunden gerechnet nur noch fünf. Insgeheim wusste sie aber, dass die Minuten sich geradezu endlos hinziehen würden, während sie da im Dunkeln lag, die grausige Stimme noch im Ohr. Und eines war ihr klar: dass der Telefonkavalier sich dem Liebsten, was sie besaß, bis auf wenige Zentimeter genähert hatte.

Er würde es wieder tun. Oder Schlimmeres. Und das alles nur wegen Opal.

Vorsichtig streckte sich Dory auf der Zudecke aus und kuschelte sich an ihren Sohn. Am liebsten hätte sie ihn mit aller Macht umklammert, um ihn mit jedem Muskel, jeder Faser zu beschützen. Aber sie wusste, dass er davon womöglich wach wurde, sich erschreckte und ihre Angst spürte. Daher legte sie ihm nur sanft den Arm um die Taille und hoffte, dass er im Schlafe spürte, wie lieb sie ihn hatte.

22. Kapitel

Er war noch nicht am Ziel, aber dicht dran. Bald würde er mit Opal vereint sein, und alles wäre vollkommen. Er würde sich ihr offenbaren, ewige Liebe und Treue schwören, und gemeinsam würden sie sich einen Sonnenuntergang suchen, in den sie hineinsegeln konnten.

Er hatte bereits die Kirche für ihre Trauung ausgesucht, eine winzige weiße Kapelle in Washington State. Zusammen würden sie den Verlobungsring kaufen, obwohl sie nach seiner Überzeugung nichts Protziges benötigte. Opal war nicht materialistisch. Das Zusammensein mit ihm reichte ihr vollkommen. Das hatte sie ihm bereits deutlich gemacht.

Dass sie den Job geschmissen hatte, beglückte ihn. Er wusste, dass sie nur ungern mit anderen Männern redete und sich viel lieber mit ihm allein unterhalten hätte. In ihren Gesprächen, manche davon bis zu zwei Stunden lang, hatten sie die Welt bereist. In Paris hatten sie sich unter einer der Seine-Brücken geliebt, während die *bateaux-mouches* voller Touristen gemächlich vorbeiglitten. In London trieben sie es in einem dunklen Winkel der St. Paul's Cathedral, wo der Hall ihres Liebesgestöhns säuselnd durchs Rund der Flüstergalerie wehte.

Eine ihrer Lieblingsstädte war Nairobi gewesen. Dort hatten sie in einem hoch in den Baumkronen thronenden Luxushotel residiert. Dschungelbrisen liebkosten ihre nackte Haut und ließen ihr Liebesspiel zu einem Fest der Sinne werden, bei dem sie einander den Saft tropischer Früchte auf ihre Körper träufelten, um ihn sich gegenseitig mit forschenden Zungen von Vertiefungen und Rundungen zu lecken. Ihre Lustschreie weckten die Wildtiere aus dem Schlaf und vermischten sich mit schrillem Vogelgekreisch und dem Geschnatter der Affen. Sie hatten Kenia öfters wieder besucht und wurden rot, wenn sie nur daran dachten. Opal kicherte regelrecht beim Gedanken daran, wie ungezogen sie sich benommen hatten.

Ach, wenn sie wüsste! Er hatte über die Jahre schreckliche Dinge ersonnen oder gesagt und noch schlimmere begangen. In seine unbeschreiblichen Taten hätte er Opal weder einweihen wollen noch können. Seine schwärzesten Gedanken aber, die hatte er ihr gebeichtet. Im Gegensatz zu den anderen Mädchen kam sie ihm nicht mit Verharmlosungen und sagte nicht das, was er hören wollte.

Rückgrat. Innere Werte. Das zeichnete Opal aus. Er verliebte sich in sie in dem Augenblick, als sie ihm ihre – wenn auch verbale – Teilnahme an dem, was er als sein »lila Spiel« bezeichnete, verweigerte. Es war zu gefährlich, zu sadistisch, zu schwer zu kontrollieren.

Du hast es nicht nötig, auf diese Weise zu kommen!, hatte sie ihm versichert. *Lass dir von mir mal andere Methoden zeigen.*

Gesagt, getan. Mit Opal zu reden, ihrer süßen Stimme zu lauschen – das erregte ihn auf eine nie für möglich gehaltene Weise. Sein Verlangen nach seinem lila Spiel legte sich zwar nie so ganz, aber solange er Opal hatte, konnte er seinen Drang unterdrücken, dämpfen, bezähmen. Einzig Opal verhinderte, dass seine dunkle Seite wieder die Oberhand gewann.

Ihr letztes Gespräch, es war so außergewöhnlich gewesen, so … perfekt. Sie waren auf den Galapagos-Inseln, hatten dort händchenhaltend einen herrlichen Tag inmitten von Pinguinen und Fregattvögeln verbracht, um schließlich auf das gemietete Segelboot zurückzukehren, wo sie Champagner tranken und sich liebten, bis sie mit nackten, schweißglänzenden

Leibern ermattet in der Sonne ruhten. In jener Nacht hatte Opal die Führung an sich gerissen, indem sie beschrieb, wie sie sich auf dem Bootsdeck rittlings über ihn legte und sich im streichelnden Takt ihrer eigenen Hand wiegte. Fast eine Stunde war er zum Zuschauen verdammt, während sie sich mit forschenden Fingern zu immer höheren Liebeswonnen führte, wieder und wieder, dabei die festen Brüste und schwellenden Knospen mit ihren Händen liebkosend. Erst als er schließlich vor Qualen schrie, durfte er sich in sie versenken. Sie aber verwehrte ihm die Erfüllung, indem sie urplötzlich innehielt, bis er schier den Verstand verlor, bis er sie packte und sich in heißem, milchigem Rausch in ihr verströmte.

Die Sonne sank hinter den Horizont, sodass ihre Leiber abkühlen konnten.

»Ich liebe dich, Opal.«

»Ich dich auch, mein schöner Kavalier.«

»Ich würde alles für dich tun.«

»Das hat mir noch nie einer gesagt.«

»Ich würde sogar für dich morden.«

Und jetzt hatte es jemand getan.

23. Kapitel

Mit dem Morgen kam ein Regenbogen, der erste, den Sebastian je gesehen hatte. Während Dory packte, drückte sich der Kleine die Nase am Turmfenster platt.

»Mama? Wo fängt der an, und wo hört der auf?«

»Wer denn, Bärchen?«

»Der bunte Bogen.«

Sie hatte eine qualvolle Nacht hinter sich, den Blick fortwährend zum Eingang gerichtet, Ausschau haltend nach dem verräterischen Drehen des Türknaufs oder nach Schatten jenseits des Spalts unter der Tür. Nunmehr war ihr Hirn so vernebelt, dass sie keine wissenschaftliche Antwort auf die Frage ihres Sohnes zusammenbekam. »Vielleicht haben solche Regenbogen keinen Anfang und kein Ende«, sagte sie, wobei sie Sebastians gefalteten Schlafanzug vor dem Einpacken kurz an ihre Wange schmiegte. »Vielleicht sind die endlos.«

»Wie der liebe Gott?«

»Genau.« Sie lächelte traurig. »Wie Gott.«

Sie zog den Reißverschluss des Seesacks zu und setzte sich ins Türmchen zu ihrem Sohn. Ein letzter Blick auf den Regenbogen, ein Zeichen, dass alle Gefahr vorbei und der Sturm vorüber war.

»Das Bild, das du gestern Abend gemalt hast, Sebastian«, begann sie. »Von der Hexe Glinda. Du hast sie in so ein schönes Gewand gesteckt. Woher hattest du denn diese Funkelstifte?«

»Die lagen auf dem Tisch«, antwortete er, ohne den Blick vom Regenbogen zu wenden. Mit waagerecht gestrecktem Zeigefinger wies er in die Richtung und zählte die Farben.

Dory zog die Schachtel aus ihrer Handtasche. »Aber als wir in den Diner gingen, hattest du die noch nicht. Wer hat sie dir gegeben?«

Sebastian hob die Schultern.

Dory übte sich in Geduld. »Das ist wichtig«, betonte sie und rückte ihren Stuhl so, dass sie zwischen dem Jungen und dem Regenbogen saß. »Wenn einer dir etwas geschenkt hat, müssen wir uns bedanken. Wie sah der Mann denn aus?«

Seine Augen füllten sich mit Tränen, seine Lippen begannen zu zittern. »Es tut mir leid, Mom, ich hätte ja danke gesagt. Aber ich habe keinen gesehen.«

»Musst du aber doch! Los, Bärchen, denk nach!«

Er schüttelte den Kopf. »Ich war doch am Malen! Ich wollte mir einen neuen Stift nehmen, und dann lagen die auf einmal da. Hab ich was falsch gemacht, Mom?«

Er brach in Schluchzen aus. Dory schloss ihn in die Arme und wiegte ihn sanft, bis er sich beruhigte. »Schon gut, Mäuschen. Da hat dich bestimmt jemand für genauso süß gehalten wie ich. Und für einen tollen Künstler. Pass auf: Wir fahren zum Restaurant zurück und fragen Onkel Mike, ob der sich an den Mann erinnern kann.«

Sebastian schnäuzte sich in ein Papiertaschentuch, das Dory ihm reichte. Dann fragte er: »Kriege ich auch Kekse zum Frühstück?«

»Ausnahmsweise«, versprach sie ihm.

Vom Gasthof aus folgte ihnen etwa acht Kilometer weit ein schwarzer Mercedes, der aber ständig so Abstand hielt, dass Dory das Gesicht des Fahrers nicht erkennen konnte. Auf Höhe von Gold Beach bog der Wagen bei einer Tankstelle ab. Falls sie jetzt immer noch beschattet wurden, machte der Verfolger seine Sache wirklich geschickt.

Mike Driscoll, Geschäftsführer des Diners, in dem Dory

und Sebastian am Abend zuvor gegessen und Zuflucht gesucht hatten, servierte ihnen Saft, frisches Obst und Müsli, dazu zwei ofenwarme Mürbekekse mit Rosinen. Mike versicherte Dory, dass niemand ihren Sohn während der Zeit, in der sie ihren VW umgeparkt hatte, angesprochen habe. Andererseits, so fügte er noch hinzu, seien zahlreiche Gäste auf dem Weg zur Kasse an der Sitznische vorbeigekommen. Von denen hätte praktisch jeder klammheimlich die Schachtel Malstifte auf dem Tisch hinterlassen können. Ihm selbst sei jedenfalls nichts Verdächtiges aufgefallen.

Er spürte ihre Niedergeschlagenheit, ihre drängende Ungewissheit, und Dory merkte auch, dass er sich fieberhaft bemühte, die Abläufe der vergangenen Nacht Revue passieren zu lassen – ein Gesicht, eine Geste, eine eventuell übersehene Kleinigkeit. Er schüttelte den Kopf. Nichts zu machen.

Dory bedankte sich, bezahlte die Rechnung plus zwanzig Prozent Trinkgeld und ging mit Sebastian hinaus zum Wagen. Ihr Abenteuer hatte ein böses Ende genommen, der Telefongentleman recht behalten: Weder konnte sie vor ihm davonlaufen noch ihren Sohn beschützen.

Die Polizei alarmieren? Mit welcher Begründung? Weil einer permanent anrief, sie vor Angst halb in den Wahnsinn trieb, ihrem Sohn Geschenke machte?

Was denn für Geschenke, Ma'am?

Eine Schachtel Glanzmalstifte. Sehr verdächtig! Bei ihren Vorstrafen konnte sie heilfroh sein, wenn die Bullen sie nicht glattweg auslachten. Oder – schlimmer noch – ihr den Kleinen wieder wegnahmen. Da zwischen ihr und den zwei ermordeten Frauen ein Zusammenhang bestand, ließ sich unschwer ausmalen, was als Nächstes folgen würde.

Die Worte, die sie nie wieder hören wollte: Entzug des Sorgerechts.

Als Sebastians Sicherheitsgurt hörbar einrastete, ließ Dory

ihren Herbie an und steuerte ihn die Küstenstraße hinauf nach Hause zurück. Zum Abendbrot würde sie Spaghetti mit Frikadellen machen, Sebastian in sein eigenes Bett stecken und ihn am Montagmorgen zur Schule schicken, sodass sie im Ganzen gesehen kaum aus dem täglichen Trott geraten wären. Schluss mit den Unterbrechungen, Schluss mit den Abenteuern. Sie hatte zu schwer gearbeitet, um jetzt einen Rückzieher zu machen.

Beim nächsten Anruf des Telefongentlemans würde sie wissen, was sie zu sagen hatte.

24. Kapitel

Lani setzte Paige am Samstag an deren Arbeitsstelle ab. Beide waren sie fest entschlossen, den Tag so normal wie möglich verlaufen zu lassen. Lani hatte sich vorgenommen, Lebensmittel einzukaufen, »als Unkostenbeitrag«, wie sie es ausdrückte. Danach wollte sie sich Zahnbürste, Wäsche und andere Lebensnotwendigkeiten besorgen. Auf keinen Fall werde sie allein in ihre Wohnung zurückkehren. Noch während Lanis Wagen sich von der Bordsteinkante löste, sah Paige, wie ihre Freundin drei Mal zur Kontrolle in Rück- und Seitenspiegel blickte. *Großer Gott, Lani!*, durchfuhr es sie. *Sei vorsichtig! Lieber zu spät als nie!* Sie vernahm das Schnappen der automatischen Türverriegelung und fragte sich, ob Lani in ihrem schreckhaften Zustand wohl überhaupt hinters Lenkrad gehörte.

Es ist ja nur für ein paar Tage, Joshua! Noch ein paar Tage, dann würde der Telefonkavalier – nein, der Telefonkiller – gefasst und seine Suche nach Opal beendet sein. *Los, Carolyn, Ziggy und wie ihr alle heißt! An die Arbeit!*

Gleich gegenüber tauchte Arlen Dale auf, pünktlich wie die Maurer. Als er Paige sah, brach er in ein breites Grinsen aus und setzte seine Kopfhörer ab. »Hi, Paige!«, rief er. »Das war ein Unwetter letzte Nacht, was?«

Sie antwortete ihm mit einem heftigen Nicken und deutete auf seine Kopfhörer. »Was gibt's denn heute Schönes bei dir zu lauschen?«

»Die Dixie Chicks. Da fängt der Tag doch gleich schwungvoll an.«

Paige hätte wetten können, dass Arlen mehr auf Dvorak als auf Dixie stand. Doch wie so oft trog wohl auch hier der Schein.

»Schönen Tag noch!«, brüllte er laut herüber, drehte den Schlüssel im Schloss und betrat seinen Laden.

Der Glückspilz! Ein paar muntere Melodien, das reichte ihm schon, um den Tag in Angriff zu nehmen. Zwei Menschen, die Paige gekannt hatte, waren tot, zwei weitere verschollen, einer davon ein niedlicher Sechsjähriger, der am liebsten malte, auf Zaubertricks und Reiten stand und das Downsyndrom hatte. Sobald man Dory und Sebastian gefunden und den Mörder hinter Schloss und Riegel gebracht hatte, würde sich vielleicht auch ihr Gesicht zu einem Lächeln entspannen können. Bis dahin galt ein unbehaglicher Friede mit jenem schmallippigen Konterfei, das ihr am Morgen aus dem Badezimmerspiegel entgegengeblickt hatte. Die Herausforderung bestand eher darin, mit einem Magen fertig zu werden, der sich anfühlte, als liege ein bleischweres Kugellager darin.

Es kostete sie einige Mühe, den ebenfalls bestens gelaunten Harry Washburne mit einem einigermaßen munteren »Guten Morgen« zu grüßen. »Schönen Abend gehabt, Harry?«

»Aber hallo!« Harrys Lächeln war so breit wie seine Schultern. Paige fiel auf, dass ihr Chef ein gestärktes weißes Baumwolloberhemd trug – ein wohltuender Kontrast zu seiner üblichen kittbraunen Kollektion. Ein Hauch von herbem Aftershave drang ihr in die Nase, gerade so stark, dass es auf interessierte weibliche Wesen anziehend gewirkt hätte. »Schon was vor fürs Wochenende?«

»Der Kavalier genießt und schweigt«, lautete die vielsagende Antwort ihres Chefs.

Luke kam gerade rechtzeitig, um das an der Ladentür hängende Schild mit der Aufschrift »OPEN« umzudrehen. Im

Gegensatz zu Harry gab er sich weniger wortkarg über den Verlauf seines Freitagabends. Zwischendurch erzählte er Paige von einer Party, an der er teilgenommen hatte. »Ich hab ein Tänzchen mit der Grünen Fee gewagt.«

Was erzählte er für Märchen? Sie forderte ihn auf, gefälligst Englisch zu sprechen.

»Die Grüne Fee! *La Feé Verte!* Absinth!« Er unterwies sie in der Kunst des Absinth-Genusses. Die Gäste der Fete, so sein Bericht, hätten einen auf einem Absinthlöffel liegenden Zuckerwürfel mit kaltem Wasser übergossen, um den Absinth zu verdünnen und den oft bitteren Geschmack zu übertünchen.

»Wieso trinkt einer was, das nicht schmeckt?«

»Wenn's gut genug war für Baudelaire, Toulouse-Lautrec, Hemingway ...«

»Ach, und ein paar Gläschen erlesenen Cabernets, die wären wohl nicht exotisch genug?«

Exotisch?, raunte Luke. Von wegen! Absinth sei in den Staaten illegal, was nach Paiges Gefühl für Luke und Konsorten erst den Reiz ausmachte. Laut Luke hatte die Drogenbekämpfungsbehörde all jene Spirituosen verboten, die Thujon enthielten, ein Nervengift, das dem Vernehmen nach die sagenumwobene Wirkung des Absinth hervorrief: Klarheit des Denkens sowie eine den ganzen Körper erfassende Euphorie. Man hatte ausgiebig über Literatur diskutiert, Lyrik rezitiert und fundiert über Politik debattiert – ganz nach Mode der Pariser Salons des Fin de siècle, eines Zusammenschlusses junger europäischer Intellektueller in der Epoche vor dem Ersten Weltkrieg. Luke konnte sich allerdings nicht entsinnen, ob man unter dem Einfluss dieser hochprozentigen Wermutspirituose auch dringende Weltprobleme gelöst hatte. Was ihm im Gedächtnis haften geblieben war, das war vielmehr die Erfahrung an sich, das Hochgefühl beim Zusammensein mit

Gleichgesinnten. Bestimmte Einzelheiten blieben da eher verschwommen. So viel zur Klarheit des Denkens.

Im Laden herrschte ein ständiges Kommen und Gehen, wofür Paige dankbar war. Die Arbeit mit den Kunden, besonders mit den Neulingen in der Freiluftszene, machte ihr Spaß, und die Ablenkung kam ihr gerade recht. Einem Trekkinganfänger empfahl sie ein Paar wasserfeste und atmungsaktive Halbschuhe. »In denen behalten Sie immer trockene und warme Füße, schleppen aber kein zusätzliches Gewicht mit sich herum.« Sie reichte ihm einen Schuhlöffel. »Ideales Allround-Modell für Anfänger. Weiterentwicklung eines herkömmlichen Wanderschuhs, perfekt für das Terrain, auf dem Sie wandern werden. Außerdem schneetauglich.«

Der Kunde zog ein skeptisches Gesicht. »Ich habe aber schwache Knöchel. Müsste ich da nicht etwas mehr anlegen? Für ein Paar robustere?«

Etwas an seiner Stimme machte sie stutzig, ein Hauch von Affektiertheit, von geziertem, verwöhntem Getue, bei dem sich ihre Gesichtsmuskeln vor Beklemmung verkrampften. Bei manchen Silben stieß er ein wenig an, als habe er einen Sprachfehler. Außerdem war er für einen Samstag völlig unpassend angezogen. Jedenfalls wirkte er in Tweedsakko, Kaschmirweste und Budapestern absolut fehl am Platze.

»Die Form des Schuhrückens ermöglicht optimale Trittdämpfung und sorgt für Stabilität im Fersenbereich.« Sie band ihm die Schnürsenkel zu. »Spüren Sie, wie der Ihren Mittelfuß stützt? Gehen Sie mal ein bisschen herum, damit Sie merken, wie elastisch er im Zehenbereich ist.«

Der Kunde, ein Mittdreißiger mit lichter werdendem Haar, trug ein schmales Unterlippenbärtchen, das wie eine behaarte Klaue unter der Unterlippe vorragte. Ehe der Mann sich erhob, starrte er Paige geraume Zeit an. So lange, dass sie sich schon fragte, ob er wohl schwerhörig war. Außerdem lag etwas in seinem Blick, bei dem sie glatt eine Gänsehaut bekam. Dann stand er auf und schlenderte durch den Laden, wobei er die Fingerspitzen über einen Stapel wollener Damenpullover gleiten ließ.

Es war genau das eingetreten, wovon sie damals alle gesprochen hatten: Die Angst, eines Tages auf einen der Telefonkunden zu stoßen. Die Furcht, der Klang einer Stimme oder eine bestimmte Wendung könne Erinnerungen auslösen an ein Gespräch, dem sie alle lieber kein Gesicht zugeordnet hätten. Paige zermarterte sich das Hirn, aber das war schon hoffnungslos überlastet und hatte mehr als genug zu tun.

Dory und Sebastian. Wo steckten die bloß? Und was war mit Dorys Küchenfenster passiert?

Falls der Telefongentleman wusste, wer Dory war – was wusste er dann wohl noch? Wie nahe mochte er sein?

»Sie sitzen sehr bequem.« Nahezu lautlos war der Kunde wieder vor ihr aufgetaucht und setzte sich, den Blick genau auf ihre Kehle gerichtet. Sie fragte sich, ob ihr das Herz wohl schon bis zum Halse schlug und ob man das Pochen gar sehen konnte.

»Sehr wenige Innennähte«, erklärte sie, wobei sie hörte, wie ihr beinahe die Stimme versagte. »Also weniger Gefahr von Druckstellen. Dadurch kann sich das Innenfutter an ihre Fußform anpassen. Wie ein maßgefertigter Schuh. Und beim Wandern benötigen Sie dicke Socken wie diese hier.« Paige musste ihm ein Paar leihen. Diejenigen, die er trug, waren zu dünn und zu schick.

Er senkte den Blick, als hätte er keine Ahnung, wovon sie redete. Nach einem weiteren Gang durchs Geschäft erklärte er die Stiefel für perfekt und erstand noch zwei Paar Wandersocken dazu. Er zahlte in bar, und Paige war heilfroh, ihn endlich aus der Tür hinausgehen zu sehen.

Mit dem Erscheinen des nächsten Kunden vergaß Paige den

Sonderling mit dem eigenartigen Bärtchen. Als Mercer Wyatt eintrat, wusste sie nicht, was sie zu erwarten hatte, doch mit dem Klischee vom Multimillionär mit brillantenbesetzter Krawattennadel und protzigem Ring am kleinen Finger lag man hier gewaltig daneben. Wäre ihr nicht das Foto in der *TIME* eingefallen, hätte sie ihn für einen ganz gewöhnlichen Trekkingfan gehalten, der in die Stadt gekommen war, um durch die Sportgeschäfte zu bummeln und sich das Neuste an Ausrüstung anzuschauen. Er trug ein schlichtes Freizeithemd und Jeans, und für einen Mann Ende fünfzig, der die meiste Zeit seines Lebens am Schreibtisch verbracht hatte, kam er Paige bemerkenswert fit vor. Sein immer noch volles Haar ließ er grau werden. In seinen Augen aber lag eine Wehmut, ein Ausdruck des Bedauerns. Paige kannte den Blick.

»Wir sollen ja nun bald Schiffskameraden werden«, sagte er. »Was Aktivurlaube angeht, bin ich blutiger Anfänger. Aber in punkto benötigte Ausrüstung habe ich ein bisschen Hausaufgaben gemacht und mir wohl das Nötigste darüber angeeignet. Sofern ich was vergessen habe, sagen Sie's ruhig.«

Wie bei allen anderen Facetten seines Lebens ging Wyatt beim Einkauf organisiert und vorbereitet vor. Er reichte Paige eine tabellarische Aufstellung von Größen, Markennamen, Modellen. So werden die Reichen reich, ging es Paige durch den Sinn. Indem sie Wert auf Details legen. Ihre Hausaufgaben erledigen. »Sie machen mir meine Arbeit zu leicht, Mr. Wyatt.«

»Mercer, bitte.«

Paige überflog das Blatt, das er ihr gegeben hatte. »Eine sehr umfassende Liste … Mercer. Manches kann man allerdings auch mieten. Die Kajaks werden übrigens vom Veranstalter gestellt.«

Er winkte ab. »Meinetwegen, doch was das Übrige betrifft, hätte ich lieber meine eigene Ausrüstung. Ich neige dazu, immer groß einzusteigen. Hoffentlich werden dieser Exkursion noch viele folgen. Ich habe … na, sagen wir so: Es wird Zeit, dass ich meinen Horizont erweitere und aus dem Winterschlaf erwache.«

Auch wenn das nicht unbedingt überzeugend klang, gab Paige ihm doch Punkte für den Versuch. Paradigmenwechsel, hätte ihr Soziologieprofessor doziert. Ausbruch aus den alten Verhaltensmustern. »Das geht ruckzuck«, behauptete sie. »Jetzt besorgen wir Ihnen erst einmal ein Rad.«

Sie hielt sich penibel an Wyatts Liste, von der sie ausnahmsweise bei der Wahl des Rucksacks abwich, indem sie sein gewünschtes Modell gegen ein anderes austauschte. Das verfügte über eine Trockentasche mit durchsichtigen Fächern, die das Auffinden von Gegenständen erleichterten. Er nahm ihren Vorschlag dankbar an. »Ich hoffe, ich werde bei dem Trip nicht zur Belastung. Allmählich werde ich in diesem Freiluftkram immer besser, da ich mehr Zeit draußen als im Büro verbringe. Vor ein paar Jahren hätten Sie mich nicht mal dazu gekriegt, zu Fuß zum Briefkasten zu gehen.«

Paige lächelte bei der Bemerkung. »Wir helfen uns alle gegenseitig. Das macht ja den eigentlichen Spaß aus. Faire und gleiche Voraussetzungen für alle.«

»Wird mir gefallen, glaube ich.«

»Auf jeden Fall.«

Bei Geschäftsschluss wartete Lani bereits mit laufendem Motor am Straßenrand. Sie hatte sich auf die Beifahrerseite begeben, weshalb Paige den Platz hinterm Lenkrad einnahm. Sie blickte hinüber zum Laden, wo Luke gerade das Schild von »OPEN« zu »CLOSED« umdrehte. Auf ihr Winken hin hob er das Kinn, als wolle er sagen »Bis dann!« Vielleicht hatten die Nachwirkungen des Absinths ihn als Geisel genommen. Er war so grün im Gesicht wie der von ihm beschriebene Wermutschnaps.

Als Paige losfuhr, sagte Lani: »An sich hatte ich gedacht, ich hätte die Klitsche die längste Zeit gesehen. Eigentlich wollte ich nie wieder dahin zurück.«

Mit »Klitsche« war der Telefonsaal gemeint, wo sie beide gearbeitet hatten – ein trister, viereckiger Raum, ausgestattet mit drei Dutzend gebrauchter Arbeitskabinen, einem Sammelsurium geleaster Bürostühle und zwei analogen Kabeltelefonen pro Arbeitsplatz. Die Schichtleiterin, die alle nur unter dem Namen Jean kannten, thronte auf einem erhöhten Podest, von dem aus sich ein ungehinderter Überblick über sämtliche Telefonistinnen bot, wenngleich meist nur knapp die Hälfte aller Boxen besetzt war.

»Wir bleiben keine Sekunde länger da als nötig«, versicherte Paige ihr. »Wir reden mit Jean, fragen sie, ob sie was von Dory gehört hat, und stellen fest, ob sonst noch jemand von diesem Strippenkavalier belästigt worden ist.« Wie Lani legte auch Paige wenig Wert darauf, noch einmal diesen schmuddeligen Saal zu betreten, an dessen grau getünchten Wänden geschmacklose Porno-Poster klebten.

Phil, der Nachtportier, saß in seiner Pförtnerloge in der Lobby des achtstöckigen Bürogebäudes. Als er die beiden Ankömmlinge sah, zog er ein überraschtes Gesicht. »Mensch, lange nicht gesehen! Ein Jahr bestimmt, was?«

»So in etwa«, sagte Paige. »Siehst gut aus, Phil.«

Lani hatte sich bereits in das Besucherregister eingetragen und reichte Paige den Kuli. Jetzt standen in der Liste lediglich zwei kaum leserliche Unterschriften, die in Blockschrift verdächtig nach Laurel Canyon und Opel Kadett ausgesehen hätten.

»Ihr wollt doch nicht etwa in den fünften?«

»Du wirst es kaum glauben, Phil, aber ich meine, ich hätte mein Reserveschlüsselbund da oben liegen gelassen. Hat bis heute gedauert, ehe ich schnallte, dass es fehlt. Als ich an mein

Schließfach wollte, fiel mir auf, dass die Schlüssel an meinem anderen Schlüsselring sind. Ich wüsste nicht, wo das Ding sonst sein könnte. Hab überall gesucht.«

»Meinethalben fahr rauf«, brummte der Portier. »Aber dass du deine Schlüssel findest, wage ich zu bezweifeln.«

Der Aufzug ächzte und kam dann zitternd in der fünften Etage zum Stehen. Als sie über den Korridor auf Nummer 626 zugingen, sagte Lani: »Nicht, dass du das in die falsche Kehle kriegst – aber bei solchen Gelegenheiten wünschte ich mir, wir hätten Dory und Bettina nie kennengelernt.«

Paige wusste, worauf sie anspielte. Wären sie nach dem Seminar nicht Kaffee trinken gegangen, wäre die Vierfachbedrohung von Amber, Dallas, Laurel und Opal niemals entstanden.

»Sehe ich genauso.«

Nummer 626 hatte eine neue Tür, und die stand weit offen. Ein zusammengerollter Teppichboden lag, noch in Plastikfolie verschweißt, neben dem Eingang. Aus einem voll aufgedrehten Radio dröhnte ein ohrenbetäubender Rapsong, in dem der Sänger in übelster Weise über sein Mädel herzog. Drinnen waren zwei Maler dabei, die einstmals grauen Wände moosgrün zu überpinseln.

Die sechsunddreißig Arbeitskabinen, die Telefone sowie die Schichtleiterin waren verschwunden.

25. Kapitel

Carolyn war, als mache ihr Ischias an diesem Montagmorgen Überstunden. Sie hatte zwar bei den ersten Beschwerden im Lendenbereich sofort Entzündungshemmer geschluckt, doch jetzt jagte ihr dennoch ein brennender Schmerz von der Hüfte abwärts durchs ganze Bein. Sie wusste, eigentlich war es unmöglich, doch hatte sie insgeheim das Gefühl, dass sich ihr Zustand kurz nach Betreten von Kent Marlands Büro auf dem Universitätsgelände sogar noch verschlimmert hatte. Der Professor beeindruckte sie allerdings nicht sonderlich; es reichte, dass er selbst von sich beeindruckt war.

»Bettina Reid war meine Studentin, ja«, bestätigte Marland in einem Ton, als müsse er seinen Gaumen vom Geschmack billigen Weines reinigen. »Sie und zirka dreihundert weitere.«

»Dennoch fiel es Ihnen nicht schwer, sich an sie zu erinnern.«

»Ich möchte nicht ungalant erscheinen, aber Bettina war schwerlich zu übersehen.«

Professor, Sie sind echt ein Schatz!

»Gute Studentin, hm?«

»Was die Intelligenz angeht, durchaus. Gewissenhaft, logisch denkend, penibel in ihren Recherchen. Gründlich.«

»Bei Ihren Vorlesungen – ist Ihnen da jemals irgendwas sonderbar vorgekommen? Dass jemand Bettina anstarrte oder immer in ihrer Nähe saß? So etwas in der Art?«

Marland schüttelte den Kopf. »Soweit ich mich erinnere, kam sie gewöhnlich allein. Ging allein. Sobald ich mit meiner Vorlesung anfange, sehe ich nur noch eine Masse von Gesichtern vor mir. Was ablief, nachdem sie oder sonst jemand den Hörsaal verlassen hatte, entzieht sich meiner Kenntnis. Und was das Starren angeht – angegafft hat sie so ziemlich jeder. Man kam …«

»… gar nicht umhin. Versteht sich.«

Blasierter Fatzke! Carolyn taxierte den Professor: lichter werdendes Haar, die Gesichtsmuskeln eher schwammig denn straff, Ansatz von Bierbauch. Im Rasierspiegel meinte der gute Professor vermutlich immer noch einen knackigen Mittdreißiger zu erblicken, obwohl er gute zehn Jahre und etliche Kilos jenseits der dreißig lag. Wahrscheinlich, so Carolyns Verdacht, legte er auch Wert darauf, dass seine Studenten ihn mit dem Doktortitel anredeten.

Doktor in Wichtigtuerei. Angeber wie Marland schlugen ihr auf den Magen. Regelrecht zum Kotzen aber fand sie die Erkenntnis, dass sie selbst, hätte sie Bettina Reid gekannt, wohl genauso gegafft hätte. Dann weggeguckt. Und schließlich, unbemerkt, noch einen Blick riskiert und sich gefragt, wie die es bloß zu solcher Leibesfülle hatte kommen lassen.

Man musste schon selbst ein armes Würstchen sein, um einen Blick für seinesgleichen zu haben. Bei Gelegenheit, so nahm Carolyn sich vor, würde sie in sich gehen und zu ergründen versuchen, wie ein anständiges, gottesfürchtiges Elternpaar seine Tochter zu einem solch oberflächlichen Wesen erziehen konnte. Dazu war allerdings ausreichend Muße erforderlich, und die war derzeit Luxus. Momentan galt es zu ermitteln, was Bettina Reid gesagt oder getan haben mochte, um sich zum Opfer eines Mordanschlages zu machen.

Sie war schon aufgestanden und wandte sich gerade zum Gehen, als ihr noch eine Frage einfiel. »Ich war mal in meinen Bio-Professor verknallt. Ist das einer Studentin von Ihnen auch schon mal passiert?«

Marland bemühte sich um eine bescheidene Miene, was

ihm indes nicht ganz gelang. »Wir alle haben hin und wieder unsere Kriegsgeschichten«, meinte er. »Zum Glück halten die meisten Schwärmereien etwa so lange an wie Schaumperlen in einer Sektflasche.«

Carolyn lächelte, als kenne sie die schaumigen Eigenschaften von Sekt aus erster Hand. »Und wenn Bettina nun ein Auge auf Sie geworfen hätte?«

Diskreterweise wartete der Professor einen Moment ab, so als müsse er erst überlegen. Dann sagte er: »Sie saß immer ganz vorn. Kam ab und zu in mein Dienstzimmer, um mir mitzuteilen, wie sehr ihr das eine oder andere Seminar gefiel.« Er zuckte die Schultern. »Möglich wär's. Aber die Grenze habe ich nie überschritten. Mit keiner.«

Und mit einer wie Bettina Reid schon gar nicht.

Carolyn wünschte dem Herrn Professor einen guten Tag und bedankte sich für seine Hilfe. Beim Verlassen des Campus bemerkte sie, dass halbmast geflaggt war. Hatte Bettina schon zu Lebzeiten keine Aufmerksamkeit erfahren, so sorgte immerhin doch ihr Tod für Furore.

Im Handschuhfach von Carolyns Wagen befand sich ein Vorrat an Schmerz- und Fiebermitteln, von dem sie zwei Kapseln ohne Wasser schluckte. Inzwischen spürte sie das Brennen im ganzen Bein bis unterhalb des Knies. Ihr Fuß fühlte sich an wie von Nadeln gespickt. Das Gute daran war: Das Bein tat ihr dermaßen weh, dass sie die Rückenschmerzen nicht mehr spürte. Zum anderen tröstete sie sich damit, dass sie im Gegensatz zu ihrem Vater noch nicht die Kontrolle über ihre Blase verloren hatte. Carolyn benötigte Ruhe, konnte sich aber keine Auszeit leisten. Dehn- und Kräftigungsübungen hätten ihr ebenfalls helfen können, doch auch dafür mangelte es ihr an Zeit. Sie musste noch jemandem einen Besuch abstatten.

Das Drei-Zimmer-Reihenendhaus, in dem Bettina aufgewachsen war, wurde nach wie vor von ihren Eltern bewohnt.

Wally Reid, Bettinas Vater, der eine Gehhilfe benutzte, bat Carolyn herein und führte sie geradewegs in die Küche, in der seine Ehefrau Kay gerade auf einer mehlbestäubten Arbeitsplatte Kuchenteig auswalzte. Der Duft von Äpfeln und Zimt lag in der Luft.

Carolyn sprach ihnen ihr Beileid aus.

»Wir wollten nicht, dass unser Kind auszieht«, betonte der Vater. »Sie hatte hier alles, was sie brauchte. Wieso hätte sie da weggehen sollen?«

»Ich backe gerade ihren Lieblingskuchen«, fügte die Mutter hinzu. »Apfelkuchen mit Zimt. Ich kann's einfach nicht glauben, dass sie nicht durch die Tür kommt und ein großes Stück haben möchte. Mit Eis.« Sie ließ ein verhaltenes Lachen hören. »Aber es wird schon nichts verkommen. Wally und ich, wir sind keine Kostverächter.«

Die Reids galten beide als todsichere Kandidaten für den Sieg beim Tortenwettessen, das beim Kirchweihfest des Bezirks veranstaltet wurde. Schlagartig wurde Carolyn klar, wieso Bettina ihr Elternhaus hatte verlassen müssen.

Sie nahm zwar eine Tasse Tee, lehnte aber das Angebot von Kokosplätzchen, Marmorkuchen sowie Müsliriegeln mit Zitrone und Heidelbeere dankend ab und ließ sich von den beiden durch Bettinas Leben führen. Glückliche Kindheit, ausgezeichnete Schulzeugnisse, Saxofonunterricht. Kein Wort über Geburtstagspartys oder Ausflüge mit Freundinnen, vor allem nicht über erbarmungsloses Gehänsel oder einsame Jugendjahre. Wie konnte ihnen das entgangen sein?

Carolyn unterbrach die Schilderungen. »Haben Sie Bettinas Miete bezahlt?«, fragte sie unverblümt.

»Wir gaben ihr Geld. Für Studiengebühren, Bücher, Essen und für die erste und letzte Monatsmiete.« Wally Reid schaufelte sich zwei gehäufte Löffel Zucker in den Tee. »Wir waren überzeugt, dass sie wiederkommen würde, aber der Schuss ging nach hinten los. Anscheinend hatte sie sich 'nen Job besorgt, denn von November an haben wir keinen roten Heller mehr bezahlt.«

»Und was für ein Job das war, hat sie Ihnen nicht gesagt?«

»Nein. Wir haben auch nicht gefragt.«

»Hat sie mal etwas von einer Operation erwähnt?«

Die Mutter hielt beim Teigrollen inne. »Wieso? War sie krank?«

Carolyn erläuterte den Magenbypass und sagte, sie habe erfahren, Bettina hätte für den Eingriff gespart. Kay zog ein Gesicht, als klebe ihr ein Schamhaar auf der Zunge.

»Was soll denn der Blödsinn?«, fragte der Vater.

»Bettina hatte einen gesunden Appetit.« Das Nudelholz drehte sich wieder.

Carolyn verbrachte eine höchst unbehagliche Stunde in der Küche des Ehepaars Reid. Sogar das Bratapfelaroma widerte sie derart an, dass sie kaum ihren Tee austrinken konnte. Allen Protesten zum Trotz wurde ihr eine zweite Tasse aufgedrängt, ferner ein Teller Kekse und schließlich auch Marmorkuchen. Diesmal lehnte sie kategorisch ab. Die gekränkten Blicke, die sie sich von den beiden älteren Herrschaften einhandelte, ignorierte sie.

Die beiden mochten ihre Tochter durchaus geliebt haben, zumindest nach bestem Wissen und Gewissen. Aber von dem, was in Bettina vorging, sobald die Kuchengabeln weggeräumt waren, hatten die Eltern nicht die leiseste Ahnung. Wenn sie auch in gewisser Weise um ihr Kind trauerten, interessierte es sie anscheinend doch mehr, welche Beilage besser zu ihrer Lammkeule passte – überbackene Kartoffeln oder Knoblauchpüree.

Als Carolyn sich endlich verabschiedete, tat ihr Ischias höllisch weh. Hinter Bettina Reid steckte mit Sicherheit mehr als nur zu viele Kalorien und eine Garderobe in Übergröße. Doch wirklich gekannt hatte Bettina anscheinend niemand.

26. Kapitel

Alles war Teil seines Spiels und Dory bloß eine Spielfigur. Sie wusste, er bediente sich ihrer einfach nur so aus Spaß, wobei ihr eins klar war: Falls nicht bald etwas passierte, würde sie ganz bestimmt auch noch den jämmerlichen Rest ihres Verstandes verlieren. Es verging kaum ein Moment, in dem sie nicht von Ambers Schreien verfolgt wurde, von Jasmines Flehen um Hilfe. Aber der Telefongentleman hatte sich nicht wieder gemeldet, obwohl es schon vier Tage her war, seit sie ihr Abenteuer mit Sebastian abgebrochen hatte.

Jeden Tag fragte sie ihren Sohn aus, sobald er aus der Schule kam. Waren Besucher im Schulgebäude? Hat jemand an der Bushaltestelle auf dich gewartet? Sie erkundigte sich sogar nach Vertretungslehrern, weil sie davon überzeugt war, dass der Mörder von Jasmine und Amber alle erdenklichen Tricks anwenden würde, um über ihren Sohn an sie heranzukommen. Ihr Herz schlug erst dann wieder in seiner normalen Pulsfrequenz, wenn sie Sebastian pünktlich um halb vier auf dem Bürgersteig in Empfang nahm. Sie ertrug es auch nicht, dass er sich in einem anderen Raum aufhielt als sie, selbst in ihrem winzigen Bungalow nicht. Solange sie ihn im Auge behielt, war er in Sicherheit. An diesem Abend hatte sie ihm drei Küsschen gegeben und sich nach dem Ausschalten des Lichts nur überaus widerwillig aus seinem Zimmer zurückgezogen.

Spät am Samstagabend, als Dory und Sebastian wieder zu Hause waren, hatte Jean angerufen und Dory mit dem Schrillen des Telefons nahezu senkrecht aus dem Sessel gerissen.

Der Anrufservice, so Jean, sei angesichts dessen, was passiert sei, umgezogen.

Angesichts dessen, was passiert war ... »Die sind ermordet worden, Jean! *Das* ist passiert! Da steckt dieses Schwein von Strippenkavalier dahinter! Der hat es auf Opal abgesehen! Woher weiß der, wer wir sind? Wer hat das dem gesteckt?«

»Vorsicht, Dallas«, wiegelte die Schichtleiterin ab. »Wir wissen ja gar nicht, dass es so abgelaufen ist.«

»Der Kerl hat sogar hier angerufen!«, zischte Dory in den Hörer. »Meinen richtigen Namen benutzt! Meinen Sohn bedroht. Mich beobachtet. Verfolgt. Und Paige hat Ambers Fuß gefunden!«

Sie hörte die Schichtleiterin seufzen. Dass ein Serienkiller den Mitarbeiterinnen der Agentur auflauerte, war nicht ihr Bier. Sie hatte dafür zu sorgen, dass der Laden möglichst schnell wieder brummte. Willkommen im Showbusiness.

»Ich kündige hiermit fristlos«, fauchte Dory und legte auf. Eine Viertelstunde später verpflichtete sie sich bei einer anderen Hotline. Unter dem Namen Crystal.

Als gegen neun am selben Abend ihr Telefon klingelte, stürzte sie sich förmlich auf das Gerät.

»Dory? Menschenskinder, wo hast du gesteckt?«

Sie schluckte heftig. »Ach, Paige! Grüß dich!«

»Grüß dich? Sonst nix? Lani und ich, wir waren außer uns vor Sorge!«

Crystal trat auf den Plan. »Sorge? Weswegen denn?«

»Du warst telefonisch nicht erreichbar. Freitagabend waren wir bei dir und haben das zugenagelte Küchenfenster entdeckt. Deine Nachbarin sagt, du wärest Hals über Kopf abgereist. Reicht das für den Anfang?«

»Ach, Mist! Entschuldige, Paige. Sebastian und ich, wir wollten uns was gönnen und mal gemeinsam wegfahren. Haben 'ne super Pension aufgetan, Stückchen die Küste runter.

Amber und dann Jazz – Mensch, da war mal 'ne Auszeit angesagt. Verstehst du das?«

»Und dein Fenster?«

»Das waren Kinder aus der Nachbarschaft, ein paar Spitzbuben eben. Die treiben es hier in letzter Zeit echt wild.«

Paige schwieg dazu.

Erklär nicht so viel!, mahnte sich Dory. Bloß nicht das Schweigen mit Gelaber überbrücken! Sonst merkt sie, dass du schwindelst!

Schließlich sagte Paige: »Wir waren wirklich besorgt. Wieso lässt du nicht wenigstens dein Handy eingeschaltet?«

»Mann, Paige, mehr als entschuldigen kann ich mich nicht! Was meinst du wohl, was Auszeit bedeutet? Kein Telefon, kein Fernsehen! Meine Güte! So hat mich ja keiner mehr verhört seit dem Abend, bevor ich von zu Hause ausgerissen bin!«

»Na, entschuldige mal! Wir dachten schließlich, euch könnte was zugestoßen sein! Zwei Menschen, die wir kannten, ermordet, du von der Bildfläche verschwunden, dein Fenster kaputt ...«

Das Schweigen hielt an und Dory den Mund – einerseits, um sich den Kloß aus der Kehle zu räuspern, zum anderen, weil sie sich überlegen musste, was sie als Nächstes sagen sollte. Das Ganze machte sie fix und fertig. Im Geiste spulte sie schon ihr Sprüchlein ab. *Paige ... Lani ... ihr seid nicht mehr meine Freundinnen.* Es ging nicht anders.

Als Paige dann weitersprach, war ihre Stimme schon ruhiger. »Alles okay mit dir, Dory? Er hat dich wieder angerufen, stimmt's?«

»Ach, was!«, blaffte sie energisch. »Der soll mich in Ruhe lassen! Ich kriege 'ne Geheimnummer. Sobald ich die weiß, teile ich sie euch mit.«

Sie hätte schon fast aufgelegt, hätte möglicherweise eine allerletzte Entschuldigung nachgeschoben, aber Paige war noch nicht fertig. »Der Telefonsaal ist weg.«

»Nee, oder? Echt jetzt?«

»Ich bin mit Lani hin. Wir wollten mit Jean sprechen und rauskriegen, ob der Strippenkavalier sonst noch jemanden wegen Opal belästigt. Ist völlig leergeräumt, die Klitsche.«

»Hm. Typisch für die Branche. Weißt du doch! Und überhaupt, das juckt mich nicht mehr. Ich hab gekündigt.«

»Ehrlich?«

»Ich habe genug auf die Seite gelegt. Das reicht bis zum Ende des letzten Semesters. Hab außerdem etliche Einladungen zu Vorstellungsgesprächen.«

Halt die Klappe, Dory! Du laberst zu viel!

»Na, super! Tja, jedenfalls bin ich froh, dass dir nichts passiert ist. Gib Sebastian ein Küsschen von mir.«

»Mach ich.«

Das war jetzt vier Tage her, und seitdem konnte sie sich nicht mehr ausstehen. Wir sind keine Freundinnen mehr!, wiederholte sie immer wieder, manchmal auch laut. Sie überflog das Fernsehprogramm für Mittwochabend, wusste sie doch, dass sie in dieser Nacht kein Auge zutun würde.

Exakt eine Minute nach Mitternacht schrillte das Telefon.

27. Kapitel

Mrs. Ava Lydell wohnte im ersten Stock einer modernen Wohnanlage in Sunset Beach. Ihre Eigentumswohnung war bescheiden, aber geschmackvoll eingerichtet und bot zwischen den Möbelstücken ausreichend Platz, sodass sie mit ihrem Rollstuhl bequem durch die Zimmer manövrieren konnte. Ein Fernsehgerät mit 54 Zoll Bildschirmdiagonale, ein Geburtstagsgeschenk ihrer Tochter Sarah, dominierte das Wohnzimmer.

»Sie standen Ihrer Tochter sehr nahe, nicht wahr?«, fragte Carolyn Holt und nahm eine Tasse starken Kaffee entgegen.

Nickend wischte sich Sarahs Mutter die eben erst vergossenen Tränen von den Wangen. Im Schoß hielt sie eine Schachtel Papiertaschentücher. »Ich kriege das Heulen einfach nicht in den Griff«, entschuldigte sie sich, inzwischen wohl schon zum dritten Mal, seit Carolyn vor gut zehn Minuten eingetroffen war. »Ich hielt mich immer für unabhängig, Detective. Jetzt kommen mir erste Zweifel. Sarah erleichterte mir das Leben. Sie brachte mir mein Essen, hatte mir eine Putzhilfe besorgt, die einmal pro Woche kam …«

Die Polizei hatte bereits Sara Lydells Bankunterlagen ausgewertet. An sich hatte Carolyn angenommen, Sarah müsse bis über beide Ohren in der Kreide stehen, doch Schulden hatte das zweite Mordopfer keine gemacht. Sie lebte genügsam, besaß kein Auto, wohnte allein in einer Einzimmerwohnung, von deren Mini-Balkon der Blick auf weitere Mini-Balkone ging.

Carolyn rechnete nach. Großbildfernseher kosteten eine Stange Geld, und eine Zugehfrau einmal pro Woche kam vermutlich auch nicht billig. Sarah Lydell war Kassiererin in einem Supermarkt gewesen. Woher nahm sie das Geld, um ihrer Mutter derartige Annehmlichkeiten zu finanzieren?

»Ich kann's noch gar nicht fassen, Detective, dass alles erst eine Woche her sein soll. Jetzt, wo Sarah mich nicht mehr besucht, geht die Zeit einfach nicht herum. Mir graut schon vor der Abendbrotzeit: alleine essen, alleine fernsehen. Hoffen, dass einem die Lider schwer werden. Beten, dass ich, wenn ich dann endlich einschlafe, nicht wieder aufwache.«

Für Carolyn war das Älterwerden etwas, mit dem sie sich nur ungern beschäftigte: Jeden Tag darauf warten, wo's einen am ärgsten zwickte. Wer mochte sich schon auf die mitleidsvollen Blicke anderer freuen, auf ihre Ungeduld, ihre Verachtung? Noch Schlimmer als das Altern an sich musste es sein, allein zu sein. Ava Lydell musste mit beidem klarkommen – und das im Rollstuhl.

»Können Sie denn niemanden anrufen? Haben Sie keinen, der vorbeikommen und ihnen Gesellschaft leisten könnte?«

Erneut zupfte Mrs. Lydell ein Papiertuch aus dem Spender, schnäuzte sich und stopfte das zusammengeknüllte Taschentuch ins Ärmelbündchen ihrer Strickjacke. »Ich habe liebe Freunde, Detective, und natürlich kommen die mich besuchen. Aber im Moment möchte ich nur allein sein, der Kummer ist zu groß. Liegen denn inzwischen genauere Erkenntnisse darüber vor, wer ...«

»Wir ermitteln in Sarahs Fall mit Hochdruck, Mrs. Lydell.« *Und kommen nicht vom Fleck.* Den Kommentar behielt sie indes lieber für sich.

»Ja, das hat Detective Takacs auch gesagt, als er vorige Woche hier war. So ein netter Mensch!«

Carolyn nickte. Sie beneidete Ziggy, der offenbar stets die richtigen Worte fand, wenn es galt, besorgten oder trauernden Angehörigen betrübliche Mitteilungen zu überbringen. »War

Ihre Tochter ein geselliger Mensch? War sie liiert? In festen Händen gar?«

»Sie erwähnte zwar nie jemand Bestimmten, aber ja, doch, Verabredungen hatte sie durchaus. Sie ging auch schon mal mit Kollegen essen oder ins Kino.«

Carolyn hatte zuvor bereits die Wohnung des Opfers inspiziert und dabei auch einen Blick in den Kleiderschrank der Alleinstehenden geworfen. Im Grunde nur Arbeitskleidung – einige Jeans, ein paar T-Shirts und Jacken, aber weder hochhackige Pumps noch das kleine Schwarze. Nicht gerade die Garderobe einer Salonlöwin.

Auf dem Beistelltisch neben dem Sofa stand ein gerahmtes Foto von Ava Lydells Tochter. Das braune Haar zu einem modischen Bob gestylt, trug sie einen Jeansrock zu einem blassgrünen Pulli-Twinset und schien angestrengt um einen unbeschwerten Eindruck bemüht. Dennoch war nicht zu übersehen, dass sie sich nur ungern fotografieren ließ und ihrerseits nicht sonderlich fotogen wirkte. Ihr Gesicht war lang und eckig, die Lippen waren dünn, die Augen knopfartig wie die eines Sperlings. Irgendwie hatte Carolyn ihre Zweifel, dass Sarahs Tanzkarte voll war.

Carolyn schlug ihren Notizblock auf, was die ältere Dame offensichtlich als pietätlos empfand. Jawohl, Mrs. Lydell, dachte Carolyn, der Tod Ihrer Tochter ist ein Dienstgeschäft. Ich kann's nicht ändern. »Können Sie sich an Namen erinnern?«, fragte sie so rücksichtsvoll wie möglich.

Die Polizei hatte bereits etliche Kassiererinnen des Supermarktes befragt. Ja, sie kannten Sarah, hatten sie gemocht, einige Male in der Frühstücks- oder Mittagspause mit ihr bei einer Tasse Kaffee geplaudert. Zu Treffen nach Feierabend war es jedoch nie gekommen. Mit achtundvierzig war Sarah älter als die meisten ihrer Kolleginnen gewesen. Zudem hatte sie es nach Schichtende stets eilig gehabt.

Schniefend betupfte sich Mrs. Lydell die Augen. »Ich habe ein furchtbares Namensgedächtnis. Aber Sarah hat ihren Job und die Kollegen unwahrscheinlich gemocht. Sie sagte immer, alle im Büro behandelten sie äußerst respektvoll.«

Carolyn fielen fast die Augen aus dem Kopf. »Büro?« Sie blätterte einige Blockseiten zurück. »Was für ein Büro meinen Sie? Mrs. Lydell, bisher ging ich davon aus, dass Ihre Tochter im Safeway-Supermarkt auf der Duane Avenue in Astoria tätig war.«

Ava Lydell schüttelte den Kopf. »Ich begreife auch nicht, wieso alle Welt das so durcheinanderschmeißt. Die Zeitungen, die Leute in den Fernsehnachrichten ... Im Supermarkt arbeitet Sarah schon seit Jahren nicht mehr. Bei ihrem Kassiererinnengehalt hätte sie es sich doch nie und nimmer leisten können, mir diese Wohnung zu finanzieren! Nein, sie war in einer Anwaltskanzlei und verdiente gut.«

»Anwaltskanzlei? In Astoria? Was denn für eine?«

»Das weiß ich nicht genau«, antwortete Mrs. Lydell kleinlaut. »Ich sag ja, Namen kann ich mir nur schlecht merken. Die klingen für mich alle gleich, diese Firmen. Soundso AG.«

Im Allgemeinen hatte Carolyn mit Kopfschmerzen keine Last. Meistens tat ihr nur das Bein weh, und zwar vom Po an abwärts. Jetzt aber spürte sie eine zunehmende Verspannung im Nacken. Zwei Frauen tot, beide mit erheblich mehr Kohle auf dem Konto, als sie eigentlich hätten haben dürfen. Sarah Lydell hatte ihre Mutter belogen. Bettina Reid hatte das nicht nötig gehabt – ihre Eltern hatten keine Fragen gestellt. Beide Tote waren jedoch in etwas verstrickt gewesen, das ihre Angehörigen nicht erfahren sollten, und nach Carolyns Gefühl handelte es sich dabei nicht ums Verteilen von Werbeprospekten. Die Story mit dem Telefonsex, die Bettina Reid damals Paige erzählt hatte, die stimmte. Da wäre Carolyn jede Wette eingegangen.

Ava Lydell brachte sie noch zur Tür. Sie weinte schon wieder. Ein weiterer einsamer Abend brach an, und wieder würde ihr keine Sarah das Essen bringen. Carolyn reichte der älteren Dame die Hand und hielt sie fest. »Wir werden den Fall aufklären, Mrs. Lydell. Dann können Sie ruhiger schlafen.«

Durch einen Tränenschleier schaute sie Carolyn dankbar an, richtete dann aber den Blick auf die Wand links von ihr. »Gefällt Ihnen das Gemälde, Detective?«

Es war ein botanischer Druck, wunderschön in Gold gerahmt, der Hintergrund aus elfenbeinfarbener Seide. »Ja, sehr sogar. Noch ein Geschenk von Ihrer Tochter?«

»Ja«, flüsterte sie wehmütig. »Ihre Lieblingsblumen. Jasmin.«

28. Kapitel

Paige telefonierte zwar jeden Tag mit Joshua, doch ihre fernmündlichen Gespräche waren ein schlechter Ersatz für das Beisammensein. Sie vermisste ihn, sagte ihm das auch und betonte noch einmal, dass Lanis Aufenthalt nur vorübergehender Natur sei. Sie habe das Gefühl, sie dürfe sie derzeit nicht allein lassen.

»Ich finde es klasse, dass du das machst«, bekundete er. »Wie schon gesagt – Lani kann sich glücklich schätzen, eine Freundin wie dich zu haben.«

Seine tiefe Stimme machte sie umgehend schwach. »Ich selber kann aber ebenfalls von Glück sagen, dass du dich so großartig verhältst.«

Im Grunde hätte sie sich nicht wundern dürfen. Joshua hatte Edelmut quasi von der Pike auf gelernt und schon als Kind seinen Vater genötigt, in der Schlechtwetterperiode durch Portlands Innenstadt zu fahren, um dort Decken an Bedürftige auszuteilen. Nach und nach sprang die gesamte Familie auf den karitativen Zug auf. Carolyn schenkte heiße Schokolade aus Thermoskannen aus, während ihre Mutter Schals, Mützen und Fäustlinge verteilte, die eine Gruppe der Kirchengemeinde gestrickt hatte. Im *Oregonian* hatte eine Kolumne über die Lathams gestanden. »Liegt alles an Joshua«, rühmte Patrick Latham voller Stolz seinen damals neunjährigen Sohn gegenüber der Presse. Seine Mutter fügte hinzu: »Wir hoffen, dass er mal Priester wird.«

»Danke, Joshua«, sagte Paige. »Bist ein feiner Kerl.«

»Bist du sicher, dass es sich nicht um weibliche List handelt?«

»Wie meinst du das?«

»Na ja, vielleicht spannst du mich so auf die Folter, dass ich beim Wiedersehen unersättlich bin. Liebeskrank. Dass ich kapiere, wie hilflos ich ohne dich bin.«

»Und? Funktioniert es?«

»Hundertprozentig.«

In einen dicken Bademantel gehüllt, trug Lani die letzten Reste des schmutzigen Geschirrs in die Küche. Daher schaltete Paige von Liebesgeflüster um und erkundigte sich nach Joshuas Schwester. »Ist sie einer Entlarvung von Bettinas Mörder näher gekommen?«

»Mir ist nichts Neues bekannt«, erwiderte Joshua.

Paige wandte sich kopfschüttelnd an Lani, die sich offenbar schon Hoffnungen gemacht hatte. Auf das verneinende Signal ihrer Freundin hin schlich sie mit hängendem Kopf aus der Küche.

»Ich bin aber davon überzeugt, dass sie die Sache im Griff hat. Wenn die sich mal in etwas verbeißt …«

»Hört sich ganz nach ihrem Zwillingsbruder an.«

»Ich hatte zu tun«, gestand er. »Den Jahresabschluss vorbereiten, die Präsentation für den Vorstand … allerdings war ich nicht so beschäftigt, dass ich dich nicht vermisst hätte. Der Typ von neulich, der hat sich wohl nicht wieder sehen lassen, wie?«

Nicholas. Paige merkte, wie sich ihr der Magen umdrehte. »Nee. Ich glaube, der hat das bestimmte Gefühl, er war hier unerwünscht.«

»Was sagtest du noch – wie lange wart ihr zusammen?«

»Wir schafften mit Ach und Krach unseren zweiten Jahrestag«, sagte sie. »Zwei Jahre zu viel. Aber das hätte mir damals keiner begreiflich machen können. Ich hielt ihn für exotisch. Jetzt weiß ich, dass er bloß ein Widerling erster Güte war.«

»Kanntest ihn doch nicht so gut wie gedacht, hm?«

»Kann man wohl sagen. Zum Schluss zu gut, glaube ich.«

Warum erkundigte Joshua sich wohl nach Nicholas? Ob er eifersüchtig war? Möglicherweise so wie sie auf Fallon McBride. Es hatte zwar nichts zu bedeuten, war lange schon vorbei, aber trotzdem …

Bald würde es keine Geheimnisse mehr zwischen ihnen geben. Sie hatte sich vorgenommen, ihm von Amber, Laurel, Dallas und auch von Opal zu erzählen. Tabula rasa.

Ein solides Fundament für den Aufbau einer gemeinsamen Zukunft.

Doch Joshua kam schon zum Ende. »Ich kriege gerade 'nen Anruf auf meiner anderen Leitung«, sagte er hastig. »Hab schon auf den gewartet. Bis dann.«

Paige hörte den einsamste Ton überhaupt: das Klicken am anderen Ende der Leitung. Einer der vielen Gründe, warum ihr das Telefon verhasst war.

Erfasst von einem Strudel der Emotionen, sehnte sie sich nach dem Zusammensein mit Joshua und verspürte schon eine an Depression grenzende Trennungsangst. Ihr sonstiges Denken wurde vom Telefongentleman beherrscht. Wer war er? Wo hielt er sich auf? Was mochte als Nächstes kommen? Sie wusste, wozu er fähig war, wehrte sich unablässig gegen aufwühlende, beklemmende Visionen von Ambers letzten Momenten. Sie bereute sie tief, jene Unterhaltung, die sie und die anderen in zwielichtige Gefilde befördert hatte, in denen sie sich im Grunde gar nicht auskannten. Und während des vergangenen Tages hatte sie sich dabei ertappt, wie sie auf Lani immer wütender wurde, weil die so hilflos gewesen war, so unbedarft, so verdammt romantisch und töricht. Paige sah sie vor sich, mit Parker auf die Wohnzimmercouch gekuschelt und gegen eine heftige Grippeattacke kämpfend. Nicht einmal mit ihrer Krankheit wurde sie allein fertig. Seit Paige vom Geschäft nach Hause gekommen war, versorgte sie ihre Freundin mit Ginger Ale und Kräckern, aber Lani hatte nichts bei sich behalten.

»Irgendwas ist dir nicht gut bekommen«, vermutete Paige. Bemüht, nicht allzu genervt zu wirken, saß sie Lani auf der Sesselkante gegenüber.

»Klar, mein Abendbrot. War das eben Joshua am Telefon? Ich hoffe, ich versaue euch nicht das ...«

»Ja, das war Joshua, aber das ist noch meine geringste Sorge. Dory geht mir nicht aus dem Kopf. Es ist jetzt fünf Tage her, seit ich mit ihr gesprochen habe. Wieso ruft die nicht mal an?«

»Ist sicher beschäftigt«, nuschelte Lani matt und mit gelblichem Gesicht. »Sie ist alleinerziehende Mutter. Was das bedeutet, kann sich doch keine von uns vorstellen.«

»Das kaufe ich ihr nicht ab. Amber und Jasmine sind tot. Statt sich mit uns zusammenzuschließen, wie es Freunde in der Not normalerweise tun, schottet sie sich von uns ab. Da steckt mehr dahinter, und ich werde herauskriegen, was das ist. Ich habe es satt, hier herumzuhocken und darauf zu warten, dass etwas passiert.« Sie sprang auf und ging in die Diele, um ihre Jacke aus dem Garderobenschrank zu nehmen.

»Wo willst du hin?« Mit weit aufgerissenen Augen fuhr Lani hoch.

»Zu Dory. Bin gleich zurück.«

»Ich komme mit.«

»Nichts da, Lani. Du bist krank, draußen ist es kalt, und ich möchte nicht, dass du mir das Auto vollkotzt. Bleib hier bei Parker.«

»Ich möchte hier aber nicht alleine bleiben, Paige! Es wird doch schon dunkel!«

Paige seufzte genervt. »Mensch, Lani, dunkel wird es jeden Abend um diese Zeit.« Sie hörte den sarkastischen Unterton in ihrer Stimme, doch es war zu spät, ihn sich noch zu verkneifen. »Ich bin doch gleich zurück. Nur Geduld! Ich ziehe die Vorhänge vor und schließe die Tür ab. Außer Joshua weiß niemand, dass du hier bist.«

»Dem können wir doch vertrauen, oder?«

Paige biss sich heftig auf die Unterlippe. »Das will ich überhört haben.«

Sie machte auf dem Absatz kehrt, zerrte die Vorhänge vor die Fenster und öffnete die Haustür. Ein Schwall kalter Nachtluft schwappte ihr entgegen, und sie holte tief Luft. Allmählich ging ihr die ganze Sache an die Substanz – der abgetrennte Fuß, der Mord an Amber und Jasmine, Dorys mysteriöse Flucht die Küste hinunter, der Einzug von Lani, Nicholas' Rückkehr in die Staaten. Und kein Joshua, der nachts neben ihr lag und ihr versicherte, es werde schon alles gut.

Paige schloss die Tür ab, allerdings mit schlechtem Gewissen, weil sie Lani krank und verängstigt zurückließ. Aber sie musste unbedingt einmal raus. Und Dory wusste mehr, als sie verriet.

Auf der Küstenstraße klebte sie die ganze Zeit dicht hinter einem gelben Focus mit fremdem Kennzeichen, den Fuß abwechselnd auf Gas oder Bremse, da ihr Vordermann bei jeder Straßeneinmündung abbremste, um nach dem Straßennamen zu spähen. Trotz des hier geltenden Überholverbots war sie schon versucht, nach links auszubrechen und an dem Wagen vorbeizuziehen. Bei trockener Fahrbahn hätte sie es riskiert. Zu ihrer Erleichterung setzte ihr Vordermann vor der nächsten Querstraße aber den Blinker und verschaffte ihr freie Bahn. Normalerweise eine vorsichtige Fahrerin, mangelte es ihr an diesem Abend sowohl an Geduld als auch an Fahrmanieren.

Als sie diesmal in Dorys Einfahrt bog, brannten sämtliche Lichter, außer in Sebastians Zimmer. Paige warf einen Blick auf die Uhr im Armaturenbrett. 20:30 Uhr. Sebastian hatte am nächsten Tag Unterricht. Da hatte Dory ihn vermutlich längst ins Bett gesteckt, ihm vorgelesen und neben ihm auf der Bettkante gewartet, bis seine Atemzüge schwerer wurden.

Paige stellte den Motor ab, stieg aus ihrem Kombi und schloss die Tür. Handy ans Ohr gepresst, nahm Dory sie an der Haustür in Empfang. Sie zog zwar ein verdutztes, unwirsches Gesicht, trat aber trotzdem beiseite, um Paige hereinzulassen.

»Schätzchen, du bist einfach klasse«, gurrte sie in ihr Mobiltelefon. »Hast du vermutlich gemerkt, was? Jetzt ruh dich fürs nächste Mal brav aus und ruf deine Crystal bald wieder an.« Sie beendete das Gespräch und fragte: »Was verschafft mir die Ehre, Paige?«

»Hattest du nicht behauptet, du hättest gekündigt?«

»Hab ich auch. Bei dem früheren Laden. Ich arbeite jetzt für 'nen anderen.«

Paige drückte sich an ihr vorbei und ging ins Wohnzimmer, setzte sich aber nicht. »Du hast mir zu verstehen gegeben, du wärest nicht mehr im Geschäft. ›Vorstellungsgespräche jede Menge‹, so deine Formulierung, wenn ich das richtig sehe. Dass das Callcenter weg ist, wusstest du schon, ehe ich es dir sagte, stimmt's?«

Dory guckte sie gleichmütig an und zuckte die Achseln. »Kann sein.«

Paige hatte das Gefühl, als stünde sie einer Fremden gegenüber. Dorys Kinnpartie war wie aus Beton; die Lippen verkrampften sich zu einem schmalen Strich. »Hör mal, Dory, ich weiß, was du treibst. Du hast Angst. Er hat dich nämlich doch angerufen.«

»Was soll der Quatsch, Mädel? Hat er nicht! Sagte ich doch bereits!«

Jetzt platzte Paige der Kragen. Blitzartig fasste sie Dory bei den Schultern und stieß sie enttäuscht zurück. »Verdammt noch mal! Dallas, Crystal – die können mich kreuzweise, und zwar alle beide! Ich rede hier mit meiner Freundin Dory, und ich habe ihr eine Frage gestellt! Er hat dich angerufen! Du brauchst es gar nicht erst abzustreiten.«

In Dorys Augen brodelte blanker Hass. »Na wenn schon!«

»Er hat dich bedroht. Deswegen bist du abgehauen!«

»Er hat mir eine Tonbandaufnahme vorgespielt, Paige! Von Amber, wie sie schrie!« Ihr versagte die Stimme. »Ich träume davon, höre die Schreie. Kannst du dir vorstellen, wie das ist?«

Paige schüttelte den Kopf.

»Das ist noch nicht alles«, fuhr Dory fort und Qual, Wut und Hass zeichneten ihre Gesichtszüge. »Er ließ mich mit Jasmine reden. Ehe er sie …« Den Tränen nahe, verzog sie das Gesicht und schloss die Augen. Erst nach einer Weile konnte sie weitersprechen. »Jazz bat mich, flehte mich an, ihm zu sagen, sie wisse nicht, wo Opal sich aufhalte. Dann gab's einen furchtbaren Krach …« Krampfhaft hielt Dory sich die Ohren zu. »Und ehe ich mich versah, war Jasmine tot.«

»Aber du bist geflohen, Dory! Um dich in Sicherheit zu bringen. Was hat dich veranlasst zurückzukehren?«

Dorys Handy dudelte los.

»Mach's aus!«, fauchte Paige.

Die Luft zwischen ihnen knisterte vor Zorn. Dory tat zwar wie geheißen, ließ Paiges Frage jedoch unbeantwortet. Ein giftiges Schweigen entstand.

Bemüht sanft, obwohl ihr gar nicht danach war, wiederholte Paige ihre Frage. »Weswegen bist du zurückgekommen? Dory?«

Ein vernehmliches Schlucken war zu hören. Dann: »Er hatte uns gefunden. Rief mich in der Pension an. War in unserer Nähe, als wir unterwegs in einem Rasthaus eine Kleinigkeit aßen. Ließ Sebastian eine nagelneue Schachtel Malstifte da. Er verfolgt uns auf Schritt und Tritt.«

»Hat er dein Küchenfenster kaputtgeschlagen?«

»Das war ich selber. Er muss uns beobachtet haben. Wusste, dass Sebastian am Küchentisch saß und malte. Da bin ich ausgerastet. Hab das Telefon gegen die Scheibe geschmissen. Koffer gepackt und weg.«

Paige versuchte, das Gehörte zu verarbeiten. Dory und ihr Sohn auf der Flucht, verfolgt von dem Telefonkavalier, der nur ein Ziel im Kopf hatte: Opal ausfindig zu machen. Dory sollte erfahren, dass sie sich nicht verstecken konnte, dass ihr Sohn leichte Beute war. »Du bist seit Samstag wieder da, Dory. Das sind fünf Tage. Und du hast uns nicht zurückgerufen. Nach meinem Gefühl machst du dich rar, weil du mir nicht ins Gesicht sehen kannst. Er hat sich erneut gemeldet. Seit deiner Rückkehr.«

Dory senkte den Blick auf den kleinen Läufer unter ihren Füßen. »Ein Mal hat er angerufen.«

»Wann?«

»Heute Abend. Vor einer Stunde etwa.«

Paige spürte, wie ihr die Angst über den Nacken kroch. »Sieh mich an, Dory!« Und dann fiel es ihr wie Schuppen von den Augen. »O Gott! Du hast es ihm verraten. Stimmt's? Das mit Opal. Alles.«

»Ich kann dich nicht mehr leiden!«

Sowohl Dory als auch Paige wandten sich in die Richtung, aus der der Satz gekommen war. Im Türrahmen stand Sebastian und guckte Paige böse an. »Du hast meine Mom geschubst. Ich hab's genau gesehen. Und geflucht hast du auch!«

Paige ging in die Hocke. Sie hätte sich dem Kleinen gern genähert, sah jedoch ein, dass es zwecklos war. Ihr war das Unverzeihliche unterlaufen. »Das wollte ich nicht, dass du uns hörst, Sebastian. Entschuldige, dass ich dich geweckt habe. Wir haben uns gestritten, deine Mommy und ich. Freundinnen zanken sich eben manchmal, nicht wahr?« Sie schaute zu Dory auf und sah, dass deren Augen feucht schimmerten.

»Nee. Ich kann dich nicht leiden«, wiederholte er. »Du bringst meine Mama zum Weinen. Du hast hier nichts zu suchen. Du machst unseren besonderen Tag kaputt.«

»Sebastian, es tut mir leid, ich …«

»Warte mal«, fuhr Dory dazwischen. »Sebastian? Wieso ist heute ein besonderer Tag?«

»Wegen meinem Pausenbrot«, antwortete er hartnäckig. »Du hast mir doch Cupcakes in meine Schultasche getan. So kleine Kuchen. Was Süßes kriege ich doch sonst nur an besonderen Tagen.«

Unwillkürlich ließ Dory die Hand zum Mund zucken, fasste sich aber schnell und ging zu ihrem Söhnchen. Nachdem sie ihm einen Kuss auf den Scheitel gegeben hatte, schob sie ihn zurück zu seinem Zimmer. »Ab ins Bett mit dir«, sagte sie sanft. »Ich komme gleich nach. Da ja ein besonderer Tag ist, lese ich dir noch eine Geschichte vor.«

Der Kleine warf einen Blick über die Schulter und guckte zu Paige herüber. »Fährt die jetzt nach Hause?«

»Ja«, sagte Dory, seiner Blickrichtung folgend. »Die fährt nach Hause.«

Mit über den Fußboden schleifenden Schlafanzughosen trottete Sebastian in sein Zimmer zurück.

Als sie sich zu Paige umdrehte, hatte Dory die Augen zu schmalen Schlitzen verengt. Ihre Stimme war ein tiefes Raunen. »Kapierst du jetzt endlich?«

Paige schüttelte den Kopf. Sie hatte Sebastian nicht beunruhigen wollen. »Hab ich hier etwas nicht mitgekriegt? Was sollte das eben mit diesem besonderen Tag?«

»Der Kuchen«, betonte Dory. »Ich habe ihm keine Cupcakes in seine Lunchbox getan. Aber wir beide wissen, wer das war.«

»Mein Gott!«

»Fahr lieber nach Hause, Paige. Tu das Nötige, damit du weiterhin in Sicherheit bist. Ich habe getan, was ich tun musste. Wenn du die Wahl gehabt hättest zwischen Telefonhure und deinem Sohn – wie hättest du dich entschieden?«

29. Kapitel

Wieder in ihrem Wagen, rief Paige vom Handy aus ihren Festnetzanschluss an. Schon beim ersten Klingelton hob Lani ab. »Paige! Gott sei Dank!«

»Lani, hör zu. Ich bin unterwegs. Müsste in fünf Minuten …«

»Was ist? Hast du mit Dory gesprochen?«

Paige rammte den Schalthebel auf Rückwärtsgang und setzte mit quietschenden Reifen aus Dorys Einfahrt. Nebenan bei Harriet Foster glitten die Wohnzimmergardinen auseinander.

»Erkläre ich dir, wenn ich da bin. Geduld. Und keinesfalls die Haustür öffnen! Niemandem!«

»Was ist los?«, fragte Lani mit Panik in der Stimme. »Was verschweigst du mir?«

»Bin gleich zu Hause, Lani! Halte durch!«

»Psst! Sei mal kurz still!« Eine sich endlos hinziehende Stille trat ein. Dann ein Flüstern. »Bitte beeil dich, Paige. Ich glaube, da draußen ist jemand!«

Paige beendete das Gespräch und trat das Gaspedal bis zur Bodenmatte durch. Sollte eine Polizeistreife in der Nähe sein und sie beim Rasen erwischen, würde sie einfach ihre Warnblinkanlage einschalten und weiterfahren, sodass ihr der Streifenwagen mit Blaulicht und jaulenden Sirenen bis nach Hause hinterherfuhr. Sie hätte Lani nicht allein lassen dürfen. Keine Sekunde. Falls etwas passierte, dann durch ihre Schuld.

Ich lasse dich nie mehr allein, Lani. Nie wieder.

Dieses Versprechen hatte Paige schon einmal gegeben, damals, als sie nach Mrs. Hollis' dringendem Anruf von Europa aus nach Hause geflogen war. »Seraphina, du musst kommen. Du bist die Einzige, mit der sie redet. Bitte!«

Die Handgelenke in ganze Lagen von Mullbinden gehüllt, hatte Lani damals im Krankenhaus Rotz und Wasser geheult und in einer Tour gejammert, wie leid es ihr tue. Paige hatte sich in Frankreich so hervorragend eingelebt, während Lani mit jedem erhaltenen Brief immer verzagter, immer einsamer wurde. Sie wehrte sich gegen das Gefühl, im Stich gelassen worden zu sein, und nahm auf Drängen ihrer Eltern Verabredungen zu den Tanzveranstaltungen im Country Club an. Ja, sie erklärte sich auch bereit, ihre albernen schriftstellerischen Ambitionen aufzugeben und sich lieber um einen Studienplatz in Rechtswissenschaften zu bewerben, wie es der Familientradition entsprach. Ihre Situation wurde immer trostloser. Schluss damit!, verlangten ihre Eltern. Mit der Zeit entwickelte Lani ein Faible für Jerome und Millicent Greene, in denen sie die Eltern sah, die sie gern gehabt hätte. Das Beisammensein mit ihnen vermittelte ihr den Eindruck, als hätte sie Paige noch nicht ganz verloren. Die Greenes und ihr frommer Zirkel gaben ihr das Gefühl, endlich höre ihr jemand zu, endlich habe sie ihren Platz im Leben gefunden.

Dann taten die Greenes das Unverzeihliche: Sie starben. Wenige Wochen nach ihrer Beisetzung ließ Lani sich ein siedend heißes Vollbad ein und nahm die Rasierklingen ihres Vaters. Ihre Mutter beging den Fehler, die Tochter zu finden.

Nach einem peinlichen und beschämenden Skandal zogen Lanis Eltern sich nunmehr ganz von ihrer Tochter zurück und überließen sie der Obhut ihrer besten Freundin. Mit einer, die sich partout nicht anpassen wollte, mochten sie nichts zu schaffen haben. Umso stärker war Paige davon überzeugt, dass ihrer Freundin nach allem, was sie durchgemacht hatte, kein Haar gekrümmt werden durfte. Vor allem jetzt nicht, da es nach vielen Kämpfen allmählich mit ihr aufwärts ging.

Es waren nur wenige Fahrzeuge auf der Straße. Dabei hätte Paige alles für ein wenig mehr Verkehr gegeben. Nach einem warmen Tag war Seenebel aufgestiegen, der bereits um die Motorhaube ihres Kombis wallte. An Rücklichtern vor ihr fahrender Autos konnte sie sich nicht orientieren; alles verschwamm grau in grau. Sie war allein hier draußen, und Lani war ebenfalls allein.

Sie hoffte. Hatte ihre Freundin wirklich draußen etwas gehört? Oder spielten ihr die Sinne einen Streich? Seit dem Telefonat mit ihrem letzten Kunden, der sie erneut in eine selbstmörderische Krise gestürzt hatte, befand sich Lani auf der Flucht vor ihrem eigenen Schatten und vor dem aller sonst noch Beteiligten. Sie berichtete Paige von verstohlenen Blicken Unbekannter, von zu häufigem »Sorry, verwählt«, von wiederholten Begegnungen mit seltsam vertraut erscheinenden Gesichtern im Supermarkt, in der chemischen Reinigung, bei der morgendlichen Kaffeepause. In den drei Monaten seit ihrem Ausstieg aus dem Telefonsexgeschäft war Lani zu einem wandelnden Lehrbuchbeispiel für Verfolgungswahn geworden. Paige hatte sich alle Mühe gegeben, ihrer Freundin eine teilnahmsvolle Stütze zu sein, aber langsam ging Lanis Elend über ihre Kraft. Ihre Geduld war erschöpft. Jetzt allerdings hatte Lani allen Grund, sich verfolgt zu fühlen. Und Paige allen Grund zu Gewissensbissen.

Um ein Haar hätte sie ihre eigene Einfahrt verpasst, denn sie sah den weißen Pfosten erst, als er direkt vor ihr auftauchte. Die kiesbestreute Einfahrt lang unter dichtem Nebel, der sich in wolkigen Spiralen um die flimmernden Scheinwerferstrahlen des Kombis ringelte. Nur verschwommen drang der mattgelbe Schein der beiderseits der Haustür brennenden Außenleuchten durch das milchige Grau. Das Blockhaus selbst lag in Dunkel gehüllt.

Paige krampfte die Finger ums Lenkrad. Auf dem Treppenpodest, vom trüben Lampenschein umrissen, stand eine Männergestalt, die angestrengt durch einen Spalt zwischen den Wohnzimmervorhängen spähte. Abseits im schattenhaften Dunkel, vom Nebel verschleiert, parkte ein Porsche.

Aufgebracht zog Paige den Zündschlüssel ab und stieg aus dem Wagen. »Sag mal, was fällt dir denn ein?«

Nicholas Bissonette drehte sich um, offenbar heilfroh, sie zu sehen. Dann grinste er. »Hallo, Baby. Hat dir schon mal einer gesagt, dass du 'ne Leuchte für deine dämliche Einfahrt brauchst? Das ist ja, als führe man in den Schlund der Hölle!«

Sie stieg die Treppe zur Haustür hinauf. »Was spukst du hier im Finstern herum? Warum guckst du durch mein Fenster?«

»Wer ist das da drinnen?«

»Geht dich nichts an. Was soll der Blödsinn? Sollen wir noch alle vor Schreck einen Herzanfall kriegen? Weg da vom Fenster! Oder noch besser – runter von meinem Grundstück!«

»Hab dir was mitgebracht.«

Er griff in die Innentasche seines Jacketts und zog eine Karte hervor, Format 4 x 6 Zoll, marmoriert, mit aufwändiger Schönschrift in üppigem Prägedruck. Eine Einladung. Zur Eröffnung des Ateliers Bissonette. Surfside Boulevard Nr. 319.

Zwei Häuserblocks von Paiges Arbeitsstätte entfernt. Die Bauarbeiten an dem Gebäude, früher eine Boutique für Haustierbekleidung und -zubehör, waren ihr bereits aufgefallen. Sie hatte sogar ihren Chef und Luke gefragt, ob sie Näheres über die Renovierungsarbeiten wüssten und wer da wohl einzog. Harry hatte gehört, dass eine Kunstgalerie dort eröffne, kannte den Eigentümer aber nicht. Arlen Dale und etliche Anlieger von gegenüber wussten auch nichts Genaues.

»Du machst eine Galerie auf? Hier?«

»Überrascht? Dachte ich mir. Wird 'ne tolle Sache.«

Nie im Leben! Litt Nicholas unter Wahnvorstellungen? Ihre Beziehung war im letzten gemeinsamen Jahr zum größten Teil eine Katastrophe gewesen. Was für verklärte Erinnerungen mochten ihm da im Kopf herumgeistern?

Sie besann sich und förderte jenen Tonfall zutage, den sie früher bei ihren devoten Telefonkunden benutzt hatte. »Das wäre aber nicht nötig gewesen, Nicholas, dass du deswegen den ganzen Weg zu mir heraus fährst. Die meisten Normalverbraucher kleben 'ne Briefmarke drauf und schmeißen das Ding in den Briefkasten. Ich würde dir auch nicht raten, in atemloser Spannung auf mein Erscheinen bei deiner Eröffnung zu warten.«

»Mensch, Paige, gib uns doch noch 'ne Chance ...«

»Es gibt kein ›uns‹. Vergiss nicht, ich habe dich verlassen. Pack von mir aus einen Ozean zwischen uns und schwimm dorthin zurück, wo du hergekommen bist.«

»Ich nehme es dir nicht krumm, dass du Schluss gemacht hast. Damals hatten wir für keine zehn Cent was gemeinsam. Aber das ist jetzt alles anders. Ich streiche sechsstellige Summen ein. Du würdest nie wieder arbeiten müssen ...«

»Du meinst, deswegen hätte ich dich verlassen? Weil wir arm waren? Mann, Nicholas, du bist echt die Härte!«

Er legte die Stirn in Falten. »Wenn's nicht am Geld lag – woran dann?«

»Sagen wir so: Ich teile deinen Kunstgeschmack nicht.« Sie legte absichtlich eine Kunstpause ein, aber er kapierte immer noch nicht. »Ich bin inzwischen wieder liiert«, setzte sie hinzu. »Habe ich übrigens erwähnt, dass seine Schwester bei der Polizei ist? Als ich letztens das Wort aussprach, konnte ich mich des Eindrucks nicht erwehren, dass es dich nervös machte.«

Nicholas tat unbeeindruckt, doch Paige merkte, dass sein Gesichtsausdruck erneut wechselte. Das blasierte Feixen verschwand. Sie setzte noch einen drauf. »Und bleib von meinem Grundstück runter. Zu deinem eigenen Schutz, wohlgemerkt. Hier draußen kann man dich spät abends leicht mit einem tollwütigen Tier verwechseln und dir eine Ladung Schrot in den Hintern verpassen.«

Seine Augen verengten sich. Er trat einen halben Schritt vor. »Das wird dir noch leidtun, Paige. Richtig leidtun.«

Sie blitzte ihn zornbebend an, sodass er innehielt. »Ach, Drohungen auch noch? Wieder so etwas, das ich festhalten muss. Heutzutage gibt's Gesetze gegen Psychoterror, Nicholas. Aus meiner Sicht stehst du ganz kurz davor, die Grenze zur Belästigung zu überschreiten. Wieso bist du eigentlich noch hier?«

Er wandte sich zum Wagen, und Paige hörte das Klicken der schlüssellosen Entriegelung. An der Fahrertür angelangt, warf er noch einen Blick in ihre Richtung. Paige hielt die von ihm mitgebrachte Einladungskarte hoch und riss sie in der Mitte durch. Der Motor röhrte auf, und Paige blieb auf dem Treppenpodest stehen, bis das letzte Rot der Rücklichter im nebligen Dunst verglühte.

Sie schloss die Haustür auf und knipste das Licht an. Mit geröteten, verquollenen Augen kauerte Lani in einer Sofaecke, von Nicholas' Schritten draußen vor der Tür zu einem bibbernden Häuflein Elend geschrumpft. Zu allem Überfluss musste Paige ihr nun auch noch den Rest geben.

»Los, zieh dich an. Schmeiß deine Klamotten in eine Tasche. Du musst hier weg.«

»Was ist denn?« Lani warf schon die Häkeldecke ab. »Wer war das da draußen?«

»Spielt keine Rolle. Der Telefonkavalier hat sich an Dory rangemacht. Er weiß, wer Opal ist.«

Lani begann zu wimmern.

Paige fuhr ihr barsch in ihr Geschluchze. »Mach mir jetzt bloß nicht schlapp! Wir müssen los!«

Der Gentleman verlor allmählich die Nerven. Es reichte nicht, Opal seinem Griff zu entziehen. Falls sich die Frau seiner Fantasien als unauffindbar erwies, würde er sich über kurz oder lang an den anderen schadlos halten. Amber und Jasmine waren schon tot, Dallas wurde terrorisiert. Bald würde auch Paige ihres Lebens nicht mehr sicher sein.

Ruf Carolyn an! Sag ihr alles, was du weißt! Sie muss erfahren, warum die Frauen ermordet wurden.

Paige nahm sich vor, ihre Tagebücher noch einmal durchzusehen, sich an Stimmen zu erinnern, an Hinweise, an alles, was der Polizei bei der Ermittlung weiterhalf.

Lani erschien in Jeans und Rollkragenpulli, die mickrigen Habseligkeiten in einen Seesack gepackt. Sie starrte die Haustür an, als lauere dahinter ein geifernder Mörder. »Und wenn er schon da draußen wartet? Der Typ mit dem Porsche – wie gut kennst du den?«

Nicholas der Telefonkavalier? Nein, ausgeschlossen. Aber sein Timing! Das kam genau hin.

Amber war Anfang September umgebracht worden. Nicholas hatte Paige tags darauf angerufen. Er sei schon Monate wieder in Oregon, hatte er vage behauptet. Lange genug, um Opal anzurufen und sich eine komplette Fantasieaffäre mit ihr zu basteln. Wenn es eins gab, von dem Nicholas eine Menge verstand, dann waren das Fantasien. Paige erinnerte sich an die im Keller entdeckten Kostüme, die Kleider, die er ihr aufgenötigt hatte, die grauenhaften Kunstwerke, auf die sie gestoßen war. Und an die Drogen. Von denen gab's immer reichlich. Für Nicholas war die Welt erträglicher, wenn er ein dickes Portemonnaie hatte und genug Geld, um dem Elend die Schärfe zu nehmen.

Dory hatte eingeräumt, dass der Gentleman sie am frühen Abend angerufen und sie ihm Opals Identität verraten habe. Und binnen einer Stunde tauchte Nicholas in Paiges Einfahrt auf, um durchs Fenster zu spähen.

Die Einladung zur Galerieeröffnung – ein Trick. Nicholas musste ja irgendwie belegen, wieso er plötzlich vor ihrer Tür stand. Und nicht mit Paige wollte er eine Beziehung, sondern mit Opal.

Paige schüttelte alle Gedanken an Nicholas von sich ab. Lanis Paranoia steckte allmählich an. Dass die Teile zusammenpassten, war noch lange kein Beweis, und es fehlte die Zeit, um das alles genauer zu analysieren.

»Wir dürfen hier nicht lange herumtrödeln«, mahnte sie Lani. »Komm endlich!«

»Ich hasse Opal!«, bekundete Lani, wobei sie sich den Tragegurt über die Schulter warf. »Echt, ich hasse sie!«

Plötzlich blieb Paige stehen, ließ den Blick durchs Wohnzimmer schweifen und ging durch die Küche zu der Veranda hinter dem Haus. »Sag mal, wo steckt eigentlich Parker?«

»Abgehauen.«

»Was?«

»Er musste Gassi und ich eine rauchen. Ich habe ihn an die Leine genommen und bin mit ihm hinten raus, aber kaum mache ich die Tür auf, da reißt er sich los. Der kommt doch sicher wieder, was?«

30. Kapitel

Er hatte sich viktorianische Möbel vorgestellt, Teppiche mit Fransen, schwere Übergardinen und sentimentalen Nippes en masse, doch angesichts Opals Wohnung war er fassungslos und, ehrlich gesagt, enttäuscht. Auf 1950er und 60er Jahre getrimmt, bestand das Dekor aus einem Mischmasch kitschiger Memorabilien in Pink, Schwarz und Weiß. In der Hoffnung, noch einen Hauch von Blütenduft zu erwischen, atmete er tief durch, roch aber stattdessen bloß eine Spur von kaltem Rauch und abgestandenem Raumspray mit Tannennadelaroma.

Die Korridortür war mit einem Arsenal blitzblanker, nagelneuer Sicherheitsriegel verziert. Er schmunzelte. Als Mädchen konnte man nicht vorsichtig genug sein.

Es war schon nach elf, doch Opal war immer noch aus. Noch eine Enttäuschung. Er hoffte, Opal werde ihn nicht mehr lange auf die Folter spannen. Morgen war schließlich für die meisten Leute ein Arbeitstag.

Zielbewusst drang er ins Schlafzimmer vor, wo ihn noch weiterer nostalgischer Klimbim erwartete: ein Jugendstil- Frisiertisch mit dazugehörigem Stuhl, bezogen mit rosa Fellimitat; zwei Nachttischlampen mit pirschendem Puma als Sockel; eine albtraumhafte Tagesdecke mit halluzinogenem Muster. Auf der Suche nach Fotos überflog er die Kommode, die Fensterbank und die Nachttische, sah jedoch keine. Opal war ihm nach wie vor ein Rätsel.

In ihrem Kleiderschrank befanden sich etliche Jeans, Damenhosen und kurze Röcke, allesamt wenig ordentlich über Kleiderbügel gehängt. Die meisten Kleidungsstücke wiesen

Knitterfalten auf und stanken nach Zigarettenqualm. Die Kommodenschubladen waren vollgestopft mit Tank-Tops und bauchfreien Pullis. Auf dem Bettvorleger lagen, offenbar achtlos hingeworfen, ein T-Shirt sowie eine Flanellboxershorts. Nachtwäsche? Er durchwühlte mehrere Schubladen nach hauchzarter Spitze, sinnlicher Seide oder Satin, stieß aber ausschließlich auf Sport-BHs, Baumwollhemdchen und Stringtangas. Er knallte die Schubladen zu und trat an ihren Nachttisch. Im unteren Schubfach fand sich eine Kollektion historischer Erotika, vermischt mit Pornoheften aktuellerer Machart plus einigen Anleitungen zu Verbalerotik. Im oberen lagen eine Packung Damenzigaretten und eine Schachtel Kondome.

Das Badezimmer hielt weitere Enttäuschungen bereit. Opal benutzte Parfüm der Marke Poison, eine kostspielige Duftmischung, doch für die Frau, die er kannte, erheblich zu schwer. L'Air du Temps passte da schon eher. Er durfte nicht vergessen, ihr das bei Gelegenheit zu kaufen.

Ferner waren da schwarze Handtücher, eine herzförmige, rosarote Badematte und Schimmel auf den Fugen zwischen den Fliesen. Das Medizinschränkchen enthielt Zahnpasta mit Zahnweißer, eine Verhütungscreme, ein Diaphragma sowie ein nahezu volles Fläschchen mit einem Antidepressivum.

Ob er in der falschen Wohnung gelandet war? Er zog den Zettel aus der Hosentasche und überprüfte die Adresse. Er hatte Dallas gebeten, die Ortsangabe zu wiederholen, und sie war seiner Bitte bereitwillig nachgekommen.

Noch einmal wurde sein Blick von dem Pessar angezogen. Er stellte sich vor, wie er mit Opal zusammen war, wie er ihr anbot, ihr beim Einsetzen zu helfen, und wie sie mit der Begründung ablehnte, mit ihm sei Verhütung überflüssig. Sie würde mit Freuden Kinder von ihm haben, so viele, wie Gott ihnen schenken mochte. Er griff in das Schränkchen, nahm das Diaphragma von der Ablage, umfasste es mit der Hand und drückte es zusammen, um dann fasziniert zu beobachten, wie es sich wieder entfaltete und seine ursprüngliche Form annahm. Das Pessar sanft in der Hand wiegend, malte er sich aus, wie er genau auf dieselbe Weise eine zarte Brust umfasste und unter den Fingern die warme, glatte Haut spürte, das erregte Pochen des Herzens, die schwellende Knospe, die sich den Fingerspitzen entgegenwölbte.

Er hielt sich das Diaphragma vors Gesicht und atmete ein, gierig nach dem moschusartigen Duft aus ihren geheimen Tiefen. Er roch aber nur Gummi. Als er die Zunge zögernd um den Rand gleiten ließ, spürte er, wie seine Lenden sich regten, fühlte die Steifheit zwischen den Beinen, das Zucken. Aus einem fernen Winkel seines Bewusstseins drang ein Stöhnen. Forschend, suchend, bohrend stieß er die Zunge tief in das Zentrum hinein, ohne sich um seine feucht gewordene Unterhose zu kümmern. Nein, ihm fiel etwas Besseres ein: Er stülpte sich das Pessar über den seifigen Penis. Opal brauchte das Verhütungsmittel sowieso nicht mehr. Das Spermizidgel auch nicht, ebenso wenig wie ihren Vorrat an Antidepressiva. Die nahm er alle und stopfte sie sich in die Innentaschen der Jacke.

Inzwischen war Mitternacht vorüber. Zufrieden war er nicht. Aber er brauchte seinen Schlaf. Noch einmal betrat er das abscheulich eingerichtete Schlafzimmer, doch diesmal schlug er die knallfarbene Tagesdecke zurück und schlüpfte zwischen die Laken, eines von Opals Schaumstoffkissen fest zwischen die Schenkel geklemmt.

31. Kapitel

Paige schlug sich die halbe Nacht um die Ohren und wartete auf Parker. Bei jedem Knarren der Verandabohlen sprintete sie zur Haustür, aber der Labrador ließ sich nicht blicken. Er war schon einmal weggelaufen. Damals hatte er sich von der Leine losgerissen und war quer durchs Unterholz einem Eichhörnchen nachgejagt, nur um später mit zerknirschter Miene und klettengespickter Schnauze wieder angetrottet zu kommen. Letzten Endes schlief Paige auf der Couch ein. Als aber die ersten Sonnenstrahlen durchs Fenster fielen, schnappte sie sich den Fernstecher und die Hundepfeife und marschierte laut rufend den Schotterweg hinunter zur Landstraße. Von Zeit zu Zeit blies sie in ihre Pfeife und lauschte, doch das ersehnte Bellen blieb aus. Danach versuchte sie ihr Glück hinten im Garten, direkt vom Waldrand aus. »Parker! Los, hierher, mein Alter!« Des Öfteren brach ihr die Stimme, und die Tränen traten ihr in die Augen. Etliche Male schimpfte sie über Lani und gab ihr die Schuld an der ganzen Misere, weil sie nicht aufgepasst hatte, unbedingt rauchen musste und vor allem dem Hund nicht gleich hinterhergerannt war. Stattdessen hatte sie sich aufs Sofa verkrochen, um in Selbstmitleid zu zerfließen.

Nach dem Duschen telefonierte Paige mit Joshua, der ihr versprach, später vorbeizukommen und ihr suchen zu helfen. »Den kriegen wir schon, Paige. Keine Bange.«

Stan Gardner, der nächste Nachbar, wohnte zwei Meilen entfernt. Paige rief ihn trotzdem an, holte ihn damit aus dem Schlaf und berichtete ihm, dass Parker durch die Gegend streunte. Mit verschlafener Stimme versprach Gardner, er wolle die Augen offen halten. Paige hatte nur wenige Male mit ihm gesprochen, doch er war sein Leben lang ein Freund ihres Onkels gewesen, und als er das Beben in ihrer Stimme hörte, bot er ihr an, einen Spaziergang zu machen und nach dem Hund zu suchen. »Dafür sind Nachbarn da«, betonte er.

Das Telefon klingelte. Lani war am Apparat und teilte Paige mit, sie sei in Vancouver angekommen und warte auf ihren Anschlussflug nach Halifax. Dort werde sie sich einen Wagen mieten und zu ihrer Cousine fahren, die in Wolfville wohnte. »Ich bezahle bar, Paige«, berichtete sie. »Keine belastenden Belege.« Ganz zum Schluss, als Nachtrag sozusagen, erkundigte sie sich nach Parker und murmelte, ehe sie das Gespräch beendete, eine Entschuldigung.

Während Paige zur Arbeit fuhr, hielt sie Ausschau nach Anzeichen von Parker. Es hätte ja sein können, dass er die Straße entlangtrottete oder, schlimmer noch, leblos auf der Fahrbahn lag. Im Geschäft spendeten ihr sowohl Harry als auch Luke Trost. »Du hast den verwöhnt bis dorthinaus«, meinte Harry. »Der wäre ja bescheuert, wenn er nicht wiederkäme.«

»Vielleicht ist er ja gar nicht in der Lage dazu«, gab sie zu bedenken. »Was, wenn er verletzt ist? Oder wenn ihn jemand mitgenommen hat?«

Luke brühte ihr Kaffee auf. »Der ist bestimmt mit ’nem französischen Pudelweibchen durchgebrannt. Sobald er sich mit der verlustiert hat, steht er wieder auf der Matte.«

Das brachte sie zwar zum Lächeln, doch bald schon kehrten die Sorgenfalten auf ihre Stirn zurück. Sie hatte Carolyn angerufen und sich mit ihr zum Lunch verabredet, da sie, so ihre Begründung, im Besitz sachdienlicher Hinweise sei zu den Morden an Bettina Reid und Sarah Lydell. War gerade mal keine Kundschaft im Geschäft, forschte Paige schon nach den richtigen Worten und legte sich passende Formulierungen zurecht. Auch der Telefongentleman ging ihr nicht aus dem Sinn. Wo mochte er sich jetzt aufhalten? In ihrer Vorstellung entstand das Bild von einem Sonderling, der abgeschottet auf einem von Spinnweben verhangenen Dachboden hauste und dort seine nächsten Anschläge ausheckte. Sie malte sich aus, wie Nicholas oder irgendjemand sonst in der vagen Hoffnung, Opal an den Hörer zu bekommen, sämtliche Sexhotlines abklapperte. Sie stellte sich seinen Wutanfall vor, wenn er feststellte, dass sich statt Opal eine Venus oder Angie oder Suzette meldete und ihm den Himmel auf Erden versprach.

Noch schlimmer war die Erkenntnis, dass der Strippenkavalier durchaus nicht irgendwo auf einem gruseligen Speicher hockte, sondern wie jeder andere auch unauffällig seiner Arbeit nachging, während der Kaffeepause mit Kolleginnen flirtete und sie bezüglich ihrer Pläne fürs Wochenende aushorchte. Er konnte überall sein. Er hätte jeder sein können.

Als Paige kurz nach zwölf im Surfside Café eintraf, war das Lokal bereits gut gefüllt. Carolyn saß an einem kleinen, runden Tisch vorn am Fenster und nippte an einem Ginger Ale. Paige begrüßte sie, berichtete ihr von Parkers Verschwinden und nahm Carolyns Beschwichtigungen entgegen. Nach einem flüchtigen Blick auf die Speisekarte orderten beide den Hackbraten.

»Okay, lass hören«, begann Joshuas Schwester, die immer ohne viel Federlesen zur Sache kam. »Was weißt du?«

Paige teilte ihr mit, dass sie nicht nur Bettina Reid gekannt hatte, sondern auch Sarah Lydell, das zweite Mordopfer. »Aber die nur unter dem Künstlernamen Jasmine. Wir nannten sie Jazz.«

Wortlos schlug Carolyn einen Notizblock auf und kritzelte die Worte Sarah = Jasmine hinein, Letzteres doppelt unterstrichen. Als das Essen serviert wurde, bedankte sie sich bei der Bedienung.

Paige fuhr mit ihrem Bericht fort. »Bettina nannte sich Amber«, erklärte sie. Der Rest der Geschichte sprudelte nun gleichsam aus ihr heraus: Dory, der Telefongentleman, die Suche nach Opal.

Ohne zu unterbrechen, wartete Carolyn, bis Paige geendet hatte, und fragte dann: »Demnach hat Lani die Stadt verlassen? Und sie ist diese Opal, auf die der Anrufer es abgesehen hat?«

»Ja. Als Lani vor einigen Monaten den Telefonjob an den Nagel hängte, drehte der Typ durch. Fing an und fragte rum, ob einer Opal gesehen hätte, ob jemand wüsste, wo sie abgeblieben sei, wann sie wiederkäme. Irgendwie muss er rausgekriegt haben, wer sich hinter ein paar Kolleginnen verbarg – deren wahre Identität, verstehst du? Wo die wohnten und ... na, den Rest kennst du ja.«

»Nicht ganz. Was will der Kerl denn von Opal?«

»Der bildet sich ein, er liebt sie. Ich nehme an, er denkt ans Heiraten, an Kinderchen, Hundchen, die durch den Garten tollen ... was weiß ich.«

»Und Opal hat ihn in dem Glauben gelassen?«

Paige zuckte die Schultern. »Erzähl dem Kunden, was er hören will. So lautet die Arbeitsplatzbeschreibung.«

»Mit anderen Worten: Sie hat ihn ermuntert?«

»Sie freute sich auf seine Anrufe. So was kommt vor.«

»Dann hat Lani ... äh, Opal den Job also nicht seinetwegen geschmissen?«

»Nein.« Paige berichtete Carolyn von dem Perversen, von jenem Anrufer, der Lani zum Selbstmordversuch getrieben hatte, indem er sie in ein täuschend echtes Horrorszenario hineinzog. Sie schilderte ihr die Worte des Kindes und das Krachen, als Nägel in ein vermeintliches Kreuz gehämmert wurden. Dann beschrieb sie ihr die grausige Szene in Lanis Wohnung, den anschließenden Krankenhausaufenthalt und die Genesung in Paiges Waldhaus.

»Heilige Muttergottes!«, entfuhr es Carolyn. »Das muss ich erst einmal verdauen.« Tief Luft holend, zerteilte sie ihren Hackbraten in mundfertige Bissen und tunkte die auf die Gabel gespießten Happen, ehe sie sie zum Munde führte, einmal kräftig in das Kartoffelpüree. So ging das geraume Zeit: zunächst ein Stückchen Hackbraten mit Kartoffelbrei, danach unleserliches Gekritzel auf ihre Notizblockzettel, während Paige lustlos in ihrem Essen herumstocherte. Schließlich fragte Carolyn: »Diese Bettina Reid und du – ihr habt euch auf der Uni kennengelernt, sagtest du mal?«

»Vor zwei Jahren.« Paige merkte, wie ihr die Röte warm ins Gesicht stieg. Jetzt folgte der unangenehme Part.

»Und diese Sarah ... diese Jasmine – hatte die ebenfalls dieses Seminar belegt?«

Seufzend legte Paige ihr Besteck hin. »Ich glaube, die Antwort darauf kannst du dir denken. Ich war auch bei so einer Agentur beschäftigt, Carolyn. Vor zwei Jahren war ich Laurel. Ich habe Jazz am Arbeitsplatz kennengelernt.«

Joshuas Schwester ließ einige Herzschläge verstreichen. Dann: »Hat dieser Typ dich schon mal zu Hause angerufen? Dich mit deinem richtigen Namen angesprochen? Hat er sich nach Opal erkundigt?«

Sie wehrte kopfschüttelnd ab. »Bis jetzt nicht. Dory hat ja nur Lani hochgehen lassen, mich nicht.«

»Meinst du«, murmelte Carolyn. »Wo ist Lani jetzt?«

»In Kanada, bei einer Cousine irgendwo in Nova Scotia, weit im Osten. Untergetaucht, bis der Mörder gefasst ist.«

»Und da bei der Verwandten ist sie sicher? Ist euch auch gestern bei der Abreise niemand gefolgt?«

»Mir ist niemand aufgefallen. Und Lani hat sich heute Morgen gemeldet. War heil in Vancouver angekommen.«

Carolyn guckte skeptisch. »Erscheint mir zu simpel. Dieser Telefonkavalier schafft es, an Dory und ihrem Sohn dranzubleiben, die ganze Küstenstraße runter, bei Blitz und Donner und Wolkenbruch, terrorisiert sie mit einem Anruf in ihrer Pension und rückt ihrem Kerlchen hautnah auf die Pelle. Und kaum dass er erfährt, wer das Objekt seiner Begierde ist, versagen seine Beschatterqualitäten? Passt vorn und hinten nicht.«

Die Kellnerin kam, räumte den Tisch ab, servierte zwei Becher schwarzen Röstkaffees und legte die Rechnung dazu. Paige riss das Blatt an sich. »Bitte! Als Wiedergutmachung dafür, dass ich nicht eher ausgepackt habe.«

»Und du hast es nicht gemacht, weil …«

»… ich wahrscheinlich dachte, einiges stinkt so sehr zum Himmel, dass man es besser begraben lässt.«

»Telefonsex ist nicht illegal, Paige«, bemerkte Carolyn ohne das geringste Anzeichen, ihr die Rechnung streitig machen zu wollen. »Ich nehme an, Joshua weiß nichts davon?«

»Er hat keine Ahnung. Aber er wird es erfahren. Heute Abend.«

Carolyn versank einmal mehr in Schweigen und kritzelte wieder in ihrem Notizblock herum – Zeit schinden, wie Paige begriff. Wie soll man auch reagieren, wenn einem eröffnet wird, dass man einer Telefonhure gegenübersitzt, die mit dem eigenen Zwillingsbruder liiert ist?

Paige gab der Serviererin ein anständiges Trinkgeld und bat sie um eine Mitnahmeschachtel für ihre nicht aufgegessene Portion. Es konnte ja sein, dass sie später noch Hunger bekommen würde, obwohl sie das bezweifelte. Das bisschen, das sie hinunterbekommen hatte, lag ihr wie ein Granitblock im Magen. »Was wird er denken?«

Carolyn stieß einen Seufzer aus. »Joshua? Ich würde ja gerne behaupten, dass es keine Rolle spielt, aber gerade wenn man glaubt, man kennt jemanden richtig gut, täuscht man sich in ihm. Eins weiß ich aber: Er mag dich sehr. Lügen haben kurze Beine, heißt es, und Heimlichkeiten die unangenehme

Eigenschaft, einen irgendwann einzuholen. Also: Mach reinen Tisch, und zwar schnell. Erklär ihm auch, wieso du nicht früher damit herausgerückt bist. Übrigens: Warum eigentlich nicht?«

»Da gibt's jede Menge mieser Gründe, die alle damit zu tun haben, dass er 'ne Christophorusmedaille am Armaturenbrett seines Jeeps hat, ein feiner Kerl ist, mal Priester werden wollte ... Ich wusste von Anfang an, Joshua ist anders als die anderen. Ich wollte mich seiner würdig erweisen.«

»Joshua ist tatsächlich ein Sonderfall. Ich hoffe, ihr schafft die Sache aus der Welt. Echt. Ich für meinen Teil werde mir derweil die Wohnung deiner Freundin Lani vornehmen. Mal schauen, ob sie ungebetene Gäste hatte. Dieser besessene Spinner, der die Liebe seines Lebens finden will, der wird doch früher oder später bei ihr auftauchen – schließlich weiß er ja jetzt, wo sie wohnt.« Sie warf einen Blick auf ihre Notizen. »Dory Getz werde ich ebenfalls einen Besuch abstatten. Und ... Paige: Ich werde wohl deine Telefontagebücher einsehen müssen.«

Paige nickte. Carolyn hatte recht: Mit Heimlichkeiten schoss man sich höchstens selbst ins Knie.

»Eins noch«, sagte Carolyn. »Bis wir den Kerl haben, möchte ich, dass du dich erheblich besser vorsiehst. Sag mir Bescheid, wenn's verdächtige Anrufe gibt oder wenn sich jemand merkwürdig benimmt, ganz gleich, wie harmlos dir das vorkommen mag.«

»In der Hinsicht lasse ich mir keine grauen Haare wachsen. Amber und Jasmine haben sich höchstwahrscheinlich auf eine Verabredung mit dem eingelassen. Ganz besonders Amber. Aber ich bin ja nicht blöd. Ich komme schon klar.«

»Mensch, Paige, meinst du etwa, es erwischt nur die Leichtsinnigen? Der abgetrennte Fuß, der lag doch nicht grundlos in der Nähe deines Wagens! Mag sein, dass Dory dich nicht hat hochgehen lassen, aber dafür hat's ganz bestimmt jemand anderes. Wenn dieser Strippenkavalier Telefonhostessen umlegt, um an Opal heranzukommen, dann darfst du dich keineswegs in Sicherheit wiegen. Der hat sich nur deshalb noch nicht bei dir gemeldet, weil ihm was anderes im Kopf herumspukt. Und davor müsstest du genauso eine Heidenangst haben wie ich.«

32. Kapitel

Als Joshua um sieben Uhr abends an ihre Tür klopfte, nahm Paige sich nicht einmal die Zeit, ihn zu küssen. Sie hatten zu viele Nächte getrennt voneinander verbracht, und so gern sie sich auch in seine Arme geworfen und alles andere zum Teufel gewünscht hätte, fürchtete sie doch, sie könne, falls sie Carolyns Ratschlag nicht umgehend in die Tat umsetzte, am Ende den Mut verlieren.

Mach reinen Tisch, und zwar schnell.

Ich hab's gehört, Carolyn.

»Du hast Parker gefunden?«

»Das nicht, aber ...«

»Dann lass uns das Reden auf später verschieben ...« – er berührte ihre Wange mit den Lippen – »... und ihn suchen, solange es noch hell ist. Und zieh dir was Warmes über. Es wird stürmisch.«

Paige setzte erneut an, aber er ließ sie nicht zu Wort kommen. Das Wetter schlug um, sodass man Parker bald nicht mehr würde hören können, sofern er irgendwo um Hilfe winselte. Mit Taschenlampen bewaffnet stießen sie in das Unterholz hinter dem Grundstück vor. Paige rief den Hund in regelmäßigen Abständen, aber vergebens. Ihr Rufen wurde vom Wind verschluckt.

Zuvor hatte Stan Gardner bei ihr angeklopft. Wie versprochen hatte auch er sich auf die Suche nach ihrem Hund begeben und das bewaldete Gelände hinter seinem Grundstück durchkämmt, aber nicht die Spur von einem herumstreunenden Parker entdeckt. Er wollte indes weiter die Augen offen halten. Auf dem Heimweg war Paige mit einem Foto ihres Vierbeiners beim Tierheim vorbeigefahren, doch weder hatte ihn jemand dort abgeliefert, noch war ein Hund wie der auf dem Foto zu einem Tierarzt gebracht oder von einem Fahrzeug angefahren worden. Es war, als hätte er sich in Luft aufgelöst.

Sie und Joshua suchten an die zwei Stunden lang und ließen die Strahlen ihrer Taschenlampen im weiten Bogen über das dichte Unterholz gleiten. Einmal blieb Paige stehen, um den obersten Jackenknopf zu schließen, denn die nächtliche Kälte ging ihr durch und durch. Joshua klappte ihr den Jackenkragen hoch, und nach einem zärtlichen Küsschen auf die Stirn ging die Suche weiter. Sie sprachen nur wenig, waren sie doch in erster Linie auf Bellen oder Jaulen fixiert. Bis auf das Schreien eines Käuzchens in der Ferne hörte man keinen Laut, nicht einmal ein fliehendes Eich- oder Streifenhörnchen. Paige betete auf die einzige ihr vertraute Weise: Bring dich nicht in Gefahr, Parker. Am besten kommst du nach Hause.

Als sie durchfroren und deprimiert den Rückmarsch antraten, war es schon stockdunkel. Joshua machte Feuer im Kamin, während Paige heiße Schokolade zubereitete und jedem Becher einen ordentlichen Schuss Weinbrand hinzufügte. Eng nebeneinander setzten sie sich auf die Couch.

»Er trägt ein Halsband mit Mikrochip, Paige. Irgendjemand wird ihn schon irgendwo abliefern. Gib die Hoffnung nicht auf.«

Dass er schützend den Arm um sie legte, nahm Paige kaum wahr. Hoffnung? Die hatte sie schon vor Tagen aufgegeben, und zu allem Überfluss beklagte sie nun auch noch das Verschwinden ihres geliebten und loyalen Freundes. Sie riss sich zusammen und verdrängt das Bild von Parker aus ihrem Kopf. Es gab erst einmal Wichtigeres. »Ich war heute Mittag mit deiner Schwester essen.«

»So?« Er stellte seinen Becher auf den Couchtisch. »Sie hat aber nicht Bilder von mir als Babynackedei angeschleppt, oder?«

Als sie das nicht komisch fand, fragte er: »Was hast du auf dem Herzen?«

»Opal. Es dreht sich alles nur um Opal.«

»Um wen?«

Wie schon zuvor bei Carolyn, klärte sie ihn darüber auf, dass Lani sich als Opal in die Fantasien des Telefonkavaliers eingeklinkt hatte, dass zwei Frauen aufgrund seines Wahns und seiner Obsessionen sterben mussten und Lani sich auf der Flucht befand.

»Sie hat schon vorher versucht, sich umzubringen, Joshua. Zwei Mal. Ich musste ihr helfen.«

»Ich werd' verrückt!«, entfuhr es ihm. »Das verschüchterte Häschen, das ich da neulich kennengelernt habe, das machte in Telefonsex? Darauf wäre ich bei der gar nicht gekommen.«

Es wurde still im Zimmer. Paige schluckte und stürzte sich dann kopfüber ins kalte Wasser. »Und ich, Joshua? Würde man bei mir darauf kommen?«

Als er nicht reagierte, leierte sie ihre Litanei von Gründen herunter: Ich war damals ein anderer Mensch. Ich brauchte Arbeit. Ich bin diesen Mädchen begegnet. Es sah ganz harmlos aus.

Dann aber prasselten Joshuas Fragen auf sie ein. »Weiß der Anrufer, wer du bist? Was hat diese Dory ihm verraten? Wo hält Lani sich jetzt auf? Bist du sicher, dass niemand dir zum Flughafen gefolgt ist?« Und schließlich ein Satz, bei dem ihr schon leichter ums Herz wurde: »Mir geht's um deine Sicherheit, Paige!«

»Deine Schwester wird das Schwein schnappen. Sie ist die Beste. Hast du immer gesagt.«

Er nickte, stand auf und ging zum Kamin. Allerdings legte

er keine Scheite nach, sondern starrte nur in die Flammen, den Ellbogen dabei auf den wuchtigen Holzbalken gestützt, der als Kaminsims diente.

Paige bot ihm noch heiße Schokolade an, Weinbrand pur, Rotwein, Bier, aber Joshua lehnte kopfschüttelnd ab. Es war zu still. Kein gutes Zeichen. *Bitte, mach, dass ich ihn nicht verliere! Das würde ich nicht ertragen. Wirklich, das kann ich nicht.*

»Wie denkst du darüber?«, fragte sie, wobei sie aufstand und einige Schritte auf ihn zuging. »Los, sag doch! Über das Ganze. Über mich.«

Er fuhr mit der Handfläche über das raue Holz, brauchte ewig, um seine Gedanken zu ordnen, als warte er auf das Erscheinen eines Flaschengeistes, damit der ihm die Antworten lieferte, mit denen sie beide leben konnten. Schließlich sagte er: »Ich weiß es nicht. Schwaches Bild in Zeiten wie diesen, was? Sicher, eigentlich müsste ich megamodern sein und tolerant und gute Miene zum bösen Spiel machen, wie alle progressiven Männer. Nur komme ich einfach nicht über das hinweg, was du da eben erzählt hast.«

»Du hast mir gesagt, wir alle hätten früher mal Mist gebaut. Bei mir war's Telefonsex. Da gab's ausgesprochene Widerlinge, aber auch manch netten Kerl.« Sie erinnerte sich an einen jugendlich klingenden Anrufer – Andrew heiße er, hatte er gesagt –, der nur einen Rat für den Umgang mit Mädchen wollte. Er war einundzwanzig, hatte noch nie eine Verabredung gehabt, nicht die geringste Ahnung, wie man eine Frau anspricht, und eine Heidenangst davor, sich mit einer zu unterhalten. Paige hatte ihm an Rollenspielen demonstriert, wie man das Eis bricht und das erste Rendezvous übersteht. *Das übst du jetzt einige Zeit, Andrew, und wenn du meinst, du könntest den nächsten Schritt wagen, ruf wieder an und frag nach Laurel. Dann sehen wir weiter.*

Den Blick zu Boden geschlagen, massierte Joshua sich die Stirn, ehe er Paige wieder ansah. »Ich glaube, Paige, es gibt 'ne Menge Männer, die durch das, was du da getan hast, ziemlich angetörnt wären. Illegal war das zwar noch nicht, aber haarscharf an der Grenze. Ich bin nicht mal sicher, dass es diese Sexgeschichte war, die mich stört. Sondern eher die Tatsache, dass du fürs Lügen bezahlt wurdest, egal, wie man es dreht und wendet. Ist es nicht so?«

»Aber so lange war ich ja gar nicht dabei. Knapp ein Jahr. Ich habe aufgehört, weil es mir nicht gefiel. Und ich bin keineswegs stolz darauf.«

»Verstehe. Sieh mal, ich bin auch nicht stolz auf die Art und Weise, wie ich damit fertig werde. Vielleicht ist einer wie ich in diesem Millennium fehl am Platze, aber so bin ich nun mal erzogen. Und ein hässlicher kleiner Teil von mir, der rätselt nun, ob all das, was du gesagt hast, wenn wir allein waren, ob das nur ...«

Er kämpfte mit den Tränen, und obgleich er versuchte, sie zurückzuhalten, nässten sie ihm doch die Wangen und rannen ihm in die Mundwinkel. Sie war gekränkt, aber auch wütend. Wie kam er dazu, ihr zu unterstellen, sie hätte ihm etwas vorgespielt? Andererseits: Was sollte er auch anderes annehmen?

»Begreifst du denn nicht, dass meine Arbeit nur Schauspielerei war? Ich habe eine Rolle gespielt und wurde dafür bezahlt. Das machen unzählige Menschen im Kino und auf Fernsehschirmen genauso. Der Unterschied? Bei mir waren es Sexszenen. Und wenn wir zusammen waren, habe ich dir nie, wirklich nie etwas vorgemacht. Sobald dein Ego mit dem Wundenlecken fertig ist, wirst du zugeben, dass es stimmt.«

»Die Rüge hatte ich jetzt wohl nicht anders verdient«, räumte er ein. »Aber dir gebührt auch ein gewaltiger Tritt in den Hintern. Du hattest Gelegenheiten noch und noch, reinen

Tisch zu machen. Wieso hast du das auf die lange Bank geschoben? Oder hattest du gar nicht erst vor, es mir zu beichten?«

»Natürlich hatte ich das! Aber kapier doch: Anfangs ging es dich nichts an. Es war ja nicht so, dass ich mich durch die ganze Küstenregion geschlafen hätte. Als ich dann …« – Sie räusperte sich – »… als ich dann mehr für dich empfand, wollte ich unsere Beziehung auf eine solide Grundlage stellen. Außerdem wollte ich genau diese Situation vermeiden. Die Zweifel. Die Fragen.«

In einer unerwarteten Geste streckte Joshua die Hand aus und streichelte Paiges feuchte Wange, wodurch sie erst recht in Tränen ausbrach.

»Ich mag dich doch weiterhin, Paige! Ich bin halt ein Esel. Es braucht wohl noch einige Tage, bis ich mich gefangen habe.«

Paige nickte. »Und ich möchte dir deswegen am liebsten eine kleben. Aber ich werde mich schon wieder einkriegen.«

»Jetzt wein doch nicht mehr! Das bringt mich um.«

»Ich kann doch nichts dafür!«

Nun lächelte er, schloss sie in die Arme, bis ihr Schluchzen versiegte, und raunte ihr ins Ohr: »Hast du noch mehr Leichen im Keller, oder ist jetzt alles gesagt?«

Sie schaute ihm in die Augen. Gemeinsam, durchzuckte es sie, können wir es mit der ganzen Welt aufnehmen. »Keine Leichen mehr«, sagte sie. »Und sofern du noch weiter diskutieren möchtest – ginge das vielleicht im Liegen? Ich bin völlig schachmatt.« Dass er zögerte, machte sie stutzig. »Du … bleibst doch?«

»Kommt mir zwar komisch vor, aber wenn ich jetzt ginge, würde ich mich noch erheblich mieser fühlen. Komm.« Eine Hand energisch in ihre Rückenbeuge gelegt, brachte er sie zu Bett. Seite an Seite liegend, blickten sie unter die Zimmerdecke. Er war diskret genug, sich nicht nach Paiges Anrufern und deren Wünschen zu erkundigen, obwohl die Fragen unausgesprochen in der Luft schwebten. Um zwei Uhr morgens stand er kurz auf, um durchs Fenster zu gucken und nach Parker Ausschau zu halten. Es hatte zu regnen begonnen; eisige Schauer prasselten gegen die Scheiben. Als Joshua wieder ins Bett kam, liebten sie sich zwar nicht, aber immerhin hielt er ihre Hand, und fürs Erste gab Paige sich damit zufrieden.

33. Kapitel

»Opal war nicht da.«

Seine Stimme traf sie wie ein Hieb mit einer scharf geschliffenen Axt. Dory stürzte zu dem am Morgen erst neu verglasten Küchenfenster und ließ die Jalousien hinunter. *Schluss damit, du mieses Stück Scheiße! Kein einziger Anruf mehr! Du hast es versprochen!*

»Du hast von mir gekriegt, was du verlangt hast, du Arsch«, fauchte sie im Tonfall von Dallas und Crystal, obwohl sie sich gotterbärmlich fühlte. »Ich führe nicht Buch über Opals Kommen und Gehen.«

»Was für ein Ton, Dory!«, flüsterte er. »Bist du dir so sicher, dass du mich verärgern willst?«

»Sieh mal«, sagte sie, schon etwas nachgiebiger, »ich bin halt gefrustet, mehr nicht. Und verängstigt. Ich habe deine Scheißfragen beantwortet, dir gesagt, wer Opal ist und wo sie wohnt. Ich habe mich an meinen Teil der Abmachung gehalten. Anständig und ehrlich.«

Sein tiefes Glucksen hörte sich an, als würde es quasi aus dem Hörer quellen, sich um ihren Körper winden und sie zerquetschen. »Anständig und ehrlich«, wiederholte er süffisant. »Natürlich hast du Opal nicht persönlich angerufen. Sie nicht gewarnt und aufgefordert, die Stadt zu verlassen …«

»Hast du ’ne Macke? Wieso sollte ich? Ich bin ja nicht mit ihr befreundet. Ich muss an meinen Sohn denken.«

»Ach, richtig. Der liebe Sebastian. Was sah der hübsch aus heute Morgen in seinem hellroten Strickpulli! Ein richtiger kleiner Herr.«

Großer Gott, nein! Wo hatte er Sebastian wohl gesehen? Beim Einsteigen in den Bus? Hatte der Kerl irgendwo auf der Straße geparkt? Sie hatte nichts bemerkt, nicht richtig hingesehen, denn eigentlich sollte ja Schluss sein.

»Hat er dir zufällig erzählt, wie sein Tag verlief?«

Hatte sie ihren Sohn gefragt? Ja. Sie erkundigte sich jedes Mal. Prima, hatte er geantwortet. Er hatte ein neues Lied gelernt, eines, bei dem man Gebärden machen musste. Er hatte vorhin noch versucht, es ihr vorzusingen, dabei aber die Gesten total durcheinandergebracht.

»Er hatte einen schönen Tag.«

»Sieht das dem kleinen Herrn des Hauses nicht ähnlich? Will seine Mommy nicht beunruhigen. Vermutlich hat er auch nicht erwähnt, dass ihm einer der älteren Bengel unten an der Rutsche Beinchen gestellt hat.«

Dory hasste die Welt draußen vor der Tür wie die Pest. Hinter jeder Ecke, hinter jedem dicken Baumstamm lauerten die Hyänen. Sie saßen im Bus und in den Klassenräumen. Wenn sie in den Pausen in hellen Scharen aus den Schulgebäuden quollen, vervielfachte sich ihre Zahl. Dann warteten sie regelrecht darauf, dass zufällig jemand wie Sebastian des Weges kam, ein wahres Unschuldslämmchen in einer von Schulhofschlägern tyrannisierten Welt. Dory wünschte sie alle zum Teufel. »Nein, hat er nicht.«

»Ich hätte ihn windelweich prügeln können, Dory, den rothaarigen Rüpel, der deinen Sohn piesackte. Zehn Meter, und ich hätte ihn mir vorgeknöpft, ihm ganz langsam die Luft abgedrückt. Der arme Sebastian. Der weckt tatsächlich die Beschützerinstinkte in einem, was?«

Zehn Meter entfernt! *Sebastian, du musst den Mann doch gesehen haben! Wenn ich dich frage, wirst du's mir sagen. Denk nach! Erinnere dich!*

»Schulen sind zuweilen die Hölle, nicht wahr? Überall

Häme und Gefühllosigkeit und Schikane. Ich würde Sebastian das ersparen, ihn davon erlösen. Fast hätte ich's getan.«

Dory dachte an die Parkview School mit dem L-förmigen Pausenhof, auf dem tagtäglich sechshundert kreischende Kinder herumtollten und fangen spielten, während zwei überforderte Aufsichtspersonen grobe Streiche belächelten, Rotznasen putzten und Raufereien schlichteten. Die konnten ja nicht überall gleichzeitig sein, hatten die Augen nicht überall.

»Halte dich fern von meinem Sohn!«

»Würde ich gerne, Dory«, säuselte er, »aber was kriege ich dafür? Du hast doch etwas für mich, nicht wahr?«

»Ich weiß nicht, wo Opal ist! Verdammt!«

Der Telefongentleman räusperte sich. »Sie war jetzt fast eine Woche nicht mehr in ihrer Wohnung. Die Milch in ihrem Kühlschrank ist sauer. Am 7. September hat sie sich etwas beim Chinesen bestellt. Die Reste sind noch da. Wo ist sie hin, Dory? Wer beschützt sie? Ein Name noch, und du hörst nie wieder von mir. Du hast mein Wort als Gentleman.« Wieder das sanfte Glucksen, das ihr kalte Schauer über den Rücken kriechen und ihr die Haare zu Berge stehen ließ.

Sie knipste die Küchenleuchte aus. Irgendwie fiel ihr der Verrat im Dunkeln leichter. »Versuch's mal bei Paige Rowan«, haspelte sie und knallte den Hörer auf die Gabel.

* * *

Paige Rowan!, dachte er lächelnd.

Fast schon lustig, die Vorstellung, dass die zünftige, kernige Paige mal Verbalerotik betrieben hatte. Allein, es passte. Ihre unverkennbare Stimme erinnerte ihn ein wenig an die Chansonsängerin Edith Piaf. Er konnte sich lebhaft vorstellen, wie sich die sportliche Paige, angetan mit einem pailettenbesetzten roten Kleid, in männermordender Pose auf einem Steinway-Flügel räkelte und einen Schlager in den verräucherten Saal schmetterte.

Er durchforstete sein Gedächtnis – sämtliche Anrufe, alle Gespräche – und wurde auch schließlich fündig: Laurel.

Am Telefon war sie eine Klasse für sich gewesen, zwar keine Opal – denn Opal war echt –, doch eine Wucht allemal. Bei ihrem einzigen Mal hatte sie sich selbst übertroffen, war aber allen Anstrengungen zum Trotz nie zum Kern seines Wesens durchgedrungen. Sie hatte sein lila Fantasiespiel mit ihm gespielt, bei seinem zweiten Anruf jedoch wortlos aufgelegt. Das hatte er ihr nie verziehen. Ja, wenn er nur daran dachte, geriet er in Rage.

Er hätte sie jetzt anrufen können. Hätte vielleicht Spaß gemacht zu hören, wie sich die Angst in ihre Stimme schleicht. Wo ist Opal? Sie würde vermutlich lügen – Lügen beherrschten sie alle hervorragend, was? Protestieren würde sie und behaupten, sie kenne keine Opal. Er würde sie an Amber erinnern, an Jasmine, und plötzlich würde es ihr auf wundersame Weise dämmern: Ach ja, doch, klar gab es eine Opal. Anbetteln würde sie ihn.

Bitte, tu mir nichts!

Paige anzurufen wäre ein Regelverstoß. Und dumm. Er hielt es für sinnlos, in ihrem Kopf Alarmglocken schrillen zu lassen und ihr damit womöglich einen solchen Schreck einzujagen, dass sie sich aus dem Staube machte. Vorerst musste es genügen, dass sie Ambers feisten Fuß gefunden hatte. Es hatte ihn angekotzt, als er davon erfuhr, aber es leuchtete ihm ein, dass er das Geschehene nicht ungeschehen machen konnte. Seine Seele war schon verkauft. Daher konzentrierte er sich lieber auf das Endspiel: Sein Leben mit Opal. Bald würde sie die Seine sein, und gemeinsam konnten sie überall hin, fort von all dem Töten.

Paige würde ihm Auskunft geben über Opal. Die ideale Chance würde sich bald schon bieten und er aus den Schatten treten. Wenn er mit ihr fertig war, würde sie ihm alles sagen.

34. Kapitel

Der aus den 60er-Jahren stammende, am nördlichen Ortsrand gelegene Wohnblock, in dem die Frau lebte, die sich Opal nannte, sah aus wie ein gedrungener Schuhkarton und zählte zu einem dreiteiligen Komplex namens Westmore Terrace. Vor Jahren präsentierten sich die Gebäude noch mit einer Fassade aus orange-rötlichen Klinkern, die man allerdings im Zuge einer allgemeinen Renovierungswut senfgelb überputzt hatte. Kurz darauf war den Investoren das Geld ausgegangen, und deshalb besaß jede Wohneinheit noch italienisch anmutende Balkone aus verschnörkeltem weißen Gusseisen. Jeden Morgen fuhr Joshua auf dem Weg zum Dienst an der Wohnanlage vorbei, und jedes Mal verdarb der Anblick ihm den Appetit aufs Frühstück. Carolyn konnte ihrem Bruder nur zustimmen: Westmore Terrace war potthässlich.

Da Lani Hollis – Opal – im Trakt C wohnte, folgte Carolyn der gewundenen Zufahrt und erspähte auch schließlich den verblassten, goldfarbenen Buchstaben, der in den Sturz über dem Eingang gemeißelt war. Nachdem sie den Wagen in eine Besucherparkbucht gesetzt hatte, spülte sie ein paar extrastarke Muskel entspannende Tabletten mit einem Rest Ginger Ale hinunter, stieg aus und reckte sich, wobei sie sich vorkam wie eine Greisin. Der Hauswart, ein Glatzkopf mit an die fünfzig unterschiedlichen Schlüsseln am Gurt, ließ gerade in einer Art Lobby den Staubsauger über den verschlissenen Teppichboden im Eingang sausen. Carolyn, der schon vom bloßen Hinsehen die Hüfte wehtat, zückte den Dienstausweis, erklärte dem Mann so vage wie möglich den Anlass ihres Besuches und wurde zu einem holzvertäfelten, nach Bier und Bleichmittel stinkenden Aufzug geführt. Der Hauswart, der sich als Ben Stayner vorstellte, schwatzte über den Sturm der vergangenen Nacht und entschuldigte sich, als ihm beim Reden unvermittelt ein Rülpser herausrutschte. Vor Apartment 302 musste er erst umständlich an seiner klirrenden Sammlung herumprobieren, bis er den Schlüssel zu Lanis Wohnung gefunden hatte.

»Ich bin unten in der Lobby«, brummte er und tippte sich an einen unsichtbaren Mützenschirm. »Wenn Sie mich brauchen, drücken Sie auf den Summer.«

»Wird gemacht.«

Schon zum Gehen gewandt, wies er plötzlich auf die Tür. »Ja, gibt's denn so was! Gucken Sie sich mal die ganzen Sperrriegel an! Was meinen Sie – weshalb mag die wohl so eine Angst gehabt haben?«

»Spielt keine Rolle mehr, denn genützt haben ihr die Dinger nichts. Die Tür wurde ausgehebelt.« Carolyn deutete auf drei senkrechte Rillen im Türrahmen.

Der Hausmeister versicherte, er habe nichts gehört und gesehen, und seine Mieter hatten ebenfalls keine besonderen Vorkommnisse gemeldet. »Meine Frau und ich, wir sind immer daheim. Uns entgeht so gut wie nichts.« Er bat Carolyn, nach getaner Arbeit die Tür wieder ins Schloss zu ziehen.

Carolyn streifte sich Latexhandschuhe über und inspizierte die Einbruchstellen. Stark überzogen, das Ganze. Falls Opal ihre Wohnung verlassen hatte, konnte sie die Riegelbatterie ja nicht aktiviert haben. Die Tür hätte sich mit einer Kreditkarte knacken lassen. Wozu dieser Aufwand, wo eine Drehung des Handgelenks gereicht hätte?

So ein Sadist!, zuckte es ihr durch den Sinn. Opal sollte merken, dass er hier gewesen war. Dass die Kripo es ebenfalls erfuhr, ließ den Halunken völlig kalt.

Mal sehen, was für Hinweise du noch hinterlassen hast, du perverses Schwein.

Die Kollegen von der Spurensicherung waren schon unterwegs. Die würden die Wohnung auf den Kopf stellen, einen Gipsabdruck vom Türpfosten anfertigen und die ganze Bude von oben bis unten auf Fingerabdrücke untersuchen. Aber Carolyn wusste jetzt schon, dass sie keine finden würden. Und Parkett- und Keramikböden bedeuteten außerdem: Keine Fußabdrücke im Teppichboden.

Sie stellte ihre Perspektive um. Sie musste aufhören, wie eine Polizistin zu denken, und die Sache stattdessen aus dem Blickwinkel des Mörders betrachten, eines besessenen, todbringenden Raubtieres, das nur ein Ziel kannte: Opal ausfindig zu machen oder, wenn das nicht ging, zumindest so dicht wie möglich an sie heranzukommen. Das Schlafzimmer war dabei erste Wahl. Intim. Dort schlief das Objekt seiner perversen Begierde, zog seine Unterwäsche aus, schmiegte die nackte Haut in die frischen Laken. Das würde er fühlen, riechen wollen.

Opals Telefon, ein rosarotes Gerät, stand auf dem Nachttisch. Hatte er wohl den Hörer abgenommen und sich vorgestellt, wie sie hineinflüsterte? Hatte das seine Fantasie angeregt? Carolyn hinterließ einen Zettel für die Spurensicherung.

Sie zog die Kommodenschubladen heraus. Vom bloßen Augenschein her ließ sich unmöglich sagen, ob Opals Sachen durchwühlt worden waren oder ob etwas fehlte. Das Wäschefach prüfte sie ganz besonders genau: alles fühlte sich weich und flauschig an. Auf dem Fußboden vor dem ungemachten Bett lagen Boxershorts und ein T-Shirt, die sie ebenfalls befühlte. Als sie die Nase darüber hielt, nahm sie schwachen Zigaretten- und Schweißgeruch wahr. Im Kleiderschrank fanden sich massenhaft Modefummel, einige mit Designerlabels. Sie wusste, manche ließen sich ihr schlechtes Aussehen eine

Stange Geld kosten, und mitunter konnte man sich des Eindrucks nicht erwehren, als hätten sich die Modemacher von heute gegen die Damen verschworen, um sie möglichst lächerlich aussehen zu lassen. Der Kleiderschrank war ein Beweis für die Verschwörungstheorie.

Zwar machte die gesamte Wohnungseinrichtung einen skurrilen Eindruck, aber besonders die Sicherheitsriegel mussten Lani ein kleines Vermögen gekostet haben. Carolyn notierte: »Paige nach Lanis finanziellen Verhältnissen fragen! Mit Eltern reden?« Eventuell wusste sogar der Hauswart, dem ja angeblich nichts entging, etwas über die Mieterin aus 302.

Das Badezimmer war sauber und aufgeräumt wie der Rest der Wohnung. Im Waschbeckenunterschrank fanden sich neben Toilettenpapier und Sagrotan die üblichen Utensilien für Damen – Tampons, Schaumbad, Heißwachs zur Haarentfernung, ein Lockenstab. Carolyn versuchte, sich zu erinnern, was sie zu Hause in ihrem Spiegelschrank aufbewahrte: Parfüm, Ohrenstäbchen, Nagellackentferner, Deoroller mit Himbeeraroma. Opal besaß all diese Sachen auch; falls etwas fehlte, hätte Carolyn nicht sagen können, was es war. Aber der Dreckskerl war hier gewesen. Sie konnte es fühlen, als hätten seine Botenstoffe eine eklige Spur hinterlassen.

Sie nahm sich den Rest der Wohnung vor, machte den Kühlschrank auf und überprüfte die Speisereste, schaute in die Küchenschubladen und den Einbauschrank im Flur und tastete unter den Sitzpolstern nach, ob der Strolch womöglich ein Souvenir hinterlassen hatte, einen kleinen symbolischen Liebesbeweis. *Ich bin hier gewesen, Opal. Wo du isst und schläfst. Ich hab deine Sachen angefasst. Spürst du nicht meine Gegenwart auf Schritt und Tritt?*

Sie trat zum Wäscheschrank, in dem Opal akkurat ihre Handtücher und Waschlappen stapelte. Eine Glasschale mit nach Pfirsich duftenden Blättern und Blüten stand auf einer nagelneuen rosaroten Decke. Carolyn steckte die behandschuhte flache Hand zwischen die Falten und tat dann dasselbe mit den Handtüchern. Sie fasste hinter einen Stapel Bettwäsche, schob einen Heizlüfter beiseite. Das unterste Fach enthielt Plastikeimer mit den üblichen Putz-, Wasch- und Pflegemitteln. Auch darin rumorte sie herum, fand aber nur einen vertrockneten Tausendfüßler.

Nach der Inspektion des Wäscheschranks kehrte sie ins Schlafzimmer zurück. Irgendetwas, so ihr Gefühl, hatte sie übersehen. Ganz automatisch schweifte ihr Blick hinüber zum Bett, das in seinem zerwühlten Zustand einen Fremdkörper in der ansonsten geordneten und gepflegten Wohnatmosphäre darstellte. Sicher, es war nicht auszuschließen, dass Opal überstürzt hatte abreisen müssen, was das nicht gemachte Bett erklärt hätte. Aber noch ehe Carolyn die Tagesdecke zurückschlug, noch ehe sie mit ihren latexbehandschuhten Fingern die eingetrockneten weißlichen Flecken auf dem rosaroten Kissenbezug befühlte, stand für sie fest, dass die Techniker von der KTU auf eine Fundgrube stoßen würden: auf die DNA des Telefongentlemans, wie Paige ihn genannt hatte.

Als Carolyn aus dem Aufzug auftauchte, stand der Hausmeister noch in der Eingangshalle und spritzte gerade eine nach Essig riechende Flüssigkeit auf das große Sprossenfenster an der Vorderseite des Gebäudes. »Und?«, fragte er. »Fündig geworden?«

Carolyn zuckte unverbindlich mit den Schultern. »Was können Sie mir über Lani Hollis berichten? Viel unterwegs? Männerbekanntschaften?«

Stayner stellte die Sprühflasche ab. »Nach meinem Eindruck blieb sie abends meist daheim. Schüchternes junges Ding. Zwar immer freundlich, aber mehr auch nicht, Sie verstehen? Ging tagsüber zur Uni. Fuhr ein neues weißes VW Cabrio. Das steht noch hinten auf ihrem Einstellplatz.«

»Donnerwetter, nicht schlecht für eine Studentin.«

»Dachte ich auch. Ich weiß noch, zu meiner Schulzeit fuhr ich 'nen zwölf Jahre alten Corolla. War mir fast zu peinlich, mit der Kiste ein Mädel zum Date abzuholen.«

»Sie haben nicht zufällig mitgekriegt, dass hier einer herumlungerte? Mit ihr ins Gespräch zu kommen versuchte? So was in der Art?«

Der Hausmeister verneinte. »Mit Männern habe ich die nie gesehen, bloß mit einer Bekannten, so 'ner blond gelockten. Stimmt denn was nicht mit der kleinen Hollis? Also, man liest ja in der Zeitung von diesen Morden ...«

Carolyn versicherte ihm, Lani Hollis habe nur Urlaub genommen, und verabschiedete sich, ehe er sich noch weitere Fragen überlegen konnte. Vom Auto aus rief sie ihren Mann an und teilte ihm mit, er solle ruhig schon ohne sie essen. Es hörte sich nicht so an, als tue es ihr leid.

In den Anfangstagen ihrer Beziehung hatten sie stundenlang miteinander telefoniert und sich danach sogar auf einen späten Kaffee getroffen, um sich noch etwas länger zu unterhalten. Am nächsten Tag hatte Carolyn dann zwar stets eine heisere Stimme, aber ihre Stimmbänder waren doch nicht so angegriffen, als dass sie eine Verabredung mit ihrem potenziellen Zukünftigen etwa deswegen abgesagt hätte. Jetzt hätte sie gern gewusst, ob sich Liebe wohl danach bemessen ließ, wie lange Paare an einem Stück miteinander sprechen konnten. Das soeben von Gregg beendete Gespräch hatte ganze drei Minuten lang gedauert.

Sie seufzte. Keine Zeit, über so etwas zu grübeln. Sie musste noch Dory Getz einen Besuch abstatten. Als sie zwanzig Minuten später den Gehweg zu Dorys Haus hinaufging, erschien auf dem Treppenabsatz des Nachbarhauses eine Frau. »Die ist nicht da!«, rief sie. »Ich nehme für ein paar Tage die Post entgegen.«

Carolyn marschierte über den Rasen, was ihr ein Stirnrunzeln der Nachbarin eintrug, und zückte abermals ihren Dienstausweis. »Harriet Foster«, stellte die Frau sich vor und putzte sich, ehe sie Carolyn mit Handschlag begrüßte, die Hände an einem karierten Trockentuch ab. »Dory ist mit dem Kleinen mal wieder auf Abenteuerreise. Mehr weiß ich auch nicht. Rauscht ab wie die Feuerwehr, und der Junge noch halb im Schlaf. Man soll sich ja nicht in anderer Leute Angelegenheiten mischen, aber das ist doch nichts Gescheites für das Kerlchen, wenn es andauernd aus seinem Rhythmus gerissen wird! Na ja, ich jedenfalls denke mir meinen Teil.«

Carolyn überlegte, ob sie noch einmal zu Hause anrufen und Gregg sagen solle, sie käme nun doch zum Abendbrot. Am Ende entschied sie sich aber für einen Happen in der Stadt.

35. Kapitel

Verflixt noch mal, Paige, wer bist du?

Fast das gesamte Wochenende geisterte Joshua diese Frage im Kopf herum wie ein schief gesungener Refrain. Paige hatte für eine Telefonsexagentur gearbeitet, ja. Was nicht ungesetzlich war, wie er sich immer wieder einredete. Doch seit ihrem Geständnis sah er sie wiederholt in der Rolle der Telefonhure, stellte sie sich in seiner lebhaften Fantasie mit einem leicht zynischen Unterton in der Stimme vor, mit einer so gelangweilten Miene, als öde die ganze Welt sie an. Er wehrte sich vehement gegen diese Bilder, doch wenn er sich Paiges Luststöhn in Erinnerung rief, fragte er sich unwillkürlich, wie viele andere Männer wohl dieses Stöhnen und Flüstern gehört und dafür sogar bezahlt hatten. Er fand es selbst abscheulich, dass er so dachte und dass es ihn so beschäftigte. Was genau war eigentlich so schlimm an der ganzen Sache? Die Anzahl der Kunden? Die Kohle? Dass Paige ihre Sache möglicherweise richtig gut gemacht hatte? Und falls sie auf andere so überzeugend wirkte – wie stand es dann um ihr Verhältnis zu ihm? Wie viel davon war echt?

Bei Gott, mit seiner Einstellung war er ein Auslaufmodell, aus der Mode gekommen wie handgefertigte Wertarbeit, eine Blamage für die »neuen« Männer. In einer soziologischen Abhandlung hätte man ihm ein ganzes Kapitel widmen können. Einen Gutteil seiner Wertvorstellungen verdankte er seinem Vater, unzweifelhaft noch ein Mann alten Schlages. Und katholisch dazu. Den Kummer darüber, dass seine besser Hälfte nach beinahe fünfundzwanzig Ehejahren mit ihrem Tanzlehrer durchgebrannt war, den hatte Joshuas alter Herr seelisch niemals verwunden. Diejenigen, die sich zu seinem engeren Freundeskreis zählten, die raunten später, er sei danach nie wieder der Alte gewesen – eine dilettantische Diagnose, aber der Wegbereiter für das häufig geäußerte »Ich hab's ja immer gesagt«, das man bei der Beerdigung aus dem Munde von Verwandten und Bekannten hörte. Herzstillstand? Mit zweiundfünfzig? Herzprobleme hat's in der Familie Latham nie gegeben! Scheidungen auch nicht.

Sie hat mir ins Gesicht gelogen, Joshua!

Schon damals hatte er nicht gewusst, was er seinem Vater sagen sollte, und jetzt wäre es auch nicht anders gelaufen. Doch ob es ihm passte oder nicht: Die tief verwurzelte Abscheu gegenüber Lüge und Lügnern war quasi sein väterliches Erbe. Und ausgerechnet Paige hatte ihm etliche Unwahrheiten aufgetischt, wenn auch möglicherweise nicht direkt. Lief das Verschleiern der Wahrheit nicht auf dasselbe hinaus? Schwindelei blieb Schwindelei.

Hinzu kam die Geschichte aus früheren Tagen mit diesem Bissonette. Joshua hatte im Internet recherchiert und seine Homepage gefunden, auf der er in dilettantischer Weise seine künstlerischen Talente anpries. Das ging doch nie und nimmer mit rechten Dingen zu, wenn einer mit dem Gestalten von ein paar Titelseiten und dem Zeichnen von Karikaturen bei Kindergeburtstagen so viel verdiente, dass er sich einen Porsche leisten konnte! Hinter diesem Bissonette musste mehr stecken, als Paige verraten hatte. Wieder ein Schwindel?

In den sechs Monaten, in denen sie nun liiert waren, hatte Paige ihm zwar von ihrer Kindheit erzählt, aber die meisten dieser Unterhaltungen waren sehr kurz ausgefallen. Paige hatte lediglich gesagt, dass ihre Eltern ihr niemals nahegestanden hatten, obgleich ihr durchaus klar war, dass sie im Grunde ihres Herzens immer das Beste für die Tochter im

Sinn gehabt hatten. Die übertrieben beschützerische Art ihrer Eltern fand sie widerwärtig, den Fanatismus hochgradig peinlich. Während Paige in Europa weilte, hatten sie einen Kreis von Jüngern um sich geschart, darunter Lani Hollis. Derweil Lanis Verhältnis zu den Greenes immer enger wurde, hatte Paige nichts Eiligeres zu tun, als sämtliche Bindungen zu ihren Eltern zu kappen, weswegen sie ihren Namen von Seraphina Greene in Paige Rowan umwandelte. Ihr Europaaufenthalt hatte dazu dienen sollen, sich eine persönliche Sicht der Dinge zu bilden und eigene Entscheidungen zu treffen. Als sie sich dann aber Hals über Kopf an Bissonette band, wurde ihr klar, dass sie damit nur eine kontrollwütige Instanz gegen eine andere ausgetauscht hatte. Ergo hatte sie auch Frankreich den Rücken gekehrt und sich bei der Heimkehr nach Oregon auch noch einen Künstlernamen zugelegt: Laurel.

Sie hatte ihm einiges zugemutet. Zu viel. Es nagte an ihm.

Joshua ging zur Messe, konnte jedoch der Predigt nicht richtig folgen, denn nach wie vor hallte das sinnliche Geraune in seinem Kopf wider – gurrende Stimmen, die von Paige und einem Manne, dann von Paige und zwei Männern, dann war noch ein dritter im Spiel. Um sich abzulenken, fuhr Joshua nach der Messe ins Büro, lehnte aber ab, als ein neuer Mitarbeiter, der die letzten beim Einbruch durchwühlten Akten geordnet hatte, ihn zum Essen einladen wollte. Weder hatte Joshua Hunger, noch stand ihm der Sinn nach Gesellschaft. Allerdings ärgerte es ihn doch, dass er das Angebot derart gereizt abgelehnt hatte. Selbst eine zweimalige Entschuldigung reichte nach seinem Gefühl nicht aus, das wieder wett zu machen. Während des Nachmittages griff er mehrmals zum Telefon, schon drauf und dran, Paiges Nummer einzugeben und sich mit einem Vorwand bei ihr zu entschuldigen, weil er heute nicht vorbeikommen könne, da er in Arbeit praktisch ersticke. Das war noch nicht einmal gelogen. Es gab immer etwas zu tun. Sie würde dafür schon Verständnis haben.

Er brauchte Zeit. Eine Pause. Eine Möglichkeit, Druck abzubauen. Das war weder unverschämt noch zu viel verlangt, sondern im Gegenteil vernünftig. Als aber der Feierabend kam, steuerte Joshua seinen Jeep doch in Richtung Blockhaus.

Dort gehörte er hin. Wohin hätte er sonst auch fahren sollen? Heim in eine verwaiste Wohnung? Er liebte Paige, liebte sogar ihren Hund, und der war immer noch nicht wieder aufgetaucht.

Als das rustikale Haus am Ende der Zufahrt in Sicht kam, erfüllte ihn der Anblick mit Freude und Bangen zugleich. Hier hatten sie wunderschöne Zeiten erlebt, doch auch hier hatte sich etwas verändert. *Ob du wohl darüber hinwegkommst? Ob du das schaffst?*

Auf der Vorderveranda erschien Paige, ausgerüstet mit wetterfester Jacke, Wanderstiefeln, Taschenlampe und einem Papierbeutel Trockenfutter.

»War wohl nichts mit dem Tierheim, was?« Er gab ihr einen freundschaftlichen Kuss auf die Stirn. Sie hatte geweint, und er kam sich schrecklich mies vor. »Los«, forderte er sie auf und fasste sie beim Arm. »Heute Abend finden wir ihn. Ich hab's im Gespür.«

»Der muss inzwischen doch völlig ausgehungert sein!« Ihre Stimme war zittrig und ohne jede Kraft.

Wieder durchkämmten sie den Busch, auch das Gelände, das sie bereits abgesucht hatten. Einsam und verlassen tönte das Rascheln des eingetüteten Trockenfutters durch die Weite des Waldes.

Bei Eintreten der Dunkelheit kehrten sie zum Waldhaus zurück. Paige eilte ins Badezimmer, aus dem schon bald das Rauschen des Wasserhahns zu hören war. Joshua stand derweil verlegen im Wohnzimmer herum und wusste nicht recht, was er mit sich anfangen sollte. Gewiss, er hätte zu ihr gehen sollen, konnte jedoch nicht über seinen Schatten springen, seinen inneren Schweinehund nicht überwinden. Immerhin rang er sich, als Paige aus dem Badezimmer trat, ein paar tröstende Worte ab, doch sie schluchzte weiter, was sein mieses Gefühl noch verstärkte.

»Alles ist so ein Kuddelmuddel«, stöhnte sie und rieb sich mit der Faust durch die nassen Augen. »Klar, ich kann's jetzt nicht mehr ändern, aber gibt es denn überhaupt keine Möglichkeit, es irgendwie gutzumachen?«

Das wollte auch er. Er wies auf das Sofa, und beide setzten sie sich, dicht beieinander, doch ohne Berührung. »Kommt Zeit, kommt Rat, würde ich sagen«, bemerkte er. »Carolyn wird den Killer fassen, Lani wird wohlbehalten nach Hause kommen, und Parker auch.«

»Aber wir, Joshua!«, sagte sie und schniefte. »Was soll ich bloß tun, dass mit uns alles wieder ins Lot kommt?«

Er wusste, er ließ sich mit seiner Antwort zu viel Zeit, hätte ihr sagen sollen, es sei doch alles in Ordnung. Genau das wollte sie hören, das spürte er an ihrem gequälten Blick. Stattdessen biss er sich fest auf die Unterlippe und sagte schließlich: »Da gilt dasselbe. Zeit.«

Er hatte den Eindruck, als würde sie jeden Moment in Tränen ausbrechen, doch sie bewahrte die Fassung und bedachte ihn mit einem resignierten Nicken. »Möchtest du über irgendetwas reden?«, fragte sie.

»Hat sich ausgeredet«, erwiderte er und kam sich dabei erneut erbärmlich vor. »Außerdem läuft was im Fernsehen, das ich mir angucken wollte.«

36. Kapitel

In ihrem pflaumenblauen Kostüm wirkte Fallon McBride auf dem Fernsehschirm apart und professionell. Ihr schwarzes Haar war straff am oberen Hinterkopf zu einer Bananenrolle hochgesteckt, was ihren einzigen Schmuck, ein Paar kleine goldene Ohrringe, besonders zur Geltung brachte. Als Erstes stellte sie ihre Studiogäste vor, die rechts von ihr im Halbkreis auf Clubsesseln Platz genommen hatten.

Reverend William Buchan aus Salem, ein stattlicher Herr mit grauem Vollbart, war Geistlicher der amerikanischen Episkopalkirche. Neben ihm, gut einen Kopf kleiner, saß Dr. Farukh Khan, Professor für Weltreligionen an der Oregon State University zu Eugene. Am weitesten von der Moderatorin entfernt war Cassie Pepper, Exmitglied des Neuen Ordens der Engel und Heiligen. Man sah ihr an, wie verloren und unbehaglich sie sich in der Runde fühlte.

Paige wurde ganz flau im Magen. Sie hatte nicht die geringste Lust, sich das anzutun, jedenfalls nicht in Joshuas Gegenwart. War das seine Retourkutsche? Verstohlen musterte sie ihn von der Seite, doch seine Miene war undurchschaubar. *Präsentiert er dir jetzt seine Verflossene in deinem Wohnzimmer? Mit voller Absicht? Um dir deine unzähligen Verfehlungen heimzuzahlen? Ach, was befürchtest du eigentlich? Dass er beim Anblick dieser McBride zu sabbern anfängt wie ein halb verhungerter Straßenköter?*

»Fangen wir mit Ihnen an, Dr. Khan. Wie würden Sie den Begriff Sekte definieren?«

Hüstelnd führte der Professor die Fingerspitzen zur Unterlippe. »Eine *destruktive* Sekte«, hob er an, »hat im Grunde genommen zwei Zwecke: die Anwerbung neuer Mitglieder sowie das Sammeln von Spenden.«

»Sie betonen das Adjektiv ›destruktiv‹. Gibt es denn auch so etwas wie konstruktive Sekten?«

Khan lächelte und räusperte sich erneut. »Man könnte argumentieren, Organisationen wie die Zeugen Jehovas, die Scientologen oder auch die Mormonen wären als Sekten zu bezeichnen. Destruktiv würde man sie jedoch kaum nennen.«

Fallon wandte sich an den Geistlichen. »Spendensammeln – das gilt für viele gemeinnützige Gruppierungen ebenfalls, Reverend, und für etablierte Religionsgemeinschaften erst recht. Wo verläuft die Grenze zwischen Religion und Sekte?«

»Es gibt zahlreiche Unterscheidungsmerkmale«, sagte Buchan, dessen Augenlider fortwährend zwinkerten, selbst wenn er ganz ruhig über ernsthafte Dinge dozierte. Seine Stimme war voll und doch sanft. Paige konnte sich unschwer vorstellen, wie er von der Kanzel das Evangelium predigte, humorvolle Anekdoten zum Besten gab und mit seinem gütigen Gesicht und jenen fröhlichen Augen seine Schäfchen in den Bann zog.

»Oftmals dient die Beschaffung von Geldmitteln in Sekten lediglich als Vorwand. Statt die gesammelten Gelder zur Verbesserung der Lebensbedingungen zu verwenden und sich sozial im Sinne der Liebe zu allem Lebendigen zu engagieren, dienen die beschafften Spenden einzig und allein dazu, den persönlichen Reichtum des Sektenchefs zu mehren. Häufig behaupten diese Führer, sie hielten den Schlüssel zu einer höheren Wahrheit in Händen. Doch welche Wahrheit das ist, darüber lässt man die Mitglieder bewusst im Unklaren. In etablierten Religionen hingegen sind alle Lehrmeinungen und Texte jedermann zugänglich.« Nachdenklich kraulte sich der Reverend den Bart. »Ferner sind etablierte Religionsgemeinschaften bemüht, ihren Gläubigen zu helfen, auf dieser Welt zu leben, nicht aber sie zu verlassen. Außerdem wächst eine gesunde spirituelle Betätigung durch die Attraktivität der Glaubensrichtung und nicht durch aggressive Propaganda oder Mitgliederwerbung.«

Die Kamera schwenkte auf Khan, der an die Ausführungen seines Vorredners anknüpfte. »Will man einer herkömmlichen Religionsgemeinschaft beitreten, kann man sich vorher frei informieren und sich dafür oder dagegen entscheiden. Nach Prüfung und Bewertung der jeweiligen Glaubenssätze bindet man sich beispielsweise an eine Kirche. Bei einer Sekte können sich die Anhänger oft nicht sicher sein, auf was sie sich einlassen. Informationen werden wie Verschlusssachen behandelt und entsprechend Rang und Funktion nach dem Geheimhaltungsprinzip weitergegeben.«

Jetzt richtete sich die Kamera auf Cassie Pepper, mit ihrem zerknitterten Baumwollkleid und ihren langen Zöpfen der krasse Gegensatz zur gepflegten Eleganz der beiden männlichen Teilnehmer sowie der Moderatorin. »Cassie«, sagte Fallon McBride, »Sie waren früher Mitglied einer sektenähnlichen Gruppierung. Wie haben Millicent und Jerome Greene Sie für ihren Kult angeworben?«

»Haben sie gar nicht«, lautete die Antwort.

Es entstand eine Pause, in Sendezeit-Dollars gemessen sogar eine ziemlich teure, ehe Cassie mit ihrem dünnen Stimmchen weiterredete. »Jerome war ein Kollege von mir. In der Gärtnerei Pacifica. Immer freundlich, immer nett, sowohl zu uns Kollegen als auch zur Kundschaft. Und einen grünen Daumen hatte er. Er pflegte jedes noch so kranke Pflänzchen, bis es wuchs und gedieh wie zuvor.«

»Demnach sprach er Sie bei der Arbeit an?«

»Nein. Er hatte eine Philosophie: Lebe einfach, damit andere einfach leben können. Das hat mich echt beeindruckt.

Die Gruppe wuchs – nicht etwa, weil die Greenes Werbung betrieben hätten, sondern aufgrund ihres Wesens. Nach und nach trafen wir uns bei ihnen zum Essen, zum Gebet, zur Diskussion. Wir verstanden uns prächtig und diskutierten häufig nächtelang.«

»Wie oft fanden diese Treffen statt?«

»Sooft einem danach war. Es gab keinen festen Zeitplan. Hatte man abends frei, war man bei den Greenes willkommen. Das Essen wurde mitgebracht und geteilt.«

Die Moderatorin wollte es genauer wissen. »Einmal die Woche? Zweimal?«

»Normalerweise öfter. Ich ging aber hin, weil ich Lust dazu hatte. Weil es in der Gruppe so friedvoll zuging. Wenn ich dort war, fühlte ich mich geborgen und glücklich.«

»Sehr typisch für Sekten im Anfangsstadium«, warf Khan ein. »Es handelt sich um das sogenannte ›*Love bombing*‹, das ›Bombardieren mit Liebe‹. In der Phase der Anwerbung werden die neuen Mitglieder intensiv umschmeichelt und mit euphorischen Glücksgefühlen quasi bombardiert, sodass sie mit der Zeit den Eindruck gewinnen, sie könnten ohne die Gemeinschaft nicht mehr existieren. Dies geschieht unterschwellig, in kaum erkennbaren Schritten – nicht auf die aggressive Tour, sondern eher wie eine Verführung –, bis die Angeworbenen gesellschaftlich isoliert sind. Am Ende geraten andere Bindungen, etwa zur Familie, zu Freunden oder gar der Beruf, in Gefahr.«

»So war das nicht!«, protestierte Cassie pikiert. »Ich kam und ging, wie es mir passte. Konnte besuchen, wen ich wollte. Das galt für uns alle.«

Der Professor wirkte keineswegs überzeugt.

Fallon McBride wandte sich an den Geistlichen. »Was Cassie uns da geschildert hat, dieses Gefühl des Friedens und der Genügsamkeit in der Gruppe – suchen wir das nicht alle? Ein

Gemeinschaftsgefühl? Mitglieder konventionellerer Religionsgemeinschaften behaupten, sie fänden diese Art Trost in ihrem Glauben. Wie unterscheidet sich das von der Erfahrung eines Sektenmitglieds?«

Der Reverend setzte sich kerzengerade hin, die Hände energisch auf den Knien. »Trost und Kraft, richtig. Danach streben wir alle, suchen nach Wegen, sie zu erreichen. Sekten hingegen fördern Zelotismus, einen extremen Glaubenseifer, einen gefährlichen Fanatismus, bei dem Intoleranz gegenüber allen außerhalb der Gruppe die Norm wird. Mit der Zeit zeigen Mitglieder einer Heilslehre gewöhnlich Mangel an Mitgefühl und Einfühlungsvermögen. Ihr Gehorsam und ihre Loyalität gehören einem charismatischen Übervater und messianischen Heilsbringer; das Gewissen des Einzelnen wird bedeutungslos und verkümmert zuletzt ganz. Wie Professor Khan bereits andeutete, entsteht zudem ein beträchtliches Maß an Paranoia, was Außenstehende betrifft.«

»Ganz recht«, bestätigte der Genannte. »Und dieses nächtelange Diskutieren, von dem Ms. Pepper vorhin sprach, ist nur eine jener Indoktrinationsmethoden, mit denen man das bisherige Wertesystem zersetzt und die Angeworbenen noch gefügiger macht. Schlafentzug, Fasten beziehungsweise proteinarme Nahrung, Selbstbeschränkung und andere Formen der Reizunterdrückung führen unter Umständen zu einem tranceähnlichen Zustand, in dessen Verlauf die Neulinge manipulierbarer und willfähriger werden. Dadurch lassen sich die erlernten Wertevorstellungen umformen und ein neuer Realitätssinn einpflanzen. Dabei bedarf es nicht einmal körperlichen Zwangs. Es reicht, wenn soziale Ausgrenzung oder der Verlust der wirtschaftlichen Existenz drohen, die Furcht, von anderen Mitgliedern verspottet zu werden. Alle diese Praktiken gelten in unterschiedlichen Zusammenhängen vor dem Gesetz als Nötigung. Der oder die Angeworbene ist sich jedoch unter Umständen gar nicht bewusst, dass solche Methoden angewandt wurden.«

»Ich kann nur für unsere Gruppe sprechen«, betonte Cassie Pepper. »Wir waren keine gleichgeschaltete Clique von Spinnern. Nie gab es Einschüchterungsversuche, nie Strafen. Weder wurde zu irgendeiner Zeit Geld von uns verlangt noch uns vorgeschrieben, über was oder wen wir reden durften. Wir waren bloß eine Gruppe von Gleichgesinnten, die ihrem Leben einen besseren Sinn verleihen wollten.«

Beim Anblick von Cassies zerknittertem Kleid mit dem verschossenen Blümchenmuster krampfte sich alles in Paige zusammen. Als Kind sah ich genauso aus!, fuhr es ihr durch den Kopf. Und die Mitschüler zeigten mit Fingern auf mich und nannten mich eine Schrulle. Obwohl Ende zwanzig, trug Cassie nicht mal den Hauch von Make-up, dafür aber weiße Söckchen und Riemchenschuhe – eine Schulmädchen-Uniform.

»Genau das, was Ms. Pepper uns da schildert, ist ein verbreitetes Merkmal von Angehörigen einer Sekte.« Farukh Khan schlug die Beine übereinander. »Der überwältigende Drang, die Welt zu verbessern. Menschen, die einer Heilslehre verfallen, befinden sich in ihrem Dasein häufig in einem Übergangsstadium. Sie sind wissensdurstig, idealistisch und wie Ms. Pepper überdurchschnittlich intelligent. Solche Menschen lassen sich wirkungsvoll anwerben, indem man sie mit pseudointellektuellen Ideen und Philosophien ködert. Wir alle empfinden es doch als schmeichelhaft, wenn man uns das Gefühl vermittelt, zu einer Elite zu gehören, nicht wahr? Zu den Insidern.«

Paige ertappte sich dabei, wie sie nickte. Wie wäre ihr Leben wohl verlaufen, wenn sie nicht früh genug gemerkt hätte, dass sie zu einem ausgegrenzten Sonderling wurde?

»Eben sprach Reverend Buchan von Loyalität«, fuhr die

Moderatorin fort. »In etablierten Glaubensgemeinschaften haben wir Initiationsriten, durch die die Kandidaten als Vollmitglieder in eine Gemeinschaft aufgenommen werden. Konfirmation bei den Protestanten, Bar-Mizwa im Judentum … Cassie, gab es bei Ihnen ein Ritual, um Gefolgschaft gegenüber den Greenes oder der Gruppe zu demonstrieren?«

Paige schluckte und spürte, wie es sie kalt überlief. Es wäre ihr lieber gewesen, Joshua wäre gegangen. Möglich, dass Cassie sich nicht wie ein Spinner vorkam, aber Paige tat es. Auf dem Bildschirm sah Cassie so aus, als wäre sie am liebsten im Erdboden versunken. Die Frage behagte ihr offensichtlich nicht.

»Ich würde sagen, was wir taten, geschah aus freien Stücken«, erwiderte die junge Frau, angestrengt darauf bedacht, möglichst viel Selbstbewusstsein in ihre Stimme zu legen. »Wir wurden nie gegen unseren Willen gezwungen, an etwas teilzunehmen.«

»An etwas? Um was handelte es sich? Um ein Ritual?«

Cassie starrte auf ihren Schoß. Wieder verstrich kostbare Sendezeit. Schließlich sagte sie: »Einige von uns erklärten sich bereit, sich indoktrinieren zu lassen. Es war eine wunderschöne Erfahrung.«

»Könnten Sie unseren Zuschauern so ein Indoktrinationsritual beschreiben?«

»Wenn einem danach war«, hob Cassie hervor, »wandte man sich persönlich an Millicent oder Jerome und drückte sein Interesse aus, noch vollkommener im Glauben zu werden. Daraufhin wurde man mit verbundenen Augen zu einem geheimen Ort gebracht. Dort wurde die Augenbinde entfernt, und man kletterte über eine Strickleiter hinunter in ein tiefes Loch. Man erhielt Brot und Wasser für drei Tage sowie Taschenlampe und Bibel. Von Freitagabend bis Sonntagnacht blieb man in diesem Loch und erfuhr dort, versehen nur mit diesen kärglichen Dingen, die reinste Form des Lebens. Ich war nach dieser Erfahrung ein anderer Mensch. Materieller Besitz bedeutet mir nichts mehr. Ich lege keinen Wert mehr auf allen möglichen Firlefanz, sorge mich nicht länger um belanglose Kleinigkeiten. Ich weiß, dass ich einfach leben kann, und bin den Greenes dankbar dafür, dass sie mich das gelehrt haben.«

»Und Sie würden alles für sie tun.«

»So würde ich das nicht sagen. Nicht Jerome und Millicent schuldete ich Gefolgschaft, sondern Gott.«

Fallon blickte voll in die Kamera. »Neue Religionen – Heilslehren oder Humbug?«

Paige stand auf. »Mir reicht's«, sagte sie zu Joshua. »Ich gehe schlafen.« Noch beim Hinausgehen hörte sie: »Seraphina Greene, die Tochter der Sektenführer Millicent und Jerome Greene, lehnte jede Stellungnahme zu dieser Sendung ab.«

Als Joshua gut zwanzig Minuten später ins Schlafzimmer kam, lag Paige im Dunkeln, immer noch wach und krampfhaft bemüht, Fallon McBrides Talkshow aus ihrem Denken zu verbannen.

»Ich fühle mich irgendwie unruhig«, sagte er, wobei er sich über sie beugte und ihr ein paar Strähnen aus der Stirn strich. »Ich glaube, ich gucke noch mal nach Parker.«

Paige stemmte sich auf einen Ellbogen hoch. »Wie spät ist es denn?«

»Kurz nach elf.«

»Warte, ich komm mit.«

»Nein. Du bleibst hier. Ruh dich aus. Ich bin sofort zurück.«

Von Verzweiflung übermannt, hörte sie, wie die Haustür ins Schloss fiel. Joshua wollte nicht bei ihr sein, wollte nicht bei ihr schlafen. Sein ritterliches Verhalten bedeutete vermutlich nur, dass er sie möglichst schonend abservieren wollte oder einen Rückzug in wohlüberlegten Schritten plante. Letzten Endes wäre es darauf hinausgelaufen, dass Paige diejenige war, die ihre Beziehung gezwungenermaßen für offiziell beendet erklären musste. Sie hatte ihre Geheimnisse eben zu lange gehütet, und nun schwebte die Wahrheit zwischen ihnen wie dicker, orangefarbener Smog.

Sie ließ sich zurück in die Kissen sinken und zog sich die Decke bis unters Kinn. Sie weinte nicht, verbiss sich die Tränen mit aller Macht, denn einmal angefangen, würde der Tränenstrom nicht versiegen.

Kurz nach Mitternacht pochte es an der Schlafzimmertür. Paige musste wohl in einer ersten leichten Phase des Schlafes gewesen sein, denn ihr war, als höre sie eine Frauenstimme. Nun komm schon, Tiefschlaf!, mahnte Paige sich. Ich bin hundemüde!

Plötzlich stand Carolyn im Schlafzimmer. »Nicht erschrecken, Paige, ich bin's, Carolyn. Josh hat Parker gefunden.«

Paige zuckte hoch. »Wo? Wo sind sie?«

»Joshua hat den Hund in die Tierklinik gefahren. Könnte sein, dass Parker sich ein Bein gebrochen hat.«

Parker? Ein Bein gebrochen? Und Joshua fährt ohne Bescheid zu geben zum Tierarzt?

Sie kroch aus dem Bett, riss ihre Jeans vom Türknauf des Kleiderschranks und zwängte sich in die Hosenbeine. *Was sucht seine Schwester eigentlich hier?*

Sie streifte sich ein Sweatshirt über die Schlafanzugjacke. »Warum hat er mich denn nicht mitgenommen? Es ist doch mein Hund!«

»Immer mit der Ruhe, Paige. Beide werden bald zurück sein. Sobald Parker untersucht wurde. Aber ich muss dir ein paar Fragen stellen.«

Das war doch verrückt! Sie musste zu ihrem Hund! Parker war bestimmt total verängstigt. Und falls er verletzt war, biss er möglicherweise zu, wenn Fremde ihn anfassen wollten. »Deine Fragen werden wohl warten müssen, Carolyn.«

Joshuas Schwester versperrte ihr den Weg. »Es geht um den Fundort des Hundes«, sagte sie. »Er … äh, Joshua hat noch etwas anderes gefunden.«

37. Kapitel

Wie ihr Bruder, so hatte auch Carolyn die steinerne Miene perfektioniert. Paige versuchte zu ergründen, was hinter all den Fragen steckte und warum Carolyn wissen wollte, wie lange das Grundstück ihrem Onkel gehört hatte. Aber es war vergebens. Die Gesichtszüge verrieten nichts.

»Onkel Spence hatte das Anwesen als Kapitalanlage erworben. Es gehörte ihm, solange ich ihn kenne. Bitte, Carolyn, können wir das nicht auf später verschieben? Ich muss zu Parker!«

»Dein Hund ist bei Joshua in guten Händen«, erwiderte Carolyn energisch.

Der Duft kräftigen Kaffees durchzog die Küche. Einen Tick verärgert, weil Joshuas Schwester einfach die Schränke nach Zucker, Kaffeebechern und Löffeln durchsuchte, hatte Paige zunächst abgelehnt. Das Rumoren und Klappern, so ihre Überzeugung, sollte bewusst der Ablenkung dienen. Dennoch goss sie, als Carolyn ihr einschenkte, etwas Milch in ihren Kaffee und nahm am Ende doch einen Schluck.

Carolyn setzte sich zu ihr an den Küchentisch und schlug eine neue Seite in ihrem Notizblock auf. Namen und Adresse des Pflegeheims, in dem Paiges Onkel wohnte, hatte sie sich bereits notiert. »Wie alt ist er?«

Paige überlegte kurz. »Siebenundsechzig. Den Schlaganfall bekam er direkt nach seinem dreiundsechzigsten Geburtstag. Ich war damals ungefähr drei Monate aus Europa zurück. Carolyn …«

»Du kannst gleich zu deinem Hund, Paige. Versprochen. Bloß noch einige Fragen. Hat dein Onkel dir gegenüber mal irgendwas über das Anwesen verlauten lassen? Etwas Außergewöhnliches?«

»Einen vergrabenen Familienschatz etwa? So was in der Art? Nein«, sagte sie, als Carolyn nicht lachte. »Er hat mir einfach das Haus zur Nutzung überlassen. Irgendwann würde es mir ja sowieso gehören, meinte er.«

»Glaubst du, er ist geistig voll auf der Höhe?«

»Jetzt reicht's.« Paige war nun mehr als verärgert. »Du sagtest, Joshua hätte etwas gefunden. Was?«

»Einen Luftschutzkeller«, antwortete Carolyn nach kurzem Zögern. »Eher einen primitiven Bunker. Mit einer Klappe aus dünnen Brettern über einem etwa ein Quadratmeter breiten Zugang. Mag sein, dass dein Onkel vorhatte, später eine feste Tür einzubauen. Eine, die einer Bombenexplosion standgehalten hätte. Aber die Latten über dem Eingang waren total morsch. Durchgefault. Da ist Parker eingebrochen.«

Ein Luftschutzraum! Zu Zeiten des Kalten Krieges aufgewachsen, gehörten Paiges Eltern und ihr Onkel zu jener Generation Amerikaner, die mit den damals verbreiteten, drillartigen Schutzübungen für den Fall eines atomaren Angriffes groß geworden war. Sie erinnerte sich noch an die Berichte ihres Vaters über die Atomhysterie und deren Höhepunkt in den 50er-Jahren, als man überall in den USA das Verhalten bei nuklearen Angriffen trainierte. In den Schulen zum Beispiel gingen die Schüler beim Ertönen der Luftschutzsirenen sofort unter den Schultischen in Deckung, machten sich so klein wie möglich und legten sich schützend die Arme über den Kopf. Als Lehrfilme dienten Wochenschauberichte über Hiroshima und die verheerende Wirkung der Atombombe. Diese Weltuntergangsstimmung hatte sich wohl bei ihrem Onkel festgesetzt. Bei einem Bombeneinschlag, so hatte er damals doziert, habe man zehn Sekunden Zeit, sich zu schützen: Runter, zusammenkauern, am besten feste Deckung aufsuchen, dort Hitze- und Druckwelle abwarten, möglichst hinter Beton, weil der im Gegensatz zu einer Ziegelmauer nicht von der Sogwelle zerlegt werde. Ein Regen aus Schutt und Glassplittern werde daraufhin um einen herum niedergehen. An diesem Punkt seines Vortrages schritt aber seinerzeit Paiges Mutter ein, die ihren Bruder energisch zurechtwies. Die Welt sei schon schlimm genug; da müsse er sie nicht noch schlimmer machen, indem er seiner Nichte Albträume beschere.

Die Existenz des Luftschutzbunkers an sich überraschte Paige also nicht. Vermutlich hatte Onkel Spence geglaubt, er könne auf diese Weise ruhiger und sicherer leben. Das Erstaunliche war vielmehr, dass er nie ein Sterbenswörtchen davon erzählt hatte.

Sie rieb sich die Stirn. Das war doch bestimmt noch nicht alles! »Was verschweigst du mir? Joshua hat Parker gefunden. Verletzt. Er hätte zum Haus zurückkommen und mich holen können, damit wir den Hund gemeinsam bergen. Stattdessen alarmiert er dich. Wieso?«

»Wegen des Luftschutzbunkers.«

»Und wo genau ist der? Kann ich den sehen?«

»Leider nicht. Er ist bereits abgesperrt.« Carolyn fixierte sie musternd. »Ist nämlich ein Tatort.«

Paige packte das kalte Grausen. Carolyns festen Blick auf sich spürend, versuchte sie fieberhaft, klaren Kopf zu bewahren, obwohl die Welt um sie herum offenbar in den Wahnsinn abkippte. »Das kann nicht sein! Ich wohne jetzt an die vier Jahre hier. In der Zeit ist nichts vorgefallen … Ich habe nichts Verdächtiges gehört oder bemerkt. Tatort? Was für eine Tat soll da passiert sein?«

Carolyn schenkte Kaffee nach und nahm, bevor sie auf Paiges Frage einging, einen ausgiebigen Schluck des siedend heißen schwarzen Gebräus. »In dem Bunker liegen Knochen, Paige. Menschliche Gebeine.«

38. Kapitel

Paiges Wiedersehen mit Parker war eher bitter denn süß. Der Anblick ihres Labradors mit geschientem und mullumwickeltem Vorderlauf tat ihr in der Seele weh, und mit ansehen zu müssen, wie er von Joshua hereingetragen wurde und dann im Haus herumhumpelte, war regelrecht eine Qual. Sie hätte dem armen Kerl liebend gern weiteren Stress erspart, doch diese Hoffnung wurde durch das Erscheinen von Fallon McBride zunichte gemacht.

Die lange Zufahrt zum Haus stand bereits voller Fahrzeuge. Tummelten sich seit knapp einer Stunde Polizisten, Gerichtsmediziner sowie Heerscharen von Kriminaltechnikern auf dem Gelände, so kreuzte zu allem Überfluss auch noch Fallon McBride in ihrem Chrysler Cabrio auf. Eine zweite, mit einer Kamera bewehrte Frau stieg auf der Beifahrerseite aus und schwenkte einmal über die Vorderfront des Gebäudes, dicht gefolgt von Fallon, die ihr zeigte, was sie aufnehmen sollte. Verborgen hinter schweren Übergardinen, sah Paige den beiden zu. Sie konnte nur hoffen, dass sie nicht anklopfen würden. Für die McBride war die Sache vermutlich ein gefundenes Fressen. Man konnte sich lebhaft vorstellen, was in ihrem Kopf vorging.

Um deine Freundin herum wimmelt es ja regelrecht von Leichen, was, Josh? Hat sie nicht auch den abgetrennten Fuß im Naturpark gefunden? Und jetzt, kaum zwei Wochen später, wird auf ihrem Grundstück ein Skelett gefunden? Du kennst ja den Spruch von Rauch und Feuer.

Im Grunde befand die McBride sich widerrechtlich auf

dem Gelände. Paige wusste, sie brauchte bloß kurz aus dem Fenster zu gucken und der Reporterin zu sagen, sie solle gefälligst verduften. Eine Arbeit weniger für die Polizei. Allerdings war ihr klar, dass die Frau mit der Kamera dann in Sekundenschnelle eine Aufnahme gemacht hätte. Und die Story dazu würde die McBride sich schon zusammenschustern. Paige blieb in der Deckung des Vorhangs. Über sich hörte sie das Knattern eines Hubschrauberrotors.

Fallon bemerkte Joshuas Jeep und blickt nochmals mit gerunzelter Stirn zum Haus hinüber. Schon auf dem Weg zur Haustür, fiel ihr dann wohl etwas auf, das ihr offenbar wichtiger erschien. Paige folgte ihrer Blickrichtung nach Osten hin, wo soeben ein Grüppchen Kriminaltechniker mit Spurensicherungsbeuteln über den Rasen marschierten.

Einer der uniformierten Beamten drängte Fallon McBride höflich aus dem Weg, den Kopf dabei leicht schräg geneigt, als höre er ihr zu. Die Polizei, so nahm Paige an, würde sich der Presse gegenüber so mitteilsam wie möglich zeigen, der McBride gerade so viel stecken, dass sie damit ein paar Absätze für die morgige Ausgabe zusammenfassen konnte, und sie ansonsten hoffentlich auflaufen lassen.

Carolyn schritt quer über die Einfahrt und trat nach kurzem Anklopfen ein. »Paige? Möchtest du dich der Presse stellen? Fallon McBride vom *Examiner* ist hier. Ich würde dir abraten.«

»Die soll hier bloß verschwinden!«

»Jawohl, recht so, Mädel!«

Binnen weniger Augenblicke setzte die McBride ihr Cabrio zurück, wendete und fuhr davon. Paige sah sie noch gestikulierend in die Richtung zeigen, in der Stan Gardners Anwesen lag. Das bot sich jetzt natürlich als nächster Schritt an: dass Fallon sich an den Nachbarn schadlos hielt. Allerdings ging Paige davon aus, dass wohl kein Journalist, nicht einmal

Fallon, sich getraut hätte, Stan Gardner um diese vorgerückte Stunde noch aus dem Bett zu klingeln – nur um sich zu erkundigen, was er davon hielt, eine Seraphina Greene als Nachbarin zu haben. Zumal jetzt, da man menschliche Überreste auf ihrem Anwesen gefunden hatte.

»Es könnte durchaus noch einen Tag so verrückt weitergehen wie jetzt«, mahnte Carolyn. »Wir müssen alles dokumentieren und fotografieren, ehe wir die Knochenreste aus dem Loch bergen und den Bunker versiegeln können, damit niemand zu Schaden kommt. Die Spurensicherung macht bei Tagesanbruch weiter; dann wird dein Grundstück hoffentlich morgen Abend skelettfrei sein.« Es war der klägliche Versuch, die Sache mit Humor zu nehmen. Carolyn selbst war die Einzige, die sich zu einem Lächeln durchrang.

Gemeinsam leerten sie zwei Kannen entkoffeinierten Kaffee, wobei Carolyn von Stunde zu Stunde mehr in Fahrt kam, so als habe sie Hochleistungskraftstoff getankt. Sie befragte auch ihren Bruder. Wie er denn auf den Bunker gestoßen sei, wollte sie wissen. Hatte er Hundegebell gehört? Weshalb war er überhaupt nach draußen gegangen? Und wieso hatten er und Paige das Bellen nicht gehört? Den Bunker nicht gefunden? Sie hatten zuvor doch nächtelang nach Parker gesucht!

Er habe nicht schlafen können, erklärte Joshua. Er habe den Hund vermisst, und weil er wusste, wie aufgewühlt Paige wegen Parker war, habe er ihn suchen wollen, diesmal in einer anderen Ecke des Anwesens als die anderen Male. Die sei dicht bewaldet und unwegsam, ein Vorwärtskommen schwierig, wie seine zerkratzten Beine bewiesen. Gebellt hatte Parker zwar nicht, aber er, Joshua, hatte sein Winseln gehört, das hohe, klägliche Jaulen eines leidenden Tieres. Dem Geräusch folgend, war er dann auf das Loch gestoßen, hatte hineingeguckt, den braunen Labrador neben dem intakten Skelett erblickt und prompt Carolyn alarmiert.

Wäre er selbst ausweglos in das Loch geraten, dazu noch mit dem Ding darin, dann, so Joshua, hätte er wohl ebenfalls das Jaulen gekriegt.

Carolyn hatte auch noch weitere Fragen an Paige. Seit ihrem Einzug in das Haus ihres Onkels – hatte sich da vielleicht irgendjemand auf dem Grundstück herumgetrieben? Und seien es auch nur ein paar Oberstufenschüler, die eine Busch-Party feierten? Hatte sie bei ihren Spaziergängen mit Parker leere Schnapsflaschen oder Bierdosen gefunden? Kondome? Klammern für die Kippe von einem Joint?

Nein. Nein. Nichts, nichts und wieder nichts.

Am liebsten hätte Paige ihre Antworten laut hinausgeschrieen, ihre Erschöpfung, ihren Frust, alles, was ihr an den Nerven zehrte. Nur: Sie hatte ihre eigenen Fragen.

Wie lange lagen die Gebeine schon dort? Was war nach Ansicht der Polizei geschehen? Carolyn konnte beides nicht beantworten. Dann waren da noch die Fragen, die Paige zwar durch den Kopf geisterten, die sie aber nicht laut äußerte: Warum ausgerechnet hier? Warum ich? Und wann, verdammt noch mal, verläuft mein Leben wieder in normalen Bahnen?

Carolyn verabschiedete sich um vier Uhr morgens. Gleich im Anschluss daran schickte Paige auch Joshua nach Hause. Mit ihr sei alles in bester Ordnung, versicherte sie ihm; sie wolle ganz einfach nur bei Parker sein, ihrem Hund die so lang vermisste Zuwendung geben.

Und mich bemitleiden möchte ich auch. Geht leichter, wenn du nicht da bist.

Wie versprochen kehrte der Spurenspezialist von der Kriminaltechnik bei Tagesanbruch zurück, beobachtet von Paige, die vom Wohnzimmerfenster aus sein Kommen und Gehen verfolgte. Nur ein Mal verließ sie das Haus, um die Zufahrt hinunterzugehen und die Zeitung aus dem unten an der Straße angebrachten Briefkasten zu holen. Am Fuße des Kiesweges parkte ein Lieferwagen des *Examiner*, zwar weit genug vom Schild »Privatgrundstück! Betreten verboten!« entfernt, aber eben doch unangenehm nahe. Hinter dem Steuer saß dieselbe Kamerafrau, die Paige noch am Vortage auf dem Grundstück gesehen hatte. Offenbar wartete sie auf eine Gelegenheit, jemanden mit einem Leichensack voll alter Knochen zu fotografieren oder gar Paige persönlich.

Den Blick zu Boden geschlagen, stülpte sich Paige die Jackenkapuze über den Kopf, wandte sich rasch ab und hoffte, dem Weib auf diese Weise die Chance vermasselt zu haben.

Mochte sich Paige auch erfolgreich einer direkten Aufnahme entzogen haben – das entscheidende Gefecht mit der Presse verlor sie gleichwohl: Unter der Schlagzeile »Skelettfund auf hiesigem Anwesen« erschien ihr Name auf der Titelseite. Schlimm genug, dass jemand auf dem Gelände ihres Onkels zu Tode gekommen war, und schlimm auch, dass Paige wohl nun eine weitere Runde Fragen und neugieriger Blicke vonseiten ihrer Bekannten über sich würde ergehen lassen müssen. »Verblüffende Wende in einer an sich schon spannenden Story: Bei der gegenwärtigen Eigentümerin des Grundstückes handelt es sich um Seraphina Greene, die vor einigen Jahren ihren Namen änderte und sich seitdem Paige Rowan nennt. Ms. Rowan ist die Tochter der verstorbenen Millicent und Jerome Greene, Mitbegründer des Neuen Ordens der Engel und Heiligen, jener Sekte, die von der Autorin kürzlich in einer TV-Dokumentation vorgestellt wurde.«

Der Teufel soll dich holen, Fallon!

Fallons Titelseitenkracher führte dazu, dass sich auch andere Reporter nach und nach aus der Deckung wagten. Paige sah sich gezwungen, telefonische Interviews verschiedener Lokalzeitungen abzuweisen, darunter auch vom Register Guard in Eugene, der Heimatstadt ihrer Eltern. Höflich, aber bestimmt beschied sie allen Anrufern: »Kein Kommentar, keine Interviews.« Erst als Fallon McBride es zum dritten Mal versuchte, brach Paige schließlich in Tränen aus. Zuvor allerdings knallte sie dermaßen aufgebracht den Hörer auf die Gabel, dass sie hoffte, die neue Starreporterin des *Examiner* möge ein Knalltrauma davontragen.

Als der Montagmorgen heranrückte, fühlte sich Paige total zerschlagen. Parker, der ihr wie ein Schatten von Zimmer zu Zimmer folgte, wirkte so hilflos und jämmerlich, dass sie ihn nur äußerst ungern allein gelassen hätte, und sei es auch bloß für ein paar Stunden. Joshua war im Büro, und da sie beim besten Willen nicht wusste, wen sie sonst noch hätte anrufen können, wählte sie Lukes Nummer. Wegen des schlechten Wetters hatte er kein Pläne für seinen freien Tag und brannte regelrecht darauf, den Hundehüter zu spielen, zumal auf einem Anwesen, auf dem man eine Leiche gefunden hatte. Paige musste dringend ihren Onkel aufsuchen und war froh, dass Luke ihr die Fragen ersparte, die ihm nach ihrer festen Überzeugung im Kopfe herumspuken mussten.

»Bier ist im Kühlschrank«, teilte sie Luke mit, wobei sie dem todtraurigen Blick ihres Hundes auswich. »Und im Hochschrank über dem Küchenherd findest du Salzbrezeln. Hundesitterverpflegung. Bis zum Abendbrot müsste ich zurück sein.«

»Nimm's nicht so schwer«, riet Luke. »Parker und ich schaffen das schon. Und dir wird's auch wieder gut gehen. Schon bald.«

In meinem Leben läuft überhaupt nichts gut!, dachte sie verbittert, als sie die Haustür hinter sich schloss und zu ihrem Kombi ging.

Das Pflegeheim namens Wellington Lodge, in dem Spencer Rowan wohnte, war ein sechseckiges Gebäude im Norden von Portland. Paiges Onkel logierte in einer geräumigen Ecksuite im zweiten Stock mit schönem Blick auf den Gartenhof. Ausgestattet war sie mit allerlei Andenken an Spencers Natur- und Freilufthobbys. In der Ecke neben der Eingangstür standen eine antiquierte Angelrute sowie ein Paar schwarze Gummistiefel. An der Wand hing ein mit zusammengerollten Illustrierten vollgestopfter Fischkorb. Hölzerne Entenattrappen thronten auf einer breiten Fensterbank. Manchmal fragte sich Paige allen Ernstes, ob ihre Eltern wohl ihre Geburtsurkunde gefälscht hatten und sie womöglich in Wirklichkeit die Tochter von Onkel Spence war. Als Neunjährige hatte sie ihn bei einem Ausflug einmal danach gefragt.

»Nee, Engelherzchen«, hatte er gesagt. »Aber gewünscht hätte ich's mir schon, dass du meine Tochter wärst. Lieb genug hätte ich dich dafür.«

Sie wusste noch, wie enttäuscht sie damals war. Danach hatte sie sich jahrelang eingebildet, Onkel Spence habe ihr die Wahrheit bewusst vorenthalten, weil er glaubte, seine Nichte sei noch zu klein dafür. Er hatte Paige immer weit nähergestanden als ihre Eltern, denen die Beschäftigung mit Gott wichtiger war als die eigene Tochter.

Onkel Spence saß am Fenster in einem hölzernen Schaukelstuhl von der Art, wie ihn auch Präsident Kennedy seinerzeit besaß. Aus der kleinen Musikanlage klangen Vivaldis *Vier Jahreszeiten*. Wie immer bei ihren Besuchen, so musste Paige auch diesmal dem Drang widerstehen, ihren Onkel kurzerhand aus seinem Schaukelstuhl zu reißen und zurück in sein heiß geliebtes Blockhaus zu entführen. Sie hätte ihn liebend gern gepflegt, und eigentlich musste es auch eine Möglichkeit geben, seine Pflege zu übernehmen. Die gegenwärtige Situation passte ihr ganz und gar nicht. Ihr Onkel, so Paige, war in diesem Heim fehl am Platze.

»Ich bin's, Onkel Spence!«, rief sie.

Er drehte sich um und lächelte. »Tag, Engelherzchen!«

Seit seinem Schlaganfall neigte er zu Stürzen, weil es ihm schwerfiel, Entfernungen korrekt abzuschätzen. Frustrierend für das Pflegepersonal, aber auch typisch für Schlaganfallpatienten mit Beeinträchtigung der rechten Körperhälfte war, dass er hartnäckig darauf beharrte, es gehe ihm gut, er könne auch ohne Gehhilfe das Gleichgewicht halten und vermutlich sogar noch Auto fahren, so man ihn denn ließe. In Anbetracht seines eingeschränkten räumlichen Vorstellungsvermögens wurde es für ihn jedoch zu einer ausgesprochenen Sisyphusarbeit, sich ein Hemd zuzuknöpfen oder die Schuhe zu schnüren, was ihn wiederum in Depressionen stürzte. Früher stets einer, der sich mit Begeisterung ins Getümmel des Lebens stürzte, wohnte er nunmehr in einer wirren und feindseligen Welt, aus der ihn Paige liebend gern herausgeholt hätte.

Sein Kurzzeitgedächtnis war gleichfalls hinüber, doch dass ihr Onkel häufig vergaß, was er zum Frühstück gegessen hatte, störte Paige nicht. Sein Erinnerungsvermögen an länger zurückliegende Zeiten war jedenfalls so scharf wie eh und je. Und darauf kam es bei ihrem heutigen Besuch an.

»Wie geht's meinem Lieblingsonkel?«, fragte sie und küsste ihn auf die rechte Wange.

»Jetzt besser«, sagte er, wobei er den Arm ausstreckte, um den CD-Spieler leiser zu stellen. Die Finger griffen jedoch ins Leere, und es bedurfte mehrerer Versuche, ehe sie endlich den Regler zu fassen bekamen.

Paige, die so tat, als bekäme sie von alldem nichts mit, zog sich den heimeigenen Sessel heran und rückte ihn etwas seitlich versetzt direkt vor ihren Onkel. »Du, Onkel Spence«, begann sie, »ich brauche mal wieder deine Hilfe.«

»Ist was mit dem Haus?«

»Mit dem ist alles okay, nur ...« Sie hielt inne und ergriff seine Hände. Die Lähmung, die seit dem Schlaganfall die Muskeln verkrampft hatte, war beinahe weg. Seine Hände lagen entspannt in den ihren.

»Auto läuft auch gut?«

»Das läuft astrein. Onkel Spence – was kannst du mir über den Luftschutzbunker sagen? Den auf dem Grundstück?«

Er brach in ein schallendes, herzhaftes Gelächter aus. Normalerweise hätte sich Paige riesig gefreut, ihren Onkel in dieser Umgebung lachen zu sehen. Heute indes fand sie sein Lachen wenig angebracht. Ihr Leben war völlig aus den Fugen geraten, und dann auch noch dieses Loch mit einem Skelett darin auf dem Gelände ihres Onkels! Lustig war das wirklich nicht.

»Ach, der!«, prustete er schließlich.

»Hast du den bauen lassen?«

»Ich doch nicht!«, protestierte er. »Das Ding hätte ja nicht mal 'nem ordentlichen Furz standgehalten! Nee, den haben die Vorbesitzer eingerichtet. Wieso die den nicht besser auf die Reihe gekriegt haben, weiß ich nicht.«

»Wann warst du denn das letzte Mal dort?«

Er schlug die Augen zur Decke. »Ich war nur zwei Mal drin«, brummte er, den Blick wieder auf seine Nichte gerichtet. »Einmal direkt nach dem Kauf, und dann noch mal, als ich ihn deinen Eltern zeigte.«

»Die wussten davon?«

Eine dunkle, grausige Ahnung befiel sie. Im Grunde hatte sie nichts davon hören wollen, es aber doch irgendwie schon gewusst. Carolyn zufolge waren bei den Gebeinen noch weitere Gegenstände gefunden worden: drei Wasserkannen aus Plastik, eine Taschenlampe und eine Bibel.

»Bin mit ihnen über 'ne Strickleiter runtergeklettert. Hat mich überrascht, weil deine Mutter ja sonst nicht eben die Forscheste war. Aber der Bunker hatte es ihr offenbar echt angetan.«

»Onkel Spence, war die Polizei schon bei dir?«

»Die Polizei?« Man merkte förmlich, wie es in ihm arbeitete. Falls er von Carolyn oder einem der anderen Kripobeamten befragt worden war, konnte das nur gestern gewesen sein. Daran erinnerte er sich vermutlich nicht mehr. »Was sollte denn die Polizei von mir wollen?«

Würde es etwas bringen, es ihm zu sagen? Er hatte ja mit dem Skelett nichts zu tun. Doch wer damit zu tun hatte, das war ihr klar. Bei dem Gedanken wurde ihr speiübel.

»Als ich damals beschloss, in Frankreich zu bleiben und dort zu arbeiten – wie reagierten da Mom und Dad?«

Trotz des abrupten Themenwechsels verzog ihr Onkel keine Miene. »Es war, als hätten sie dich nie bekommen. Ich habe noch versucht, ihnen begreiflich zu machen, dass du doch genauso ihre Tochter bist wie früher. Aber in ihren Augen hattest du ihre Ideale verraten und dich von ihnen losgesagt. Also sagten sie sich umgekehrt auch von dir los. Auf mich waren sie ebenfalls sauer, weil ich dich ja damals erst auf die Reise geschickt hatte. Sie haben nach dem Vorfall kein Wort mehr mit mir geredet.«

Und wofür das alles?, durchzuckte es Paige. Für ein Leben mit Nicholas Bissonette. Vom Regen in die Traufe.

»Und außerdem«, fuhr Spence fort, »betonten sie dauernd, sie hätten jetzt eine neue Familie.«

»Was weißt du noch von dieser neuen Kirche, die sie gründeten? Der Neue Orden der Engel und Heiligen?«

Er verdrehte die Augen und seufzte. »Mit Kirche hatte das nicht viel zu tun. Das war eher 'ne Ansammlung von ein paar leicht zu beeindruckenden Halbstarken. Die kamen mit dem Leben nicht klar und glaubten fälschlicherweise, meine Schwester und ihr toller Herr Gemahl könnten ihnen helfen. Stand mal was darüber in der Zeitung, und nach dem Unfall gab's natürlich ein Riesentrara. Aber im Ganzen gesehen hat's keinen sonderlich interessiert.«

Genau das war ja das Gefährliche!, dachte Paige. Und deswegen war Fallon McBride so scharf darauf, Seraphina Greene wieder auferstehen zu lassen. Besonders jetzt. Irgendjemand musste ja für die in dem Bunker gefundenen Überreste verantwortlich sein. Und wem konnte man den Tod eines getreuen Anhängers besser in die Schuhe schieben als der Tochter jener zwei Fanatiker?

»Hab ich da was falsch gemacht, Paige?« Ihr Onkel verzerrte die Miene zu einer kummervollen Grimasse. »Ich wusste, solange du bei deinen Eltern lebtest, so lange würdest du keine Luft zum Atmen bekommen, nichts von der wirklichen Welt und den Menschen erfahren. Aber ich wollte doch kein Unheil stiften! Oder gar eure Familie zerstören.«

Paige drückte ihm sachte die Hände. »Nein, Onkel. Du hast alles richtig gemacht. Mag sein, dass ich böse Lehrgeld zahlen muss, aber ich lerne. Und unsere Familie, die war meiner Meinung nach schon kaputt, bevor du mir die Europareise geschenkt hast.« Sie ließ seine Hände los und schlang ihm die Arme um den Hals. »Und ich habe dich sehr lieb, weil du mir mein Leben gegeben hast.«

Am Unterarm spürte sie seinen Griff, kräftig und fest auch dann noch, als er sie sanft von sich schob. Er blickte ihr tief in die Augen. »Meine Schwester und mein Herr Schwager – haben die jemandem etwas zuleide getan? Hast du deshalb die Polizei erwähnt?«

Das hat er nicht vergessen! Paige schluckte heftig. »In dem Bunker wurden menschliche Knochen gefunden. Und eine Bibel. Die Polizei ermittelt.«

»Großer Gott!« Er schlug sich die Hände vors Gesicht. Es dauerte einige Zeit, bis er sich wieder gefasst hatte. Paige konnte nur hoffen, dass es kein Fehler gewesen war, ihn zu informieren. Immerhin: Besser so, als wenn er es aus der Zeitung erfahren hätte.

»Dass Millicent spinnerte Ideen hatte, war mir nicht neu«, flüsterte er mit gesenkter Stimme. »Und dass sie ihren feinen Gatten regelrecht anbetete, wusste ich auch. Aber dass meine Schwester eine Mörderin sein soll, das kann ich nicht glauben. Nicht eine Sekunde. Auch wenn sie dich anders als die meisten Mütter erzogen hat und extreme religiöse Ansichten vertrat.«

Das hätte auch Paige nie und nimmer geglaubt – bis Carolyn die Bibel erwähnte, die man im Bunker neben den menschlichen Überresten gefunden hatte.

39. Kapitel

Ortskundigen war der Radweg als »Herzinfarkt-Steig« bekannt – ein zwölf Kilometer langer, kraftraubender Anstieg mit einem Höhenunterschied von knapp vierhundert Metern. Selbst wenn Herz, Lungen und Beine der Herausforderung gewachsen waren, konnte ein Mountainbiker gleichwohl im Notarztwagen beziehungsweise im nächstgelegenen Krankenhaus landen. Überall am Wegesrand wucherte nämlich Gifteiche, die bei Berührung starke Hautreizungen hervorruft. Joshua und Carolyn beugten vor, indem sie langärmelige Hemden anzogen und ihre langen Rennhosen in die Socken stopften. Der Herzinfarkt-Steig zählte zu ihren liebsten Strecken und lohnte selbst die mehr als einstündige Anreise.

»Wer als Erster oben ist?«, fragte Carolyn.

»Da hat eine betagte Dame wie du keine Chance.«

Zu Anfang ging es noch einige Minuten über eine mit spärlichem Gras bewachsene Ebene, ehe der Anstieg begann und man aufs sogenannte Oma-Ritzel umschalten musste, in den untersten Gang der Kettenschaltung. Anders war die Steigung nicht zu bewältigen. An der ersten Wegegabelung wandten sie sich nach links und ackerten eine alte Schotterpiste hinauf. Joshua war heilfroh über den bedeckten Himmel und den leichten Wind, der ihm die schweißüberströmte Stirn kühlte. Zur Hälfte der Strecke grüßte ein handgeschriebens Schild: »WEITERFAHREN FÜR SCHLAFFIS ZWECKLOS«. Carolyn hielt an. Den Fuß gegen einen Felsblock gestemmt, blieb sie im Sattel sitzen und spritzte sich, den Kopf in den Nacken gelegt, Wasser aus ihrer Sportflasche in den Mund. Grinsend strampelte Joshua an ihr vorbei. »Wird's dir schon warm?«

»Nicht die Spur!«, rief sie ihm nach.

Abermals schwenkte die Piste nach links durch ein rostiges Eisengatter, und dann durfte man nicht den kaum erkennbaren, festgefahrenen Trampelpfad verpassen, der die Schlussetappe bildete, den schweißtreibenden Anstieg zum Gipfel. Den Beginn des Pfades markierte ein an einen Baumstamm gemaltes weißes Rechteck. Joshua schaltete runter, bremste ab und bog in den schmalen Weg ein, wobei er gerade noch einen Blick auf seine Schwester erhaschte, die sich ein gutes Stück zurück im Wiegetritt die Piste hinaufquälte.

Am Gipfel winkte zur Belohnung eine Waldlichtung mit herrlichem Ausblick auf den Mount Hood. Irgendjemand hatte wohl mal mit einem Geländewagen einen Picknicktisch hier herauftransportiert. Auf den steuerte Joshua zu, lehnte sein Rad gegen einen Baum und nahm einen ordentlichen Schluck Wasser.

»Was sollte das eben?«, fragte Carolyn keuchend, wobei sie vom Rad stieg und sich neben ihn auf den Tisch setzte.

»Was denn?«

»Na, du bist doch absichtlich langsamer gefahren. Weil ich zu weit zurücklag. So eine Ritterlichkeit sieht dir gar nicht ähnlich. Besonders dann nicht, wenn du mal so richtig schadenfroh sein kannst.«

Er nahm noch einen ausgiebigen Schluck aus der Wasserflasche, den Blick dabei geradeaus auf den Crater Rock direkt unterhalb des Gipfels gerichtet. Wie ein deformierter Kopf ragte dieses kuppelförmige Lavagebilde über einhundert Meter hoch über den Krater. »Ritterlichkeit gehört sehr wohl zu meinen Eigenschaften. Macht keinen Spaß, so ein Rennen gegen einen Gegner mit 'nem offensichtlichen Handicap. Wie arg plagt dich dein Ischias?«

»Seit wann weißt du das denn?«

Er zuckte die Schultern und sah seine Schwester durchdringend an. »Wie schlimm?«

»An manchen Tagen ist es eine ausgesprochene Tortur. Heute gerade so zum Aushalten.«

»Wozu dann die ganze Strampelei?«

»Wollte mal sehen, ob's funktioniert.«

»Na ja, runter geht's leichter. Zur Not kannst du im Stehen fahren. Weiß dein Vorgesetzter Bescheid?«

Carolyn schüttelte den Kopf. »Spinnst du? Ich liebe meinen Job und möchte ihn behalten. Bis jetzt gab's ja noch keine Beeinträchtigung. Wenn's drauf ankam, hat mein Körper mich nicht im Stich gelassen.«

»Oder du hast dir den Schmerz verbissen. Wie steht denn dein Gregg zu alldem?«

»Wenn er zu Hause ist, meinst du?« Carolyn seufzte. »Er macht mir die obligatorische Tasse Tee, schüttelt mir das Kissen auf, ganz der fürsorgliche Mustergatte, und straft mich dann mit einem Blick, der mir bedeutet, was für eine Niete ich als Vorzeigeweibchen bin.«

»Das hat er aber doch nicht von dir erwartet, als er dich geheiratet hat, oder?«

»Nein, aber damals lief er auch noch nicht dauernd im feinen Zwirn herum. Die Zeiten ändern sich eben.«

»Und keine Hoffnung, das Rad zurückzudrehen?«

Nun war es an Carolyn, die Achseln zu zucken. »Wir haben schon acht Monate nicht mehr miteinander geschlafen. Wie viel Zeit würdest du uns da noch einräumen?«

»Ja, meine Güte, was ist denn in den gefahren?«

»Im Grunde kann man's ihm nicht verübeln. Gregg ist den ganzen Tag mit todschick aufgebrezelten Frauen zusammen. Mit intelligenten, schönen, weiblichen Wesen, die Schmuck und Kostüm tragen. Dann kommt er nach Hause und trifft auf eine wie mich, die mit Wollsocken an den Füßen die Dienstwaffe in die Schublade legt und sich total geschafft ins Bett hievt. Da kann ich duschen, so lange ich will: Der Geruch des Todes haftet trotzdem an mir. Ich glaube, ich würde auch nicht mit mir ins Bett gehen.«

Wäre sein Schwager zugegen gewesen – Joshua hätte ihm ordentlich den Kopf gewaschen. Seine Schwester, seine Zwillingsschwester zumal, war ein kluger, hochanständiger und guter Mensch. Zu gut für Leute vom Schlage eines Gregg Holt. Genau das waren auch die Worte ihres Vaters gewesen, als die beiden ihre Verlobung bekannt gegeben hatten. Carolyn wollte ihren Vater unbedingt vom Gegenteil überzeugen. Sie hatte ihrem Bruder anvertraut, sie habe des Öfteren das Gefühl, ihr Vater beobachte sie auf Schritt und Tritt, weil er ihr vorausgesagt hatte, ihre Ehe werde eine Katastrophe.

»Du bist sehr wohl vorzeigbar, Carolyn. Lass dir nicht von Gregg das Gefühl einimpfen, du wärest zweite Liga.«

»Das sagst du nur, weil wir den Mutterleib geteilt haben.«

Sie litt, was Joshua doppelt wehtat. Die weiblichen Wesen im Allgemeinen, von denen Gregg am Arbeitsplatz umgeben war, die machten ihr an sich nichts aus – bis auf eine im Besonderen, ein Neuzugang in der Kanzlei, in der Gregg arbeitete. »Hast du vor, ihn zu verlassen?«

Ihre Miene blieb vollkommen ausdruckslos. »Der Mensch ist ein Gewohnheitstier«, stellte sie schließlich fest. »Wer hätte gedacht, dass ich mal so traditionell denke? Irische Katholiken lassen sich nicht scheiden, was?«

»Wenn dir zum Heulen zu Mute ist, solltest du das nicht auf die Kirche schieben.«

»Musst du gerade sagen. Wie geht's Paige?«

Er richtete sein Augenmerk wieder in die Ferne, hin zum Mount Hood. »Einigermaßen. Nehme ich an.«

»Du weißt es also nicht. Hast sie weder besucht noch angerufen. Stimmt's?«

»Wie wär's mit sich überschneidenden Tagesplänen?«

»Quatsch. Es handelt sich um dieselbe Frau, in die du vor Kurzem noch verliebt warst, wie du selber zugegeben hast. Was ist los?«

»Du weißt doch, was los ist! Es kommt uns zu viel in die Quere. Im Augenblick ist die Lage verzwickt.«

»Was stört dich denn am meisten? Dass die Greenes möglicherweise in einen Mord verwickelt waren, und dass Paige deren Tochter ist?«

Joshua hüllte sich in Schweigen.

»Nee, nee, ich glaube nicht, dass die Greenes dein Problem sind. Ich vermute eher, es liegt an dieser Sache mit dem Telefonsex.« Um Blickkontakt bemüht, beugte Carolyn sich vor, doch ihr Bruder starrte stur geradeaus. »Gar nicht so einfach, was? Damit klarzukommen, dass deine Freundin wildfremden Typen diese nicht stubenreinen Sachen vorgesäuselt hat.«

»Wenn du so schlau bist – warum fragst du dann?«

»Sie ist ein lieber Mensch, Joshua. Und ihr zwei passt prima zusammen.«

»Ich brauche mal Abstand. Zeit, um das Ganze zu verarbeiten.«

»Und während du dir deine Auszeit nimmst, lässt du Paige leiden. Nimm nur ihren Hund mit dem gebrochenen Lauf. Dann der Fuß, der abgetrennte Fuß bei ihrem Wagen. Ein Fuß, der vermutlich mit Absicht dorthin gelegt wurde, um ihr einen Schrecken einzujagen. Jetzt bergen wir auch noch einen Haufen menschlicher Knochen aus einem Loch auf ihrem Grundstück, und zu allem Überfluss sitzt ihr die Presse auf Schritt und Tritt im Nacken und unterstellt ihr, sie sei genauso meschugge wie damals ihre Eltern. Wie würde dir das gefallen, das alles durchmachen zu müssen, ohne jemanden als Stütze zu haben? Aber bitte sehr, nur zu, nimm deine Auszeit, Joshua. Komm brav mit dir ins Reine. Und während du das machst, drücke ich meine Stoppuhr und warte mal ab, wie lange Paige braucht, um aus den Latschen zu kippen.«

»Die ist aus härterem Holz geschnitzt. So schnell wirft die nichts um.«

»Genau den Eindruck wollte sie dir vermitteln.«

»Dann bin ich also ein Versager? Willst du das damit sagen?«

»Wenn du sie liebst, dann ja. Dann bist du echt ein Versager. Ein Jammerlappen. Hast du dir je die Mühe gemacht, Paige über die vielen Bedingungen zu informieren, die du an die Beziehung knüpfst? Pater Latham?«

»Das ist unterste Schublade, selbst für dich!«

»Jetzt geht's erst richtig los!«

Er merkte, wie sich seine Kinnpartie verkrampfte, wie er den Kopf zwischen die Schultern zog. »Nun mach aber mal halblang, Carolyn.«

»Einen Teufel werde ich tun! Da draußen schleicht einer rum, der Frauen abmurkst, die mal für Sexhotlines gearbeitet haben, insbesondere für die Agentur, bei der auch Paige beschäftigt war. Wie lange ich diese Erkenntnis Fallon McBride und Konsorten vorenthalten kann, ist mir schleierhaft. Aber das ist noch meine geringste Sorge.«

Sie zupfte Joshua am Ärmel, sodass er sich zu ihr umdrehen musste. »Mal gucken, ob du wenigstens das hier kapierst: Dieser Killer wird nicht rasten noch ruhen, bis er Opal findet. Er weiß, dass Paige ihr Unterschlupf gewährt hat und ihren Aufenthaltsort kennt. Was meinst du wohl, wie lange es noch dauert, bis er sich an Paige heranmacht, um die gewünschten Informationen zu kriegen? Zwei Frauen hat er schon auf dem Gewissen. Ist Paige die nächste? Genaues weiß man nicht. Aber auf seiner Liste steht sie auf jeden Fall.«

Joshua schlug sich die schweißnassen Hände vors Gesicht. »Verdammter Mist!«

»Tja, das kann man wohl sagen! Paige verbringt die nächsten fünf Tage auf einer Kajak-Tour mit einer Gruppe ihr unbekannter Aktivurlauber. Davon war sie nicht abzubringen, dabei habe ich sie so sehr bekniet.«

»Vielleicht tut ihr so eine Luftveränderung ja gut.«

»Klar. Falls ihr der Killer vom Leibe bleibt.«

Joshua verstummte, aber Carolyn war noch lange nicht mit ihm fertig. »Zurück zu dir und Paige: Hast du schon mal darüber nachgedacht, wie schwer es ihr gefallen sein muss, dir ihre Vergangenheit zu beichten? Einem strenggläubigen Seminaristen wie dir?«

»Ich bin nicht frommer als andere auch.«

»Wenn das stimmt – wieso sonderst du dich dann von Paige ab? Wieso gibst du ihr das Gefühl, dass sie dir nicht gut genug sei?«

Auf einmal kam ihm der zehnminütige Altersunterschied wie zehn Jahre vor. Von seiner Schwester zusammengestaucht zu werden war Joshua ohnehin ein Gräuel, aber dass sie auch noch recht hatte, das stank ihm ganz besonders. Als er sie schließlich anblickte, wandte sie sich bereits in die Richtung des steilen Pfads, den sie eben erklommen hatten. »Was gibt's denn da zu sehen?«

Sie wirbelte herum. »Hab nur geguckt, ob zufällig ein Psychiater angestrampelt kommt. Ein guter Seelenklempner könnte uns eventuell verklickern, wieso du eine prima funktionierende Beziehung einfach wegschmeißt, während ich mich an eine klammere, die ausgesprochen beschissen ist.«

40. Kapitel

Die MS Madrona war wie für die Ewigkeit gebaut. Dreißig Meter lang und aus Teakholz, Eiche sowie Alaskazeder gezimmert, war die Yacht von Bill Washburne liebevoll in ihrem ursprünglichen Stil der 20er-Jahre restauriert worden – ein schwimmendes Feriendomizil für Abenteurer und Naturbegeisterte. Captain Bill durfte mit Recht stolz auf sein Schiff sein. Beim Betreten des geräumigen Salons wurde Paige herzlich vom Kapitän und seiner Ehefrau Denise begrüßt. Denise fungierte gleichzeitig als Smutje wie auch als Naturexpertin bei den Exkursionen.

»Sagen Sie's nicht!«, bat Bill, als Paige sich vorstellte.

»Er hat's nicht gern, wenn er auf seine Ähnlichkeit mit Harry angesprochen wird«, erklärte Denise. »Er meint, er sähe erheblich besser aus als sein Bruder.«

Paige hörte sich lachen und war erneut froh, dass sie die Fahrt nicht abgesagt hatte. Sie wusste schon gar nicht mehr, wann sie das letzte Mal gelacht hatte. »Sie sind beide schmucke Mannsbilder, Sie und Harry«, sagte sie und reichte dem Kapitän die Hand.

»Das muss sie ja sagen«, bemerkte Bill, an seine Frau gewandt. »Harry zahlt ihr Gehalt.«

Bill hatte dasselbe schlohweiße Haar wie sein Bruder, trug es aber länger, sodass es sich knapp über dem hochgeklappten Hemdkragen kräuselte. Er war schlanker als Harry, die Haut leicht gerötet und gegerbt von vielen Jahren bei Wind und Wetter. »Schön, Sie an Bord zu haben«, sagte er, wobei er endlich ihre Hand losließ. »Sie haben Kabine 2. Liegt hier fast direkt unter uns. Da können Sie Ihre Ausrüstung verstauen und sich mit dem Boot vertraut machen. Ich sorge noch dafür, dass Ihr Rad weggeschlossen wird, aber dann hat sich's auch schon mit dem Verwöhnen.«

Denise verpasste ihm einen spielerischen Klaps auf den Arm. »Lunch gibt's gegen Mittag in der Kombüse. Danach Antreten für alle auf dem Vorderdeck zwecks Sicherheitsbelehrung und allgemeiner Einweisung.«

Paige schüttelte Denise die Hand, schulterte ihren Seesack und stieg unter Deck. Ihre Kabine war gemütlich und holzvertäfelt wie der Salon. Schon beim Auspacken spürte sie, wie die Anspannung allmählich von ihr abfiel. Die Seereise umfasste eine Kreuzfahrt um die San-Juan-Inseln, zweihundert Meilen entfernt vom grausigen Geheimnis des Luftschutzbunkers, weit genug fort von Fallon McBride und anderen Neugierigen, die etwas über Seraphina Greene erfahren wollten. Ihr Handy hatte Paige ins Handschuhfach des Kombis gesteckt, fest entschlossen, jede Verbindung zur Zivilisation hinter sich zu lassen.

Carolyn hatte sie angefleht, sich die Reise doch noch einmal zu überlegen, aber Paige war nicht von ihrem Vorhaben abgerückt. Den Urlaub zu stornieren wäre undenkbar gewesen, bot er ihr doch die Möglichkeit, für einige wohltuende Tage Abstand zu gewinnen und einigermaßen zur Ruhe zu kommen, umgeben von Robben, Reihern, Ottern und möglicherweise ein paar Dall-Tümmlern. Neben dem Kapitänsehepaar und einem Bordingenieur sollten noch sieben weitere Passagiere die Reise antreten.

»Ich muss fahren!«, hatte sie zu Joshuas Schwester gesagt. »Wenn ich bleibe, drehe ich noch durch. Das Telefon steht nicht still. Die McBride ist allgegenwärtig, und die Kunden stürmen regelrecht den Laden, um mich anzugaffen, als hätte ich das Teufelszeichen auf der Stirn. Wenn jetzt noch die

Sache mit dem Telefonsex rauskommt, wird mein Leben sowieso ein einziges Spießrutenlaufen. Aber bis dahin darf ich noch eine Weile Paige Rowan sein, die Naturaktivistin. Nicht Seraphina Greene und auch nicht Laurel. Ich habe mir diese Auszeit redlich verdient.«

»Da hat's ein Mörder auf dich abgesehen, Paige!«, hatte Carolyn sie mahnend belehrt. »Der will etwas von dir erfahren. Da draußen bist du ganz schön anfällig!«

Aber Paige hatte sich nicht beirren lassen. »Auf 'nem Schiff mit knapp einem Dutzend Mann Besatzung bin ich sicherer als im Ort oder in meinem Haus.«

Am Morgen der Abreise hatte schließlich auch Joshua noch versucht, sie umzustimmen. »Das Ganze ist mir nicht geheuer, Paige. Ich hätte dich lieber näher bei mir. Du könntest ja bei mir in der Stadt wohnen.«

Doch ihr Entschluss stand fest. Sobald das Tuckern der Dieselmaschine ertönte, sobald man spürte, wie das Schiff langsam vom Ufer ablegte, würde ihr endgültig klar werden: Dies war der Moment, an dem das wahre Leben begann.

Da Joshua Haus und Hund hütete, musste sie sich keine Sorgen um Parker machen oder um neugierige Eindringlinge, die sich heimlich aufs Grundstück schlichen, um sich den Fundort des Skeletts anzugucken. Dachte sie aber an Joshua, verfiel sie in tiefe Traurigkeit und erinnerte sich daran, dass sie sich wieder nicht körperlich nähergekommen waren, obwohl er die Nacht von Montag auf Dienstag bei ihr verbracht hatte. Sowohl Seraphina als auch Laurel hatten jegliche Intimität verhindert. Was musste wohl erst geschehen, so fragte sic sich, um das zurückzugewinnen, was ihre Beziehung einmal ausgemacht hatte? Vielleicht erwies sich diese Trennung auf Zeit als heilsam für ihr Verhältnis zueinander. Eventuell vermisste Joshua sie ja bei seinen Wanderungen in der Umgebung des Hauses. Möglicherweise kam er auch darauf, dass sie in seinem Leben eine Komplikation darstellte, auf die er gern verzichten konnte.

Los, hoch an Deck!, befahl sie sich. *Und hör auf mit deiner ständigen Grübelei!*

Als sie die Tür öffnete, stieß sie auf Mercer Wyatt, der gerade sein Mountainbike im Fahrradraum draußen am Gang verstaute. »Offenbar sind wir Nachbarn«, bemerkte er. »Ich habe Nummer 4, gleich gegenüber von Ihnen.«

»Hier unten sind wir alle Nachbarn«, erwiderte sie. »Auf dem Schiff kann man sich nicht aus dem Wege gehen.«

»Ich freue mich riesig auf die Tour. Sie auch?«

»Und wie! Man sieht sich nachher an Deck!«

Als Paige das überdachte Achterdeck betrat, kam Arlen Dale gerade an Bord. Trotz seiner klapperdürren Gestalt bewältigte er seine Ausrüstung mit Leichtigkeit, auf der einen Schulter die Querstange des Trekkingrades, auf der anderen einen olivgrünen Seesack. Paige war enttäuscht gewesen, als Harry ihr berichtete, Arlen habe die Reise quasi auf den letzten Drücker gebucht und noch eine Kabine ergattert, die durch eine Stornierung frei geworden war. Ein Schiff ohne bekannte Gesichter wäre ihr lieber gewesen. Blieb bloß zu hoffen, dass Arlen sich nicht zu kumpelhaft gab, nur weil sie sich kannten.

Sein Angebot, sie in seinem Lieferwagen bis Port Townsend mitzunehmen, hatte sie höflich abgelehnt. Klar, die gestrige Anreise hatte sie fünf Stunden gekostet, und nach dem Einchecken im Hotel war sie fix und fertig gewesen. Doch dermaßen lange mit jemandem auf Smalltalk zu machen, und dann möglicherweise auf der Rückfahrt noch einmal, zumal Arlen sicher ebenso an ihrer Lebensgeschichte interessiert war wie momentan offenbar alle Welt – das wollte sie sich wahrlich nicht antun. Da nahm sie ein wenig Müdigkeit gern in Kauf, konnte sie doch bei der Fahrt durch die Wildnis ungestört ihren Lieblings-CDs lauschen und ganz nach Belieben eine Rast einlegen, ohne um Erlaubnis fragen zu müssen und ohne sich dauernd Erkundigungen nach ihren Eltern, dem Skelett und dem abgetrennten Fuß anzuhören. Davon hatte sie die Nase gestrichen voll.

Das Lunch-Büfett war sowohl reichlich als auch wohlschmeckend. Da bedurfte es wohl etlicher Kajak- und Radtouren, um die Kalorien von Denises Grillhühnchen und Röstkartoffeln wieder loszuwerden. Nachdem alle auf langen Bänken um den rechteckigen Tisch Platz genommen hatten, erfolgte die Vorstellung der Reiseteilnehmer.

Shawn und Gaby Ellison waren Frischvermählte aus Calgary. Nach Paiges Einschätzung etwa Anfang dreißig, hatten sie sich durch verschärftes Fitnesstraining auf ihre Hochzeitsreise eingestimmt. Neben ihnen saß mit Hardy Litton das genaue Gegenteil, ein fülliger Mittvierziger mit einer Haut wie Vanillepudding. Bestrebt, direkten Blickkontakt zu vermeiden, näselte er wie einer, der ernste Probleme mit Nasenpolypen hat, und sprach zudem mit einem kaum wahrnehmbaren Akzent, der Paige indes nicht entging. Er gab freimütig zu, nicht der Abenteuerlustigste zu sein, hatte jedoch auf Pauschalreisen viel von der Welt gesehen. Nun war er das ständige Raus und Rein bei organisierten Bustouren endgültig leid, zumal er die Erfahrung gemacht hatte, dass viele seiner Mitreisenden Senioren waren, die offenbar nur eines im Sinn hatten: Ihn möglichst mit einer ledigen Verwandten zu verkuppeln, weil die angeblich genau die Richtige für ihn sei. »Ja, Alleinreisende haben's nicht leicht«, nuschelte er mit einem Blick auf Paige.

Paul Kuzemchak, Architekt aus Petaluma in Kalifornien, hatte sich einen Monat zuvor zu dieser Reise entschlossen, dabei allerdings versäumt, ein Hotelzimmer zu buchen. Gegen Mitternacht in Port Townsend eingetroffen, hatte er daher im Auto nächtigen müssen. Da er direkt neben Paige saß, fiel es ihr schwer, ihn genauer zu mustern, aber vorhin, als er die Kombüse betrat, da hatte sie das Gefühl, als habe sie ihn schon einmal gesehen. Vielleicht war er mal durch Oregon gereist oder sogar im Geschäft gewesen. Falls sie's genauer wissen wollte, musste sie ihn wohl fragen – so sie denn überhaupt dazu Gelegenheit bekam, denn er unterhielt die ganze Gesellschaft bereits lang und breit mit den Einzelheiten seines erbitterten Scheidungskrieges und dessen Auswirkungen auf seine zwei halbwüchsigen Söhne. Die wohnten bei ihrer Mutter und waren seiner Ansicht nach total verkorkst. Den Ältesten hatte er seit der Scheidung nicht mehr gesehen. Die lag zwar schon fünf Jahre zurück, doch bei seinem schneidenden Unterton konnte man glatt den Eindruck gewinnen, als hätten sie sich erst vorige Woche getrennt. Als Arlen dazwischenfunkte und eine Unterbrechung zu seiner Vorstellung nutzte, war Paige heilfroh.

Chloe Grier, ebenfalls eine Last-Minute-Mitreisende, stellte sich im Anschluss an Arlen Dale vor. Sie war eine umwerfend attraktive Blondine, gut einen Meter achtzig groß und mit sagenhaft langen Beinen. Rafe, der Bordingenieur, hatte große Mühe, nicht dauernd hinzugucken. Mercer Wyatt war einfach nur »Mercer«, und falls überhaupt jemand den Millionär erkannte, ließ es sich keiner anmerken. Unter Sportlern, so die Devise, duzte man sich. Bei dieser Reise waren alle gleich, Teil eines Teams, dem die Natur pur zu Füßen gelegt werden sollte – nicht nach einem rigiden Reiseplan, sondern in aller Ruhe und je nach Lust und Laune. So jedenfalls stand es in der Broschüre.

41. Kapitel

Ihre Stimme war wie die zärtliche Liebkosung einer milden Brise. Mit jedem Satz, jedem Wort liebte er diese Frau mehr. Und sie liebte ihn.

In einem seltenen Augenblick des Zweifels hatte er sie gefragt: »Bleibst du auch für immer bei mir?«

»Du bist die Liebe meines Lebens«, war ihre Antwort. »Nun sag mir, was ich heute Abend für dich tun soll.«

Jedes Gespräch mit Opal war eine atemberaubende Reise, eine berauschend sinnliche Fahrt ins Grandiose. Bald schon brauchte er sich nicht mehr mit ihrer bloßen Stimme zu begnügen. Er würde die Weichheit und Wärme ihrer Haut erfahren, jede Rundung und jeden Winkel ihres Körpers erforschen, ihre Reaktion auf seine Berührung spüren. Der Zauber lag zum Greifen nah.

Paige Rowan besaß den Schlüssel. Opal hatte einige Tage bei ihr gewohnt. So viel hatte er inzwischen erfahren. Doch jetzt war Opal verschwunden, und Paige kannte ihr Versteck. Sie würde es ihm natürlich verraten. Es blieb ihr nichts anderes übrig.

Wie allgemein bekannt, war Paige in Wirklichkeit Seraphina Greene, die Tochter von zwei durchgeknallten Sektengründern. Sogar in Europa, dem Paradies für Hippies und Tummelplatz der Ausgeflippten, fielen die Greenes auf wie ein bunter Hund. Obwohl Paige vorgab, sie habe sich von ihren Eltern distanziert, traten doch manche auf den Plan und schlugen in die übliche Kerbe, indem sie auch Paige als wunderlich darstellten. Ehemalige Mitschüler taten sich mit üblen Sprüchen gegenüber der Presse hervor und titulierten

Seraphina als schrullige Exzentrikerin, als eine, die das Image des Sonderlings nie ganz losgeworden sei. Von seinem Beobachtungsposten aus konnte er verfolgen, dass Paige selbst im Urlaub grüblerisch und deprimiert wirkte. Und was das Beste war: Er wusste, dass sie Angst hatte. Später, wenn alles vorbei war, würden ihre Mitreisenden zweifellos aussagen, Paige sei bedrückt und nicht ganz bei der Sache gewesen. Am liebsten sei sie mutterseelenallein in der Weltgeschichte herumgewandert, leichte Beute also für den Irren, der den Frauen an der nordwestlichen Pazifikküste nachstellte. Arme Paige!

Am ersten Tag der Reise durchquerte die Madrona die Juan-de-Fuca-Straße mit Kurs auf Lopez Island. Dort auf der Insel ging es für alle Tourteilnehmer per Rad über flache Nebenstraßen. Man winkte wie üblich den entgegenkommenden Autofahrern zu, bummelte durch die Galerien und Geschäfte im freundlichen Lopez Village und ließ ansonsten die Seele baumeln, um sich von all dem Stress zu erholen, der diesen Urlaub überhaupt erst nötig gemacht hatte. Es herrschte ein entspannter, kameradschaftlicher Geist und eine gesellige Stimmung, bei der selbst Paige lockerer wurde. Für den folgenden Tag stand Orcas Island auf dem Programm – welliges Gelände und beschwerlicheres Radeln. Einige aus der Gruppe hätten vermutlich den anstrengenden Anstieg zum Mount Constitution geschwänzt und sich stattdessen in eine Buchhandlung, eine Töpferei oder ein Mineralbad verzogen. Er jedenfalls ging davon aus, dass Paige in die Pedale treten und den Berg in Angriff nehmen würde.

Selbst bei aufgeteilter Gruppe hatte er nicht die Absicht, etwas zu unternehmen. Das sah der Plan nicht vor. Der letzte Abend der Reise bot nämlich eine viel bessere Gelegenheit. Da war in einer geschützten Bucht auf San Juan Island ein feuchtfröhliches Muschelessen im Mondenschein geplant, inklusive allerlei Erinnerungen an die Tour. Ergo musste er sich in Geduld üben. Nur noch drei Nächte.

42. Kapitel

Auch das Plätschern der Wellen gegen den Rumpf des Schiffes vermochte Paige nicht in den Schlaf zu wiegen. Unaufhörlich spukten ihr Schreckensbilder im Kopf herum – noch mehr abgetrennte Gliedmaßen, grinsende Totenköpfe, ein junger Mann, die Finger in die nackten Wände eines unterirdischen Bunkers gekrallt, aus dem es kein Entrinnen gab. Ihr war, als hätte man ihr die Augenlider mit Luft aufgepumpt. Sie stieg die Treppe zum Salon hinauf und stieß dort auf Mercer Wyatt. Vor sich ein Glas Rotwein, saß er auf einer Holzbank und starrte hinaus auf Deer Harbor.

»Kannst du auch nicht schlafen?«, fragte sie leise.

Er wandte sich um und lächelte. »Ich glaube, ich bin noch ganz aufgekratzt von der heutigen Bergfahrt. Meine Muskeln haben mir das noch nicht verziehen.«

»Für jemanden, der bisher mit Aktivurlaub nicht viel am Hut hatte, hast du dich ordentlich geschlagen. Darf ich mich zu dir setzen?«

Er wies auf die Bank gegenüber, und Paige nahm Platz. »Wie gefällt dir die Tour denn bis jetzt?«

»Schön, an der frischen Luft zu sein«, stellte er fest. »Schlimm sind diese dunklen, ruhigen Momente. Aber das ist immer so, ganz gleich, wo ich mich aufhalte. Die Leute in der Gruppe sind allerdings nett.«

»Ja. Die meisten schon.«

»Höre ich da ein *Aber* heraus?«

Paige zögerte. »Unter uns«, sagte sie dann, »dieser Paul,

der geht mir auf den Geist. Der klebt an mir wie eine Klette. Kaum drehe ich mich um, schon ist er da.«

»Vielleicht steht er auf dich.«

Paige verdrehte die Augen. »Bitte! Ich hab genug am Hals!«

Mercer nickte. »Dass du zurzeit so im Rampenlicht stehst, ist wahrlich nicht beneidenswert.«

Dank Fallon McBride war Paige zum Gegenstand hitziger Diskussionen in Cafés und Schönheitssalons geworden. Bei ihren Versuchen, ein Interview mit Paige zu ergattern, hatte die Reporterin eine an Brutalität grenzende Rücksichtslosigkeit an den Tag gelegt und sie seit dem Skelettfund jeden Abend angerufen. Eines Morgens hatte sie mit Kaffee und Muffins bewaffnet vor Paiges Haustür gestanden und sogar im Great Outdoors hatte sie es versucht, aber Harry Washburne hatte sie wieder hinauskomplimentiert. Ihr Artikel in der Montagsausgabe erschien unter der Schlagzeile: SERAPHINA GREENE: DIE MYSTERIÖSE. Er enthielt eindeutige Hinweise darauf, dass die einzige Tochter von Jerome und Millicent Greene vermutlich mehr als zugegeben über die in dem Bunker gefundenen Knochen wusste sowie über noch mehr Leichen im Keller der Greenes, egal, ob echt oder im übertragenen Sinne. Dass Paige so ungern Interviews gab, wurde als schlagender Beweis für ihre Komplizenschaft ausgelegt. Wie Sensationslüsterne bei einem tödlichen Verkehrsunfall strömten die Leute ins Geschäft, um einen Blick auf die geheimnisvolle Seraphina zu werfen.

»Ich glaube, es gibt an der gesamten Nordwestküste keinen Menschen, der nicht von mir und dem Skelett gehört hätte.« Paige massierte sich den Nacken, bemüht, die dort sitzende Verspannung zu lockern. »Mercer, dass meine Eltern Spinner waren, habe ich immer gewusst. In der Schule fiel es mir wahrlich nicht leicht, mich anzupassen. Und als sich mir die

Chance bot, da konnte ich es kaum erwarten, in ein Flugzeug nach Europa zu kommen. Während meiner Abwesenheit sind meine Mutter und mein Vater anscheinend noch abstruser geworden. Aber sie mir als erbarmungslose Mörder vorzustellen – das bringe ich einfach nicht.«

»Hast du die TV-Dokumentation von der McBride gesehen? Die Sache mit dem Indoktrinationsritual?«

»Schon klar, die Bibel. Das Wasser. Aber ich kenne meine Eltern, und zwischen spinnert und grausam besteht ein himmelweiter Unterschied. Für das Schicksal des Toten in dem Bunker muss es eine andere Erklärung geben.«

»Du hast bestimmt recht. Und Kopf hoch! Der Presserummel wird sich bald legen, und diese widerliche McBride wird sich ein anderes Opfer zum Nachstellen suchen. Und falls sich herausstellen sollte, dass deine Eltern nichts mit dem Skelett zu tun hatten – umso besser. Dann darfst du wieder Paige Rowan sein.«

»Du kannst dir gar nicht vorstellen, wie gern ich das möchte.«

»Muss entsetzlich für dich sein – mal ganz abgesehen von der Aufmerksamkeit der Medien. Das Skelett auf deinem Grundstück, ganz zu schweigen von dem abgetrennten Fuß – wie bewältigst du das alles?«

»Ich bin nicht sicher, ob ich das tue. Deshalb bin ich ja hier, nicht wahr? Weil ich Abstand gewinnen will, und sei's auch nur für ein paar Tage.«

»Und ich quatsche dich auch noch voll, obwohl du das wahrscheinlich am allerwenigsten gebrauchen kannst. Sorry.« Er klatschte die Handflächen auf den Tisch. »Schlückchen Wein gefällig?«

»Gern.«

Er glitt seitlich von der Sitzbank hinunter, trat leise, damit er niemanden der unter Deck Schlafenden störte, an den Kombüsenkühlschrank und kam mit zwei Gläsern sowie einer halb vollen Flasche Pinot Noir zurück. »Vielleicht hilft uns das beim Einschlafen«, sagte er, während er einschenkte. »Obwohl ich das in meinem Falle bezweifle.«

Paige zog zwar fragend die Augenbraue hoch, wollte aber nicht neugierig erscheinen. Falls Mercer den Grund für seine Schlaflosigkeit loswerden wollte, würde er das schon tun, auch ohne Stichwort. Sie erinnerte sich an den Artikel im Nachrichtenmagazin *TIME*, in dem auch langjährige Mitarbeiter und enge Verwandte zu Worte kamen, die vorgaben, den wirklichen Mercer gar nicht zu kennen. Sie konnte sich gut in ihn hineinversetzen, wusste sie doch aus leidvoller Erfahrung: Für jemanden, der plötzlich im Mittelpunkt des allgemeinen Interesses steht, ist es besonders wichtig, sein Privatleben zu schützen und sich nicht zu sehr in die Karten schauen zu lassen.

Er hob sein Glas. »Auf zu neuen Ufern!«, sagte er. »Und auf gute Erholung.«

Paige stieß mit ihm an.

Er nippte an seinem Wein. »Heute vor fünf Jahren ist Taylor abgehauen. Ich komme einfach nicht darüber hinweg.«

Sie schluckte heftig. »Ich kann mir kaum vorstellen, wie das sein muss … den einzigen Sohn zu verlieren! Suchst du immer noch nach ihm?«

Er verzog das Gesicht und legte die Stirn in kummervolle Falten. »Was soll das bringen? Er ist jedem Privatdetektiv entwischt, den ich angeheuert habe. Und es waren eine ganze Reihe. Wenn einer mir meldete, er habe die Spur verloren, setzte ich schnurstracks einen neuen auf Taylors Fährte an. Vor sechs Monaten hab ich's schließlich aufgegeben. Es tat zu weh, ihre Gesichter zu sehen, wenn sie mir zu erklären versuchten, dass Taylor womöglich gar nicht gefunden werden will, jedenfalls nicht von mir. Etwa einmal im Monat kriege ich ’ne Postkarte von Gott weiß woher – New Orleans, Miami, Atlanta, Boston.«

»Er schreibt dir?«

»Was man so schreiben nennt. Austauschbare Floskeln, immer dieselben. ›Ich hoffe, es geht dir gut.‹ ›Bin durch die Appalachen gewandert.‹ ›In Las Vegas ist immer high life.‹ Könnten an jeden x-Beliebigen gerichtet sein, diese Zeilen.«

»Immerhin etwas. Zumindest weißt du, dass es ihm einigermaßen gut geht. Daran kann man sich klammern.«

Mit diesem Hinweis hatte er sichtlich zu kämpfen. Mercer Wyatts Leben spielte sich vermutlich sonst stets im Bereich konkreter Zahlen und Fakten ab. Dass sein Sohn nicht in Gefahr sein sollte, glaubte er wahrscheinlich erst, wenn er ihn vor sich sah.

»Natürlich bin ich erleichtert, aber es macht mich trotzdem fertig, wenn ich daran denke, dass er sich irgendwo in der Weltgeschichte herumtreibt und sich dabei erheblich besser amüsiert als in meiner Gegenwart. Ich gebe es zu, Paige: Viele Jahre lang war ich ein hundsmiserabler Vater. Als Taylor klein war, baute ich mein Unternehmen auf. Erziehung war Angelegenheit meiner Frau. Nach ihrem Tod überließ ich das, wozu ich mich nicht aufraffen konnte, der Haushälterin: Sie kümmerte sich um meinen Sohn.«

O Gott!, durchzuckte es sie. Was sollte sie darauf sagen? Joshua, ja, der hätte es gewusst. Er war schließlich Sozialarbeiter.

»Ich habe ihn regelrecht vergrault«, fuhr Mercer fort. »Ich begreife durchaus, warum er abgehauen ist. Aber jetzt ist er fünf Jahre fort. Und da traut er sich immer noch nicht nach Hause? Oder anzurufen? Ich dachte, zweite Chancen gab’s wie Sand am Meer. Pustekuchen.«

Paige musste an sich halten, sonst hätte sie seine Hand ergriffen. Doch das gehörte sich nicht; dazu kannte sie ihn nicht gut genug. Außerdem wäre es ihr anderentags womöglich peinlich gewesen. Deshalb sagte sie: »Wenn man jung ist, fällt es einem schwer, die Gegenseite zu sehen. Man betrachtet alles extrem, alles wird überbewertet, und man ist überempfindlich. Als ich in Taylors Alter war, habe ich auch so manche Dummheit angestellt.«

Wofür sie immer noch bitter bezahlte. Zum ersten Mal seit Betreten des Schiffes dachte sie an den Telefongentlemen. Ein kalter Schauder ließ sie erschauern.

»Alles in Ordnung mit dir?«, fragte Mercer.

»Schon okay. War nur ein kurzes Frösteln. Dein Taylor wird schon nicht in alle Ewigkeit der verlorene Sohn sein. Wenn er sich ausgetobt und seine Sturm- und Drangzeit überwunden hat, kommt er zurück. Wo er auch steckt – er spürt gewiss, wie viel er dir bedeutet.«

»Lieb von dir, dass du das sagst, Paige. Es hilft.« Er leerte sein Weinglas und reckte die Arme. »Vielleicht kann ich ja jetzt tatsächlich einschlafen. Die Einweisung ins Kajakfahren ist um sechs, richtig?«

»Richtig. Bis dann. Wenn ich Glück habe, verschläft mein Schatten Paul ja.«

»Hoffnung gibt es immer!«, befand Mercer.

Ob das wohl stimmte? Paige hätte es gern gewusst.

43. Kapitel

Nach den wenigen Stunden Schlaf war sechs Uhr für Paige viel zu früh. Sie erschien als Letzte in der Kombüse und fand nur noch einen Platz neben Paul, der auch sogleich seine Wasserflasche von der Bank nahm. Allem Anschein nach spürte Mercer, der ebenfalls ziemlich übernächtigt wirkte, dass sie dringend einen Schuss Koffein benötigte, denn er schenkte ihr sogleich Kaffee ein. Paige packte ihren wasserdichten Kanurucksack zu den anderen an die Wand, wo sich bereits eine ganze Ansammlung aus munterem Knallgelb, Orange und Limonengrün stapelte, und rutschte dann neben Paul auf die Bank. Unter dem Schirm seiner Baseballkappe hervor warf Mercer ihr einen wissenden Blick zu.

Jedermann trug unterschiedliche Lagen von wasserfester Kanumontur. Wie Paige hatten die meisten sich für wärmende Oberbekleidung aus Polypropylen und Polyesterfleece entschieden sowie für Paddelshorts mit Sitzpolstern und atmungsaktive Paddelwesten, die viel Bewegungsfreiheit und gleichzeitig gute Durchlüftung boten. Hardy Litton, da überhaupt nicht mit Wasser vertraut, trug einen kompletten, von den Washburnes zur Verfügung gestellten Neoprenanzug. Paige sah schon voraus, dass er nach einer Stunde Paddeln wie ein Tanzbär schwitzen und seine Entscheidung bitter bereuen würde. Bei genauerem Hinsehen fiel ihr auf, dass Hardy sich eine kleine silberne Nadel mit den Buchstaben WWJT für »Was würde Jesus tun?« an den ausgeborgten Taucheranzug geheftet hatte. Tja, Hardy, dachte sie, Jesus würde heute auf keinen Fall diesen Neoprenanzug tragen, das steht mal fest.

Kaum saß sie am Tisch, drang ihr ein unappetitlicher Duftmix in die Nase, bestehend aus Pauls Aftershave, gebratenem Frühstücksspeck sowie dem unverkennbaren Mief von Taucherstiefeln, die dringend einer ordentlichen Auslüftung bedurften. Ihr Unbehagen steigerte sich noch, als sie merkte, wie die anderen sie verstohlen zu mustern versuchten, ohne sich dabei erwischen zu lassen. Selbst hier war sie noch eine Besonderheit, die Tochter von religiösen Spinnern, die Frau mit dem Skelett auf dem Grundstück, die vor knapp einem Monat einen abgetrennten Menschenfuß gefunden hatte. Die Mitreisenden hier hätten dieselben sein können, die früher in der Schule neben ihr saßen, sich über ihre Kleidung mokierten und sie in der Pause mieden. Nur waren sie jetzt eben Erwachsene und benahmen sich einigermaßen diskret.

Während sie sich das kohlehydratreiche Frühstück munden ließen, tuckerte die Madrona die zwei nautischen Meilen von Orcas Island bis Sucia Island, wo man die Kajaks zu Wasser lassen wollte. Die Gezeitentafeln in der Hand, gab Denise der Gruppe einen Überblick über die Insel und den geplanten Tagesablauf. Alle Teilnehmer sollten auf stabile, seefeste, leistungsfähige Zweierkajaks verteilt werden; das Ehepaar Washburne würde allerdings in Einerkajaks fahren, damit beide als separate Tourenführer fungieren konnten, einer an der Spitze, der andere am Schluss der Gruppe. Sowohl Denise als auch Bill waren in Wiederbelebungsmaßnahmen und Erster Hilfe trainiert und verfügten über Leistungsnachweise des britischen Kanuverbandes. Sie waren also hervorragend ausgebildete Kajakfahrer und Wassersportlehrer. Als Hardy das hörte, entkrampfte sich seine Schulterpartie deutlich.

»Wie wär's, Paige?«, fragte Paul. »Wir im Tandem?«

Mercer wollte gerade etwas sagen, aber die langbeinige Chloe kam ihm zuvor. »Paige und ich haben uns schon zusammengetan.«

Vergelt's Gott!, dachte Paige. »Sorry, Paul, aber wir Damen müssen eben zusammenhalten.«

Weitere Duos bildeten die zwei Frischvermählten, Arlen und Paul sowie Mercer und Hardy. Bei einer letzten Tasse Kaffee erfolgte dann noch die Sicherheitsbelehrung. Alle Teilnehmer wurden ermahnt, Flüssigkeit und Nahrung zu sich zu nehmen, ehe sie Durst oder Hunger verspürten. Alle mussten individuell angepasste Rettungswesten mit mindestens 100 Newton Auftrieb tragen. Das reichte, um einen Erwachsenen sicher über Wasser zu halten. Ferner wurden alle angewiesen, immer wieder Sonnenschutzmittel aufzutragen, Sonnenbrille aufzusetzen, den Schaft des Paddels nicht zu fest zu greifen und stets mit aufrechtem Oberkörper im Kajak zu sitzen. Entzündete Handgelenke und Rückenschmerzen konnten einem die schönste Paddeltour vermiesen.

Durch eine enge Passage an einer Seite von South Finger Island lief die Madrona in die Echo Bay ein. Nachdem sie an einer der Bojen vor Anker gegangen war, bereiteten sich alle darauf vor, von Bord zu gehen und in die Kajaks umzusteigen. Mercer zupfte Paige am Ärmel und hielt sie zurück. »Ich dachte, ich sag's dir lieber gleich. Das Skelett von deinem Anwesen, das hat heute Morgen wieder Schlagzeilen gemacht. Keinerlei Übereinstimmungen mit Vermisstenanzeigen, bei denen die Polizei ermittelt. Es hat auch niemand Anspruch erhoben auf die ... die Überreste.«

»Ach, deshalb haben mich alle heute Morgen beim Frühstück so angestarrt!«

Mercer nickte. »Außerdem hat die Polizei weitere Informationen über die Knochen freigegeben. Wohl in der Hoffnung, das würde dem Gedächtnis bei dem einen oder anderen auf die Sprünge helfen. Offenbar war das rechte Wadenbein an einer Stelle gebrochen, möglicherweise infolge eines Sturzes oder Sportunfalls. Eventuell beim Skilaufen, heißt es. An der

Bruchstelle war nämlich eine Delle im Knochen, etwa dort, wo der Rand eines Skistiefels sitzt. Das Alter der Verletzung lässt sich nicht mehr schätzen. Es gab auch keinen Knochennagel mit 'ner Seriennummer, anhand derer eine Identifizierung des Opfers möglich gewesen wäre. Die Polizei befragt gegenwärtig so viele Exmitglieder des Neuen Ordens der Engel und Heiligen, wie sie auftreiben kann. Man meint, man stößt dadurch vielleicht auf einen Namen.«

Paige seufzte. »Selbst hier draußen holt mich mein Leben ein.«

»Tut mir ja auch leid, aber ich dachte, ich müsste es dir sagen. Ich wollte dir das Getuschel ersparen. Außerdem gibt's noch etwas.«

Was mochte es denn noch geben? Paige kniff die Lippen zusammen – ob aus Zorn, aus Frust oder um sich die Tränen zu verbeißen, das wusste sie selbst nicht.

»Die McBride, diese Barrakuda, die hat was über die beiden toten Frauen zutage gefördert. Schlagzeile: ›*Opfer hatten Verbindung zu Telefonsexagentur*‹. Jetzt bricht natürlich die Panik aus, weil man die Möglichkeit nicht ausschließen will, dass ein Serienmörder es auf Telefonhostessen abgesehen hat. Am Schluss des Artikels zitiert die McBride eine anonyme Quelle mit der Aussage, die Damen in der Branche sollten auf der Hut sein und die Augen offen halten.«

Paige war, als sacke ihr der Magen weg. Carolyn hatte recht gehabt! Sie hätte den Urlaub stornieren sollen. Falls der Telefongentleman ihre Identität kannte, war sie nirgendwo sicher, nicht einmal hier draußen auf dem Wasser, wo praktisch jeder auf der Lauer liegen und sie beobachten konnte. Und dieser Durchgeknallte würde mit dem Morden sicher nicht aufhören, bis er Opal gefunden hatte.

Ein Würgen stieg in ihrer Kehle hoch. Sie musste wohl gewimmert haben, denn Mercer Wyatt bedeckte ihre Hand mit der seinen. »Nicht aufregen, Paige. Für Bettina Reid kannst du nichts mehr tun. Du hast ja nur ihren Fuß gefunden. Grauenhaft, klar, aber das ist auch schon die einzige Verbindung, die du zu ihr hast.«

Am liebsten wäre sie mit allem herausgeplatzt, hätte am liebsten erzählt, dass sie durchaus etwas mit Bettina zu tun gehabt hatte. Mit Sarah. Und mit Opal, der eigentlichen Hauptperson des ganzen Albtraums. Aber da hörte sie schon die Stimmen der Mitreisenden, die von Bord gingen und nach ihr riefen.

»Jetzt lass es dabei bewenden!«, befahl Mercer. »Nichts wie runter aufs flache Wasser.«

* * *

Das Wort *»sucia«* bedeutet im Spanischen »tückisch«. Die Insel trug diesen Namen wegen der vielen Klippen und Riffe entlang der Küste. Der Rat des Parkwärters an alle Seefahrer lautete so: »Wenn Sie meinen, Sie steuern weit genug um ein Riff herum – halten sie noch weiter Abstand.« Denise zufolge war die Insel ein aus elf Teilen bestehendes Archipel, das nicht zuletzt wegen seiner Schmuggelgeschichten berühmt war: Transport illegaler chinesischer Arbeiter, Drogenhandel, Schiebereien von Rum. Für Paige gehörte Sucia Island zu den schönsten Gegenden der Welt. Im Gegensatz zu den San-Juan-Inseln mit ihren überwiegend dunklen, vulkanischen Basaltfelsen bestand Sucia aus hellem Sandstein, gefördert anfangs des 20. Jahrhunderts in den Steinbrüchen, aus denen auch das Pflaster für die Straßen von Seattle stammte. Während Paige gemeinsam mit Chloe am Ufer entlangpaddelte, betrachtete sie voller Staunen die bizarren, an Bienenkörbe gemahnenden Muster, die die Erosion in die Felswände genagt hatte. Vorbei ging es an einem Kiesstrand mit Steilufer und dann durch ein

Bett aus Seetang hin zu einer Stelle, von der sich ein spektakulärer Blick auf den Mount Baker bot. Chloe war eine ausgezeichnete Kanutin, die das Boot mit gekonnter Kurventechnik um scharfkantige, aus dem Wasser ragende Klippen lenkte und die Hebelwirkung ihrer langen Armmuskeln für einen noch kräftigeren Paddelzug nutzte. Den überwiegenden Teil des Morgens begnügten die beiden Frauen sich damit, übers Wasser zu gleiten und stumm den Frieden ringsum zu genießen. Dann sagte Chloe mit einer tiefen Stimme, die Paige ein wenig an Madame Patrice erinnerte: »Lass dich nicht von dem Medienrummel unterkriegen, Paige.«

»Danke«, erwiderte sie. »Ich tue mein Bestes, aber es ist schwer.«

Sie umsteuerten den Nordrand der Insel am Kopfende der Bucht, paddelten anschließend durch die Cluster Islands und dann entlang einer Küstenlinie aus bewaldeten Uferwänden und Steilklippen, wobei ein Panorama herrlicher war als das andere. In der Shallow Bay bot sich ihnen ein beklemmender Anblick: Ein Friedhof abgestorbener Bäume, die sich knapp übers Marschland reckten. Wie Geisterfinger winkten die silbrig glänzenden Äste im Sumpf.

Paige schaute sich um. Mercer und Hardy hielten sich in ihrem Zweierkajak etwa im gleichen Tempo parallel zu den beiden Frauen; mit einigem Abstand folgten Paul und Arlen.

Bei Little Sucia Island zeigte Chloe auf eine uralte Douglasie, auf deren Spitze ein voll ausgewachsenes Weißkopfseeadlerweibchen thronte, erkennbar an seinem majestätischen weißen Kopf. Gelbe Augen hielten wachsam Ausschau nach Anzeichen von Lachsen. Aus der Ferne hörte man deutlich und wiederholt das charakteristische Pfeifen des Klippenausternfischers, eines unbeholfen wirkenden Watvogels, der seinen abgeflachten langen Schnabel wie ein Stemmeisen benutzt, um die Schalen von Weichtieren aufzuhebeln. Nach einiger Zeit trat man den Rückmarsch an zum äußeren Horn der halbmondförmigen Echo Bay, wo man wegen der sanften Brandung ohne viel Theater und Trara anlanden konnte. Alle lösten die Spritzdecken, die das Eindringen von Wasser verhinderten, kletterten aus ihren Kanus und zogen sie ans Ufer. Zwar hatten alle Durst und einen Bärenhunger, doch alle waren begeistert von dem, was sie auf ihrer morgendlichen Tour erlebt hatten. Hardys Puddinggesicht glühte förmlich, zumal sein Tandempartner Mercer ihn als »Admiral Litton« titulierte.

»Meistert die Brandung wie 'n Profi!«, lobte er und klopfte Hardy anerkennend auf den Rücken.

Auch Rafe, der Bordingenieur, war keineswegs untätig geblieben. Er hatte inzwischen ein Picknick vorbereitet und einen einflammigen Propangaskocher aufgebaut, auf dem ein kleiner, sparsamer Gasumluftofen stand. Gleich neben der Feuerstelle hing eine Tasche mit einer Auswahl an Gewürzen, Saucen und anderen Zutaten, allesamt in etikettierten, zylindrischen Filmbehältern. Da jedermann mit anpackte, war im Nu ein Imbiss aus gedünsteten Muscheln, knusprigem Brot und Backäpfeln mit Zimt auf einer karierten Decke am Strand bereitet. Der Rotwein floss reichlich; zum guten Schluss wurde ein Blech Brownies mit einer brennenden Kerze in den Kreis getragen und Arlen ein Geburtstagsständchen gesungen.

Am Nachmittag teilte die Gruppe sich auf. Das junge Ehepaar begab sich auf die Suche nach einer abgeschiedenen Bucht und etwas romantischer Zweisamkeit. Arlen begnügte sich mit einem Buch am Strand, begleitet von der Musik aus seinen Kopfhörern. Da Hardy ganz versessen auf eine weitere Kajakfahrt war, ließ Denise sich zu einer Paddeltour mit ihm breitschlagen, während ihr Mann und der Bordingenieur aufräumten. Für alle anderen war Wandern angesagt, wobei Mercer den anspruchsvollen Anstieg zum Ev Henry Finger wählte. Denise ermahnte ihn noch, er solle tunlichst auf sicheren Tritt achten, dann werde er für seine Mühen mit einem atemberaubenden Blick auf Orcas Island und Mount Constitution belohnt, wo man am Vortag noch mit dem Rad unterwegs gewesen war. Paige zog es zur Ostseite der Insel. Den Schluchten entlang der Bucht folgend, marschierte sie in Richtung Ewing Cove und sah unterwegs dicke Schwertfarnbüschel sowie ein kleines Kaninchen, das ins Unterholz hoppelte. Man konnte nur hoffen, dass es den Fängen der Steinadler entkam, die verwegene Jäger waren.

Sie nahm sich vor, bei Gelegenheit mit Joshua auf diese Insel zurückzukehren und auch Parker mitzunehmen, um mit ihm über diese Wege zu wandern. Wie es den beiden wohl ging? Ob Carolyn bei dem ewigen Hin und Her zwischen der Identifizierung des Skeletts und der Aufklärung der Morde an Jasmine und Amber wohl immer noch schlaflose Nächte hatte? Gewiss war sie fix und fertig. Und frustriert.

Hier draußen allerdings war man weit weg von Gerippen und Telefonstrippen. Der unbewusste Reim entlockte ihr ein verhaltenes Lachen. Was der Telefonkavalier wohl gerade so trieb? Wer blieb ihm denn jetzt noch zum Quälen übrig? Die Agentur war umgezogen; alle Mitarbeiterinnen hatten gewiss neue Nummern. Dory und Lani waren fort, und Paige selbst steckte hier mitten in der Walachei. Seine Verbindungen zu Opal brachen ab. Was mochte das in ihm auslösen?

Hoffentlich einen Sprung von einem hohen Felsen!

»Aha! Hier also versteckst du dich!«

Paul trat auf die Lichtung.

Paige war sauer und versuchte erst gar nicht, dies zu verbergen. »Ja, allerdings – solange du noch nicht hier warst, wohlgemerkt!«

»War das nicht eine tolle Paddeltour heute Morgen?«

»Ja.« Sie wandte sich demonstrativ ab und starrte in die Ferne, hinüber zu einem Riff.

Er kam näher, beugte sich vor und wollte sich schon neben Paige auf einen Felsbrocken setzen, als sie sagte: »Sieh mal, Paul, nichts für ungut, aber ich möchte echt eine Weile allein sein. Ich hole euch anderen schon ein.«

»Ach so, klar«, stieß er hervor und richtete sich auf, unübersehbar enttäuscht. »Ich meinte halt nur, es wäre zu gefährlich, allein zu wandern, deshalb bin ich dir gefolgt. Zumal deine Wanderung letztlich ja offenbar nicht so angenehm ausging.«

»Ich bin kein kleines Kind. Im Übrigen: Dass ich auch hier auf einen Fuß stoße, ist eher unwahrscheinlich. Meinst du nicht auch?«

»Ich wollte dir nicht zu nahe ...«

»Schon gut. Ich brauche Abstand. Deshalb habe ich diesen Urlaub gebucht.«

Paul schnaubte, entschuldigte sich aber nicht, sondern brummte nur »Wenn du meinst!« Dann drehte er sich um, lief zum Wanderweg zurück und verschwand kurz darauf im Wald. An diesem Abend würde es am Lagerfeuer vermutlich nicht diese lockere Stimmung geben, aber das war Paige gleichgültig. Dass Paul sich ihr bei jeder sich bietenden Gelegenheit aufdrängte, ging ihr gewaltig auf die Nerven. Sie hatte schließlich nicht ein Schweinegeld für einen Urlaub ausgegeben, nur um ihre ganze Energie darauf zu verpulvern, sich irgendeinen Armleuchter vom Halse zu halten.

Schon wieder knackten Zweige, doch diesmal war es Chloe, die aus dem Dickicht kam. »Alles in Ordnung, Paige? Ich sah, dass Paul dir folgte. Ich war mir nicht sicher, ob da was zwischen euch läuft ...«

»Da kann ich dich beruhigen. Zwischen Paul und mir läuft rein gar nichts, und jeder Beitrag, der dazu dient, dass das auch so bleibt, wäre mir höchst willkommen. Danke, dass du heute Morgen als meine Kajakpartnerin eingesprungen bist. Mit diesem Paul in einem Kanu – da könnte ich mir ja gleich die Kugel geben.«

»Dann ist der also nur so 'ne Art Klette?«

»Wahrscheinlich staubt er bei jedem Urlaub eine ab und meint, das müsste auch diesmal so sein.«

»Mann!«, rief Chloe. »Warum hat er's dann nicht bei mir versucht?«

»Du bist zu groß«, konterte Paige lachend.

»Na, jedenfalls sah er eben schwer angefressen aus. Pass bloß auf, Paige. Im Wald oder in 'nem Kanu mit nichts als Wasser ringsum sollte man sich nicht zu viele Feinde machen.«

»Darin bin ich in letzter Zeit anscheinend Spitze.«

Chloe ließ sich neben ihr auf dem Felsen nieder. »Nimmt einen mit, was? Alle gaffen einen an, als hätte man zwei Nasen. Vielleicht will Paul dich ja nur beschützen.«

»Grob ausgedrückt: Was der will, ist mir scheißegal.«

»Und du, Paige? Was willst du?«

Gute Frage. Offenbar wurde ihre Wunschliste von Tag zu Tag länger. Paige wollte, dass man den Telefongentleman fasste, dass Dory, Sebastian und Lani in Sicherheit waren, dass Parker rasch gesund wurde und dass sich herausstellte, dass das Skelett im Luftschutzbunker zu einem Unglücksraben gehörte, der sich widerrechtlich auf das Anwesen vorgewagt und dafür mit dem Leben bezahlt hatte. Sie wollte zudem ihre Vergangenheit hinter sich lassen, wusste jedoch, dass das nicht ging, und wäre schon zufrieden gewesen, wenn das Gestern keine Rolle gespielt hätte. Denn sie wollte Joshua. Wie viele dieser Wünsche würden wohl in Erfüllung gehen? Oder hatte sie sich durch zu viele Sünden und Geheimnisse diese Erfüllung bereits selbst versagt?

»Am besten fange ich mit etwas ganz Einfachem an. Ich

möchte den Urlaub genießen. Das dürfte doch wohl nicht zu viel verlangt sein.«

»Soll ich dich lieber eine Weile allein lassen?« Chloe erhob sich, doch Paige stand mit ihr auf.

»Nicht nötig«, erwiderte sie. »Du bist eine angenehme Gesellschaft. Sollen wir diesen Wegen mal zeigen, was eine Harke ist? Wir haben noch jede Menge Zeit, um rüber nach Fossil Bay zu wandern und uns 'nen ordentlichen Appetit zuzulegen. Heute Abend futtern und trinken wir alle unter den Tisch.«

Chloe lächelte. »Hat was, deine Denkweise.«

Gemeinsam marschierten sie zurück zur Bucht und zum Strand, wo Arlen nach wie vor seinem Walkman lauschte. Paul oder Mercer, so seine Auskunft, habe er nicht gesehen. Denise und Hardy paddelten in einem Zweierkajak draußen vor der Küste; Captain und Bordingenieur befanden sich auf dem Schiff. Paige teilte Arlen mit, sie wandere mit Chloe zur anderen Seite der Insel und erwarte, bei ihrer Rückkehr gefälligst kühle Drinks vorzufinden. Er legte salutierend zwei Finger an die Stirn und wünschte ihnen viel Spaß beim Wandern.

Nach zwei Tagen Radfahren und einer morgendlichen Kajaktour verspürte Paige erste Anzeichen von Ermüdung. Obwohl sie sich einiges auf ihre Fitness einbildete, gönnte sie ihrem Körper zwischen den Trainingseinheiten stets einen Ruhetag. Trotzdem hätte sie nicht gedacht, dass drei anstrengende Tage nacheinander so schlauchen konnten. Des Öfteren hielt sie an, nahm einen Schluck Wasser und schwor sich, es nächstens langsamer angehen zu lassen.

Liegt sicher am Stress, dachte sie. Allmählich ging ihr der jetzt wohl an die Substanz und laugte sie aus.

Chloe überließ Paige die Spitze, blieb, wenn Paige stoppte, ebenfalls stehen und jammerte mit ihr um die Wette. Der einen taten die Beine weh, der anderen der Po.

Paige war froh, dass Chloe an der Reise teilnahm, dass sie am Morgen in ihrem Kajak gesessen und ihr die kostbaren Stunden der Ruhe und Muße gegönnt hatte. Auch jetzt war sie froh über Chloes Begleitung und fragte sich, wie die langbeinige Blondine wohl über ihre Beziehung zu Joshua denken mochte. Bei der Gelegenheit merkte Paige wieder einmal, wie sehr sie eine Freundin brauchte. Dory waren die Männer ein Gräuel gewesen, und Lani, die jetzt wer weiß wie lange fort sein würde, war ihr zu unselbstständig. Was mochte Chloe wohl denken, wenn Paige ihr erzählte, womit sie früher ihr Geld verdient hatte?

Mehrmals während des Marsches stand Paige kurz davor, ihr das Herz auszuschütten, aber sie hielt sich zurück. Freilich, es war schon vieles nur wegen Heimlichkeiten in die Binsen gegangen, doch trotzdem wusste Paige, dass man manches eben besser geheim hielt. Sicher, Chloe wirkte sehr sympathisch, freundlich, verständnisvoll, und sie gönnte Paige den Freiraum, den sie benötigte. Sie drängte sich nicht auf, sondern verhielt sich wie eine echte Freundin.

Und genau das machte Paige auf einmal misstrauisch. Chloe hatte nie erwähnt, womit sie ihre Brötchen verdiente. Ja, sie hatte generell nicht allzu viel über sich verlauten lassen, außer der Tatsache, dass sie aus Oregon stammte. Vielleicht, so Paige, war diese Chloe Grier alles andere als eine Freundin, sondern vielmehr eine sehr clevere, sehr geduldige Reporterin, die nur der Story des Jahres rund um Sucia Island folgte.

44. Kapitel

Sie hatte zu lange still gesessen, wie ihre Rückenschmerzen bewiesen. Carolyn stand auf, machte ein paar Schritte durch ihr winziges Büro, stemmte sich gegen den Schreibtisch und dehnte in dem Versuch, die Entzündung etwas zu lindern, ein paar Mal wie eine Katze den gekrümmten Rücken. Der Schmerz strahlte auf den gesamten hinteren linken Oberschenkel aus. Um in Bewegung zu bleiben, ging sie vor ihrem Schreibtisch auf und ab. Eines war immerhin erfreulich: dass Paige so penibel Buch geführt hatte. Geschlagene zwei Stunden hockte Carolyn mittlerweile über Paiges Telefonsex-Aufzeichnungen, sämtliche Eintragungen doppelt und dreifach lesend, um nur ja nichts zu übersehen.

Die Kunden waren alphabetisch aufgelistet, und zwar nach ihren Vornamen, da die meisten gar keinen Nachnamen angaben. Auch körperliche Merkmale fehlten nicht: ein Meter neunzig, athletisch, gut bestückt; eins achtzig, dichte Körperbehaarung, Schnurrbart. Die sexuellen Fantasien der Anrufer verbargen sich hinter rätselhaften Abkürzungen, mit deren Entzifferung Carolyn ihre liebe Not hatte. SPR stand vermutlich für Spanner. DU wies auf mutmaßliche Vorlieben für Damenunterwäsche hin. Etliche Buchstabenkombinationen waren ihr nach wie vor ein Rätsel. Neben dem Namen Gerry hatte Paige das Akronym WR notiert. Witwer vielleicht? Ein weiterer namens Orson war ein PBAG, was immer das bedeuten mochte. Manche Anrufer, Orson eingeschlossen, waren mit einem Sternchen gekennzeichnet, einem Chiffre, das gleich auf der ersten Seite des Tagebuches erklärt wurde: Ein

Sternchen stand für »Igitt!« – für die Anrufer also, die Paige am wenigsten mochte.

Jeder einzelne Anruf war mit Datum notiert, sogar die, bei denen Paige aufgelegt hatte, Grund inklusive. »George B., 12. Aug., Päderast.« »Jon J., 4. Sep., treibt es mit Tieren.« Orson, der mit dem Akronym PBAG, hatte am 30. September noch einmal angerufen.

Nirgendwo in den Aufzeichnungen fand sich ein Hinweis auf einen Gentleman oder auf jemanden, der sich nach Opal erkundigt hatte. Sofern der Anrufer tatsächlich mit Paige alias Laurel in Verbindung getreten war, hatte er ihr eine andere Rolle vorgespielt. Carolyn war also keinen Schritt weiter. Jeder hätte der Telefonkavalier sein können.

Carolyn setzte sich wieder in ihren Bürosessel und knetete sich, die Füße auf die Schreibtischkante gelegt, den schmerzenden Oberschenkelmuskel. Erst in zwei Stunden durfte sie wieder ein Muskel entspannendes Präparat nehmen. Zu allem Überfluss meldeten sich erste Anzeichen eines Schnupfens, und sie wusste jetzt schon, dass sie vom vielen Husten und Niesen auch Kopfschmerzen bekommen würde. Sie griff nach der Thermoskanne und goss sich einen Tee ein.

Lani Hollis hatte keine Aufzeichnungen hinterlassen und eine Durchsuchung ihrer Wohnung keinerlei Aufschlüsse bezüglich der Identität ihres Phantomliebhabers erbracht. Auf Carolyns Weisung hin arbeiteten mittlerweile zwei Beamtinnen unter den Namen Laurel beziehungsweise Opal bei einer Telefonsexagentur, doch keine hatte bislang einen Anrufer gemeldet, der im Entferntesten einem Gentleman geähnelt hätte. Allzu lange durfte man den Polizistinnen diese Art der verdeckten Ermittlung nicht mehr zumuten. Man war ohnehin knapp an Personal, und Carolyns vorgesetzter Captain dachte schon laut darüber nach, ob man nicht das FBI um Amtshilfe ersuchen sollte. Vor dem Einschalten des Bundeskriminalamts schreckte Carolyn aber zurück. Nur noch ein paar Tage!, flehte sie ihren Captain an und setzte sich damit durch. Die Sache war schließlich ihr Fall und eine erstklassige Gelegenheit, sich für den demütigenden Vorfall zu rehabilitieren, der ihr den verhassten Spitznamen »Lady Rambo« eingebracht hatte. Sie musste sich bewähren: sowohl um ihrer Laufbahn willen als auch für Paige.

So vieles ging in die Binsen: ihre Gesundheit … ihre Ehe. Konnte sie nicht mal eine einzige Schlacht gewinnen?

Am Vorabend war sie mit chinesischen Mitnahmegerichten hinausgefahren zu Paiges Haus. Statt mit ihrem Angetrauten speiste sie lieber mit ihrem Zwillingsbruder. Gregg gönnte ihr kaum noch ein Wort, seit sie sich Anfang der Woche vor einem Wohltätigkeitsball, den sie mit ihm besuchen sollte, gedrückt hatte. Bei zwei Mordopfern, so ihre Begründung, sei sie immer im Dienst – weitere Frauen seien in Gefahr, und außerdem läge in der Leichenhalle ein Skelett, das noch identifiziert werden müsse. Gregg hatte ihr zu verstehen gegeben, sie könne ihm den Buckel herunterrutschen.

Joshua hörte sich das neueste Kapitel über den beklagenswerten Zustand ihrer Ehe an und forderte seine Schwester auf, eine Eheberatung aufzusuchen, auch wenn ihr Mann sich weigere. Sie versprach, es sich durch den Kopf gehen zu lassen – sofern Joshua seinerseits einwilligte, seine Vorbehalte gegenüber Paiges Vergangenheit aufzugeben und um die Beziehung zu kämpfen.

»Du liebst sie doch, Josh! Und sie fehlt dir!«

Er widersprach zwar nicht, doch seine überreizte Fantasie quälte ihn nach wie vor mit allerlei Bildern aufgegeilter Anrufer.

Auch an diesem Abend würde Carolyn wieder erst spät nach Hause kommen. Am Vormittag hatte sie Cassie Pepper vernommen und sich dabei dieselben Verharmlosungen anhören müssen, die das Mädchen schon in Fallon McBrides Talkshow vom Stapel gelassen hatte. Die Greenes waren herzensgute Leute, die Greenes waren grundehrlich, die Greenes hätten keiner Fliege etwas zuleide tun können. Allerdings hatte Cassie bei der Befragung die Namen von einigen früheren »Heiligen« genannt, und als Carolyn diese anrief, äußerten sie sich bei weitem nicht so nachsichtig über die Greenes. In einer Viertelstunde stand ein Termin mit einem dieser ehemaligen Sektenmitglieder an. Gerade noch Zeit genug, sich die Zähne zu putzen, kurz das Gesicht zu waschen und ein paar Schmerztabletten hinunterzuwürgen.

Punkt halb neun erschien ein junger Mann namens Eric Bowden in ihrem Dienstzimmer. Er war etwa Ende zwanzig, frisch rasiert und trug das Haar militärisch kurz. Carolyn schüttelte ihm die Hand, bedankte sich für sein Kommen und bat ihn, Platz zu nehmen. Die angebotene Erfrischung lehnte er ab.

Er sei, so Eric, sechs Monate lang Novize im Neuen Orden der Engel und Heiligen gewesen. Ja, Cassie Pepper sei ihm bekannt; man habe sich sogar einige Male auf einen Kaffee getroffen, aber mehr als Freundschaft sei da nicht. Er habe den Verein ja danach verlassen. Knall auf Fall.

»Warum?«, wollte Carolyn wissen.

»War einfach nicht mein Ding«, sagte er. Seine Stimme war hoch, weich, mädchenhaft fast. »Die Jugendlichen in der Gruppe, die waren zwar ganz nett, die Greenes auch, aber ein paar von deren Vorstellungen waren voll daneben. Wieso man ein besserer Mensch werden soll, nur weil man ein Wochenende lang in 'nem Loch zugebracht hat – das konnte ich nicht nachvollziehen.«

»Das Indoktrinationsritual«, bemerkte Carolyn. »Von dem Cassie im Fernsehen sprach. Haben Sie sich zur Teilnahme genötigt gefühlt? War das der Grund?«

»Überhaupt nicht. Von Druck hielten die Greenes nichts. Ich würde schon merken, wann die Zeit reif sei, meinten sie. Aber die anderen, die taten manchmal so, als wäre so eine Erfahrung das Nonplusultra. Da bin ich wohl neugierig geworden. Ich wollte nicht kneifen.«

Volltreffer. Die Greenes hatten es gar nicht nötig, Druck auszuüben. Das erledigten ihre Anhänger schon für sie. »Also haben Sie's doch gemacht? Und sind in den Bunker gestiegen?«

Bowden nickte. »Die Greenes fuhren mich hin. Wegen der Augenbinde hatte ich keinen Schimmer, wohin die Reise ging. War zwar spannend – man lauscht auf die Verkehrsgeräusche und versucht rauszuhören, in welche Richtung es geht –, aber unheimlich auch. Wir stiegen aus dem Wagen und gingen dann etwa noch zwanzig Minuten zu Fuß. Der Boden war weich, kein Straßenlärm mehr zu hören.«

Carolyn malte sich aus, wie man sich fühlen musste, wenn man mitten in der Nacht durch unbekanntes Gelände geführt wurde, zumal mit verbundenen Augen und zwei so gut wie unbekannten Menschen nahezu völlig ausgeliefert. Sie selbst hätte Todesangst ausgestanden und sich gefragt, ob man sie erschießen, foltern, verhungern lassen wollte. Den anderen Sektenmitgliedern hätte sie das Gefasel von religiöser Offenbarung nie und nimmer abgenommen, sondern gleich Unrat gewittert und sich aus dem Staube gemacht.

Wie verkorkst musste einer sein, um sich auf einen solchen Schwindel einzulassen?

»Jerome stieg als Erster runter. Dann nahm Milli mir die Augenbinde ab und befahl mir, ihm nachzuklettern. Über 'ne Strickleiter mit Holzsprossen. Jerome leuchtete mit der Taschenlampe, damit ich was sehen konnte. Und danach kam Milli ebenfalls runter.

Der Bunker hätte Stahlbetonwände, sagten sie, und eine Decke mit Frischluftzufuhr. Er maß etwa zwei-fünfzig mal drei Meter, und am Zugang war ein Knick, wahrscheinlich, um das Gröbste von dem Lichtblitz und der Strahlung bei 'nem Bombeneinschlag abzufangen. Ich wusste nur, dass ich tief im Boden saß, und die Wände, die waren echt erdrückend.«

»Hätten Sie auch einen Rückzieher machen können? Hätten Sie sagen können, sie wollten lieber doch nicht?«

»Danach habe ich nie gefragt. Ich wollte ja nicht als Weichei erscheinen.«

Bei seinem glatten Gesicht und seiner hohen Stimme hatte Bowden sich während der Pubertät wahrscheinlich noch viel schlimmere Sachen anhören müssen. Carolyn konnte sich durchaus vorstellen, dass er den Greenes dankbar war für die Aufnahme und Zuwendung.

»Sie zeigten mir den Brot- und Wasservorrat und wo ich pin…, wo ich austreten konnte. Dann umarmten sie mich und sagten mir, sie liebten mich und würden mich Sonntagabend abholen.

Kaum war die Leiter hochgezogen, da hab ich erst mal geheult vor lauter Angst. Ich konnte hören, wie sie mit dem Auto wegfuhren, und dann hab ich bloß noch gedacht, jetzt würde was ganz Furchtbares passieren, dass beispielsweise der Bunker voll Wasser läuft und ich ertrinken muss. Oder es käme ein Erdrutsch runter, und ich müsste ersticken.«

»Ist denn während des Wochenendes niemals einer von den Greenes gekommen, um nach Ihnen zu sehen?«

»Kein einziges Mal.« Jetzt versagte ihm die Stimme. »Und kein Mensch wusste, dass ich da unten hockte. Wir mussten uns nämlich vertraulich für das Ritual anmelden. Damit sichergestellt war, dass wir aus lauteren Motiven kamen und nicht nur, um in der Gruppe anerkannt und akzeptiert zu werden.«

Religiöse Offenbarungen hatte Eric Bowden in dem Loch mit Sicherheit nicht erlebt. Seinen zittrigen Händen nach zu urteilen trug er noch immer die Narben dieses dreitägigen Horrors. »Albträume?«, fragte Carolyn.

»Und ob! Bis zum heutigen Tag. Es war so unheimlich still da unten. Jegliches Zeitgefühl geht einem verloren. Eine Uhr durfte man ja nicht mitnehmen. Ich hatte eine Todesangst, dass die Greenes mich vergessen könnten. Und schließlich bildete ich mir ein, sie hätten mich nur da unten eingesperrt, weil sie sauer auf mich waren und mich bestrafen wollten.«

»Hatten Sie denn was angestellt? Gab's da was?«

»Ich habe mir das Gehirn zermartert, aber mir fiel nichts ein.«

»Aber vergessen haben sie Sie nicht, oder?«

»Nee. Am Sonntagabend bei Sonnenuntergang kam die Leiter runter, wie angekündigt. Sie warfen mir die Augenbinde zu, ich verband mir die Augen und kletterte nach oben. Inzwischen wusste ich selbst nicht mehr, ob ich die beiden abknutschen oder umbringen sollte.«

»Wie verhielten die Greenes sich?«

»Die spendierten mir ein opulentes Abendessen, sagten mir, sie wären stolz auf mich, ich sei ein echter Heiliger und wüsste jetzt, was es hieße, für seinen Glauben einzustehen. Als sie mich nach meinen Erfahrungen in dem Bunker fragten, habe ich ihnen irgendwelchen Blödsinn aufgetischt. Dann fuhren sie mich zu meiner Wohnung, umarmten mich noch einmal, und danach habe ich sie nie wieder gesehen.«

»Weil Sie ausgetreten sind?«

Er nickte. »War mir zu unheimlich. Manchmal wache ich noch schweißgebadet auf. In engen Räumen kriege ich Platzangst. Bei Dunkelheit auch.«

»Aber genötigt hat man sie nie zu diesem Ritual?«

»Nein.«

»Hypnotisiert? Unter Drogen gesetzt?«

»Nein.«

»Überlegen Sie genau, Eric. Haben Sie zu irgendeinem Zeitpunkt erlebt, dass die Greenes böse auf ein Mitglied waren? Haben sie mit Strafen gedroht? Jemanden erniedrigt? Geächtet?«

Er seufzte. »Nein, nie. Wie schon gesagt, die Greenes hatten das Herz auf dem rechten Fleck. Nur waren sie mir zu spinnert und zu religiös.«

»Trotzdem wurde ein Skelett in dem Loch gefunden. Wasserkrüge, eine Taschenlampe, eine Bibel. Was mag da Ihrer Meinung nach vorgefallen sein?«

Er blieb ziemlich lange stumm, sodass Carolyn sich schon fragte, ob er in Gedanken gerade wieder in jene schwarze Grube gestiegen war. Schließlich sagte er: »Ich glaube, da hat sich wieder einer freiwillig für das Ritual gemeldet. Wie immer. Nur sind die Greenes diesmal nicht Sonntagabend mit der Leiter angetanzt, sondern sie haben sich den Hals abgefahren.«

Kein Mord. Ein Unfall. Einer, der nicht nur Jerome und Millicent Greene das Leben gekostet hatte, sondern auch ein weiteres Opfer, das noch identifiziert werden musste.

45. Kapitel

Bei einer Körpergröße von einem Meter achtzig konnte Chloe Grier auf die meisten Passagiere der Madrona verächtlich herabblicken und mit einer leichten Hebung des Kinns die Männer zu Pantoffelhelden degradieren. An Land, im grauen Alltag, hätte sie sich nie und nimmer herabgelassen, ihn auch nur eines Blickes zu würdigen. Wie so viele von ihnen.

Einmal mehr war er drauf und dran, sich Scherereien einzuhandeln. Der Anblick von Chloe erweckte seine dunklen Gedanken wieder zum Leben. Er malte sich bereits aus, wie sie den perfekt frisierten Kopf in Todesangst hin und her warf, wie ihr makelloser Teint vor Atemnot blass wurde, wie sie mit ihren Tina-Turner-Beinen verzweifelt um sich trat. Das violette Spiel.

Zuerst waren die dunklen Gedanken sporadisch wie ein Hagelschauer aus heiterem Himmel über ihn hereingebrochen. Anfangs völlig verwirrt, hatte er nach und nach versucht, die Fantasien, die ihn heimsuchten, logisch zu begreifen. Ob's wohl auch andere Menschen gab, die so dachten wie er? Was taten die dagegen? Er las dutzendweise Fachbücher, recherchierte in Untergrund-Zeitungen, surfte im Internet und chattete mit anderen Strangulierungsfetischisten, fand aber nichts, was ihm inneren Frieden gegeben hätte. Um sich abzulenken, stürzte er sich kopfüber in einen Fitnesswahn, probierte es mit Kanusport, Tennis, Radfahren. Er nahm an einem Schreinerkurs teil und baute ein Bücherregal sowie einen Schemel. Die Fantasien blieben bestehen.

Allmählich hatte er es satt, sich wie ein geifernder Perversling vorzukommen, und sehnte sich nach Anerkennung. So abartig konnte er doch nicht sein! Er wusste alles, was es über autoerotische Atemkontrolle und Strangulierung zu wissen gab. Er hatte auch von Leuten gelesen, die diese Spielchen zu weit getrieben hatten und dann tot aufgefunden worden waren, umgeben von ihren sadomasochistischen Utensilien oder in Frauenkleidern oder sogar, jawohl, vorn über der Kühlerhaube eines Treckers hängend. Er selbst hatte mit solchen Selbstbefriedigungspraktiken nichts am Hut. Das angebliche Hochgefühl, jener überwältigende Orgasmus, der durch Sauerstoffmangel im Gehirn ausgelöst wurde, all das interessierte ihn nicht. Aber mit einer bereitwilligen Partnerin, oh ja! Die Angst in ihren Augen zu sehen, das Violett, das Röcheln und Gurgeln zu hören! Ja, in der Tat, sehr dunkle Gedanken!

Er konnte sich nicht dazu durchringen, sich auf sich selbst zu verlassen. Was, wenn das Spiel zu weit ging? Wenn wieder ein Unglück passierte? Nein, eine andere Möglichkeit musste her, eine, bei der er zwar alles bekam, aber nicht unter den Folgen zu leiden brauchte.

Die Antwort kam übers Telefon. Die Frauen machten ihm deutlich, dass er gar nicht so abartig war, dass etliche seiner Geschlechtsgenossen genau das gern taten, was er da schilderte, und dass manche Frauen auf Strangulationsspiele durchaus abfuhren. Falls andere das nicht kapierten, tja, dann war das halt deren Pech. Dallas und Amber hatten mit Begeisterung seine Fantasie mit ihm ausgelebt, wofür er zu Beginn dankbar gewesen war. Er war also doch nicht pervers. Er konnte dazugehören, sich einbringen.

Er war davon ausgegangen, dass die Anrufe als eine Art Dämpfer dienen würden. Seine Vorstellung zu artikulieren, sie mit anderen zu teilen und dadurch Erfüllung zu finden, das würde nach seinem Gefühl mit Sicherheit reichen und ihm Befriedigung verschaffen.

Stattdessen wurden die dunklen Gedanken schlimmer. Und häufiger. Statt die erhoffte Erfüllung zu finden, wurde er gereizt, rastlos, aggressiv. Die Anrufe dämpften nicht seine Raserei – sie steigerten sie.

Opal gelang es irgendwie, den Würgegriff der dunklen Gedanken zu lösen. Sie durchschaute die Macht der Fantasie und wusste, dass das Gehirn das mächtigste menschliche Geschlechtsorgan ist. Sie zeigte ihm andere Möglichkeiten. Einfallsreich. Prickelnd. Und beinahe so befriedigend wie seine Visionen von blauvioletter Strangulation.

Er konnte nicht länger warten. Heute Abend würde sich Gelegenheit bieten, Plan hin oder her. Auf Sucia Island wimmelte es von abgelegenen Plätzchen, wo er sich Paige Rowan allein vornehmen konnte. Er packte alles Nötige in seinen Rucksack – Isolierband, einige starke Gummibänder, Müllsäcke mit Zuziehkordel, einen schweren Stein und einen durchsichtigen Plastikbeutel.

46. Kapitel

Einer von Paiges kleineren Wünschen wurde erfüllt. Während des von Denise und Bill organisierten Grillens am Strand ließ Paul sie in Ruhe und klebte dafür nunmehr an den Ellisons. Nach einem ganzen Tag Bewegung an der frischen Luft hatten alle Teilnehmer einen Bärenhunger und ließen sich Cheeseburger mit gebackenen Bohnen sowie Apfelkuchen schmecken. Paige hatte zwar nicht gezählt, wie viele Gläser Wein sie getrunken hatte, merkte aber beim Aufstehen genau, dass sie dem Rebensaft etwas zu heftig zugesprochen hatte. Ihr war, als hebe und senke sich der Sandstrand unter ihren Füßen, und sie traute sich nicht, zum Horizont zu blicken. Ein plötzlicher Wind blies aus Südost um die Inseln; in der Bucht schäumte und quirlte das Wasser. Der Kopf dröhnte ihr wie die Brandung, und beim Gedanken, aufs schlingernde Boot zurückzukehren und sich vom Wellengang durchschaukeln zu lassen, stieg ihr der Rotwein scharf in der Kehle hoch.

So eine Blamage! Dabei war sie ohnehin berüchtigter, als ihr lieb gewesen wäre, und nun stand sie kurz davor, ihren ramponierten Ruf vollends zu ruinieren, indem sie ins Lagerfeuer kotzte.

Da schlug Shawn Ellison eine Nachtwanderung vor. »Wir müssen die Kalorien vom Abendessen abtrainieren!«, sagte er und klopfte sich dabei auf den straffen Bauch. Gaby erklärte ihrem Mann, er habe sie ja nicht alle. Auch Paige war wenig scharf darauf, ihren müden Körper noch weiter zu schinden, und da Chloe derselben Meinung war, votierten die drei Teilnehmerinnen für einen Verbleib beim Lagerfeuer, wo sie auf die Ausrüstung Acht geben wollten. Rafe, der Bordingenieur, schloss sich dem Damentrio an, in erster Linie wegen der Aussicht, bei Chloe am flackernden Feuer punkten zu können.

»Einer muss die Frauleute ja beschützen!«, scherzte er und schenkte den dreien starken Kaffee ein. »Womöglich landen hier Piraten zum Plündern und Schänden.«

Während Gaby Ellison den Bordingenieur über seine furchterregenden Tätowierungen ausfragte, kramten die restlichen Gruppenmitglieder ihre Taschenlampen aus den Kanusäcken, wünschten den Wandermuffeln viel Glück beim Abwehrkampf gegen marodierende Seeräuber und machten sich auf zum Wanderweg. Paige begleitete sie noch bis zu der Landenge zwischen Echo und Shallow Bay, wo sich die Klos für das Inselzentrum und die nahe gelegenen Campingplätze befanden. Zu ihrer Erleichterung blieb Paul weiterhin auf Abstand.

Die Gruppe hielt an, um die Karte zu Rate zu ziehen. Die Washburnes wollten am Chinaman Rock vorbei in Richtung Lawson Schlucht marschieren, die anderen weiter zur Höhle von Ewing Cove. Und Paige wollte sich nur in Ruhe übergeben.

Sie griff sich eine der Taschenlampen. »Ich glaube, ich gehe doch noch mit«, stammelte sie. »Aber ich komme nach.« Ehe jemand darauf etwas erwidern konnte, rannte sie schon aufs Toilettenhäuschen zu. Hinter sich hörte sie Hardys bierseliges Gekicher, derweil Mercer der Gruppe ankündigte, der »Admiral« werde die Führung übernehmen.

Kaum hatte sie die Tür zugemacht, da kam ihr das Abendessen hoch. Sie ging vor der Toilettenschüssel in die Hocke; sich auf den schmierigen Boden zu knien, das hätte sie selbst in ihrem erbärmlichen, angetrunkenen Zustand nicht über sich gebracht. Wie hatte sie zu Chloe gesagt? Wir trinken sie alle unter den Tisch. Von wegen!

Schließlich konnte sie einigermaßen aufrecht stehen, und ihr Magen beruhigte sich. Sie nahm einen gehörigen Schluck aus der Wasserflasche und spülte sich den Mund aus. Wieder draußen, dem ekligen Mief aus Körperschweiß und Klogerüchen entronnen, ging es ihr schon besser. Zuerst hatte sie vor, den anderen nachzueilen, entschied sich jedoch von einem Augenblick auf den anderen, sich zur anderen Seite der Insel durchzuschlagen. Die Höhle hatte sie schon gesehen, aber zum Ev Henry Finger war sie noch nicht gewandert. Der Finger war ein Gedenkstein für Ev Henry, den Mann, der als treibende Kraft dafür gesorgt hatte, dass Sucia Island der Öffentlichkeit zugänglich gemacht wurde. Wasser und Taschenlampe hatte sie dabei, und vermutlich hatten auch weitere Touristen in der dortigen Bucht angelegt. Mutterseelenallein würde sie bestimmt nicht sein. Sie wandte sich ostwärts.

Den Strahl der Taschenlampe auf den Pfad gerichtet, achtete sie auf knorrige Baumwurzeln oder abgebrochene Äste, um nicht ins Stolpern zu geraten und zu stürzen. Schon nach wenigen Minuten war sie froh, dass sie in ihrem ermüdeten Zustand allein aufgebrochen war und sich in aller Ruhe den Wunderheilkräften der Natur überlassen durfte. Sie versuchte, nicht an ihre letzte große Wanderung zu denken. Lag die wirklich schon vier Wochen zurück? Sie unterdrückte alle Gedanken an Amber, an deren Gefühle in ihren letzten Momenten. Sie war bemüht, nicht allzu sehr Gott zu zürnen, weil der es zuließ, dass jemand, dem das Leben ohnehin übel genug mitgespielt hatte, so furchtbar hatte leiden müssen. Sie durchforstete ihr Gedächtnis nach erfreulicheren Dingen, doch selbst bei Erinnerungen an Joshua war ihr die Kehle wie zugeschnürt. Wie sollte es nach dem Urlaub weitergehen? Würde die Trennung dazu führen, dass sich seine Einstellung zu ihrer früheren Tätigkeit änderte? Und was sollte aus Seraphina Greene werden? Wie lange mochte es dauern, bis sie in

Oregon in Vergessenheit geriet? Wie lange konnte sie sich auf dieser Insel verstecken?

Sobald die Identität des Toten feststand, würden weitere Schlagzeilen folgen. Weitere Bitten um Interviews. Immer wieder Fallon McBrides Anrufe, Besuche. Paiges Kümmernisse waren bei weitem nicht ausgestanden. Sie musste sich weiterhin vor dem Telefonkavalier in Acht nehmen.

Als sie die schroffen Steilufer am südwestlichen Ende der Insel erreichte, setzte sie sich direkt am Rand einer Klippe auf einen umgestürzten Baumstamm und lauschte. Von See her nahm der Südostwind zu und peitschte die Brandung gegen die steilen Felsenwände. Paige beneidete die Wellen um ihre Kraft. Sie konnte sich nicht erinnern, wann sie sich das letzte Mal so entschlossen, so selbstbewusst und energisch gefühlt hatte. In ihrer Kindheit und Jugend schon immer ein folgsames Mädchen, war sie in der Beziehung mit Nicholas sogar noch gefügiger geworden. Jetzt sah es so aus, als sei sie schon wieder von fremden Mächten bestimmt, zermürbt von einem erbarmungslosen Medienrummel, lokalem Klatsch und dem verhängnisvollen Schatten eines skrupellosen Killers.

Bei Joshua hatte sie sich stark gefühlt. Jetzt aber dämmerte ihr, dass es nicht seine Aufgabe war, ihr Kraft zu geben. Falls es tatsächlich mit der Beziehung aus sein sollte, musste dies keineswegs bedeuten, dass Paige ebenfalls am Ende war. Sie musste vielmehr aus sich selbst heraus Kraft schöpfen. Sie hätte sich ihrer Kraftreserven auch gern bedient, hatte indes das Gefühl, dass die dürftigen Restbestände auf Schritt und Tritt aufgezehrt wurden, sei es durch einen Menschen, sei es durch ein Ereignis.

Als ihr die Tränen in die Augen traten, wurde sie wütend. Sie durfte nicht weinen. Keinesfalls wollte sie mit verquollenem Gesicht und verheulten Augen auf die anderen treffen. Sie musste das Positive in den Vordergrund rücken: Sie hatte einen Job, der ihr gefiel, einen sympathischen Chef, ein wunderschönes Haus. Sie konnte ihre Rechnungen bezahlen und sich einen Urlaub leisten. Und Parker war auf dem Wege der Genesung.

Da waren andere schlechter dran. Es kam eben immer auf die Perspektive an. Eine veränderte Einstellung, die war jetzt angesagt. Sie atmete tief durch, und obwohl sie sich nicht sonderlich besser fühlte, musste sie immerhin nicht mehr mit den Tränen kämpfen. Sie war bereit, zurück zu den anderen zu wandern – und zwar in einem Stück oder zumindest doch annähernd.

Sie löste die übereinandergeschlagenen Beine und wollte sich gerade von ihrem Baumstamm hochstemmen, als ihr etwas nicht ganz geheuer vorkam. Von unten dröhnte weiter das Tosen der Brandung; Windböen wirbelten um Paige herum, doch es lag etwas über dem Heulen und Toben – ein anderes Geräusch: Da atmete jemand! Heftig! Paige drehte sich um, doch im selben Moment zuckte ihr explosionsartig ein stechender Schmerz durch den Hinterkopf. Der Boden drehte sich wie ein Kreisel; blitzende Sterne wirbelten auf sie zu, dann wurde es schwarz um sie.

47. Kapitel

Ein tiefes Stöhnen. Ein langer Seufzer. Noch einer. Dann: »Wow! Mein Gott! Unglaublich!«

Ratsch, ratsch, ratsch … Das Geräusch von Papiertüchern, die aus der Schachtel gezogen werden.

»Für mich auch. Wie immer.«

»Das meinst du ja nicht ernst.«

»Klar tue ich das!«

»Wenn das stimmte, wären wir längst zusammen.«

»Das sind wir doch, mein Liebling.«

»Ich meine aber wirklich *zusammen.«*

»Bald. Ich verspreche es.«

»Ich kann es kaum erwarten. Es ist schwer.«

»Dunkle Gedanken?«

»Nicht, wenn ich bei dir bin. Ich brauche dich so sehr. Ich möchte nicht mehr böse sein.«

»Du bist doch nicht böse. Könntest du nie sein.«

»Ich wünschte, es wäre so!«

»Du bist ein Gentleman. Ein lupenreiner Kavalier.«

»Das möchte ich auch sein. Für dich, Opal.«

Was war denn das für ein grotesker Albtraum? Das Paar war auf Bora Bora gewesen und hatte sich in seinem Bungalow über dem Meer einem heißen Liebesspiel hingegeben, während unter ihm Schwärme von tropischen Fischen schwammen. Durch einen rußiggrauen Nebel hatte Paige Lanis Stimme gehört. Aber das ging doch gar nicht! Zu viel Wein, vermutete sie. Dazu ein widerlicher, pochender Kopfschmerz, bei dem ihr war, als reiße man ihr die Kopfhaut vom

Schädel. Und irgendetwas drückte ihr auf die Brust, als laste ein …

Augenblick mal! Lanis Stimme?

Paige riss die Augen auf. Das blasse Gesicht über ihr war verschwommen, wie unter Wasser getaucht. Verzweifelt versuchte sie, ihre Hände zu finden, doch die waren ihr so auf den Rücken gefesselt, dass sie mit dem Gesäß darauf lag. Zuckte sie mit den Fingern, schoss ihr ein stechender Schmerz bis hinauf in die Arme, denen sie durch ihr eigenes Körpergewicht die Blutzufuhr abschnitt. Die Knöchel konnte sie ebenfalls nicht bewegen, und auf ihrer Brust hockte offenbar jemand.

»Wenn wir telefonieren, wird mir so heiß, dass ich fürchte, ich koche über.«

»Geht mir genauso. Mir wird schon ganz warm, wenn ich nur an deine Anrufe denke.«

»Also, ich kriege schon wieder …«

»Was denn – noch mal? Du bist unglaublich. Unersättlich. Mein Kavalier Nimmersatt.«

Die Stimmen verhallten. Kopfhörer wurden abgenommen, und dann gurrte ihr jemand ins Ohr: »Hallo, Laurel.«

Ihr Kopf war in Folie eingeschlagen. Er stak in einer durchsichtigen Plastiktüte, befestigt mit einem Gummiband, das eng ihre Kehle umschloss. Zwar befanden sich Luftlöcher in Höhe der Nase, doch mit jedem gierigen Atemzug spürte Paige, wie das Zellophan mehr und mehr an ihrer Gesichthaut kleben blieb.

Nicht genug Luft! Verzweifelt bemüht, ihre Schultern von dem Gewicht zu befreien, stemmte sie sich panisch zappelnd gegen ein Knie, das sie zu Boden presste.

»Zappele nicht so, Laurel!«, säuselte die Stimme an ihrem Ohr. »Du kriegst genug Sauerstoff. Jedenfalls dann, wenn du mir verrätst, was ich wissen will. Wo ist Opal?«

Durch die schon dunstig beschlagene Folie starrte sie in ein Gesicht, das sich erneut über sie schob.

Auf sie herunter blickte ein lächelnder Arlen Dale.

Opals Telefongentleman! Monatelang hatte er direkt gegenüber von Paige seine Drachen verkauft, ihr fröhlich zugewinkt und seinen Walkman eingestellt – nicht auf die Musik der Dixie Chicks, sondern auf Opals Stimme. Auf mitgeschnittene Telefonate, mit denen er die Momente aufs Neue erlebte. Als wäre sein Telefon-Herzblatt echt.

»Weiß ich nicht«, röchelte sie, nach Luft schnappend. »Irgendwo an der Ostküste … bei Verwandten.«

»Da musst du dir schon was Besseres einfallen lassen.«

Hinter sich vernahm sie ein ratschendes Geräusch – Zerreißen von Stoff etwa?

Arlen hielt ihr eine Schere vors Gesicht. Blitzende, spitze Klingen, scharf genug, um die Tüte, in der ihr Kopf steckte, zu zerschneiden. Oder ein Auge auszustechen.

Mit der Schere schnippelte er ein Stück von einer silbrigen Rolle Klebeband ab und heftete es sich an den Zeigefinger. Im selben Atemzug begriff Paige, was Arlen vorhatte.

Sie holte tief Luft und hielt den Atem an. Arlen klebte die Löcher zu.

»Habt ihr das auch als Kinder gespielt, Paige? Wer am längsten die Luft anhalten kann? Geguckt, wie die Gesichter blaurot anliefen? Ist eine von deinen kleinen Freundinnen gar zusammengeklappt? Haben deine Eltern dich vor solch gefährlichen Spielchen gewarnt?«

Sie versuchte, durch ruckartige Bewegungen die Tüte vom Gummiring zu trennen. Arlen, der spindeldürre Arlen, war zu schwer. Wie Blei.

Wie nun kostbare Atemluft sparen? Bewegungslos liegen bleiben? Aber musste sie denn nicht kämpfen? Hätte sie nur diesen Beutel abstreifen können!

»Weißt du, wo der Weltrekord im Luftanhalten steht, Paige? Bei zwölf Minuten und siebenundvierzig Sekunden. Nicht zu fassen, was? Aufgestellt von 'nem Freitaucher aus Neapel. Was meinst du, wie lange du es schaffst? Du kriegst schon langsam eine hübsche rötliche Färbung. Dabei sind erst ...« – seelenruhig blickte er auf seine Armbanduhr – »... fünfundzwanzig Sekunden rum. Kommt einem bestimmt viel länger vor, oder?«

Sie versuchte zu nicken, bemühte sich abermals, durch Rucken des Kopfes die Tüte abzustreifen. Sie brauchte ihre Hände! Sie brauchte Luft! Nicht mehr lange, dann musste sie ausatmen. Langsam. Um Luft zu sparen. Und sobald die Lungen leer waren ...

Vorsichtig, um den Beutel nicht einzureißen, zog Arlen den Klebestreifen von den Luftlöchern ab. »Damit du siehst, dass ich kein Unmensch bin und mit mir reden lasse, gebe ich dir eine zweite Chance. Ein Name, Laurel! Eine Adresse. Wo ist Opal?«

Sie atmete aus. Holte Luft. Noch einmal.

Es kam jetzt sowieso nicht mehr drauf an. Arlen würde sie nicht am Leben lassen. Er durfte es nicht. Sie wusste ja jetzt, wer er war, was er getan hatte, wozu er fähig war. Amber. Jasmine. Sie war entschlossen, Lani nicht zu verraten.

»Nach Maine gereist«, keuchte sie, nach wie vor gierig nach Luft schnappend, gleichsam auf Vorrat atmend, als könne sie sich so eine Luftreserve anlegen. »Ich meine, sie hätte gesagt, nach Kennebunk.«

»Einzelheiten, bitte. Adresse.«

Sie zögerte. Eine echte Freundin würde nicht so ohne Weiteres solche Informationen herausrücken. Sie musste ihre Rolle überzeugend spielen. Zeit schinden. Die anderen würden sie doch bestimmt vermissen, oder? Die mussten doch inzwischen schon an der Echo Bay sein und sich fragen, wo Paige steckte! Die würden bestimmt nach ihr suchen!

Sie würden postwendend kehrtmachen und den Wanderweg zurückverfolgen. Da von Paige und Arlen jede Spur fehlte, würden sie zurück zum Strand marschieren und von dort, in Suchtrupps aufgeteilt, den Ostteil der Insel absuchen, einige Richtung Fox Cove, andere Richtung Johnson Point. Ein Trupp würde hoffentlich auch den Weg nach Ev Henry Finger einschlagen und dann auf sie stoßen. Hoffentlich bald! *Lieber Gott, lass sie bald kommen!*

»Bitte, Arlen! Die anderen – die sind doch gleich da! Dann kommt alles heraus! Nimm mir den Beutel ab, dann sage ich dir alles über Opal. Was immer du wissen willst.«

»Immer schön der Reihe nach, Laurel. Sag mir genau, wo sie wohnt. Bei wem. Sonst ändern wir das Spiel. Und wenn du diesmal am Ersticken bist, beschreibe ich dir, was für niedliche Blauschattierungen dein Gesicht annimmt.«

Laurel. Er nannte sie Laurel. Sie musste also schon einmal mit ihm gesprochen haben. Am Telefon. Hektisch zermarterte sie sich das Hirn, ließ wie gehetzt sämtliche Anrufer Revue passieren. Die meisten waren immer dieselben gewesen, Stimmen über Stimmen, mehr nicht.

Dann fiel es ihr ein. Ein Kunde. Ein Zellophanbeutel. Ihr Schnappen nach Luft, ihr Röcheln, das immer gurgelnder wurde, immer verzweifelter, schließlich vermischt mit den grunzenden Lauten seiner Erfüllung.

»Du bist Orson!«, keucht sie.

Er lächelte nur.

Mühsam füllten sich ihre Lungen, fast zerquetscht vom Gewicht seines Körpers, der wie ein Betonblock auf ihr lastete. Bei Ambers Tod, bei Jasmines und bald auch bei ihrem eigenen ging es gar nicht um Opal. Die war bloß ein Vorwand. Drohend ragte Arlen über ihr auf und tat das, was er am liebsten machte – Frauen strangulieren. Ihnen beim Ersticken zusehen. Beim Sterben. Am Telefon, als Orson, hatte er ihr das erzählt.

Die Telefonhuren hatten seinen perversen Fiktionen kein Ventil bieten können. Abgestumpft nach dem vielen Geschwätz, gierte Arlen regelrecht nach der lebensechten Erfahrung. Mit ihrer Behauptung, die Telefonhuren seien eine Art Sexmiliz, lag Dory völlig daneben. Musen für Abartige waren sie, Inspiration für mörderische Gelüste.

In einem allerletzten Aufbäumen raffte Paige verzweifelt all ihren Mut zusammen. »Das läuft nicht, Arlen«, keuchte sie. »Runter mit der Tüte, oder du erfährst gar nichts.«

Er beäugte sie argwöhnisch. »Ach, auch noch feilschen? Bei deiner tollen Verhandlungsposition?« Erst amüsiert, dann aber verärgert schnippte er ihr mit dem Klebeband vor dem Gesicht herum.

In Wellen kroch ihr die Todesangst den Rücken herauf. Haltlos am ganzen Körper zitternd, zermarterte sie sich das Hirn nach einem Ausweg. Falls er die Löcher wieder zuklebte und sie Luft holte – konnte sie da vielleicht beim Einatmen die Plastikfolie in den offenen Mund saugen und ein Loch in den Beutel beißen? Ob das wohl ging? Sie konnte nur beten, dass ihr die Probe aufs Exempel erspart blieb.

»Und du kannst überhaupt nicht ablehnen.« Sie zwang einen schneidenden Unterton in jede Silbe, die Kinnpartie dabei bewusst verkrampft, um nicht in haltloses Gestammel oder Weinkrämpfe auszubrechen. »Wenn du mich umbringst, erfährst du kein Wort über deine heiß geliebte Opal.«

Eine lange, fast endlos erscheinende Pause entstand. Paige richtete ihr Augenmerk auf das Klebeband, das Arlen immer noch straff gespannt zwischen den Fingern hielt, die nach wie vor über den Luftlöchern schwebten. Sie holte Luft, atmete aber nur flach. Immer schwerer drückte Arlens Körpergewicht auf ihre Brust, sodass ihre Lungen sich nicht richtig ausdehnen konnten.

Sie schluckte, schloss die Augen, ganz so, als würde die grinsende Fratze vor ihr jeden Moment wie eine Seifenblase zerplatzen. Wie viel Zeit mochte vergangen sein? Wo blieben die anderen? Wie lange dauerte das denn noch, bis einer von der Schiffsbesatzung erschien?

Inzwischen musterte er sie mit gespielter Besorgnis. »Dir schwimmen die Felle weg, Laurel«, säuselte er. »Dir ist inzwischen klar, dass ich dich so oder so umbringen werde. Und Dutzende dazu, falls ich Opal nicht finde.« Dann brach er in schallendes, grausames Gelächter aus. »Sobald ich dich erledigt habe, werde ich Dory und Sebastian einen Besuch abstatten, glaube ich«, setzte er höhnisch hinzu und schüttelte sich noch einmal vor Lachen.

»Dazu musst du sie erst finden«, konterte sie, dabei vergeblich bemüht, kontrolliert und langsam zu atmen. »Dory kennt sich auf der Straße bestens aus. Die kann für 'ne ganze Weile abtauchen. Wie lange bist du bereit zu warten?«

»Das geht ruckzuck. Unsere Ms. Dallas kann sich nicht ewig verstecken, nicht mit einem Kind, zumal mit so … so einem Unikat wie Sebastian. Was meinst du wohl – wie viele Sekunden wird das bei Dory dauern, wenn ich ihrem Sohnemann diese Tüte übers Köpfchen ziehe?«

»Nein …«

»Überleg es dir, Laurel. Wenn du mir sagst, wo Opal ist, wird Dory und ihrem Wunderknaben nichts passieren. Ihr Leben liegt in deiner Hand.«

»Arlen, damit kommst du nicht durch.« Das Sprechen fiel ihr unter dem Plastik schwer. »Die anderen haben doch längst gemerkt, dass wir beide fehlen … Die können doch eins und eins zusammenzählen. Und wenn mir etwas zustößt …«

»Red keinen Stuss!«, blaffte er aufgebracht, dass die Speichelspritzer auf der Plastikfolie landeten. »Sämtliche Bootsanleger auf der Insel sind besetzt. Es wimmelt von Touristen.

Kein Mensch käme auf die Idee, dass ausgerechnet ich dich umgelegt haben soll.«

»Und ob!«, gab sie zurück, um Zeit zu gewinnen, Zeit, die ihr davonlief. »Wir stammen aus derselben Stadt. Auf dich kommen sie doch zuerst. Jeden Moment kann hier ein Ausflügler auftauchen. Findet der uns, bist du erledigt.«

Arlen sah sich um. »Ich sehe aber zufällig keinen. Du etwa?«

»Mal angenommen, du findest Opal – was dann? Die wird dich auch nicht vor dir selber retten können. Wenn du sie so liebst, wirst du ihr die Verantwortung nicht aufbürden. Hast du mal daran gedacht, was du Opal mit deinen perversen Eingebungen antust? Was passiert denn, wenn sie deine wahre Natur entdeckt?«

»Das braucht sie nie zu erfahren. Wir werden gemeinsam ein herrliches Leben …«

»Herrgott noch mal!«, fluchte sie, den verschwommenen Blick angestrengt auf sein Gesicht, allein sein Gesicht gerichtet. »Werde endlich erwachsen! Du kannst nicht vor deinem Wesen davonlaufen! Und Opal kann dich nicht ändern. Man sieht es dir an den Augen an! Ein Mörder bist du! Schlicht und ergreifend!«

»Und du bist tot!«, raunte er. »Schlicht und ergreifend!«

48. Kapitel

Er habe genug von dem Spiel, sagte er. Genug von ihr. Ob sie noch ein letztes Wort zu sagen habe, wollte er wissen.

»Ja«, antwortete sie. »Hinter dir steht jemand.«

Er lachte wieder. Auf diesen uralten Trick fiel er nicht herein. Der erste Hieb erwischte ihn voll am Genick. Grunzend kippte Arlen zur Seite, drehte sich um, warf seinem Gegner einen verdutzten Blick zu und rappelte sich hoch. Der zweite Schlag mit dem Paddel, genau auf die Kniescheibe gezielt, schickte ihn abermals zu Boden. Sein Schmerzensschrei zerriss die Stille der Nacht und ließ die Vögel flügelschlagend aufflattern. Ein drittes Mal sauste das Paddelblatt auf ihn zu und traf ihn wie ein Rammstoß in die Magengrube, sodass er würgend eine zittrige Hand hochhielt und sich heftig auf den Waldboden erbrach.

Mercer Wyatt riss Paige die Plastiktüte vom Gesicht und zog ihr das Gummiband vom Hals. Während er ihr die Fesseln an Händen und Knöcheln zerschnitt, setzte sie sich auf und schnappte gierig nach Luft. Mit den Nerven am Ende, brach sie in Tränen aus und fiel ihrem Retter in die Arme.

Als sie sich beruhigt und aus seiner Umarmung gelöst hatte, hielt Wyatt ihr ein Mobiltelefon unter die Nase. »Ich habe schon den Parkaufseher alarmiert. Er muss jeden Augenblick eintreffen. Das Dreckschwein hier marschiert hinter Gitter. Clever gemacht übrigens, extra lauter zu sprechen, damit ich mich von hinten anschleichen konnte.«

»Wieso bist du denn ausgerechnet hierher gekommen?«

»Wenn ich das wüsste! Kannst es von mir aus Instinkt nennen, aber der Bursche war mir von Anfang an suspekt. Der vermied jeden Blickkontakt mit dir, hat kaum ein Wort mit dir gesprochen. Und das, obwohl du gleich ihm gegenüber arbeitest! Da stimmte doch etwas nicht! Zuerst dachte ich, aha, der will keinen Klüngel, oder der lässt dich nach dem ganzen Theater draußen bei deinem Haus bewusst in Ruhe. Aber nach einer Weile sah es so aus, als ginge er dir unter Aufbietung aller Kräfte aus dem Wege. Nur habe ich ihn manchmal erwischt, wie er dich anstarrte, wenn du mal nicht hingucktest. Das kam mir alles ziemlich spanisch vor.«

Arlen stöhnte, versuchte zu sprechen, übergab sich erneut. Als Mercer das Paddel hob, hörte das Stöhnen auf.

»Als er heute Abend vom Wanderweg abschwenkte, überkam mich sofort ein ungutes Gefühl. Er hatte seinen Rucksack dabei, aber wozu er den hätte brauchen sollen, das war mir schleierhaft. Dann sagte er, er hätte vergessen, seine Wasserflasche einzupacken, und wolle sie holen. Wir boten ihm an, wir könnten doch teilen, aber das lehnte er ab. Je länger ich weitermarschierte, desto verdächtiger kam mir die ganze Geschichte vor, und deshalb sagte ich zu den anderen, ich ginge zum Strand zurück, um nach Arlen zu sehen und festzustellen, ob alles in Ordnung sei. Als ich zum Lagerfeuer kam, lagen Rafe, Chloe und Gaby ohnmächtig da. Vermutlich betäubt. Und da ich dich nirgends sah, ging ich davon aus, dass du allein unterwegs warst. Ich habe mir auf gut Glück überlegt, welchen von den nach Osten führenden Wegen du genommen haben könntest. War schlicht Dusel, dass ich zufällig diesen Pfad gewählt habe, und Arlen hatte Vorsprung.«

»Und dass du die erprobte Waffe da mitgenommen hast«, ergänzte Paige und wies auf das Kajakpaddel.

»In der Not frisst der Teufel Fliegen.«

Zusammengekrümmt kauerte Arlen am Boden. Einen Arm um das zerschmetterte Knie geschlungen, den anderen auf den Magen gepresst, flennte er wie ein Kind. Stakkatoartige Satzfetzen drangen durch sein Geschluchze. »... nahe dran ... hatte sie doch schon ... Drecksack!«

Paige sah, wie die Plastiktüte ein Stückchen wegwehte und sich in abgebrochenen Zweigen verhakte. Sie lief hin, schnappte sich das Ding und hielt es Arlen vors Gesicht. »Wie wär's, wenn ich dich jetzt ein wenig blaurot anlaufen lassen würde, Arlen? Bettina Reid mochte Lila, wenn ich mich recht erinnere. Oder ein schönes Violett für Sarah Lydell? Du perverses Schwein, du!«

»Sachte, Paige«, mahnte Mercer und ging neben ihr in die Hocke. »Der kriegt schon, was er verdient. Früher oder später passiert das allen.«

Paige knüllte den Plastikbeutel zusammen und legte ihn in Mercers ausgestreckte Hand. Sie musste weg von Arlen Dale, weg, bevor sie ihn noch umbrachte. Als sie aufstand und sich umdrehte, sah sie den Parkaufseher, der eiligen Schrittes den Pfad hinaufkam. Ein letztes Mal wirbelte sie herum zu Arlen, der nach wie vor heulend am Boden lag. »Und weißt du, was das Beste ist? Du weißt noch immer nicht, wo Opal ist.«

Sie wandte sich ab und hörte ein scharfes: »Paige! Vorsicht!«

Arlen wollte sich auf sie stürzen, doch Mercer war schneller. Aus der Hocke warf er sich gegen das zerschmetterte Knie des Angreifers und brachte ihn ins Wanken. Plötzlich ein dumpfes Knirschen und Poltern wie von wegrutschenden Felsbrocken, ein gellendes Kreischen, gefolgt von Mercers Schrei. »Arlen! Himmel, nicht!«

Der Parkwärter erreichte den Schauplatz exakt in dem Moment, als Arlen Dale aus dem Gleichgewicht geriet. Die langen Klauenfinger himmelwärts gestreckt, griff er ins Leere und kippte rücklings über den Rand der Klippe.

In jener Nacht kam keiner auf der Madrona so recht zum Schlafen. Die Küstenwache hatte Arlen Dales Leiche von den Klippen geborgen und in einem Boot abtransportiert. Paige telefonierte mit Carolyn, die ebenfalls hellwach war. Gregg packte seine Siebensachen; er wollte ausziehen, und Carolyn warf ihm gerade seine Socken und Unterwäsche an den Kopf, damit er bloß nichts zurückließ.

»Das tut mir leid, Carolyn«, sagte Paige.

»Für einiges lohnt es sich zu kämpfen«, meinte Carolyn gleichmütig. »Unsere Ehe zählt nicht dazu. Punkt.«

Paige berichtete ihr, was sich am Rande der Schlucht zugetragen hatte. Arlen Dale, der Telefonkavalier, sei tot, ihr selber nichts passiert, Opal in Sicherheit. Dann ließ Carolyn ihrerseits die Bombe platzen. Bei Chloe Grier handelte es sich um eine Polizeibeamtin, die eigens zu Paiges Sicherheit mitgereist war. Inoffiziell natürlich, Carolyn zum Gefallen. Die großgewachsene Blondine hätte ohnehin bald Urlaub gehabt und verfügte als Sportlerin über die erforderliche Fitness. Da hatte es nicht allzu großer Überredungskünste bedurft, um sie dazu zu bringen, sich für diesen Ausflug zu den San-Juan-Inseln einzutragen, zumal Carolyn ihr angeboten hatte, die Kosten mit ihr zu teilen. Jedoch hatte Paige, indem sie nach dem Toilettengang wider Erwarten nicht zurückkehrte, ihrer Aufpasserin unbewusst ein Schnippchen geschlagen. Um die Nichtwanderer außer Gefecht zu setzen, hatte Arlen ihnen ein Betäubungsmittel in den Kaffee gemischt. Während der Rest der Gruppe in Gegenrichtung wanderte, konnte er sich somit ungestört an Paige heranmachen.

»Wieso ist Arlen dieses Risiko eingegangen, Carolyn? Es hätte uns doch jeden Moment einer oben über der Schlucht entdecken können.«

»Und er hätte dich kurzerhand über die Klippe stoßen und aller Welt vorjammern können, du seiest abgerutscht. Ihm selbst ist die Sache vermutlich überhaupt nicht riskant erschienen.«

Paige beantwortete so viele Fragen, wie ihre Energie es erlaubte, und erhielt den Rat, mit dem Küstenwachboot zum Festland zurückzukehren.

Sie lehnte ab. »Ich habe noch zwei Tage Urlaub«, erklärte sie Carolyn, »und die brauche ich auch. Ich bleibe auf der Madrona.«

Denise kochte Kaffee, während Bill eine Runde scharfen Brandy ausgab und Mercer gleich nachschenkte, als dessen Glas leer war. »Ich wollte ihn nicht umbringen«, beteuerte Mercer mit einer Stimme, die ebenso zitterte wie seine Hände es taten. »Aber er wollte auf Paige los. Ich … ich habe nur versucht, ihn aufzuhalten. Und dann war er weg.«

»Der Aufseher hat die ganze Sache ja mitgekriegt«, bemerkte Bill Washburne. »Nimm's nicht so schwer. Es war nicht anders zu machen.« Er schenkte noch einmal nach.

Die nächsten Stunden an Bord brachte Paige damit zu, alle über ihren früheren Broterwerb aufzuklären, über den Telefonkavalier und darüber, wie sie zu Laurel geworden war. Als sie feststellte, dass niemand pikiert guckte, verlegen den Blick abwandte oder sich unangenehm berührt räusperte, entspannte sie sich allmählich und gab ein paar Geschichten über besonders verrückte und überspannte Kunden zum Besten. Hardy Litton wurde rot, lachte aber trotzdem und steckte mit seinem schrillen Gegacker die anderen an, sodass sie mit ihm lachten – oder vielleicht auch über ihn. Eigentlich, dachte Paige, war es ja schrecklich, dass man einfach so weitermachte. Immerhin war jemand in dieser Nacht umgekommen. Allein, sie konnte nicht anders. Lösen der Anspannung. Sogar Mercer, der sich inzwischen seinen vierten Weinbrand genehmigte, stimmte in das Gelächter ein, das über die gesamte Bucht hallte, sodass die Anlieger am benachbarten Steg empört über die nächtliche Ruhestörung schimpften. Also erzählten Gaby und Shawn Ellison mit gedämpfter Stimme, wie sie ein einziges Mal eine andere Stellung als ihre wenigen Lieblingspositionen ausprobiert hatten. Das Ende vom Lied war, dass Shawn mit verstauchtem Handgelenk im Krankenhaus landete. Paige hätte die beiden knutschen können. Es waren also doch nicht die Leute, die sich in der Schule über sie lustig gemacht hatten. Von denen hatte sie sich endgültig befreit, vielleicht für immer.

Um drei Uhr morgens verkroch sich alles todmüde und angesäuselt unter Deck. Nur Paige war noch wie aufgedreht. Unentwegt hörte sie Arlens Stimme, das näselnde Gurren des Telefonkavaliers, der ihr sein »Hallo, Laurel!« ins Ohr flüsterte. In Gedanken erschien ihr Ambers Fuß mit dem kleinen blauen Stein am Zehenring, und sie fürchtete sich vor dem Einschlafen. Was, wenn sie nicht wieder aufwachte? Wenn sie keine Luft mehr bekam? Sie füllte sich die Lungen bis fast zum Zerplatzen.

Es war der letzte Teil ihres Telefonats mit Carolyn, der es ihr schließlich doch ermöglichte, ihr müdes Haupt entspannt aufs Kissen zu betten.

»Wie geht's Joshua?«

»Gut«, hatte Carolyn geantwortet. »Parker auch. Jeden Tag besser. Und beide vermissen dich.«

»Sie fehlen mir auch«, hatte Paige gesagt. »Sehr. Bestell Joshua, ich bin Montag zum Abendbrot daheim.«

»Jetzt kommt alles in Ordnung, Paige. Ganz bestimmt.«

49. Kapitel

Mit zwei Passagieren weniger an Bord legte die Madrona am nächsten Morgen von Sucia Island ab. Chloe Grier war am Abend zuvor auf ein Boot der Küstenwache umgestiegen, um Arlen Dales Leichnam zum Festland zu begleiten. Kaum jemand verlor noch ein Wort über den früheren Bewohner von Kajüte 6, außer dem Hinweis, dass die meisten den Telefonkavalier so eingeschätzt hatten, wie er nach außen hin wirkte – als einen introvertierten, schmächtigen Hering, der einen Drachenladen führte.

»Wir sind stundenlang um die Inseln gepaddelt«, bemerkte Paul. »Mir kam er wie ein ganz netter Kerl vor.«

Mercer Wyatt schenkte allen Kaffee nach. »Die tun immer so wie der eigene Bruder, nicht wahr?«, warf er ein. »Zumindest in Büchern und Filmen.«

»Also, für ’nen Killer hätte ich den im Leben nicht gehalten«, befand Hardy Litton, dem man seine Bewunderung für Wyatt am Gesicht ablesen konnte. »Aber dir ist er ja gleich merkwürdig vorgekommen.«

»Hauptsache, Paige ist nichts passiert«, war die Antwort des Millionärs.

Nach einem ordentlichen Schluck Wasser und einem allgemeinen Vergleich der Katersymptome nahm man dann Kurs auf Stuart Island, wo ein Marsch zum Lighthouse Bluff mit anschließendem Picknick auf dem Programm stand. Zum Ende des Tages gedachte man einmal mehr die Kajaks zu Wasser zu lassen, um von den Booten aus einen perfekten Blick auf den Sonnenuntergang genießen zu können.

Mehrmals während der restlichen Reisetage wurde Paige von ihren Gefühlen überwältigt. Das sei nach allem, was sie durchgemacht habe, nur natürlich, versicherte Gaby Ellison ihr. Ihre Reisegefährten, vor einer Woche allesamt noch Fremde, nahmen sich ihrer rührend an. Die großartige Natur und die Macht des Tragischen hatten die Gruppe enger zusammenrücken lassen, und sei es auch nur für einige Zeit. Am Ende der Reise, bevor sie sich in alle Winde zerstreuten, würden sie einander versprechen, sich zu schreiben, sich vielleicht auch einige Monate an dieses Versprechen halten und sich doch letzten Endes aus den Augen verlieren, weil sich andere Erinnerungen, andere Verpflichtungen in den Vordergrund schoben. Schon seltsam, so ging es Paige durch den Kopf, wie sich ein geruhsameres Lebenstempo und das Leben in der Natur auf Menschen auswirkte. Obgleich grundverschieden, wurden sie doch, sobald sie durch den Wald stapften oder im Kajak saßen, einander ziemlich ähnlich.

Mittlerweile hatte es den Anschein, als seien alle besonders um sie bemüht. Bei Wanderungen schleppte einer ihre Ausrüstung, andere hielten sich ständig in ihrer Nähe, sodass sie die Gefährten schon humorvoll daran erinnern musste, dass sie ja noch am Leben und durchaus in der Lage sei, die Reise aus eigener Kraft zu Ende zu führen. Das wirkte zwar, aber nur wenig, wie Paige gerührt feststellte. Im Verlauf der letzten Jahre war sie schrecklichen Menschen begegnet – Nicholas beispielsweise, den Telefonkunden und, ja, richtig, Arlen. Die hatten ihr die Schattenseiten des Lebens vor Augen geführt und ihre Sicht der Menschen geprägt. Jetzt stellte sie allerdings fest, dass diese Sonderlinge eine Minderheit bildeten. Die meisten Mitmenschen waren so wie diejenigen, die sie an Bord der Madrona kennengelernt hatte – fürsorglich und gutherzig.

Sie dachte an die Freundschaft, die sie mit Bettina und Dory und Lani geschlossen hatte. Als sie sich damals zur Lösung ihrer finanziellen Probleme auf das mutmaßliche Abenteuer einließen, war eine Solidarität entstanden, die zudem jegliches Schuldgefühl, mit dem die eine oder andere von ihnen sich möglicherweise herumschlug, mildern konnte, zumindest teilweise.

Wenn wir alle das machen, kann es nicht falsch sein.

Was würde aus ihrer langjährigen Freundschaft mit Lani werden? Konnten sie jetzt, nach der Verhaftung des Telefonkavaliers, wieder die dicksten Freundinnen sein? Eine Frage ließ Paige keine Ruhe: Was hätte Lani im umgekehrten Falle getan? Hätte sie Paige die Stange gehalten? Kopf und Kragen für sie riskiert?

Möglicherweise waren Beziehungen ständig im Fluss, weil die Menschen sie je nach Notwendigkeit eingingen oder abbrachen. Bei dieser Überlegung schweiften ihre Gedanken zu Joshua. Was mochte sie wohl bei ihrer Heimkehr erwarten? Vorerst jedoch lagen noch zwei Tage Fahrt vor ihr, die sie im Kreise ihrer Mitreisenden bei kameradschaftlichem Teamgeist genießen wollte. Dass offenbar niemand an Bord viel darauf gab, wer sie als Seraphina Greene oder als Laurel gewesen war und was sie gemacht hatte, empfand sie als besonders angenehm.

Bei einem herzhaften Lachsschmaus am letzten Abend der Reise kamen alle übereinstimmend zu dem Schluss, dass sie noch nie einen solch einzigartigen Urlaub erlebt hatten. »Auf einiges hätte ich allerdings verzichten können«, bemerkte Paige, woraufhin Paul ihr kumpelhaft das Haar zauste, was die Stimmung rettete.

In einem kurzen Moment unter vier Augen entschuldigte er sich sogar in aller Form. »Ich wollte dir nicht zu nahetreten«, betonte er. »Danke, dass du für klare Verhältnisse gesorgt hast. Sind wir Freunde?«

»Klar doch!«, versicherte Paige, indem sie seinen Handschlag erwiderte.

Als die Madrona dann am allerletzten gemeinsamen Morgen in Port Townsend einlief, waren bereits sämtliche Adressen und E-Mail-Adressen ausgetauscht. Tränen flossen kaum. Kameras wurden gezückt, und Paige gab allen den nicht ganz ernst gemeinten Rat, im Freundeskreis zu prahlen, sie wären mit Laurel der Telefonsexbombe auf demselben Schiff gefahren. Mercer Wyatt lud die ganze Gesellschaft zu einem Urlaub auf sein Anwesen in der Nähe von Palo Alto ein. »Nächstes Jahr, gleiche Zeit.«

»Ich weiß einfach nicht, wie ich dir danken soll«, sagte Paige zu ihm.

Er nickte nur und nahm sie fest in den Arm. »Pass auf dich auf und lass von dir hören.«

In diese heitere Abschiedstimmung fiel allerdings ein Wermutstropfen, als Paige beim Gang zu ihrem Auto Arlens silberfarbenen Lieferwagen sah, der immer noch neben ihrem Kombi stand. War Bettina wohl darin mitgefahren? Freiwillig gar, weil sie Arlens romantisches Süßholzraspeln für bare Münze genommen hatte? Er hatte ihr ja am Telefon regelrecht den Hof gemacht, sie mit Schmeicheleien geködert und ihr, nachdem er ihr die Wahrheit über ihren Leibesumfang entlockt hatte, versichert, das mache ihm nichts aus. Bettina hatte von ihrem James Lowrey, ihrem »Donnerstagsdoktor«, geradezu geschwärmt. Wahrscheinlich wäre sie nur allzu bereitwillig zu ihm ins Auto gestiegen.

Der Teufel soll dich holen, Arlen! Und dich dazu, Orson! Oder als was du dich noch ausgegeben hast!

Welche Tragik!, durchzuckte es sie. *Und alles nur aufgrund von vorgetäuschten Tatsachen.* Sie wandte dem silberfarbenen Lieferwagen den Rücken zu und entriegelte ihren Kombi. In fünf Stunden, so hatte ihr Mercer versichert, könne sie ihr Leben als Paige Rowan wieder aufnehmen.

50. Kapitel

Zum x-ten Mal sah Joshua auf seine Armbanduhr. 22:00 Uhr. Planmäßig hätte die Madrona gegen Mittag anlegen sollen und Paige schon vor vier Stunden zu Hause sein müssen, selbst bei dichtem Verkehr oder einer Rast unterwegs.

Er schaltete den regionalen Nachrichtensender ein: Keine Berichte über größere Unfälle auf der 101. Er rief im Yachthafen von Port Townsend an. Ja, die Madrona war pünktlich eingelaufen und lag an ihrem Anleger. Er habe zwar die Passagiere nicht selbst von Bord gehen sehen, so der Hafenmeister, habe jedoch beobachtet, wie Captain Bill, seine Frau und noch ein Mann das Boot mitsamt ihrer Ausrüstung verlassen hatten.

Parker spürte Joshuas Nervosität und verweigerte das Futter. »Nun komm schon, Alter«, mahnte Joshua. »Du musst wieder zu Kräften kommen!« Er schob dem Hund den Futternapf unter die Schnauze. Erhitzte das Futter in der Mikrowelle und verrührte es mit Wasser, bis es wie eine deftige Suppe aussah. Trotzdem verschmähte Parker das Zeug weiter, hinkte hinüber zum Kamin und streckte sich vor dem Feuer aus, so, wie er auch sonst auf Frauchens Rückkehr wartete. Von dort konnte er hören, wenn sie mit dem Auto vorfuhr.

Joshua rief seine Schwester an. »Irgendwas ist da faul«, sagte er.

»Das kannst du laut sagen«, schluchzte sie. »Mein Leben ist vollkommen im Eimer. Diese hennarote neue Tussi von Gregg, die kriegt ein Kind von ihm!«

»Ach, du Scheiße! Carolyn, das tut mir leid. Was hast du denn jetzt vor?«

»Mich betrinken! Beten, dass diese Kuh aufgeht wie ein Hefekuchen. Und ihr Schwangerschaftsgewicht nie wieder los wird!«

Er hörte, wie sie sich schnäuzte. »Vorher musst du mir aber helfen. Es geht um Paige. Sie ist noch nicht zurück.«

»Was? Sie wollte doch zum Abendbrot da sein!«

»Dachte ich auch. Das Essen habe ich schon seit sieben mehrmals aufgewärmt. Allmählich mache ich mir Sorgen.«

»Pass auf, Josh, du hältst die Stellung. Ich höre mich um und melde mich dann bei dir. Bis dahin versuch, Ruhe zu bewahren. Schon klar, dass du dir Sorgen machst, aber …«

»Ich drehe hier durch«, meinte er. »Ruf bald an!«

* * *

Paige wachte zerschlagen und mit einem pelzigen Geschmack im Mund auf. Die unbezogene Doppelmatratze, auf der sie lag, ruhte auf einem Boden aus Rauspunddielen. Es war ein großer Raum, nach dem höhlenartigen Dach und dem massigen Balkengerüst zu urteilen vermutlich ein Speicher. Oben in der Wand zu ihrer Linken befand sich ein Bogenfenster mit Fensterläden, durch deren Schlitze sich Sonnenstrahlen zwängten. Direkt gegenüber sah sie eine schwere Eichentür, die den Eindruck erweckte, als habe man sie aus einem dichtgemachten Nachtclub gerettet. Etwa in Augenhöhe befand sich ein viereckiges Eisengitter mit einer kleinen, außen angebrachten Klappe, die aber jetzt geschlossen war. Den Türknauf brauchte Paige gar nicht erst zu drehen. Ihr war auch so klar, dass man die Tür verriegelt hatte.

Sie trug nach wie vor den Trainingsanzug, den sie am letzten Morgen an Bord angehabt hatte. Sportschuhe und Socken hatte man ihr indes ausgezogen. Auch die Armbanduhr war weg. Angestrengt bemühte sie ihr Gedächtnis. Sie war zu ihrem Kombi gegangen und hatte noch Arlens Lieferwagen bemerkt, der gleich nebenan parkte.

Arlen Dale. Der Telefonkavalier. Er war tot. Sie hatte mit eigenen Augen gesehen, wie das Küstenwachboot mit seinem Leichnam an Bord davongefahren war. Das war vorbei. Was war also passiert?

Sie wusste noch, wie sie ihren Wagen aufgeschlossen hatte. Und dann? Einen Schlag von hinten hatte sie nicht bekommen. Ihr Kopf tat nicht weh, und wenn sie den Nacken und ihren Hinterkopf befühlte, ertastete sie zwar eine noch von Arlens Angriff herrührende Hautabschürfung, aber keine Schwellung. Chloroform? Eine Spritze? Sie wusste es nicht. Trotzdem: Es gab offenbar noch jemanden, der ihr Schaden zufügen wollte. Ernsthaften Schaden.

Gefesselt war sie nicht. Nicht eingeschränkt an Händen und Füßen, konnte sie sich frei bewegen. Frischluft war reichlich vorhanden und der bis auf die Matratze leere Raum sauber und trocken. Doch in der hintersten Ecke hatte ihr jemand eine breite Emailleschüssel nebst einer Rolle Klopapier bereitgestellt – ihre Toilette. Dichter bei der Matratze und erheblich beklemmender waren die Gegenstände, bei deren Anblick ihr die Angst wie tausend Nadelstiche über den Rücken jagte: ein Krug Wasser, ein Laib Weißbrot, eine Taschenlampe und eine Bibel.

51. Kapitel

Fallon McBride musste sich mit Vehemenz in die Story von Arlen Dales Tod auf den San-Juan-Inseln gestürzt haben. Ihre reißerische Schlagzeile *Mann aus Cypress Village in Telefonsex-Morde verwickelt* schaffte es auf die Titelseite des *Examiner*. Auch Clark Beattie, ehemaliger Vermieter von Bettina Reid, gab seinen Senf dazu. »So richtig kann man einen Menschen nie einschätzen.« Bettinas Eltern behaupteten unbeirrt, bei der Identifizierung müsse es zu einem kolossalen Versehen gekommen sein, denn ihre Tochter sei nie und nimmer jene Amber, von der in dem Artikel die Rede war. »Unsere Bettina war ein anständiges Mädel. Für solche Schweinereien hätte die sich niemals hergegeben.«

Ava Lydell dagegen, die von Carolyn eine gute Stunde lang getröstet werden musste, machte sich inzwischen nichts mehr vor und brodelte förmlich vor Zorn auf ihre Tochter. »Was hat Sarah sich eigentlich dabei gedacht, sich mit all diesen Schmutzfinken einzulassen? Ich versuche ja, drüber hinwegzukommen, Detective, doch immer wieder male ich mir die widerwärtigsten Scheußlichkeiten aus. Wie kommt das, dass sie zwei so unterschiedliche Persönlichkeiten hatte?«

Sie war halt eine gute Schauspielerin, dachte Carolyn. So wie Arlen Dale ein guter Darsteller gewesen war. Niemand in Cypress Village hätte in ihm etwas anderes vermutet als den schwachbrüstigen Drachenverkäufer, den geschlechtslosen Spargeltarzan mit Kopfhörern. Dennoch war er der Telefonkavalier, der Opal wie besessen gejagt und ihre Stimme auf

Band aufgenommen hatte. Er war Orson mit dem krankhaften Strangulationstick.

In den Anrufshows der lokalen Radiosender zum Thema Telefonsex schlugen die Wellen hoch. Gewohnheitsmäßige Anrufer von 800er- oder 900er-Nummern belegten die Telefongespielinnen mit allen möglichen Attributen, von »nette Abwechslung« bis hin zu »heiße Feger«. Sogar verheiratete Frauen meldeten sich zu Wort und gaben an, des Öfteren Telefonsex mit ihren verreisten Gatten zu pflegen, damit diese nicht, wenn sie auf Dienstreise oder anderweitig unterwegs waren, auf dumme Gedanken kamen. Manche Anrufer bezeichneten die Telfonsexszene schlicht als Schweinkram und behaupteten, die Kunden einschlägiger Agenturen seien höchstens perverse Würstchen, die auf normale Weise eben nicht zum Zuge kämen.

Auch Frauen, die vorgaben, für Telefonsexagenturen zu arbeiten, riefen bei den Sendern an. »Wir decken doch eine Nachfrage ab!«, behauptete eine. »Wenn's keinen Markt für Telefonsex gäbe, wären wir arbeitslos.« Eine andere stellte fest, wenn die Kunden per Telefon ihren ausschweifenden Fantasien freien Lauf lassen könnten, sei das immer noch besser, als wenn sie ihre perversen Gelüste an anderen ausließen. Auf diese Weise komme niemand zu Schaden.

Das hättest du besser Sarah Lydell und Bettina Reid gesagt!, dachte Carolyn und stellte das Autoradio ab.

Inzwischen hielt sie sich nur noch mit Erdnussbutter-Sandwiches, Schmerzmitteln und Kaffee aufrecht. Paige war jetzt zwei Tage überfällig, und mittlerweile machte Carolyn sich nicht weniger Sorgen als ihr Bruder. Der sandbraune Subaru stand nach wie vor unverschlossen auf dem Parkplatz des Yachthafens. Tags zuvor war Carolyn hinauf nach Washington State gefahren, um sich dort mit der zuständigen Polizeibehörde zu beraten. Sie befragte den Hafenmeister, den

Kapitän der Madrona nebst dessen Frau sowie den Bordingenieur Rafe. Nach übereinstimmender Aussage war Paige an den letzten zwei Reisetagen gesellig und fröhlich gewesen, heilfroh, dass der Spuk mit dem Telefongentleman hinter ihr lag. Sie hatte offen über ihre vormalige Berufstätigkeit gesprochen, und es war deswegen auch zu keinerlei Reibereien gekommen; man hatte sich bestens vertragen. Keiner der drei hatte Paige zum Parkplatz gehen sehen; man war vollauf mit dem Reinigen des Bootes sowie dem Überprüfen und Verstauen der Ausrüstung beschäftigt gewesen. Alle drei wirkten zutiefst bestürzt ob Paiges Verschwinden. »Dabei hat sie doch sowieso schon so viel mitmachen müssen«, bemerkte Denise Washburne. »Nicht auszudenken, wenn ihr etwas zugestoßen wäre!«

Bill Washburne versorgte Carolyn mit den Namen und Adressen der restlichen Teilnehmer der Reise. Die Ellisons, so sein Hinweis, hatten geplant, ihre Flitterwochen mit einer Autotour durch British Columbia abzuschließen und würden somit, wenn er sich recht erinnerte, nicht vor dem 7. zurück sein. Carolyn gab die Information an Zig Takacs weiter, der sich sofort daranmachte, die Neuvermählten über die einschlägigen Mietwagenfirmen aufzuspüren. Chloe Grier, ganz versessen darauf, bei den Ermittlungen mitzuhelfen, war mit einem Pendler-Flieger nach Petaluma gereist, um dort Paul Kuzemchak, der besonders während der ersten Tage des Törns ein übergroßes Interesse für Paige an den Tag gelegt hatte, ins Gebet zu nehmen. Er habe Paige, so räumte Paul ein, auch tatsächlich äußerst attraktiv gefunden und wäre einem Techtelmechtel nicht abgeneigt gewesen. Nachdem sie ihm aber deutlich zu verstehen gegeben hatte, sie sei nicht interessiert, habe er sie in Ruhe gelassen und sich zuletzt in aller Freundschaft von ihr verabschiedet. Von weiteren Fragen sah Chloe ab, doch Pauls Behauptung, Paige trage ihm die Sache nicht nach, musste ja nicht unbedingt stimmen. Möglicherweise ließen sich ein paar Verflossene auftreiben, die bereitwillig darüber Auskunft gaben, wie Paul auf eine Abfuhr sonst reagierte.

Carolyn hatte Mercer Wyatt in seinem Büro in Palo Alto angerufen. »Gibt's doch gar nicht«, sagte er in einem Ton, in dem die Erschöpfung nach den Ereignissen spürbar war. »Ihr konnte nichts mehr passieren. Der Dreckskerl ist doch tot!« Nach dem Anlegen war Wyatt vor Paige von Bord und mit den Ellisons zum Parkplatz gegangen. Falls sein Gedächtnis ihn nicht trog, waren zu dem Zeitpunkt bloß noch Paige und Hardy Littleton auf dem Schiff gewesen, gemeinsam mit den Washburnes und dem Bordingenieur. Paul Kuzemchak hatte die Madrona als Erster verlassen.

»Und nachdem Sie vom Parkplatz gefahren waren …«

»… bin ich schnurstracks zu meinem Ferienhaus in Cypress Village. Klamotten ausgeladen, die Post gesichtet und ab mit meinem Flugzeug zurück hierher. Bin gegen halb zehn zu Hause angekommen und nach einem Happen direkt ins Bett gegangen. Die viele frische Luft, verstehen Sie? Plus der lange Flug.«

Carolyn hatte sich bereits mit dem Regionalflughafen in Astoria, wo Wyatts Cessna stationiert war, in Verbindung gesetzt. Seine Aussage entsprach der Wahrheit. Er war zudem allein geflogen.

Carolyn hörte, wie er seufzte. »Nichts für ungut, Detective«, wandte er ein, »aber das geht mir zu weit! Paige ist gerade erst mit knapper Not einem Mordversuch entgangen. Da fällt es mir schwer zu glauben, dass sie verschollen sein soll. Könnte ja sein, dass sie heimlich noch ein paar Tage drangehängt hat, oder? Um den Urlaub noch etwas zu verlängern. Per Bus oder Zug etwa.«

Daran hatte Carolyn auch schon gedacht. In den vergangenen fünf Wochen hatte Paige mehr durchgemacht, als die meisten Menschen ausgehalten hätten. Eine Rückkehr nach Cypress Village direkt nach dem Anschlag auf ihr Leben hätte weitere Nachstellungen durch die Medien zur Folge gehabt, noch mehr neugierige Blicke und Unannehmlichkeiten. Und schließlich war da auch noch Joshua. Nach wie vor wusste Paige nicht, was sie von ihm zu erwarten hatte. Da wäre es verständlich gewesen, wenn sie das alles unter Umständen noch eine Weile aufgeschoben und sich selbst etwas länger Luft verschafft hätte, damit sie für den nächsten Ansturm auf ihre Privatsphäre – eventuell auch für Liebeskummer – gewappnet war.

»Wollen wir's hoffen«, sagte Carolyn und beendete das Gespräch.

Allein, sie glaubte selbst nicht recht daran. Paige hatte ihr gesagt, sie vermisse Joshua, vermisse Parker und würde Montag zur Abendbrotzeit zu Hause sein. Hätte sie es sich anders überlegt, dann hätte sie angerufen. Sollte es ihre Absicht gewesen sein, noch für eine Weile abzutauchen, wäre sie mit dem Wagen gefahren, nicht mit Bahn oder Bus. Der deutlichste Hinweis waren die unverschlossenen Türen von Paiges Kombi. Den hätte sie aber nie und nimmer offen in Port Townsend stehen gelassen. Selbst wenn ein zufällig vorbeikommender Bekannter sie auf einen schnellen Kaffee eingeladen hätte, wäre sie zwar möglicherweise freiwillig mitgegangen, hätte aber die Wagentüren abgeschlossen. Für Carolyn lag es jedoch auf der Hand, dass Paige nicht aus freien Stücken mitgegangen war. Ganz offensichtlich war sie zu ihrem Wagen gekommen und nach dem Aufschließen entführt worden.

Die Madrona hatte um die Mittagszeit herum angelegt. Falls jemand Paige unbeobachtet bei ihrem Wagen überfallen und ungesehen mit ihr flüchten wollte, hätte er in einer der Parkbuchten ganz in der Nähe warten müssen.

Carolyn guckte noch einmal auf den Zettel mit der Adresse von Hardy Litton. Er wohnte in Salem und arbeitete dort als Verkäufer in einem Mitnahmemöbelmarkt. Chloe Grier hatte ihr berichtet, Litton sei ein hartes Stück Arbeit: ein Oberlangweiler, täppisch und dermaßen begriffsstutzig, dass man sich echt fragte, ob es nicht aufgesetzt war. Nun wollte Carolyn sich selbst davon überzeugen. Nach der mehr als zweistündigen Fahrt hatte sie stechende Rückenschmerzen und spülte, nachdem sie ihr Auto in einer Besucherparkbucht vor Littons Apartmentblock abgestellt hatte, mit dem Rest ihres lauwarmen Kaffees ein Muskel entspannendes Mittel herunter.

Hardy wohnte in einer Einzimmerwohnung im fünfzehnten Stock. Von der Glasschiebetür zu seinem Balkon bot sich ein Blick quer über einen grasbewachsenen Innenhof auf ein gleichartiges Gebäude. Ganz offensichtlich hatte Litton seinen Mitarbeiterrabatt voll und ganz ausgereizt, denn das Mobiliar seines Wohnzimmer, eine fade Couchgarnitur mit schlammfarbenen Karomustern und nussbraunem Furnier, war allem Anschein nach ein Ausstellungsstück. Er bat Carolyn herein und bot ihr ein Ginger Ale an, das sie auch annahm. Sobald sie Platz genommen hatte, schilderte er ihr in glühenden Farben seinen Öko-Trip um die San-Juan-Inseln und betonte, wie gern er das wiederholen würde. Erst nach einigen Minuten konnte Carolyn ihn daran erinnern, dass sie gekommen war, um mit ihm über Paige Rowan zu sprechen.

»Ach so, ja, Paige«, nuschelte er, wobei er zerstreut den Was-würde-Jesus-tun-Anstecker am Kragen seines Oberhemds befummelte. »Nicht zu fassen. Ich kann's einfach nicht glauben. Gibt's denn inzwischen ein Lebenszeichen von ihr?«

»Leider nicht.«

Sie ließ sich von Litton schildern, wer als Erster von Bord gegangen war. Seine Aussage deckte sich mit der von Mercer Wyatt. Paige und seine Wenigkeit, so Hardy, seien die letzten

Passagiere gewesen, die die Madrona verlassen hatten. Er war als Erster bei seinem Wagen angekommen und erinnerte sich, wie er beim Wegfahren noch gehupt und im Rückspiegel gesehen hatte, dass Paige winkte.

»Nach mir vorliegenden Informationen sprach Paige auch über ihre Tätigkeit als Telefonsexhostess«, sagte Carolyn. »Nicht, dass wir hier die Moralapostel spielen wollen, aber kam Ihnen Paiges ehemaliger Job nicht befremdlich vor?«

»Jetzt, wo Sie's erwähnen, schon«, gab Litton zurück, den Blick zu Boden geschlagen. »Eigentlich war Paige ... na ja, nicht der Typ für so was.«

»Wie war Ihnen denn zu Mute nach diesem Geständnis?«

Litton griff nach seinem Ginger Ale, nahm einen Schluck und betupfte sich mit seinen fleischigen weißen Fingerspitzen die Mundwinkel. »Ach, ganz okay. Ist ja nicht illegal, die Sache. Geht ja im Grunde keinen was an.«

»Trotzdem ... man macht sich so seine Gedanken, hm?«

Er nickte und sah durchs Fenster zum Nachbargebäude hinüber, wo jemand auf dem Balkon den Mopp ausschüttelte. »Schwer zu sagen, was die Leute zu ihrem Tun treibt.«

Carolyn fragte ihn nach den anderen Passagieren. Die Ellisons seien nett, meinte er. Sehr sportlich, für jeden Spaß zu haben, sehr kontaktfreudig und überhaupt nicht so verschmust wie Jungverheiratete sonst. Ja, im Grunde habe er alle an Bord gemocht, aber Mercer Wyatt hatte bei ihm einen besonderen Stein im Brett, weil er für sein Selbstvertrauen wahre Wunder wirkte. »Ich hatte nie viel übrig für Sport oder Aktivurlaub und so, aber der Bursche, der gab mir das Gefühl, genauso viel drauf zu haben wie die anderen auch, selbst wenn ich mich manchmal dämlich angestellt habe. Und er war kein bisschen versnobt, wie man's erwarten würde von einem, der so viel Kohle hat.«

Carolyn beschäftigte sich gut eine Stunde mit Hardy Litton, doch in der ganzen Zeit hatte er sie – grob geschätzt – höchstens drei Minuten lang angesehen. Wie viele Verabredungen mochte er wohl in seinem Leben gehabt haben? Wahrscheinlich konnte man sie an den Fingern einer Hand abzählen. Im Übrigen hätte sie gern gewusst, ob er tatsächlich so nonchalant über Paiges frühere Beschäftigung hinweggegangen war, wie er vorgab, oder ob es ihn nicht insgeheim selber nach einer kleinen Sexsklavin gelüstete.

»Na, das klingt ja, als hätte Ihnen der Ausflug auf der Madrona sehr zugesagt«, bemerkte sie, indem sie sich erhob. »Wünscht man sich bei all diesen Freiluftaktivitäten nicht, man hätte irgendwo 'ne kleine Wochenendhütte?

Einen Ort, an den man sich mal zurückziehen kann?«

Litton nickte. Sein Blick zuckte von Carolyn zur Tür.

Er will mich loswerden, dachte sie. Nervosität? Wahrscheinlich hat er zum ersten Mal Damenbesuch in seiner Bude. Oder irgendetwas anderes raubte ihm den Nerv.

»Eine zweite Bleibe wäre für mich unerschwinglich«, erklärte er. »Sprengt meinen Gehaltsrahmen. Aber Träumen kostet ja nichts.«

»Kein reicher Onkel, der Ihnen ein hübsches Sümmchen für die hohe Kante vermacht hätte?«

Litton gluckste verhalten. »Detective, in meiner Verwandtschaft gelte ich schon als der reiche Onkel.«

Als Carolyn über den Flur zum Aufzug ging, war sie sich bereits ziemlich sicher, dass sie Hardy Litton wohl einen zweiten Besuch würde abstatten müssen, und sei es auch nur, um ihn ordentlich in die Mangel zu nehmen und abzuwarten, was dabei herauskam. Auf jeden Fall, so ihre Überzeugung, schleppte er ungelöste sexuelle Probleme mit sich herum. Möglicherweise nahm er an, Frauen wie Paige mit ihrer Erfahrung und ihrem kessen Ton könnten ihm bei der Bewältigung dieser Probleme helfen. Besonders dann, wenn er irgendwo in der Pampa doch heimlich ein Häuschen oder eine Zweitwohnung besaß. Gewiss, auf den ersten Blick machte er den Eindruck, als könne ihn kein Wässerchen trüben, aber das galt auch für Arlen Dale, und bis dato waren der Torso oder weitere Körperteile von Bettina Reid unauffindbar geblieben.

Mit Ausnahme der Ellison hatte die Kripo nunmehr alle, die mit Paige zusammen auf der »Madrona« gefahren waren, vernommen. Damit blieb letzten Endes eine unbestimmte Zahl von Verdächtigen: entweder frühere Sektenmitglieder, die noch ein Hühnchen mit Trägern des Namens Greene zu rupfen hatten, oder ein verärgerter Telefonkunde, der wie Arlen Dale aus seinen Schmuddelfantasien in eine noch dunklere Wirklichkeit gerutscht war, oder jemand aus Paiges engstem Bekanntenkreis.

Am folgenden Morgen, so Carolyns Vorsatz, würde sie sich als Erstes mit Nicholas Bissonette bekannt machen.

52. Kapitel

Die ersten zwei Phasen des Verhungerns können bereits bei relativ kurzen Diät- oder Fastenperioden einsetzen. Schon nach einer Woche Nahrungsentzug schaltet der Körper zur Energiegewinnung auf Fettverbrennung um. Sind nach mehreren Wochen diese Fettreserven erschöpft, greift der Körper auf Proteine zurück, die er sich aus den Muskeln holt.

Paige hatte jegliches Zeitgefühl verloren. Während der ersten Stunden ihrer Gefangenschaft hatte sie den Dachboden erforscht, nicht nur auf der Suche nach einem Fluchtweg, sondern auch nach einem Stein oder Nagel oder einem anderen scharfen Gegenstand, mit dem man die Anzahl der Tage in eine der Rauspunddielen neben der Matratze hätte ritzen können. Das durch die Fensterläden dringende Licht ließ zwar erkennen, wann Tag und Nacht wechselten, aber wie oft das inzwischen geschehen war, hatte Paige nicht mitgezählt. Irgendwo hatte sie einmal gelesen, dass man nur selten richtiggehend verhungert. Meist ging man vorher schon an einer Infektion zugrunde.

Das ehemals knusprige, nun halb verzehrte Weißbrot war altbacken und hart. Paiges Magen knurrte nicht mehr. Ihre spröden Lippen wurden rissig. Wie lange mochte es dauern, bis ihr Bauch schwoll wie bei den Hungerkindern aus der Dritten Welt, deren schorfige, fliegenverseuchte Gesichter man dauernd in Werbesendungen vorgesetzt bekam?

Ein einziger Dollar pro Tag, der Preis für eine Tasse Kaffee, gäbe der kleinen Aysche die lebensnotwendigen Nährstoffe.

Paige hatte es sich zwar immer vorgenommen, den einen Dollar pro Tag aber nie gespendet.

Sie ging sparsam mit Flüssigkeit um und schimpfte stumm auf ihre Entführer, die keinen Deckel für den breiten, oben offenen Plastikkrug dagelassen hatten. Der kostbare Wasservorrat verdampfte so nach und nach. Sie zog ihr Shirt aus, knüllte es zusammen und stopfte es oben in die Öffnung. Ohne feste Nahrung konnte man Wochen überleben, ohne Wasser höchstens Tage.

In jenen ersten Tagen hatte sie viel geweint. Inzwischen traute sie sich nicht mehr, sondern sparte verzweifelt jeden Kubikzentimeter Körperflüssigkeit. Von Durchfall geplagt, musste sie häufig ihre Emailleschüssel aufsuchen, was zwar beschämend, aber sonst ihre absolut geringste Sorge war. Sie trocknete aus, verwelkte wie zerbröselndes Herbstlaub.

Staub zu Staub …

Einmal mehr durchstöberte sie den Speicher, ohne recht zu wissen, nach was sie eigentlich suchte. Sie kroch über den Boden, befühlte jedes Brett wie einen in Blindenschrift verfassten Text, fuhr forschend mit den Fingerspitzen über die Oberfläche, ob nicht eine der Dielen vielleicht locker saß. Mit den Wänden verfuhr sie genauso, wohl wissend, dass es zwecklos war, dass sie nichts finden würde. Das einzig Merkwürdige, auf das Paige in dem ansonsten unmöblierten Raum stieß, war eine nagelneue Telefonanschlussbuchse. Ohne das dazugehörige Gerät natürlich nutzlos.

Sei's drum – das Suchen vertrieb ihr die Zeit. Dann und wann summte sie vor sich hin, säuselte sich in einen ruhigen, schläfrigen Dämmerzustand. Sie fertigte Listen an: Ihre zehn Lieblingssongs. Fünf Orte auf der Welt, die sie unbedingt noch besuchen wollte. Prominente, mit denen sie gern essen gegangen wäre. Während dieses Gehirntrainings vergaß sie beinahe, dass sie Hunger hatte. Und Todesangst.

Nach draußen konnte sie nicht sehen; das Fenster mit den Läden lag viel zu hoch. Sie nahm keine Küchengerüche war, hörte von unten kein Duschwasser rauschen, keinen Automotor, der ansprang. Wo immer sie auch sein mochte – sie war allein.

Sie dachte an den Kidnapper. An die Eltern. Derjenige, der sie hierher gebracht hatte, vollzog an ihr auf jeden Fall das Indoktrinationsritual des »Neuen Ordens der Engel und Heiligen«. Hatte jemand vielleicht die Sekte der Eltern an sich gerissen und sich zum neuen spirituellen Führer aufgeschwungen? Nein, hier ging es um mehr als um Indoktrination. Das Ritual ihrer Eltern war eine Sache von einem Wochenende gewesen. Paige befand sich schon länger als zwei Tage hier. Hier handelte es sich um den Rachefeldzug eines ehemaligen Sektenanhängers, der eine Rechnung mit den Greenes beglich. Dank Fallon McBride wusste ja nun auch der Allerletzte an der gesamten oberen Pazifikküste, dass Paige die frühere Seraphina Greene war. Durchaus möglich, dass jemand diese Entführung geplant hatte, seit der Artikel in der Zeitung erschienen war.

Allmählich des Grübelns müde, gab sie die Suche nach nichtexistenten Fluchtwegen resigniert auf. Sie legte sich auf die Matratze, zog die Knie an den leeren Bauch und schloss die Augen.

53. Kapitel

Dass Carolyn am Donnerstagmorgen so ziemlich alles auf die Nerven ging, lag nicht allein an ihrem Ischias. Sie war gerade dabei, ihren von Menstruationsbeschwerden verkrampften Bauch mit einiger Mühe in den Hosenbund zu quetschen, da schneite unangekündigt ihr Mann herein, um sein Rudergerät abzuholen. Die beiden wechselten zwar kaum fünf Sätze, aber die paar Worte reichten auch schon. Am liebsten hätte sie ihm, als er aus der Einfahrt setzte, zum Schießtraining in die Autoscheinwerfer geballert.

Sie wünschte, sie hätte es mit der ehelichen Treue einmal nicht so genau genommen und sich am Abend zuvor einen knackigen Collegestudenten geangelt. Der hätte mit Handtuch um die nackten Hüften und noch nach heißer Liebesnacht duftend ihrem untreuen Göttergatten wunderbar die Haustür aufmachen können. Vielleicht würde Gregg dann beim nächsten Mal vorher anrufen und nicht davon ausgehen, dass sie einsam daheim hockte und sich die Augen nach ihm ausheulte. Aber statt einen hübschen Bengel zu verführen, hatte sie sich den Abend mit Kaffee und den Mordakten um die Ohren geschlagen. Ihre verquollenen Augen gaben davon beredtes Zeugnis ab.

Es sah ganz danach aus, als sei der Tag wie geschaffen für Auseinandersetzungen mit Vollidioten. Um Nicholas Bissonette als egozentrischen Mistkerl einzuschätzen, brauchte sie nicht lange. Sie gabelte ihn in seiner Galerie auf, wo er in barschem Ton ein paar abgekämpfte Handwerker herumscheuchte, die gerade letzte Hand an die Inneneinrichtung legten. Schwungvoll mit den Armen fuchtelnd, klackerte er mit seinen italienischen Schuhen über das hell gebeizte Parkett und zeigte an, worauf die Strahler gerichtet sein sollten. Diverse Kunstwerke aus Keramik und mundgeblasenem Glas, Arbeiten heimischer Künstler, thronten auf furnierten Podesten. Gerahmte Acrylgemälde zierten die Wände. Alles roch nach frischem Anstrich, neuem Holz und Geld.

Als Carolyn unangemeldet eintrat, kam Bissonette umgehend auf sie zu. »Entschuldigen Sie«, blaffte er missmutig, »aber wir öffnen erst am Dreizehnten.«

Als sie den Dienstausweis zückte, prallte er zurück wie ein Vampir vor dem hingehaltenen Kruzifix. »Was kann ich für Sie tun, Officer?«, fragte er, schon erheblich weniger schneidend, und stellte sein Armgefuchtel ein.

»Detective bitte«, korrigierte ihn Carolyn. »Ich hätte da ein paar Fragen, Mr. Bissonette.«

»Bezüglich?«

Sie hätte ihm liebend gern unauswaschbare Tinte auf sein eng anliegendes Seidenhemd gespritzt, sagte aber nur: »Paige Rowan. Sie waren doch mal mit ihr liiert, soviel ich weiß.«

Er bat sie nach hinten, wo er ein kleines Büro hatte. Die Regale waren noch leer, doch in einer Ecke stand ein Kistenstapel. Bissonette wies auf einen von zwei schwarzen Chromledersesseln. Sobald sie Platz genommen hatte, sagte er: »Ich kannte Paige in Europa. Wir wohnten eine Weile zusammen.«

»Gut zwei Jahre, nach meinen Informationen.«

»Das könnte in etwa stimmen.«

»Und getrennt haben Sie sich, weil …«

Bissonette suchte seine Nervosität durch blasierte Arroganz zu überdecken. »Schauen Sie, Detective, damit die Sache flott geht: Wie Sie sehen, habe ich alle Hände voll zu tun, und die Stümpertruppe da draußen kann 'ne Glühbirne nicht von einer Williamsbirne unterscheiden. Ich lese die Zeitung. Ich weiß also, dass Paige verschollen ist, und wegen unserer gemeinsamen Vergangenheit lässt mich das auch nicht kalt. Aber ich habe keinen blassen Schimmer, wo sie steckt. Also: Statt hier Ihre kostbare Zeit zu verplempern – sollten Sie da nicht besser nach ihr suchen?«

Carolyn bedachte ihn mit einem verkrampften Lächeln und beugte sich vor. »Es handelt sich um eine Ermittlung, Mr. Bissonette, und zwar unter meiner Leitung. Mag sein, dass wir beide viel beschäftigte Leute sind, aber es gibt da Fragen, die einer Antwort bedürfen. Das können wir hier *flott* über die Bühne gehen lassen, aber ich kann Sie auch von 'nem Einsatzwagen abholen lassen, inklusive Martinshorn und Blaulicht. Und die Sessel in meinem Dienstzimmer sind nicht annähernd so bequem wie Ihre hier. Sie haben die Wahl.«

Er wurde sofort merklich kleinlauter. »Wir waren jung, Paige und ich«, sagte er, inzwischen noch leiser. »Wir hatten uns auseinandergelebt. Das ist alles.«

»Hat sie Ihnen jemals etwas von ihren Eltern erzählt? Was das für Leute waren?«

»Eins stand jedenfalls fest: Sie versuchte, sich von ihnen abzunabeln. Nach allem, was sie mir berichtete, kam sie sich überbehütet vor. Sie waren streng und hatten eine ziemlich negative Einstellung zur modernen Welt. Nach der Talkshow neulich im Fernsehen neige ich zu der Auffassung, dass Paiges Beschreibung noch geschmeichelt war. Für mein Gefühl tickten die Greenes nicht richtig. Kein Wunder, dass Paige so verklemmt war, als wir uns kennenlernten.«

»Dem haben Sie ja sicher abgeholfen.«

Er hüstelte. »Paige war nicht die Erste, die von zu Hause abhaute, um sich den Wind um die Nase wehen zu lassen.«

»Mit Ihnen gemeinsam, versteht sich.«

Bissonette nickte. »Wir hatten 'ne Menge Spaß.«

»Aber nach einiger Zeit hat sie mit Ihnen Schluss gemacht und ist in die USA zurückgereist.«

»Wie schon gesagt, wir hatten uns nichts mehr zu sagen. Die Menschen ändern sich eben.«

»Wenn dem so ist – wieso sind Sie dann kürzlich vor ihrem Haus aufgetaucht?«

Er zog die Augenbrauen hoch und stockte kurz. »Ich wollte nur mal eine alte Bekannte besuchen.«

»Und diese alte Bekannte, wie reagierte die?«

Er warf einen Blick über Carolyns Schulter auf die Arbeiter in seinem Studio und dann auf den Kistenstapel in der Ecke.

Bilde dir bloß nicht ein, du könntest mir was vom Pferd erzählen, du Arsch!

»Paige war überrascht, unangenehm allerdings. Mein Besuch war kurz.«

»Und seitdem haben Sie sie nicht mehr gesehen?«

Wiederum schien er sich die Antwort erst überlegen zu müssen. »Nein«, bekräftigte er. »Ich wollte ihr damals eine Einladung zur Galerieeröffnung überbringen. Zum Zeichen, dass die Gemüter sich beruhigt hatten.«

»Und? Hatten sie das?«

Er rang sich ein bemüht lässiges Lächeln ab. »Paige hätte es vorgezogen, wenn ich ihr die Einladung per Post geschickt hätte. Ich habe ihre Gastfreundschaft nicht überstrapaziert.«

»Sie holen sich ungern einen Korb, was?«

Er zuckte die Achseln. »Wer tut das schon gern?«

»Ihre Liaison mit Paige liegt Jahre zurück. Wieso hätten Sie nach so langer Zeit wieder Fühlung aufnehmen sollen? Und um das gleich klarzustellen: Das mit den beruhigten Gemütern kaufe ich Ihnen nicht ab.«

»Wie schon gesagt, wir hatten auch gute Zeiten. Was man hatte, weiß man erst zu schätzen, wenn's weg ist. Kennen Sie das nicht?«

»Die Fragen stelle ich. Wo sie am 25. waren?«

»Zu Hause.«

»Allein?«

»Allein bin ich selten, Detective.«

Carolyn hatte schon lange mehr als die Nase gestrichen voll von Bissonette, seinen süffisanten Andeutungen, seinen teuren Klamotten und seinen lächerlichen Stühlen, die ihrem schmerzenden Rücken keinen Halt boten. »Und Ihre Begleitung kann das natürlich bestätigen?«

»Brauche ich etwa ein Alibi?«

Sie merkte, dass er sie aus der Reserve locken wollte. Ebenso klar war ihr, dass sie nun Tacheles reden musste. »Jetzt passen Sie mal gut auf: Ihre ehemalige Freundin wird vermisst. Solange Sie mir nicht nachweisen können, dass Sie nicht in Ihren schicken Porsche gestiegen und raufgedüst sind nach Washington, um Paige beim Ausschiffen abzufangen, so lange gebe ich Ihnen Zunder, bis Sie nicht mehr wissen, ob Sie Männlein oder Weiblein sind. Einen Laden wie diesen hier macht man nicht auf mit den paar Piepen, die man mit dem Malen von Grußkarten reinholt. Ob Sie etwas mit Paiges Verschwinden zu tun haben oder nicht – eins steht fest: Bei Ihnen läuft mehr ab als diese schnieke Galerie. Sie wollen nur nicht, dass ich Ihnen draufkomme. Stimmt's?«

Das zog ihm den Zahn. »Ich habe gelogen«, räumte er ein. »Ich war allein zu Hause. Es gibt niemanden, der mir ein Alibi verschaffen könnte. Aber ich habe Paige kein Haar gekrümmt, Detective. Darauf schwöre ich jeden Eid.«

Bevor sie das Gebäude verließ, bedachte sie den erleichterten Bissonette mit einem kurzen Kopfnicken. Wieder im Wagen, rief sie ihren Hausarzt an und ließ sich für 16 Uhr einen Termin geben. Sie benötigte eine Dosis Cortison, und zwar möglichst schnell. Sich krank zu melden, konnte sie sich nicht leisten, jedenfalls nicht zum gegenwärtigen Zeitpunkt.

Sie hatte nur fünf Beamte zur Verfügung, und die schufteten schon sechzehn Stunden am Tag. Einer hatte bereits den Hochzeitstag verschwitzt, weswegen seine Angetraute sich nun ohne ihn in Baja California sonnte. Carolyn brauchte die Arbeit, musste den Schwung ausnutzen. Sich daheim ins Bett – ins verwaiste Ehebett – zu legen und ihre Wehwehchen zu kurieren, das hätte ihr gerade noch gefehlt. Außerdem wurde man nicht fürs Zusammenklappen befördert. Sie musste durchhalten. Ihr Beruf war alles, was ihr geblieben war.

Chloe Grier rief vom Flughafen in Petaluma an. Sie komme, so ihre Meldung, mit dem nächsten Flieger zurück. Paul Kuzemchak habe sie nichts anhängen können. Ziggy Takacs hatte inzwischen das Ehepaar Ellison ausfindig gemacht, und zwar im »Empress Hotel« in Victoria in der kanadischen Provinz British Columbia. Sie hatten zusammen Tee getrunken, doch war dabei nichts Neues herausgekommen. Laut Aussage der Ellisons waren sie gemeinsam mit Mercer Wyatt von Bord und mit ihm zum Autoparkplatz gegangen, so wie von Wyatt und Litton angegeben. Die Frischvermählten freuten sich schon auf das Wiedersehen auf Wyatts Anwesen im nächsten Jahr und hofften, dass die Einladung nicht nur dahergesagt war. Alle hatten sich wunderbar verstanden.

Carolyn nahm sich vor, alle Hebel in Bewegung zu setzen, damit auch Paige bei diesem Wiedersehen zugegen sein konnte. Schon deshalb musste sie sie finden. Bald. Inzwischen war sie vier Tage überfällig. Es musste eine Möglichkeit her, das Ermittlungsfeld einzuengen. Ansonsten musste die Mordkommission Amtshilfe in Anspruch nehmen.

Im Anschluss an ihren Arztbesuch wollte Carolyn nach Hause fahren, den Küchentisch abräumen und sich einen starken Kaffee machen. Am Abend gedachte sie sich weder auf ihre Schmerzen zu konzentrieren noch auf ihren zukünftigen Exgatten und seine neue Familie, sondern auf Paiges Telefontagebuch. Vielleicht war Arlen Dale ja nicht der Einzige gewesen, der gern mit harten Bandagen spielte.

54. Kapitel

Parker, der nun doch Futter von Joshua annahm, kam langsam wieder zu Kräften. Es war, als spüre der Hund die ringsum lauernde Gefahr, als ahne er, dass er sich zusammenreißen musste. Hingegen war Joshua derjenige, bei dem sich erste Anzeichen von Zermürbung zeigten. Von Selbstvorwürfen und Scham gepeinigt, hatte er sich, seit Paige verschollen war, Nacht für Nacht schlaflos in seinem Bett gewälzt. Er hätte sich ohrfeigen mögen für sein mieses Verhalten. Die Sache mit Laurel hätte keine Rolle spielen dürfen, seine Liebe zu Paige bedingungslos sein müssen. Das war ihm klar. Tja, und jetzt zahlte er den Preis dafür, dass er sie nicht genug geliebt und alles vermasselt hatte.

Auch im Büro erledigte er seine Arbeit eher schlecht als recht. Er kam spät, machte früh Feierabend und verhielt sich zugeknöpft. Verständnisvoll und mitfühlend machten seine Mitarbeiter diesen Durchhänger wett, indem sie den Einsatz der ehrenamtlichen Helfer koordinierten, Sponsoren anwarben und die »stillen Auktionen« organisierten, die als Haupteinnahmequelle dienten. Auch an diesem Morgen würde er wieder spät eintreffen. Er musste nämlich zuerst nach Hause in seine Wohnung, um zu duschen, sich umzuziehen und seinen Anrufbeantworter abzuhören. Ferner hatte er vor, noch einen Abstecher zum Great Outdoors zu machen, um mit Paiges Chef sowie ihrem Kollegen Luke zu sprechen. Carolyn wäre ihm aufs Dach gestiegen, hätte sie Wind davon bekommen, doch unternehmen musste er etwas. Bei der quälenden Suche nach Paige kam er sich hilflos vor, wenngleich er wusste, dass die ermittelnden Beamten Überstunden noch und noch schoben. Bei dem Telefongespräch gestern am späten Abend hatte Carolyn haarscharf am Rande des Zusammenbruchs gestanden. Da hatte er tief buddeln müssen, um noch ein paar Worte des Zuspruchs zu finden. »Du tust doch schon, was in deinen Kräften steht«, hatte er gesagt. »Nimm's dir nicht so zu Herzen. Morgen findest du sie.«

Er hatte sich zwar sprechen hören, aber noch lauter hallten die Schreie in seinem Kopf. »Wo zum Teufel steckt sie? Warum kannst du sie nicht finden?«

Als seine Zwillingsschwester hatte Carolyn die unausgesprochenen Gedanken genau geahnt und kurz vor dem Auflegen noch gesagt: »Tut mir leid, Josh.«

Doch wenn jemand Grund zum Bedauern hatte, dann er. Paige musste nach Hause kommen, und zwar heil, damit er eine Chance erhielt, Abbitte zu leisten. Was aber blieb ihm bis dahin zu tun? Weder wusste er, wo er sie suchen noch mit wem er sprechen sollte, abgesehen von ihrem Chef. Carolyn hatte die Passagiere der Madrona sowie diesen Bissonette vernommen und Paiges privates Telefontagebuch überprüft. Joshua waren die Hände gebunden. Nach kurzem Zwischenstopp in seiner Wohnung fuhr er zur Kirche St. Bartholomew, glitt in eine Bank ganz hinten und betete.

* * *

Luke Rush blinzelte zweimal verdattert, als er Joshua Latham ins Geschäft kommen sah. Dass er vollkommen fertig wirkte, wunderte Luke nicht. Paiges Verschwinden ging dem Guten vermutlich gewaltig an die Substanz. Joshua nickte Luke zu, der ihm seine Cousine Sammi vorstellte, die bis zu Paiges Wiederauftauchen im Laden aushalf.

»Tut mir echt leid, die Sache mit Ihrer Bekannten«, sagte

Sammi mit kugelrunden Augen. »Ich hab sie mal kennengelernt. Scheint ’ne nette Person zu sein.«

»Danke. Harry da?«

Luke wies auf eine Tür hinten im Laden. NUR FÜR PERSONAL stand darauf. »Einfach anklopfen und reingehen«, empfahl er. »Harry ist drinnen.«

Joshua ging auf die Tür zu. Sobald er außer Hörweite war, flüsterte Sammi ihrem Cousin zu: »Ich kann das noch immer nicht glauben, was da über die Paige in der Zeitung steht. War die wirklich mal so ’ne Telefonsex-Tussi?«

»Anscheinend«, knurrte Luke. »Aber was soll’s. Irgendwann wählt jeder mal so ’ne Nummer. Nur um zu sehen, wie’s ist.«

»Wie denn – du auch?«

»Ein Kavalier genießt und schweigt.«

»Na ja, wahrscheinlich gibt’s da mehr zu verdienen als hier. Der Freund jedenfalls ist ’n Hübscher.«

»Ja, nicht übel, was? Wenn man überlegt, dass der mal Geistlicher werden wollte.«

»Was – Priester?«

»Allerdings.«

»Und dann mit ’ner Strippennutte liiert? Cool!«

Mit dem Kopf wies Luke seine Cousine auf den ersten Kunden des Tages hin, einen stämmigen Herrn, der sich offenbar nicht zwischen einer atmungsaktiven Weste und Schneeschuhen entscheiden konnte. Sammi trat auf ihn zu, während Luke sich nach hinten begab, wo Joshua die Tür offen gelassen hatte.

»Wenn ich einer wäre, der Schnaps im Aktenschrank versteckt, würde ich Ihnen einen Drink anbieten«, sagte Harry gerade. »Immer noch keine Anhaltspunkte, wo Paige sein könnte?«

»Fehlanzeige«, erwiderte Joshua.

»Ich muss ja nicht eigens betonen, dass ich genauso besorgt bin wie Sie. Wäre nicht ihre Art, sich einfach Urlaub zu genehmigen. So ohne Anruf. Sie hat noch keinen Tag gefehlt, seit sie hier angefangen hat.«

»Weiß ich, Harry. Die Sache treibt mich zum Wahnsinn. Mir gehen die Passagiere auf dem Schiff nicht aus dem Kopf. Wie groß wäre wohl die Chance, dass da noch einer an Bord war, der es auf Paige abgesehen hatte? Außer Arlen?«

»Kommt mir ehrlich gesagt ein bisschen weit hergeholt vor. Ich sprach gestern Abend noch mal mit meinem Bruder. Der meint, das wäre eine der schönsten Fahrten gewesen, die er und seine Frau je veranstaltet hätten. Alle waren ein richtiges Team. Er könnte nicht mal annähernd jemanden in Betracht ziehen. Klar, wer hätte das von Arlen gedacht, dass der ... na, Sie wissen schon. Und so einer arbeitet fünf Jahre lang direkt gegenüber! Matt Severs, der Eigentümer, der kann's ebenfalls nicht fassen. Der hielt ihn für 'nen loyalen Angestellten. Fleißig. Kam gut mit den Kunden klar. Matt musste sogar 'ne Weile dichtmachen, bis der Presserummel abgeflaut war. Hat sich nach Idaho verkrümelt. Teilt sich da mit anderen ein Ferienhaus.«

Durch die Türöffnung blickte Joshua hinüber zum Drachenladen auf der anderen Straßenseite. Die Jalousien waren heruntergelassen. An der Tür hing ein Schild: GESCHLOSSEN. Luke zuckte blitzschnell zurück, um nicht bemerkt zu werden.

»Sind Ihr Bruder und seine Frau momentan mit einer neuen Gruppe auf Törn?«, wollte Joshua von Harry wissen.

»Ja. Sie veranstalten die Ökotouren bis Ende Oktober. Dann wird Sucia Island für den Schiffsverkehr geschlossen, und sie machen selbst Urlaub. Sie bauen sich gerade ein zweites Haus auf Salt Spring Island in British Columbia. Eher rustikal, meinen sie, aber ich hab's mir mal angeguckt. Ein bisschen abgelegen zwar, doch beileibe kein Hüttchen. Etwa dreihundertdreißig Quadratmeter Wohnfläche. Wird ein Schmuckstück, wenn's fertig ist. Aber das nur nebenbei. Ich wünschte, ich könnte was für Sie tun, Joshua. Oder, besser gesagt – für Paige.«

Die beiden Männer unterhielten sich gut eine halbe Stunde, während Luke sich neben der Tür zu schaffen machte und die Lauscher aufstellte. Eins kam ihm seltsam vor: So, wie Harry redete, konnte man glatt den Eindruck gewinnen, dass er Joshua unterstellte, mit Paiges Verschwinden zu tun zu haben. Ganz abwegig war das nicht. In gleich gelagerten Fällen nahm die Polizei immer erst den Ehemann oder Partner unter die Lupe. Joshua trug seine Trauermiene im gesamten Städtchen spazieren, als wolle er jedermann demonstrieren, wie verzweifelt er war, wie sehr er Paige vermisste und sie wieder zu Hause haben wollte. Wahrscheinlich ging das ganz fix, dass so ein Exseminarist durchdrehte, wenn er Wind davon bekam, dass sein Herzblatt mit wildfremden Kerlen Verbalferkeleien getrieben hatte. Fünf Stunden Autofahrt die Küste rauf, Boot abfangen, »Hi, Paige, überrascht?«, und zack. Unmöglich war das keineswegs.

Noch merkwürdiger fand Luke, dass Joshua misstrauisch gegenüber Harry war. Immerhin gehörte das Schiff dessen Bruder. Harry hatte Paige diese Tour empfohlen. Er kannte sich mit dem Fahrplan aus, hatte den Törn selber ein- oder zweimal absolviert. Vielleicht machte er sogar mit seinem Bruder Bill gemeinsame Sache. Gebrüder Killer sozusagen. Wäre nicht das erste Mal. Was Harry trieb, wusste ohnehin so recht kein Mensch. Er war ein Geheimniskrämer.

Eins zogen offenbar weder Joshua noch Harry in Betracht: dass der mutmaßliche Entführer womöglich gar nichts mit der Madrona zu tun hatte. Den Fahrplan des Schiffes konnte man im Internet nachlesen. Jeder, der wusste, dass Paige mit von der Partie war, wusste somit gleichzeitig auch, wann sie in welchem Hafen anlegte und zu welchem Zeitpunkt das Schiff wieder in Port Townsend festmachte. Paige selber hatte zudem häufig von dieser Reise gesprochen. Jeder x-Beliebige hätte beim Einlaufen auf sie warten können, indem er praktisch von Inselchen zu Inselchen hopste und stets auf der Lauer lag.

Als Joshua das Hinterzimmer wieder verließ, half Luke gerade einem Kunden beim Aussuchen eines Zeltes aus einem Katalog. »Immer positiv denken«, bemerkte er, als Joshua auf dem Weg zum Ausgang an ihm vorbeiging. Joshua nickte, und dann machte Luke seine Cousine stumm auf einen weiteren Kunden aufmerksam, der mitten im Geschäft stand. Mit einem Blick bedeutete Luke ihr, sie möge den Mann im Auge behalten. Manchmal hatten sie mit Ladendiebstahl zu tun, zumal dem von kleineren Spezialausrüstungsgegenständen wie Militärmessern, Minitaschenlampen, Reiseweckern oder Wanderführern. Der Kunde indes schien an alledem nicht interessiert. Minutenlang schlenderte er ziellos umher und kehrte immer wieder zurück zu dem Regal mit Damenpullis, die er mit den Fingerspitzen liebkoste.

55. Kapitel

Ihr Atem roch nach Pfirsich. Auf ihrer Haut bildeten sich trockene Stellen. Kraftlos und von Schwindel erfasst, blieb sie reglos liegen, um Energie zu sparen.

Sie fror, doch Decken oder Laken gab es nicht, auch nichts, was sie zu einer Schlinge hätte drehen können, um sich in ihrer Ausweglosigkeit und Verzweiflung zu erhängen. Die Dachbalken waren zu hoch, Bettpfosten oder Stuhlbeine, um die man Hemd oder Hose hätte schlingen können, nicht vorhanden. Vor Kälte fröstelnd, zog sie das immer noch im Wasserkrug steckende Shirt aus der Öffnung und streifte es über. Viel half es nicht.

Sie hatte nur noch knapp zwei Zentimeter Wasser im Krug – genug, um vielleicht weitere vier Tage zu überleben. Sie war furchtbar durstig. Und ausgetrocknet. So sehr, dass sie am liebsten alles getrunken hätte.

Vorsichtig, um ja keinen Tropfen zu verschütten, nahm sie den Krug und stellte ihn hinter sich in eine Ecke. Aus den Augen, aus dem Sinn. Nicht bei Sinnen.

Der letzte Bissen trockenes Brot war seit gestern verzehrt. Möglicherweise auch seit vorgestern. Immerhin eine gute Nachricht, durchfuhr es sie. Erst in der letzten Phase verlor ein Verhungernder den Appetit. Und sie hatte immer noch Hunger.

Ablenkung, bitte! Mehr geistige Beschäftigung!

Lieblingsfarbe: Grün. Lieblingsfilm: *Während du schliefst.* Lieblingszeile daraus: »Wie kriegst du deine Kartoffeln so cremig hin?« Lieblingsgericht: gekochter Hummer. Kokostorte. Gebuttertes Popcorn.

Nein, nicht an Essen denken! Denk an was anderes!

An Dinge, die sie noch nicht probiert hatte. Surfen. Reiten. Fallschirmspringen. Sie hatte zwar Höhenangst, wusste aber: Käme sie bis an das Dachfenster, würde sie auch springen. Wie tief es bis zum Boden war, ob sich ihr Körper beim Aufprall wie ein Akkordeon zusammenfaltete, wäre ihr gleichgültig gewesen. Sie blickte hinüber zum Fenster. Zwecklos, daran zu denken, was bei einem Sprung alles passieren würde. Sie kam eh nicht an das Fenster heran, nicht einmal annähernd. Der Abstand bis hoch zu den Balken betrug gut und gern drei Meter. Die Wände, wenn auch aus ungehobelten Planken gebaut, boten den Zehen nicht genug Halt zum Abstützen. Das hatte sie schon ausprobiert. Er hatte an alles gedacht.

Tod. Gab's nicht etwas anderes, an das sie denken konnte? Dann doch lieber an Leckereien. Wie wär's mit Titeln von Filmen, in denen es ums Essen ging? *Pizza Pizza – ein Stück vom Himmel. Chocolat – Ein kleiner Biss genügt. Das große Fressen.* Es gab sicher noch mehr.

Los, streng deinen Grips an!

Wilde Erdbeeren! Danke, Fellini! Und *Bananas*. Wie konnte man Woody Allen vergessen? *Die Früchte des Zorns.* Schön, dass Nahrungsmittel filmisch so gut vertreten waren. Hatte Kevin Bacon wohl mal in guten Filmen mitgespielt?

Sie versuchte, schallend zu lachen. Heraus kam bloß ein Krächzen. Selbst ihre Stimme war verwelkt.

Meine liebsten Menschen, dachte sie. Das war leicht. Joshua. Und Parker, weil der als Mensch mitzählte. Die Bordgefährten vom Schiff – Chloe, die Washburnes, Mercer, das Ehepaar Ellison. Paul Kuzemchak. Hardy Litton? Beide eher nicht. Aber Joshuas Schwester, die schon. Zumal die wahrscheinlich jetzt nach ihr suchte. Und Onkel Spence. Der liebe Onkel Spence. Der hatte stets so auf sie aufgepasst. Ob er sie wohl auch diesmal retten konnte?

Ich bin hier, Onkel Spence! Dein Engelherzchen! Ich stecke mal wieder in der Klemme! Gewaltig. Kannst du mich hören? Kannst du nicht jemanden schicken, der mich hier rausholt? Bitte …

Bekam man wohl irgendwann Halluzinationen? Soweit sie wusste, waren die oft eine Folge von Schlafentzug. Und von Dunkelhaft ohne visuelle Reize. Fingen auch Verhungernde an zu fantasieren?

Als sie eine Veränderung in ihrer Umgebung wahrnahm, glaubte sie zuerst, ihr verwirrter Geist spiele ihr einen Streich. Dann merkte sie aber, dass sich jemand im Hause befand. Ob es sich um das Schließen einer Tür oder eines Schrankes handelte, vermochte sie nicht zu sagen. Plötzlich ein ganz leises Knarren von Dielenbrettern und … ja, was? Füße, die auf Strümpfen über den Korridor tappten? Nein. Das hätte man nicht hören können. Wunschdenken.

Auf wackligen Beinen wankte Paige trotzdem zur Tür und drückte das Ohr an das kühle Holz. Das mühsame Atmen, das sie hörte, war ihr eigenes, ebenso wie das schnelle Pochen eines Herzens.

Auf einmal ein spitzes Pieksen an ihren Zehen. Eine Zeitungsseite, die durch den Spalt unter der Tür geschoben wurde. »He!«, brüllte Paige, ein Schrei, der eher wie Froschgequake klang. Sie hämmerte mit den Fäusten gegen das Holz. »Hier drin bin ich! Bitte! Lasst mich raus!«

Eine zweite Seite schabte kratzend über den Fußboden zu ihren Füßen, gefolgt von sich rasch entfernenden Schrittgeräuschen. Auf Bodenbrettern, die vernehmlich unter Schuhsohlen knarrten.

»Nein! Nicht weggehen! Warum machen Sie das? Was wollen Sie?« Und schließlich fragte sie heiser flüsternd: »Wer sind Sie?«

Das Ohr an der Türfüllung, wartete sie minutenlang, doch es kam keine Antwort. Jenseits der Tür war alles still.

Den Rücken Halt suchend gegen den Türpfosten gestützt, ging sie in die Hocke und griff nach den zwei Blättern. Artikel, aus Zeitungen geschnitten, der erste aus dem *Cypress Village Examiner* und mit Fallon McBrides Namen in der Verfasserzeile. Ausgabe 1. Oktober. War das etwa heute? Paige war am 25. September von Bord der Madrona gegangen. Sechs Tage! Dann war sie jetzt mindestens sechs Tage hier!

Für den Fall, dass ihr Entführer wiederkam, blieb sie direkt vor der Tür sitzen und begann zu lesen.

TOTER WEITERHIN NICHT IDENTIFIZIERT
Die in einem hiesigen Luftschutzbunker entdeckten Überreste eines jungen Mannes geben weiterhin Rätsel auf. Joshua Latham, Geschäftsführer von Friends of Families, war bei der Suche nach einem verschollenen Hund auf die Gebeine gestoßen. Diese befanden sich auf dem Anwesen von Spencer Rowan, dem Onkel von Seraphina Greene alias Paige Rowan, von der die Immobilie gegenwärtig genutzt wird. Bislang waren die menschlichen Überreste, die eine unbehandelte Schienbeinverletzung aufweisen, keiner vermisst gemeldeten Person zuzuordnen. Ungeachtet einer großen Anteilnahme der Öffentlichkeit und trotz landesweiter Ermittlungsbemühungen ist die Identität des Toten den Behörden nach wie vor ein Rätsel.
Nach Auskunft von Dr. Marion Hawley vom pathologischen Institut war der Tote etwa ein Meter achtzig groß. Die Länge der Oberschenkelknochen und der Abnutzungsgrad des Gebisses lassen laut Dr. Hawley auf ein Lebensalter zwischen 18 und 22 Jahren schließen.
Vermutlich betrat das Opfer den Schutzraum in der Absicht, sich einem religiösen Ritual zu unterziehen. Dieses geht zurück auf Jerome und Millicent Greene, die beiden Gründer der Sekte Neuer Orden der Engel und Heiligen.

Eric Bowden, ein früheres Sektenmitglied, hält den Tod des jungen Mannes für einen fatalen Unglücksfall. »Die Greenes hätten keiner Fliege etwas zuleide getan«, so Mr. Bowden gegenüber Pressevertretern. »Ich war am Ende nicht gerade ein Fan von denen, aber beide hätten auf keinen Fall jemanden einfach in dem Loch sterben lassen.«
Auch die Polizei geht von einer Verkettung unglücklicher Umstände aus. Nach ersten Ermittlungen betrat das Opfer den Erdbunker gemäß den Regeln des Rituals an einem Freitagabend, wurde dann aber vom Ehepaar Greene nicht wie vorgesehen am Sonntagabend abgeholt, da beide am 16. Juni 2002 bei einem Verkehrsunfall ums Leben kamen.
Ehemalige Mitglieder der Sekte, die sachdienliche Hinweise zur Aufklärung des Falles geben können, werden dringend gebeten, sich bei einer Polizeidienststelle zu melden.
Gegenwärtig erhält der Fall zusätzliche Brisanz, da die Polizei weiterhin nach dem Verbleib von Paige Rowan alias Seraphina Greene forscht. Die Tochter der verstorbenen Sektengründer gilt seit dem 25. September als vermisst.

Ein in etwa gleich lautender Artikel war am selben Tag im *Portland Oregonian* erschienen. Der Ausschnitt wies jedoch einen eklatanten Unterschied auf. Quer über den Text hatte Paiges Entführer mit rotem Textmarker in Blocklettern geschrieben: »Dämmerts langsam?«

56. Kapitel

Wie so oft in den letzten Jahren, saß Spencer Rowan am Fenster und schaute hinaus. Nicht, weil's draußen etwas Besonderes zu sehen gab, sondern um seine Gedanken so zu sammeln, dass ihm etwas Gescheites einfiel. Er konnte sich doch noch nützlich machen, oder?

Er war nie einer gewesen, der sich vor dem Altern fürchtete. Sein ganzes Leben hatte er hart gearbeitet und sich seine Immobilienfirma aufgebaut. Dem Rentnerdasein hatte er mit Behagen entgegengesehen, plante er doch, sich dann öfter in seinem Blockhaus aufhalten und mit Freunden angeln gehen zu können. Dieser Traum währte knappe sechs Monate. Dann machte der Schlaganfall seine goldenen Träume zunichte.

Von da an reihte sich in seinem Leben Niederlage an Niederlage. Bei manchen Verrichtungen brauchte er Hilfe, weil seine Hände den Befehlen des Gehirns nicht durchweg gehorchten. Zwar konnte er immer noch ein Steak essen, aber vorher musste es ihm jemand zerschneiden. Im vorigen Monat war sein Bridgekumpel Earl gestorben. Massiver Herzanfall, direkt drüben am Mittagstisch. Auch Spencers Gedächtnis war inzwischen durchlöchert wie ein Papierdeckchen, und dieser Umstand störte ihn gegenwärtig am allermeisten.

Der und die Nachricht, dass Paige verschollen und er zu klapprig war, um einen Suchtrupp zusammenzutrommeln. Er hatte die ganze Geschichte im *Oregonian* und in den Fernsehnachrichten verfolgt. Erfahren zu müssen, dass die Nichte, die er wie eine Tochter liebte, dem Tod mit knapper Not von der Schippe gesprungen war, nur um dann wenige Tage später vom Erdboden zu verschwinden, das traf ihn wie ein Stich ins Herz. Er war ihr einziger Verwandter. Er musste helfen. Falls er konnte. Falls es noch nicht zu spät war.

Er erinnerte sich vage, dass ihn vor gar nicht langer Zeit eine Kripobeamtin besucht hatte, doch Einzelheiten der Unterhaltung waren eher verschwommen, was ihn genauso bekümmerte wie die gefaltete Zeitung auf seinem Schoß. Er senkte den Blick und las noch einmal den Artikel, der ihm schon seit Tagen keine Ruhe ließ. Das Skelett. Männlich. 18 bis 22 Jahre. Mit einer Verletzung, die von einem Skiunfall herrühren könnte. Das kam ihm bekannt vor. Nur wieso?

Mit geschlossenen Augen versenkte er sich in jene Tiefen seines Gedächtnisses, wo die Erinnerungen noch klar waren. Da gab es doch mal die Geschichte von einem kleinen Jungen, der in einem mondänen Wintersportort – vermutlich Aspen oder Vail – einen Skikurs belegt hatte. Und die Sache mit einem wild gewordenen Skifahrer – genau, das war's! Kam volles Rohr die Abfahrt runtergedonnert, der Knallkopf, schrie Zeter und Mordio und krachte frontal in das Kerlchen, das gerade wenden wollte. Der Junge flog im hohen Bogen von der Piste in den unberührten Tiefschnee. Die Skibindung ging nicht auf und rumms!, schon lag er auf dem Kreuz und schlitterte um Haaresbreite an einem Baumstamm vorbei. Hatte ein Mordsschwein, dass er mit dem Leben davonkam.

Ja, wieso fiel ihm das ausgerechnet jetzt wieder ein? Was war denn so Besonderes an einem Beinbruch?

Spencers Herz begann zu rasen. Immer mit der Ruhe!, mahnte er sich. Fang dir bloß keinen Herzkasper wie der alte Earl! Auf einen weiteren Schlaganfall konnte er gleichfalls verzichten. Der letzte hatte ihm schon genug zugesetzt. Jetzt hieß es Ruhe bewahren, tief durchatmen und es langsam angehen lassen. Dann würde er schon draufkommen, warum ihm die verdammten Knochen keine Ruhe ließen.

Er wandte sich wieder der Welt vor dem Fenster zu. Unten machte Emily Griffin ihren Nachmittagsspaziergang mit der Gehhilfe, die ihr Enkel mit knallig buntem Blümchendekor verziert hatte. Vince Cerruti saß auf einer Bank im Pavillon und las. Man traf ihn nie ohne Buch an, nicht mal während der Mahlzeiten. Vorn beim Haupteingang landete ein Spatzentrio auf dem oberen Rand eines zweistufigen Springbrunnens.

»Auf, Spence! Ist mal wieder so weit.«

In der Zimmertür stand Lionel Weber und lächelte breit. Spencer mochte ihn, weil er ihn nicht wie einen Patienten behandelte, sondern wie einen Freund. Trotzdem wär's ihm lieber gewesen, er hätte ohne fremde Hilfe sein Bad nehmen können.

»Nicht vergessen, heute Abend ist Whiskyprobe. Der ganze Saal voller beschwipster Witwen, da müssen Sie 'ne gute Figur abgeben. Vielleicht wird es Ihr Glücksabend.«

Spencer erhob sich, rückte den Sessel vom Fenster weg und ging auf den Pfleger zu. »Mein Freund«, brummte er, »Glück kann ich weiß Gott gebrauchen. Eine ganze Schiffsladung voll.«

57. Kapitel

Sie bewegte sich nicht von der Matratze herunter. Es wäre auch zwecklos gewesen. Der Speicher war dunkel, das Wasser aufgebraucht. Seit ihr Entführer ihr die Zeitungsausschnitte unter der Tür durchgeschoben hatte – wie lang mochte das jetzt her sein? –, war er nicht wiedergekommen.

Jenseits der Fensterläden klatschte der Regen seine eintönige Melodie aufs Dach. Bitterste Verzweiflung nistete sich in Paiges ausgedörrter Kehle ein. Wasser noch und noch – aber draußen!

Ein Loch im Dach! War das zu viel verlangt? Ein Leck, gerade so groß, dass etwas Regen durchsickern und sie ihren Durst löschen konnte. Um am Leben zu bleiben. Sie malte sich aus, wie sie dem Rinnsal das Gesicht zuwandte, wie ihr das kühle Nass durch die Kehle rann.

Dämmerts langsam?

Sie hatte versucht zu verstehen, was damit gemeint war. Es musste sich um die Knochen handeln. Was sollte sie wissen? Was sollte ihr dämmern?

Als ihre Eltern seinerzeit anfingen, Anhänger um sich zu scharen und ihre Gemeinde der »Engel und Heiligen« zu gründen, da war sie in Europa gewesen. Mit dem, was während ihrer Abwesenheit auf dem Anwesen von Onkel Spence passiert war, hatte sie nichts zu schaffen. Wären ihre Eltern nicht bei dem Unfall ums Leben gekommen, hätten sie diesen Jungen gerettet.

Aber sie waren gestorben. Der Tod eines Menschen war ungesühnt geblieben. Das war der springende Punkt. Paige stand vor Gericht. Irgendwer musste Rechenschaft ablegen. Quid pro quo. Wie du mir, so ich dir.

Irgendjemand hatte herausgefunden, dass sie mit der Madrona kam, kannte die Anlegezeit des Bootes, wusste, wann er zuschlagen musste. Wem hatte sie alles von ihrer Urlaubsplanung erzählt? Praktisch jedem, so sehr hatte sie sich auf die Reise gefreut.

Joshua wusste es natürlich. Harry und Luke ebenfalls. Lani und Dory. Ob Nicholas es wohl auch irgendwie erfahren hatte? War ihr Gefängnis etwa jenes Haus, mit dem er so angegeben hatte?

Cypress Village ist ein relativ kleines Kaff, Mäuschen. Wird nicht schwer sein, dich zu finden.

Doch zwischen Nicholas und dem Skelett bestand keine Verbindung. Das galt auch für die anderen. Sie konnte sich nicht konzentrieren. Sie hatte solchen Durst, solchen Hunger.

In der pechschwarzen Finsternis nahm sie Bewegung wahr, schattenhaft, formlos, wie Wellen am Rande ihres Gesichtfeldes. Öllachen im Dunkel. Sie tastete nach der Taschenlampe und betätigte den Schiebeschalter. Der Lichtstrahl bohrte sich durch die Schwärze und landete auf dem Gitter der Spelunkentür. Die Klappe war nach wie vor geschlossen. Kein drohendes Augenpaar lugte hindurch.

Sie ließ den Lichtkegel durch den Raum schwenken, leuchtete sämtliche Winkel ab, wusste indes, der Speicher war leer.

Das Haus hingegen nicht. Irgendwo unter ihr schlief jemand. Oder lag wach im Bett und aalte sich in der Erkenntnis, dass sein finsterer, cleverer Plan einwandfrei funktionierte. Womöglich malte er sich genau in diesem Moment ihren Tod aus, schätzte ab, wie lange es wohl noch dauern, in welcher Körperhaltung er sie vorfinden würde, mit welchem Gesichtsausdruck. Am liebsten hätte sie ihm im Tode noch den Stinkefinger entgegengestreckt. Als letztes »Du kannst mich mal!«

Schmeißt du die Flinte schon ins Korn, Engelherz?

Verdammt, Onkel Spence! Was würdest du denn tun?

Gab es wohl eine Möglichkeit, den Spieß umzudrehen? Ihren Peiniger zu peinigen? Auf den Fußboden trampeln, den Entführer nicht schlafen lassen, zum Wahnsinn treiben, bis er kam und die Tür aufschloss und sein Opfer vor lauter Wut schon eher als geplant umbrachte. Oder, was noch schlimmer wäre, bis er das Haus verließ und erst dann zurückkam, bis sie ein Häuflein modernder Knochen war.

Sie hatte eh nicht die Kraft zu stampfen.

Die Nacht war grausam und endlos und unerträglich in ihrer Finsternis. Der Strahl der Taschenlampe fiel auf die Bibel, die Paige während der ganzen Kerkerhaft noch kein einziges Mal angerührt hatte. Sie hatte das Buch bisher gescheut wie der Teufel das Weihwasser, doch nun brauchten ihre Augen einen Reiz gegen die verschwommenen Trugbilder, von denen sie heimgesucht wurde. Die Bibel – das am meisten verkaufte Buch aller Zeiten. Irgendwo da drin musste sich doch eine gute Geschichte finden lassen!

Die Bibel aufs Geratewohl öffnend, schlug sie Kapitel 6 des Johannesevangeliums auf. Die wunderbare Speisung der Volksmenge am See Genezareth. Eine obere Seitenecke war in einem akkuraten Winkel von fünfundvierzig Grad geknickt.

Ihr war, als würden ihre Hände und Füße zu Eis. Auch andere Seiten waren mit Eselsohren markiert. Evangelium nach Matthäus, Kapitel 4, Die Versuchung Jesu. »Als er vierzig Tage und vierzig Nächte gefastet hatte, bekam er Hunger.« Ebenfalls gekennzeichnet war Matthäus 6,16: »Wenn ihr fastet, macht kein finsteres Gesicht wie die Heuchler.«

Dieses Schwein! Er hatte absichtlich die Stellen bezeichnet, die von Hunger handelten. Und von Nahrung.

Es ging so weiter: Die Hochzeit zu Kana. Das letzte Abendmahl. Die Stelle nach dem Johannes Kapitel 21, an der sich der auferstandene Jesus seinen Jüngern am See Genezareth offenbart und sie anweist, ihre Netze »zur Rechten des Bootes auszuwerfen«. Da stand: »Simon Petrus stieg hinein und zog das Netz an Land, voll großer Fische, hunderteinundfünfzig. Und obwohl es so viele waren, zerriss doch das Netz nicht.«

Seelische Folter. Weil ihrem Peiniger die körperlichen Qualen, die sie erleiden musste, nicht reichten. Er wollte ihr gleichsam Salz in die Wunden streuen, ihr so viel Leid wie möglich zufügen.

Noch eine Bibelstelle war markiert, diesmal freilich nicht mit einem Eselsohr, sondern mit einem schmalen grünen Bändchen. Paige schlug die Seite auf und las. Und es fiel ihr wie Schuppen von den Augen.

58. Kapitel

Carolyn musste weg von ihrem Schreibtisch, an dem sie seit vier Uhr morgens gesessen hatte. Das Foto, das sie und ihren Mann bei Rumcocktails unter einem Sonnenschirm auf den Antillen zeigte, hatte sie von ihrem Arbeitsplatz bereits entfernt. Bei dem Urlaub hatte sich der hellhäutige Gregg einen mächtigen Sonnenbrand geholt. Geschah ihm ganz recht, dachte sie. Zu machohaft, um Sonnenschutzcreme aufzutragen. Eine Kopfbedeckung wollte er auch nicht aufsetzen. Er habe kein Mützengesicht, so seine Begründung seinerzeit.

Der angeforderte ergonomische Schreibtischsessel war noch nicht da. Auf dem alten Drehstuhl ohne Armstützen, der es offenbar regelrecht auf sie abgesehen hatte, konnte sie aber keinen Moment länger sitzen. Der untere Rücken tat ihr bereits weh; eine ausgewachsene Ischiasentzündung kündigte sich an. Sie musste in Bewegung bleiben. Zig Takacs, der rasende Ungar, hatte sich schon auf die Socken gemacht, um den nächsten desillusionierten Anhänger der Greenes zu vernehmen. In jüngster Zeit kamen die aus der Versenkung gekrochen wie Termiten aus einem morschen Baumstamm. Ziggy vermutete, dass mindestens einer das große Geld mit einem Buchtitel witterte. Carolyn schnappte sich ihre Jacke und ging nur Minuten nach Zig zur Tür hinaus.

Sie wollte sich in einem Lokal mit Cassie Pepper treffen, die schon in aller Herrgottsfrühe angerufen hatte. Wie Carolyn hatte sie schlaflose Nächte hinter sich, nicht nur wegen des stürmischen Wetters, sondern weil ihr etwas zu einem früheren Sektenjünger eingefallen war. »Ist sicher nichts dran«, hatte sie gesagt, »aber mir ist doch wohler, wenn ich's Ihnen trotzdem schildere.«

Das Cheshire Cat, ein schickes Café im Ortskern von Cypress Village, lag inmitten von Boutiquen und Galerien. Als Treffpunkt für Polizisten war es zu ruhig, zu klein und zu angesagt, und exakt deswegen hatte Carolyn es gewählt. Beim Eintraten sah sie Cassie, die auf einem Barhocker an dem langen Frühstückstresen saß und sich das Spezialmüsli des Hauses schmecken ließ. Carolyn setzte sich neben sie, schüttelte ihr die Hand und bestellte sich einen Sumatrakaffee, verschmähte aber die frisch gebackenen Muffins. »Sie meinen also, Sie hätten sich an etwas erinnert, das uns bei der Identifizierung des Skeletts weiterhelfen könnte?«

Cassie zog die Schultern hoch. »Ich hoffe, ich habe sie nicht umsonst hergebeten«, seufzte sie, »aber da war dieser Typ. Der kam drei Monate lang zu sämtlichen Treffen – bis zum Tode von Jerome und Milli. War ganz begeistert bei der Sache und fand die Greenes echt spitze. Alles, was sie sagen, hätte Hand und Fuß, meinte er.«

»Wie beispielsweise was?«

»Na, seiner Ansicht nach war die Welt ziemlich im Eimer; die Menschen verehrten die falschen Dinge, die Kluft zwischen den Reichen und den Habenichtsen sei zu groß. Er trat für ein einfaches Leben ein. Wie wir alle glaubte er, wenn jeder ein bisschen kürzer tritt und nur das nimmt, was er braucht, und den Rest teilt, wären wir alle besser dran. Kein Konkurrenzdenken, keine Eifersucht – alle sind gleich, verstehen Sie?«

Die Welt geht den Bach runter, dachte Carolyn, und zwar mit Affenzahn. Zumindest galt das für ihre. Und für Joshuas sowieso, falls Paige nicht umgehend gefunden wurde. Inzwischen bei Tag sieben, war man dem Ziel nicht einen Schritt näher gekommen, und jetzt saß hier neben Carolyn das erste

Fitzelchen Spur, seit am 22. der Zeitungsartikel über das aufgefundene Skelett erschienen war. Nur konnte sie sich leider des Eindrucks nicht erwehren, als habe diese Cassie Pepper mit ihrer Omabrille und ihren Hanfklamotten nicht alle Tassen im Schrank. Sie fragte sich, ob das, was das Mädel da von sich gab, nicht letzten Endes bloß Gerede war. Sie wusste nur, dass es auf Zeitvergeudung hinauslief, sich noch weiteren pseudoreligiösen Schwachsinn anzuhören.

»Und dieser Junge ... die Überreste – worin soll Ihrer Meinung nach der Zusammenhang bestehen?« Carolyn hörte die Ungeduld in ihrer Stimme und sah schon in Gedanken, wie ihr Vorgesetzter vorwurfsvoll das Gesicht verzog.

Cassie focht das aber allem Anschein nach nicht an. »Wie ich bereits sagte – hat vielleicht nichts zu bedeuten. Aber ich entsinne mich noch, dass er jammerte, weil er am Morgen joggen gegangen war und ihm jetzt das Bein wehtat. Er sagte, er habe sich mal bei einem Skiunfall verletzt und dürfe sein Bein nicht zu stark belasten. Ich riet ihm noch, er solle es lieber mit Schwimmen versuchen. Wie dem auch sei, in dem Artikel in der Zeitung stand ja, der Tote hätte eine Verletzung am Schienbein.«

So ist es, dachte Carolyn. Direkt oberhalb an der Stelle, wo der Skistiefelschaft enden würde. Bei Skiläufern eine der am häufigsten vorkommenden Knochenbruchstellen.

»Außerdem«, fuhr Cassie fort, »war er nicht auf der Beerdigung der Greenes. Als überzeugter Anhänger! Wir wunderten uns damals schon sehr. Was, wenn er nicht teilnehmen konnte? Wenn ihm etwas zugestoßen war?«

Durfte man etwa Hoffnung schöpfen? Carolyn zog einen Notizblock in Westentaschenformat aus der Jacke. »Name?«

Cassie tunkte den Löffel ins Müsli und betrachtete die Backwaren, die unter gewölbten Schutzhauben auf dem Tresen standen. »Darüber habe ich mir die ganze Nacht den Kopf zerbrochen. Augenblick noch. Es fällt mir bestimmt gleich ein. Gegen Ende waren wir halt so viele.«

Carolyn wartete. Schlürfte ihren Kaffee. Ließ sich nachschenken. »Personenbeschreibung vielleicht?«, drängte sie. »Irgendwelche Merkmale?«

»Er war ein gutes Stück größer als ich«, sagte Cassie, nachdem sie sich einen Mehrkornmuffin bestellt hatte. »So an die eins-neunzig, würde ich sagen.«

Das hatte auch in der Zeitung gestanden. Carolyn klickte mit ihrem Kugelschreiber. Der Block war noch unbeschrieben.

»Er wirkte immer ein wenig traurig, als hätte er viel erlebt. Desillusioniert, verstehen Sie? Sobald die Greenes das Wort ergriffen, nickte er, als sprächen sie ihm aus der Seele. Er meldete sich alle naselang und unterstützte Jerome und Milli, hielt sich aber ansonsten zurück. Als hätte er Angst, sich anderen anzuvertrauen. Wie um sich von uns abzugrenzen.«

Cassie brach ihren Muffin in der Mitte durch, pustete sich auf die Finger und schaute dem Dampf, der dem Gebäck entwich, hinterher. »Ach so, ja! Der hatte so irres blondes Haar. Wie der … wie heißt der bloß noch? Der war der Lieblingskomiker meines Vaters.«

Carolyn musste sich auf die Lippen beißen. So vergesslich konnte Cassie nicht sein, dafür war sie zu jung. War die Kleine vor ihrem Religionstrip etwa auf Drogen gewesen?

»Harpo Marx!«, verkündete sie triumphierend. »Er hatte 'ne Frisur wie Harpo Marx. Kennen Sie die? Wie die Dinger, mit denen man Bratpfannen auskratzt.«

Während dem Mädchen immer mehr Einzelheiten einfielen, notierte Carolyn eifrig mit. Woher er stammte oder für was er sich interessierte, hatte der Junge nie erzählt. Student war er nach Cassies Eindruck nicht, Musiker schon eher. Kleidung schludrig – schwarze Jeans, unten ausgefranst, überweite

T-Shirts, manchmal mit Jeansjacke darüber oder schlabberigem Pullover.

»Tätowierungen? Piercings? So was in der Art?«

Cassie schüttelte den Kopf.

»Schwielige Fingerkuppen? Vom Gitarrespielen etwa?«

»Ist mir nicht aufgefallen.« Blinzelnd kramte sie in ihrem Gedächtnis. »Ach!«

»Was ist?«

»Sein Name! Er hieß T. J.«

»Tee Jay? Was soll das denn bedeuten?«

»Hat er nie gesagt. Wir sollten ihn einfach Tee Jay nennen.«

»Nachname?« Los, Cassie! Jetzt aber! Nur das noch!

»Weiß ich nicht«, antwortete das Mädchen. »Er nannte sich nur T. J.«

59. Kapitel

Joshua hatte seine Schwester sehr gern. Er wusste, dass sie eine gute Polizistin war, auch wenn manche ihrer Kollegen das anders sahen. Sie hatte sich im vergangenen Jahr halb tot geschuftet, um das Image einer Miss Rambo loszuwerden, das man ihr angehängt hatte, als sie einen ortsansässigen Chirurgen wegen ehelicher Gewalt vor den Kadi brachte. Der Jähzorn des Kerls war legendär und wurde nur noch von seiner Arroganz übertroffen. Für den sei der Knast noch zu milde, so das Pflegepersonal in der Klinik. Carolyn hatte die Ehefrau in der Notaufnahme gesehen, das ganze Gesicht dunkelviolett wie eine Aubergine, die Augen zugeschwollen, ein Ohr teils abgerissen. Im Vernehmungsraum verlangte der Herr Doktor Orangensaft von Carolyn und schnipste mit den Fingern, als hätte er eine Kellnerin in einem Rasthof vor sich. In ihrem pflichteifrigen Bemühen, den Mann hinter Gitter zu bringen, ignorierte sie dessen Ansinnen und fuhr mit dem Verhör fort. Anscheinend stellte sich heraus, dass der Mediziner Diabetiker war – ginge Carolyn oder sonst jemanden nichts an, hatte er hinterher gesagt –, doch vor Gericht schloss man daraus, dass die Vernehmung unter extremem seelischen und körperlichen Druck abgelaufen sei. Die Anklage wurde abgewiesen, der Herr Doktor auf freien Fuß gesetzt. Alles nur wegen eines Orangensaftes und wegen Carolyns Hass auf Frauenschläger. Sogar Gregg war eher peinlich berührt denn seiner Frau eine Stütze gewesen. Möglicherweise hatten ihre Eheprobleme damals begonnen.

Paige war jetzt eine Woche verschollen, und wenngleich die

Kripo landesweit ermittelte, kam dabei doch nichts heraus. Die personelle Decke war zu dünn, das Feld der Verdächtigen, das Carolyn und ihre Kommission zu beackern hatten, zu weit. Es war ein Rennen gegen die Zeit, dass sie zu verlieren drohten.

Joshua hatte seine Schwester zuvor angerufen, und die Erschöpfung in ihrer Stimme war ihm dabei nicht entgangen. Sie konnte nicht lange mit ihm sprechen, denn sie hatte mit einer Zeugin geredet und von ihr Hinweise bezüglich des Skelettfundes erhalten. Ob sie denn glaube, so hatte er Carolyn gefragt, dass die menschlichen Überreste mit Paiges Verschwinden zu tun hätten. Sie ging darauf nicht näher ein, versprach aber, sich später noch einmal bei ihm zu melden. Joshua war klar, dass sie das sowieso nicht tun würde. Durch ihn wurde Carolyn permanent daran erinnert, dass die Suche nach Paige stagnierte. Diesmal entsprach die Bemerkung »nichts Neues« einer Hiobsbotschaft, und deren Überbringer wollte Carolyn nicht sein. Es würden alle Möglichkeiten ausgeschöpft, so hatte sie ihm zu versichern versucht. Doch das war ein schwacher Trost. Nun lass mal die Knochen!, hätte er ihr am liebsten zugerufen. Sieh lieber zu, dass du Paige findest! Und zwar lebend!

Das Personal reichte vorn und hinten nicht, und zudem war Carolyn wegen des beklagenswerten Zustandes ihrer Ehe nicht ganz bei der Sache – um es milde auszudrücken. Egal, wo Paige stecken mochte: einen unkonzentrierten Ermittler konnte man sich nicht leisten.

Irgendetwas, so redete er sich ein, musste er doch tun können! Als er um 18:30 Uhr sein Büro verließ, hatte er so etwas wie einen Plan. Er schlug die Telefonnummer von Stan Gardner nach, dem Nachbarn von Paige, der sich ohne viel Federlesen bereit erklärte, Parker auszuführen. Ja, Stan ließ es sich nicht nehmen, eigens nach Cypress Village zu fahren und sich von Joshua den Haustürschlüssel zu holen. »Für Paige tue ich alles«, betonte Stan. »Sie ist 'ne prima Nachbarin und hält Spencers Haus hervorragend in Schuss.«

Eine Viertelstunde später war er da, abgekämpft und struppig. Er sei draußen gewesen und habe Holz gespalten, erklärte er, und dabei das Telefon beinahe überhört. »Ich kann's nicht fassen, dass Paige immer noch vermisst wird. Wer sollte dem Mädel denn was antun wollen?« Als er sah, wie Joshua vor Kummer das Gesicht verzog, entschuldigte er sich umgehend. »Ach, was rede ich da für einen Blödsinn! Sie machen im Augenblick bestimmt die Hölle durch. Halten Sie sich denn einigermaßen?«

»Geht schon. Um mich mache ich mir keine Sorgen. Ich hoffe, Paige fühlt, wie viele Menschen an sie denken. Egal, wo sie jetzt sein mag.« Er hörte, wie seine Stimme zitterte, und musste sich räuspern.

»Ja, wie schon gesagt, sie ist ein guter Mensch. Ihr Onkel Spence und ich, wir kennen uns schon von ganz früher. Wenn's hart auf hart kam, konnte man auf den bauen. Die Eltern von Paige allerdings, das ist 'ne andere Geschichte. Ich hab sie nur ein paar Mal getroffen. Aber zwei solche Traumtänzer hat die Welt noch nicht gesehen. Das habe ich auch der Polizei gesagt, als die mich fragte.«

Joshua, der eine Autofahrt von neunzig Minuten vor sich hatte, wäre furchtbar gern aufgebrochen, konnte indes den gesprächigen Nachbarn nicht kurzerhand stehen lassen. Immerhin tat Gardner ihm einen Gefallen und scheute weder Kosten noch Mühen, um zu helfen.

»Den Hund behalte ich bei mir, bis Sie zurück sind«, fuhr Gardner fort. »Der wird mir gute Gesellschaft leisten. Seit ich von diesem Skelett im Bunker gelesen habe, kriege ich nachts doch ein bisschen Bammel. Was da in der Zeitung steht über die Greenes und ihre hirnverbrannten Rituale – und alles direkt vor meiner Nase! Nicht zu fassen, so was! Sollte man erschießen und anpinkeln, die Leute, und nicht mal unbedingt in dieser Reihenfolge.«

Joshua drückte ihm die Haustürschlüssel in die Hand. »Danke für Ihre Hilfe, Stan. Mal sehen, ob ich bis elf zurück bin.«

»Wenn nicht, dann nicht«, brummte der Nachbar. »Machen Sie sich um mich keinen Kopf. Ich bin noch auf.« Er fuhr sich mit seiner mächtigen Pranke durch das dichte Grauhaar. »Vielleicht sollte ich überlegen, ob ich nicht in eine kleinere Bleibe umziehe, näher am Ort. Wenn man wie ich allein wohnt, macht so 'n zweistöckiges Haus eh zu viel Arbeit.«

In der Hoffnung, Gardner werde den Wink mit dem Zaunpfahl verstehen und sich verabschieden, zog Joshua seinen Anorak an. Prompt entschuldigte sich sein Gast, dass er Joshua aufgehalten hatte. »Wenn man wie ich alleine lebt, gerät man leicht ins Palavern. Die Tage sind manchmal lang und einsam. Nachts ist es noch schlimmer.«

Er tat Joshua leid – wie alle älteren Menschen, die ihren Lebensabend allein verbringen mussten. Joshua nahm sich vor, nach Paiges Rückkehr enger mit ihm in Kontakt zu bleiben, ihn mal zum Essen einzuladen und mit ihm nach Portland zu fahren, damit er seinem Freund Spencer Rowan einen längeren Besuch abstatten konnte.

Wenn – nicht falls – Paige nach Hause kam.

Auf dem Sunrise Highway hatte es einen kleineren Unfall gegeben, weswegen Joshua in einem Stau aus Schaulustigen stecken blieb und erst um viertel nach neun in Portland eintraf. Bis er das Haus von Nicholas Bissonette, einen aus Stahl und Glas bestehenden Kasten mit Flachdach, gefunden hatte, vergingen weitere zehn Minuten. Der blaue Porsche parkte in der Einfahrt; durch ein Fenster im Erdgeschoss, links vom

Eingang, fiel der matte Schein einer einzelnen Leuchte. Joshua stellte den Jeep am Straßenrand ab, schlug den Anorakkragen hoch, setzte eine dunkle Baseballkappe auf und huschte quer über etliche frisch gemähte Rasenstücke hinüber zum Haus, um durch eines der vorderen Fenster zu spähen.

Das Wohnzimmer, inspiriert vom Stil der 70er-Jahre, war wie aus einem Einrichtungsmagazin. Die Couchgarnitur aus lohbraunem Wildleder kontrastierte mit sorgfältig ausgesuchten, ebenholzschwarzen Tischen. Eine Wand wurde von einer großen schwarzen Etagere dominiert. Bis auf das minimalistische Mobiliar sowie einige geschickt platzierte Kunstobjekte war das Zimmer leer. Im Grunde wusste Joshua selber nicht, wonach er eigentlich suchte. Nach einem Paige gewidmeten Museum? Einem Stübchen voller alter, gerahmter Fotos? Oder gar nach Paige selbst? Womöglich an einen der Hochlehnerstühle gefesselt und verzweifelt bemüht, sich zu befreien?

Auf einmal überkamen ihn doch Zweifel, ob es eine weise Entscheidung war, Bissonette auf eigene Faust auf den Zahn zu fühlen. Abgesehen von dem, was ihm Paige berichtet hatte, wusste er wenig über den Burschen: ein notorischer Schürzenjäger war der, ein versoffener Mistkerl, der zum Freizeitvergnügen Drogen konsumierte. Aber ein Mörder? Hatte er wohl beobachtet, wie Joshua sich dem Haus näherte? Beobachtete er ihn mit hypermoderner Überwachungstechnik?

Und wenn schon. Sollte Bissonette die Polizei rufen, würde Joshua die Wahrheit sagen. Von Sorge zerrissen über Paiges Verschwinden, war er nach Portland gekommen, um sich den ehemaligen Lover seiner Freundin vorzunehmen und mal zu sehen, was der wusste. Die Zeitungen waren voll von Berichten über Paige; die Polizei würde Verständnis dafür haben, dass Joshua nicht länger die Hände in den Schoß legen wollte. Falls er die Gelegenheit zu einer Erklärung bekam. Falls Bissonette ihn nicht vorher erschoss.

Auf leisen Sohlen tappte Joshua quer über das niedrige Treppenpodest, um durch ein weiteres Flachglasfenster zu spähen. In dem dunklen Zimmer ließen sich jedoch bloß schattenhafte Konturen ausmachen, eine Essgruppe eventuell, aber absolut sicher war er sich nicht. Also taste er sich zur Rückseite des Hauses, betrat lautlos die hölzerne Terrasse und wäre um ein Haar über die Abdeckplane eines Whirlpools gestolpert, der sich in einen Winkel neben zwei Schiebetüren quetschte. Mit einem Ausfallschritt und einem unterdrückten Fluch verhinderte er gerade noch einen Sturz. Den Rücken dicht an der Hauswand, pirschte er dann auf die einzige Lichtquelle zu – drei hohe, schmale Fenster, durch die ein blassgelber Schein fiel.

Mutterseelenallein stand Nicholas Bissonette mitten im Zimmer vor einer riesigen, auf zwei Staffeleien gestellten Leinwand. Die Palette auf dem angewinkelten Arm balancierend, begutachtete er sein Werk und tippte sich dabei sinnend mit dem Pinselstiel an die Lippen. Durch ein auf Kippe geöffnetes Fenster dröhnte ohrenbetäubende Musik, ein Song der australischen Rockband INXS mit dem Titel *The Devil Inside* – der Teufel in dir. Bissonette wiegte sich im Takt der wummernden Bässe, was Joshua an und für sich nicht gestört hätte. Nur präsentierte der Kerl sich pudelnackt und mit erigiertem Penis vor seinem Werk.

Paige zufolge war Bissonette ein Künstler, der früher von einem Tag auf den anderen lebte, indem er Bleistift- oder Tuschezeichnungen von allseits bekannten europäischen Wahrzeichen sowie ähnlichen Touristenkitsch verkaufte. Auch Akte hatte er gemalt, wie sich dem Internet entnehmen ließ. Zu bescheidenem Ruhm hatte es allerdings erst gereicht, als er die Titelseiten für jene Groschenkrimis gestaltete, die damals eine Renaissance erlebten. In Untergrundkreisen als Experte für Pornocartoons bekannt, hatte er seine Stärke anscheinend in der Darstellung von gequälten Frauen. Sei's drum: Das Gemälde, an dem er hier arbeitete, war mannshoch, und außerdem malte er in Acryl. Eine Sonderanfertigung? Bei der er wegen der besseren Inspiration im Adamskostüm malte?

Jedenfalls ein Motiv, das ihn ganz offensichtlich sexuell erregte. Was mochte er da auf seiner Leinwand haben? Für wen fertigte er dieses Gemälde an? Und überhaupt: Was hatte dieser Schmierfink wohl mit Paiges Verschwinden zu tun?

Joshua machte kehrt, schlich sich zur Haustür zurück, drückte den Klingelknopf und wartete ab. Der überlegt sich wahrscheinlich, ob er das Klingeln ignorieren soll oder nicht, dachte er. Vielleicht meint er, der ungebetene Gast verdrückt sich schon von allein.

Diese Absicht hatte Joshua allerdings nicht. Zumindest so lange nicht, wie er nicht wusste, wann Bissonette Paige zum letzten Mal gesehen hatte. Und wie er auf ihr Verschwinden reagierte.

Er klingelte noch einmal. Kurz darauf stand der Maler in der Tür, angetan mit einem flauschigen Samtbademantel, eine Hand tief in die Tasche gerammt. Anfangs guckte er Joshua indigniert an, doch dann glitt plötzliches Erkennen über seine Züge.

»Wir hatten noch nicht das Vergnügen«, sagte Joshua, »aber ich sah Sie neulich abends vor Paiges Blockhaus.«

Bissonette nickte. »Wie heißt es so schön? An die frische Luft gesetzt. Und Sie sind …«

»Josh Latham.«

Beide verzichteten auf einen Handschlag. Bissonette machte keinerlei Anstalten, beiseitezutreten und Joshua hereinzubitten.

»Nicholas Bissonette.«

»Ich weiß. Hat Paige mir gesagt.«

»Und Sie sind hier, weil ...«

»Sie wissen ja, dass Paige vermisst wird.«

»Der ganze Bundesstaat weiß das. Schlimme Nachricht. Aber das ist keine Antwort auf meine Frage.«

Joshua stellte sich bewusst verlegen. »Ich bin nicht mal sicher, ob ich die Frage beantworten kann. Jedenfalls nicht so, dass Sie die Antwort auch verstehen. Ich mache mir halt solche Sorgen. Paige und ich ... nun, wir stehen uns ziemlich nahe. Ich weiß, die Polizei tut ihr Bestes – Menschenskind, meine Schwester leitet ja die Ermittlungen. Nur ist inzwischen schon so viel Zeit vergangen und ...«

Bissonette, entweder aus Mitleid oder aus lauter Verlegenheit, winkte ihn ins Haus. Das Foyer bot Joshua einen recht umfassenden Blick ins Erdgeschoss – offene, moderne Bauweise mit vielen reflektierenden Oberflächen. *Damit ich mich besser betrachten kann!* Das Zimmer nach hinten hinaus, wo Joshua vor Minuten noch den Künstler in paradiesischer Nacktheit gesehen hatte, war offenbar das einzige mit einer Tür. Die war allerdings geschlossen.

»Dann ist Detective Latham-Holt also Ihre Schwester«, nahm Bissonette den Faden wieder auf. »Sie hat mich in meiner Galerie drüben im Ort vernommen.« Angesichts der Erinnerungen an die Begegnung mit Carolyn verdüsterte sich seine Miene. Angenehmes verband er mit dem Treffen offenbar nicht, so viel war Joshua klar.

»Dass Sie mit Ihrem Latein am Ende sind, kann ich gut nachvollziehen«, fuhr Bissonette fort. »Paige ist 'ne klasse Frau. Ich wüsste allerdings nicht, wie ich Ihnen helfen sollte. Aber da Sie schon den ganzen Weg gefahren sind, kann ich Ihnen zumindest einen Espresso machen. Für den Rückweg.«

Er bat Joshua durch einen breiten, gefliesten Flur in eine blendend weiße Küche und lud die Espressomaschine.

»Hübsch haben Sie's hier«, bemerkte Joshua. »Schön, dass man mit der Kunst doch ein anständiges Auskommen hat.«

»Ich kann nicht meckern.«

Genau das war Joshua ein Rätsel. Bissonette eröffnete eine todschicke Kunstgalerie. Er fuhr einen Porsche. Sein Haus war nicht eben riesig, lag aber in einer gehobenen Wohngegend und hätte bei einem Verkauf ohne Weiteres eine mittlere bis höhere sechsstellige Summe eingebracht. Und das alles mit dem Gestalten von Titelseiten für Schundheftchen?

»Sie waren in Frankreich mit Paige liiert«, sagte Joshua. »War Ihnen bewusst, dass sie Seraphina Greene war?«

»Von den Greenes und deren so genannter Kirche hatte ich nie gehört. Nach meiner Abreise nach Europa hielt ich mich, was Nachrichten aus der Heimat anging, nicht mehr auf dem Laufenden. Für mich war Paige immer nur Paige. Allerdings erzählte sie mir, ihre Eltern seien ein wenig verschroben. Für Paige war eine Veränderung jedenfalls überfällig. Sie konnte sich nicht schnell genug von ihren Eltern abnabeln.«

»Und ihr Verschwinden jetzt – Sie könnten sich wohl nicht vorstellen, dass sie abgehauen ist, wie?«

Bissonette schien sich seine Antwort sorgsam zu überlegen. Umständlich rumorte er im Küchenschrank herum und holte einen Mitnahmebecher für Heißgetränke heraus. Schließlich sagte er: »Sie hören das möglicherweise nicht gern, aber doch, ja, ich halte das durchaus für möglich. Paige war immer schon auf der Flucht. Sie riss von zu Hause aus. Mir ist sie ebenfalls weggelaufen. Vielleicht war sie noch nicht bereit für die Beziehung, die Ihnen vorschwebt. Hat es denn zwischen Ihnen einigermaßen funktioniert?«

Joshua schluckte. »Wie gesagt, wir standen uns nahe.«

»Egal, Sie glaubten vielleicht das eine, Paige wieder was ganz anderes. Verstehe einer die Weiber. Aus denen wird man bis an sein Lebensende nicht schlau, davon bin ich überzeugt.

Ich dachte damals auch, ich kenne Paige. Aber dann hat sie mich Knall auf Fall sitzen lassen. Ohne ein Wort, ohne eine Zeile.«

»Das muss Ihnen doch gestunken haben.«

»Und wie. Damals dachte ich, das mit uns könnte was werden. Die hat mich ganz schön veräppelt.«

»Wenn Sie so sauer waren, wieso sind Sie dann neulich abends zu ihr hingefahren? Sie hatte Ihnen doch am Telefon klipp und klar gesagt, sie wolle Sie nicht mehr sehen.«

Bissonette kippte pechschwarzen Espresso in den Mitnahmebecher und klappte den Deckel zu. »Ich bin kein Freund von halben Sachen«, sagte er einfach, und da er wohl ahnte, wie diese Bemerkung klang, setzte er noch hinzu: »Ich war der Ansicht, wir sollten uns nicht mehr böse sein. Nach fast zwei gemeinsamen Jahren sah ich nicht ein, wieso wir nicht Freunde sein sollten.«

»Es klappt halt nicht alles nach unserer Vorstellung. Aber jetzt möchte ich Sie nicht weiter behelligen. Wie schon gesagt, ich weiß selber nicht so genau, weswegen ich hergekommen bin, ehrlich. Ich greife nach jedem Strohhalm und versuche zu sondieren, was mit Paige sein könnte.«

»Ich würde Ihnen gerne helfen«, gab Bissonette sachlich zurück. »Aber ich bin ihr seit meiner Rückkehr in die USA nur zwei Mal begegnet, und beide Male höchstens zehn Minuten. Wie auch immer – in einem solchen Fall ist es wohl nur natürlich, dass man den Ex unter die Lupe nimmt. Leuchtet ein, dass Sie mich verdächtigen.« Er lächelte. »Das ist doch der eigentliche Grund für Ihren Besuch, hm?«

Joshua zuckte die Achseln. »Ich bin so durcheinander – für mich ist jeder verdächtig.«

Wieder das Lächeln. »Gleichwohl sagt die Statistik, dass in derartigen Fällen der Schurke in der Regel der Partner des Opfers ist. Und das wären Sie, stimmt's?«

Jetzt war es an Joshua zu lächeln, obwohl ihm ganz und gar nicht danach zu Mute war. Es hätte viel mehr seiner Stimmung entsprochen, Bissonette mit dem Kopf voran gegen den Edelstahlkühlschrank zu knallen – eine Reaktion, die vermutlich im Priesterseminar Stirnrunzeln hervorgerufen hätte. Dennoch nahm er den Espresso an, fragte aber, ob er vor der Rückfahrt nach Cypress Village noch die Toilette benutzen dürfe.

»Treppe hoch, zweite Tür links.«

Mit dem Mitnahmebecher in der Hand ging Joshua ins Foyer zurück, stellte den Espresso auf einen Konsolentisch aus Onyx und stieg die offene Treppe hinauf. Die Tür zum Badezimmer stand weit offen. Da ihm ein kurzer Blick nach unten verriet, dass Bissonette nirgends zu sehen war, tappte er auf Zehenspitzen über den Flur. Auf dieser Ebene befanden sich zwei Schlafzimmer, beide in Beige, Schwarz und Schokoladenbraun, beide mit französischen Betten auf erhöhten Podesten – der typische Look des schwerreichen, ledigen Schwerenöters. Auch die Türen zum Kleiderschrank standen sperrangelweit offen, doch Paige war weder in einem der beiden Schlafzimmer noch im Waschraum, den es ebenfalls gab, da das Haus über keinen Keller verfügte. Falls Bissonette sie in seiner Gewalt hatte, dann nicht in diesem Haus. Rasch suchte Joshua noch das Bad auf, und als er wieder herauskam, wartete Bissonette, den Kaffeebecher in der Hand, schon am Fuße der Treppe auf ihn.

»Entschuldigen Sie nochmals die Störung«, sagte Joshua. »Ich glaube, ich habe mich ganz schön blamiert.«

»Ach, nicht der Rede wert. Hoffentlich löst sich die Sache in Wohlgefallen auf.«

Kein »Wollen wir hoffen, dass Paige nichts passiert«. Kein »Wollen wir hoffen, dass sie bald nach Hause kommt«. Nur »Hoffentlich löst sich die Sache in Wohlgefallen auf«.

Joshua hörte, wie die Haustür hinter ihm ins Schloss fiel. Ob der Galerist ihm das betont bescheidene Auftreten wohl abgekauft hatte? Mit feindseligem, aggressivem Gehabe wäre er nicht weit gekommen, das war ihm klar, obwohl ihm das eher gelegen hätte. Viel hatte er sowieso nicht erreicht – außer der Erkenntnis, dass Paige nicht in dem Haus gefangen gehalten wurde. Die Szene davor jedoch, ehe er den Klingelknopf drückte, die ließ ihn nun nicht mehr los. Was war da auf der Leinwand gewesen?

Als er sah, dass im Wohnzimmer das Licht ausging, huschte er noch einmal blitzschnell um das Haus herum nach hinten. Jetzt allerdings waren vor den Fenstern, durch die er Bissonette beim Malen beobachtet hatte, die Jalousien dicht heruntergelassen. An diesem Abend war das Geheimnis um den frivolen Kunstmaler also nicht zu lüften. Eines aber stand für Joshua fest: Ob Paige noch lebte oder nicht, war Bissonette völlig gleichgültig.

* * *

Minuten später sah Nicholas dem schwarzen Jeep hinterher, der sich die Straße hinauf entfernte. Eine Witzfigur, der Typ. Durchsichtig. Schnüffelte oben herum, obwohl man seine Schritte auf den gefliesten Fußböden unten deutlich hörte. Suchte nach seiner armen, verschollenen Paige.

Das Haus hatte Nicholas vor knapp einem halben Jahr erworben. Er hatte zwar mehr dafür gelöhnt als vorgesehen, aber im Gegensatz zu allen anderen, die er sich angeguckt hatte, verfügte es über sämtliche erforderlichen Merkmale. Prima Wohngegend mit berufstätigen, wohlhabenden Paaren, die viel zu beschäftigt waren, um viel auf die Nachbarn zu geben. Jede Menge natürliches Licht. Große Terrasse und Veranda inklusive Whirlpool zum Entspannen. Und dann im zweiten Obergeschoss etwas Ausgefallenes, das der Makler eher verschämt erwähnte: Ein Panikraum, ein hermetisch abgeschlossenes Zimmer mit autarkem Versorgungssystem, zugänglich nur über eine Geheimtür hinten im Kleiderschrank des Hauptschlafzimmers. Und die hatte dieser Volltrottel von Latham nicht einmal annähernd entdeckt.

60. Kapitel

Einmal mehr knöpfte sich Carolyn, unterstützt vom rasenden Ungarn und den anderen überarbeiteten Ermittlern, die Anhänger der »Engel und Heiligen« vor. Diesmal erkundigte sie sich nach einem Sektenmitglied, das lediglich unter dem Kürzel T. J. bekannt gewesen war. Einige entsannen sich an einen blond gelockten Mann, der zu den Treffen gekommen war. Ein anderer meinte, dessen Initialen seien aber A. J. gewesen, nicht T. J. »Wie bei A. J. Foyt, dem Rennfahrer«, so der Sektenanhänger, der nach kurzem Zögern hinzufügte: »Mag auch R. J. gewesen sein. Doch an den Typen selber erinnere ich mich, klar.«

»Die haben doch alle 'ne Schraube locker«, knurrte Ziggy, als er seine Notizen mit denen von Carolyn verglich.

Es war Dienstagabend acht Uhr – eine Zeit also, in der normale Menschen ihre Kleinen ins Bett steckten, die halbwüchsigen Sprösslinge anwiesen, gefälligst ihre Musik leiser zu drehen, oder im Kino saßen. Carolyn stapfte vor ihrem Schreibtisch auf und ab und presste sich die Faust in die Rückenbeuge, die inzwischen so höllisch schmerzte, dass sie sich wünschte, jemand hätte sich ein Fleischermesser geschnappt und die Stelle herausgeschnitten. Falls Ziggy sich darüber wunderte, dass sie sich schon seit gut einer Stunde nicht hingesetzt hatte, ließ er es sich nicht anmerken. Am liebsten hätte Carolyn sich hingelegt und die Knie an die Brust gezogen, aber daran war vorerst nicht zu denken. Da war Bewegung die zweitbeste Lösung. Sitzen wäre die reinste Qual gewesen.

»Morgen werde ich Hardy Litton noch mal einen Besuch abstatten«, sagte sie. »Der hatte so was, da juckte mir die Kopfhaut.«

Ziggy seufzte. »Und ich nehme mir den Exlover noch mal vor.« Er guckte in die auf seinem Schoß liegende Akte. »In seinem kurzen, privilegierten Leben hat Paige ihn drei Mal abserviert. Bin mal gespannt, wie er darüber denkt.«

»Und einstweilen haben wir das Skelett und den mysteriösen Tee Jay. Wofür stehen diese Initialen wohl?«

»Thomas James? Timothy Joseph? Tucker Jonathan? Sagt dir das irgendwas?«

Immer noch hin und her stapfend, schüttelte Carolyn verneinend den Kopf.

»Trent Jacob«, leierte Ziggy weiter. »Thaddeus Jehosephat. Mann, das klingt, als wäre ich sternhagelvoll.«

»Das kommt davon, wenn man nur zwei Stunden Schlaf kriegt. Fahr nach Hause, du Irrer! Es gibt auch noch ein Leben jenseits dieses Gebäudes!«

»Ach, geht schon. Kann sowieso nicht schlafen.«

»So? Wie wär's mit Folgendem: Kümmere dich um deine Familie. Vielleicht ein Tête-à-tête mit deiner Ilona. Du weißt doch noch, wie's geht, oder?«

»Vage. Und wie steht's bei dir? Wartet dein Gregg zu Hause mit Martinis und was Leckerem vom Chinesen?«

»Wage ich zu bezweifeln. Jetzt, wo er ausgezogen ist, ist Sense mit gemeinsamen Mahlzeiten. Donnerstag kommt der Schlüsseldienst.«

Ziggy beugte sich vor. Hoffentlich, so Carolyn stumm, steht er nicht auf und nimmt dich in den Arm. Dann hätte sie nämlich das heulende Elend gekriegt.

»Ausgezogen?«, entfuhr es ihrem Kollegen. »Mann! Hast du dem nicht gesagt, dass das beschissenes Timing ist?«

»Hätte ich wohl besser«, gab Carolyn zu. »Und bei der Gelegenheit hätte ich seiner Neuen verklickern sollen, dass das mit ihrem Eisprung genauso miserables Timing war.«

»Ach, du Schande!« Ziggy ließ den Kopf hängen. »Das Leben ist manchmal bescheiden, was?«

»Manchmal ist gut«, brummte sie. »Aber wenn wir Paige heil nach Hause holen, gleicht das manches wieder aus.«

»Ich kann gern noch bleiben.«

»Nicht nötig. Fahr nach Hause, du alter Zigeuner!«

Ziggy stand auf und zupfte ihr liebevoll den Pferdeschwanz – eine Geste des Mitgefühls, für die ihm Carolyn von Herzen dankbar war. »Hau dich aufs Ohr.«

»Gleichfalls.«

»Tut mir leid, das mit … na ja, du weißt schon.«

»Ich werd's überstehen.«

Sobald Ziggy weg war und niemand sonst zuguckte, beugte sie sich über den Schreibtisch und dehnte ihre Rückenmuskulatur. Noch eine Stunde bis zur Tabletteneinnahme.

Todd Jared. Tate Jeremy. Terry Joel. *Wer bist du, Tee Jay? Bitte, lieber Gott – wenn ich das raus habe, führst du mich dann zu Paige?*

Sie griff nach der Akte, die Ziggy auf dem Stuhl liegen gelassen hatte, und blätterte, während sie wieder hin und her tigerte, die Seiten durch. Machte sie etwa einen gedanklichen Fehler?

Nicht ausgeschlossen, dass der Ansatz mit dem Kürzel T. J. in die Irre führte. Vielleicht hatten die im Bombenbunker gefundenen Knochen überhaupt nichts mit Paiges Verschwinden zu tun. Vielleicht ging alles wieder auf die Sache mit dem Telefonsex zurück. Wenn Arlen Dale die Telefonagentur gefunden, Dory Getz schikaniert und Bettina Reid sowie Sarah Lydell umgebracht hatte – was sollte dann andere davon abhalten, dasselbe zu tun? Es war dem Telefonkavalier nicht schwergefallen, seine Stimme zu verstellen. Paige hatte als

Laurel nicht geahnt, dass sie bei den paar Mal, als Arlen sie anrief, mit dem Geschäftsführer des Drachenladens sprach.

Aber Arlen lebte nicht mehr. Und Paige war wie vom Erdboden verschluckt. Teamwork? Hatte Arlen einen Partner? Suchte noch jemand nach Opal? Jemand, der die Informationen benötigte, über die allein Paige verfügte?

Carolyn stellte die Aktenmappe auf den Tisch, zog Paiges Tagebuch heraus und überflog noch einmal die in sauberer, etwas nach links geneigter Handschrift verfassten Eintragungen. Angus, stand da. SPKG. Vermutlich ein Akronym für *spanking* – Hinternversohlen als erotische Spielart. Neben dem Namen drei Kontrollvermerke. Ferner der Anrufer, der sich als Orson ausgab, angeblich Schadenssachbearbeiter bei einer Versicherung, und sich am Ende als Arlen Dale entpuppte. Dazu drei Bills. Der Kapitän der Madrona hieß auch Bill. Bill Washburne. Ein Kunde?

Also bitte, Carolyn! Du leidest an Schlafmangel!

Bill Washburne war verheiratet, seine Frau mit auf dem Schiff gewesen, als die Passagiere von Bord gingen. Rafe, der Bordingenieur, ebenfalls. Keine Gelegenheit für eine Entführung.

Paiges Aufzeichnung strotzten nur so von potenziellen Kidnappern. Anonyme Klienten, die Decknamen benutzten. Jeder von denen hätte es sein können. Oder auch keiner. Dennoch stellte Paige mit ihrem Talent für frivole Sprüche und wolkige Versprechungen die perfekte Sexsklavin für Typen dar, die zwar so manchem unerfüllten Männertraum nachhingen, aber nie bei einem weiblichen Wesen gelandet wären. Verbarg sich zwischen den Seiten des Tagebuches ein zweiter Arlen Dale?

George M. PARA. STRP-FAN. Aha, einer mit Striptease-Tick, der hören wollte, wie jede einzelne Hülle fiel. Der sich, während Laurel langsam und verführerisch ihr erotisches

Spiel aufführte, jede Körperdrehung ausmalte, jeden lasziven Hüftschwung. Möglicherweise reichte dem guten George das Lauschen ja nicht mehr. Vielleicht wollte er eine Stripperin für sich! Nicht mehr aus Jux, sondern im Ernst. Und was sollte PARA bedeuten? Paramilitärisch? Paranoid? Paraplegie? Dann wäre er querschnittsgelähmt und hätte einen Komplizen gebraucht, um Paige zu entführen.

Carolyn schüttelte den Kopf. Allmählich kam sie echt nicht mehr mit. An Damen des horizontalen Gewerbes, die jemanden wie George N. bedienen konnten, bestand weiß Gott kein Mangel. Vor einem Typen, der im Rollstuhl sitzt, die Hüllen fallen zu lassen, war doch leicht verdientes Geld! Die passende CD in die Stereoanlage, runter mit den Klamotten, ein bisschen auf seinem Schoß herumzappeln und ab nach Hause. Entführung überflüssig.

Vielleicht hatte Ziggy recht. Vielleicht sollte sie tatsächlich nach Hause fahren, sich unter die Dusche stellen und sich in die Federn hauen. Sie roch eh schon etwas streng. Und die Beine brauchten auch mal wieder eine Rasur.

Das Telefon klingelte. Carolyn stockte, ehe sie zum Hörer griff. Womöglich war Joshua dran.

Nee, noch nix Neues, Josh, leider. Ich bin auch schon ganz krank vor Sorgen. Tut mir echt leid.

Mea maxima culpa. Durch meine übergroße Schuld …

Sie nahm den Hörer ab. Am anderen Ende meldete sich Spencer Rowan, der Onkel von Paige.

Anderer Anrufer, aber dieselbe bitter enttäuschende Auskunft.

»Mir ist da was eingefallen«, nuschelte der alte Herr mit kaum verständlicher Stimme.

Beruhigungsmittel?

»Ist möglicherweise nichts, nur …«

Wie Cassie Pepper. Wieder dieselbe Leier – *ist möglicher-*

weise nichts, aber ... Toll. Der nächste Holzweg, auf den sie sich begeben konnte.

Er sagte etwas von einem Zeitungsartikel, den er mal gelesen habe. 1991 sei das gewesen, meinte er. Da ging es um einen Jungen. Acht Jahre alt. Hatte 'nen Skiunfall, der damals ziemlichen Staub aufwirbelte. Damals war in sämtlichen Zeitungen ein Foto von dem Jungen abgedruckt.

Carolyn hörte geduldig zu, begutachtete einen rissigen Fingernagel und ordnete den vor ihr liegenden Aktenstapel. Als der Anrufer etwas von einem blonden Krauskopf erwähnte, fuhr sie kerzengerade hoch. Als dann auch noch der Name des Jungen fiel, und zwar diesmal bestürzend deutlich, da glitt ihr der Hörer aus der Hand.

61. Kapitel

Denn mein Sohn war tot und lebt wieder; er war verloren und ward wiedergefunden. Und sie begannen, ein fröhliches Fest zu feiern.

Das Gleichnis vom verlorenen Sohn.

Nur gab es dieses Mal nichts zu feiern. Der Sohn kam nicht nach Hause. Er war verhungert.

Paige stand dasselbe bevor.

Ihr war inzwischen fast ständig schwindelig; vor Kälte zitterte sie am ganzen Körper. In der Nacht zuvor hatte es wieder geregnet – stakkatoartiges Prasseln, das ihr erneut grausam vor Augen führte, wie durstig sie war, wie sehr ihr Organismus Flüssigkeit brauchte. Ihr Mund war trocken, die Zunge pelzig, der Speichel klebrig und dickflüssig, sodass ihr das Schlucken schwerfiel. Wann sie das letzte Mal ihre Toilette aufgesucht hatte, wusste sie schon nicht mehr; es war eh nur wenig mehr als ein mickriges Tröpfeln gewesen. In ihrer hoffnungslosen Verzweiflung hatte sie sich zuletzt in einen Weinkrampf gesteigert, bei dem indes keine Träne mehr floss.

Aus dem Korridor drang ein Geräusch, ein metallisches Schaben, als würde etwas über den Fußboden geschleift. Als sich die kleine Klappe hinter dem schwarzen Sichtgitter quietschend öffnete, überraschte dies Paige nicht mehr. Sie hatte damit gerechnet, dass er kommen und zuschauen würde. Taumelnd erhob sie sich von der Matratze und schleppte sich zur Tür. Ein Augenpaar mit Krähenfüßen in den Augenwinkeln spähte durch die Öffnung. Lächelnde Augen.

»Hallo, Mercer.«

Mercer Wyatt trat ein Stückchen von der Tür zurück, damit Paige sein Gesicht sehen konnte. Es war dasselbe wie damals in jener Nacht auf dem Boot, als sie beide nicht hatten einschlafen können. Er hatte von Taylor gesprochen, von der verzweifelten Suche des Vaters nach seinem Sohn. Der aber wollte sich partout nicht aufspüren lassen.

Vor die Tür hatte Mercer einen Barhocker gestellt, den er sonst vermutlich für seine Bar draußen am Swimmingpool benutzte. Auf den hievte er sich nun, wobei er die Füße auf die unteren Querstreben stützte. Neben dem Hocker stand ein passender Tisch, beides Teile einer Bistrogarnitur für den Pool, und darauf eine Literflasche mit Quellwasser. Tropfen aus Kondenswasser formten sich zu schmalen Rinnsalen, die an der Flasche herunterrannen und auf der Tischplatte eine kleine Lache bildeten.

Der Millionär hatte sich dem Anlass entsprechend in Schale geworfen – dunkle Hose, gestreiftes, frisch gestärktes Hemd, blitzblanke Schuhe. Die Ellbogen auf die Armlehnen des Hockers gestützt, legte er die Fingerspitzen zusammen und fixierte Paige prüfend.

Paige musterte ihn ebenfalls. Sie betrachtete seine Hände, dieselben Hände, die das Kajakpaddel geschwungen und Arlen Dale außer Gefecht gesetzt hatten, dieselben Hände, die ihr die Fesseln an Hand- und Fußgelenken zerschnitten und ihr die Plastiktüte, unter der sie fast erstickt wäre, vom Kopf gerissen hatten. Hände, von denen Arlen Dale in den Abgrund und damit in den Tod gestoßen worden war.

Damals hatte Mercer sie in die Arme genommen und ihr, als sie endlich wieder Luft bekam, Trost gespendet. Auf dem Schiff wirkte er bis ins Mark erschüttert über das, was sich oben an der Schlucht zugetragen hatte. Er trank. Er fluchte. Er beteuerte, er habe Arlen nicht töten wollen. Die anderen stärkten ihm den Rücken wie vorher bei Paige und versicherten ihm, er habe nicht anders können. Für die war Wyatt ein gebrochener Mann, ein sympathischer Mensch, der Paige vor ihrem Angreifer schützen wollte. Aber jetzt wurde klar, dass er sie nur gerettet hatte, um sich später an ihren Qualen weiden zu können.

Sie hätte ihn nach dem Grund fragen können, doch das wäre Vergeudung von kostbarer Energie gewesen. Sie wusste ja, warum er es tat. Also fragte sie stattdessen: »Wie lange hast du schon diesen Plan?«

»Seit du aus Europa zurück bist.«

Fast vier Jahre!

Anscheinend ahnte er ihre Bestürzung. »Ich breche nie etwas übers Knie«, betonte er. »Alles in meinem Leben beruhte auf sorgfältiger Planung. Und bei manchem, wie etwa bei dieser Sache hier, lohnt sich das Warten.« Lächelnd drehte er den Verschluss auf und nahm einen Schluck.

»Vermutlich hast du nicht damit gerechnet, dass deine Frau an Krebs erkrankt«, warf sie mit heiserer, röchelnder Stimme ein. »Oder dass dein Sohn von zu Hause abhaut. Muss schlimm sein, wenn man merkt, dass sich einiges eben doch nicht steuern lässt.«

Der Millionär verkniff düster den Mund und setzte die Flasche ab. »In deiner Lage ist Sarkasmus kaum angebracht.«

»In meiner Lage? Du meinst, wenn ich artig mitspiele, machst du die Tür auf und lässt mich raus?«

»Kaum.«

»Dann brauche ich auch kein Blatt vor den Mund zu nehmen! In … meiner … Lage!«

Als wolle er ihr recht geben, legte er salutierend zwei Finger an die Stirn. »Eins zu null für dich. Ich muss etwas mehr Verständnis aufbringen. Wenn man dehydriert, wird man nun einmal gereizt.«

»Du hast … recherchiert?«

»Selbstverständlich.«

Es war alles auf grausige Weise logisch. Die ganzen vier Jahren hindurch hatte er sich mit der Vorstellung von den letzten Stunden seines Sohnes gequält. Die Strafe für Paige musste der Schwere der Tat entsprechen.

Sie versuchte, sich zu räuspern, doch nur ein Würgen drang aus ihrer wunden Kehle. »Du sagtest doch, Taylor schreibt dir!«, stieß sie schließlich mit letzter Kraft hervor.

»Das sage ich jedem.«

»Aber in Wirklichkeit hältst du ihn für tot, oder? Du glaubst, dass er der Tote ist, dessen Überreste man in dem Bunker gefunden hat. Auf dem Anwesen meines Onkels.«

»Ich glaube es nicht – ich weiß es. Als Taylor acht Jahre alt war, brach er sich auf einem Skikurs in Vail das linke Bein. War auf Brettern ein Naturtalent, der Junge«, schwärmte er stolz. »Die Skilehrer konnten es nicht fassen, wie schnell er kapierte. Ende der ersten Woche steckten sie ihn in den Kurs für Fortgeschrittene. Dann hat ihn so ein Stümper aus dem Anfängerkurs über den Haufen gefahren. Bretterte bei 'ner Schussfahrt voll in ihn rein, dass er von der Piste flog und seitlich den Hang runterstürzte. An dem Tag wäre mein Junge fast draufgegangen. Er schrammte haarscharf mit dem Kopf an einem Baumstamm vorbei. War mehr Glück als Verstand, dass es mit dem gebrochenen Knochen noch relativ glimpflich abging, meinten die Ärzte. Grenzt an ein Wunder, dass er keine Schädelverletzung davontrug. Er hatte sich nicht mal den Hals verrenkt.«

Taylor Wyatt war noch einmal davongekommen. Wie Paige. Elf Jahre später indes holte der Tod ihn ein und nahm dem Vater endgültig den Sohn.

»Aber das mit dem Schienbeinbruch«, warf Paige ein, die Stimme nur wenig mehr als ein flüsterleiser Hauch, »das stand doch erst vor Kurzem in der Zeitung! Du hast mir auf dem

Schiff davon erzählt. Wie kannst du behaupten, du hättest das hier jahrelang geplant?«

»Weil ich schon seit Jahren weiß, dass Taylor in dem Loch liegt.«

»Was? Wie ... wie das?«

Mercer seufzte. »Nach monatelangen Nachforschungen stellte der Sicherheitschef meines Unternehmens schließlich fest, dass Taylor zuletzt in der Gesellschaft deiner lieben Eltern gesehen worden war. Wir erfuhren, dass sie eine Art Sekte gegründet hatten und Taylor ihrem Charisma erlegen war. Ich wollte ihn zur Heimkehr bewegen und war gerade auf dem Weg von Kalifornien aus zu ihm, als er verschwand und deine Eltern gegen den Brückenpfeiler krachten. Ich wies Stuart, meinen Mitarbeiter an, mit der Suche fortzufahren. Der Schlüssel zu Taylors Aufenthaltsort, so sagte ich ihm, der liege bei deinen Eltern. Nach der Beisetzung sprach er mit einigen der Sektenmitglieder. Dabei erfuhr er von dem Ritual. Und dass dein Onkel ein mehrere Hektar großes Anwesen direkt am Ortsrand besaß.«

»Dein Sicherheitschef? Der hat den Bunker gefunden?«

»In der dritten Nacht. Dein Onkel war da bereits im Pflegeheim. Du selber hast nie erfahren, dass wir auf dem Grundstück waren.«

»Wir? Du etwa auch?«

»Mein treuer Stuart berichtete mir von dem Fund und bat mich inständig, nicht mitzukommen, sondern lieber die Polizei zu benachrichtigen. In meinem Kopf spukten da schon andere Pläne herum. Kannst du dir vorstellen, was in mir vorging? Den eigenen Sohn an diesem entsetzlichen Ort zu finden? Zu sehen, wie die Haut schwarz wird und sich von den Knochen löst ... und ihn dann dort liegen zu lassen? Allein?«

»Warum hast du das denn getan? Du hättest die Polizei

verständigen und für ein würdiges Begräbnis sorgen müssen! Damit wäre alles ausgestanden gewesen für dich! Vor Jahren schon!«

»Nur wäre es für dich ebenfalls vorbei gewesen. Wohl kaum Gerechtigkeit für meinen Sohn.«

»Aber meine Eltern haben ihn doch da nicht umkommen lassen!«, keuchte sie. »Das hätten sie nie getan! Es war ein Unglücksfall. Stand auch so im Polizeibericht!«

»Ist mir egal!«, fauchte er mit zusammengebissenen Zähnen. »Deine Eltern hatten einen schnellen Tod. Kurz und schmerzlos. Was meinst du, wie Taylor zu Mute war? Dem war bewusst, dass er nicht aus dem Loch herauskam, dass er da langsam verrecken würde. Hat er geweint? Hat er versucht, rauszuklettern? Sich an den Betonwänden hochzuhangeln, bis er nicht mehr konnte? Oder hat er gebetet und die Bibel gelesen? Weil er hoffte, darin fände er die Rettung?«

»Ich weiß es nicht, Mercer«, röchelte sie, ihn bewusst beim Vornamen anredend. »Du erwartest anscheinend, dass ich für die angeblichen Verfehlungen meiner Eltern geradestehe. Wenn ich tot bin, sind wir dann quitt? Ziehst du dann einen Schlussstrich?«

»Tut nichts zur Sache, Paige. Kann sein, dass alles falsch ist, aber gerecht ist es allemal. Taylor lief von zu Hause fort, genauso wie du. Sieh die Sache mal positiv. Im Grunde tue ich dir einen Gefallen: Ich führe dich in den Schoß deiner Familie zurück. Seraphina Greene findet die ewige Ruhe an der Seite ihrer Eltern.«

Jetzt brach er in Gelächter aus. Aufs Neue von einem Schwindelanfall erfasst, sah Paige zwei grinsende Gesichter vor sich, geteilt wie bei einem makabren Spiegeltrick – die Umrisse verschwommen, zerfließend, sich zusammenfügend, bis sie zum Schluss zu einem verschmolzen.

»Du siehst müde aus, Paige. Und ganz rot im Gesicht. Setz

dich lieber hin. Stimmt das eigentlich, dass einem im Stehen eher schwindelig wird? Hab ich irgendwo gelesen.«

Paige rührte sich nicht von der Stelle, auch wenn ihr die Beine zitterten. Ihre Kehle war wie Sandpapier, ihr Atem kurz und stoßartig. »Mercer«, hauchte sie heiser, »du hast mir mal das Leben gerettet. Du kannst es auch wieder tun. Du bist kein Mörder.«

»So?« Abermals nahm er einen tiefen Schluck aus der Wasserflasche und wischte sich mit dem Handrücken die Lippen ab. »Dann hast du nicht richtig aufgepasst.«

Was mochte er damit meinen? Angestrengt kramte Paige in ihrem Gedächtnis, zu benommen und kraftlos, um klar zu denken, erst recht bei dem spöttisch grinsenden Gesicht vor ihr und bei beinahe einem Liter Wasser knapp eineinhalb Meter entfernt.

»Dein Sicherheitschef«, würgte sie schließlich hervor, als die Erkenntnis sie traf wie ein wuchtiger Schlag in den leeren Magen. »Du durftest nicht riskieren, dass er am Leben blieb. Er hatte dich ja auf die Verbindung zu meinen Eltern gebracht. Er hätte sich gefragt, warum du nicht die Polizei einschalten wolltest. Warum du die Leiche deines Sohnes nicht aus diesem grausigen Loch bergen ließest.«

Großer Gott, wie das Sprechen schmerzte! Aber sie musste reden. Musste! »Der hätte gerätselt, was das alles sollte«, flüsterte sie kaum hörbar. »Machte sich wohl schon seinen Reim darauf. Er hätte dich erpressen können. Bis an dein Lebensende.«

»Ich glaube, die Schlagzeile damals lautete *Palo Alto: Tödlicher Leitersturz in Lagerhaus*. An sich schade drum. War ein guter Mann, mein Stuart, wenn auch furchtbar übergewichtig. Und Leitern sind bisweilen eine wackelige Angelegenheit. Sei's drum: Meinen Sohn hat er jedenfalls gefunden. Und mich zu dir geführt.«

Und deswegen musste er sterben, durchfuhr es Paige. Ein Mittel zum Zweck.

»Er hat dich wochenlang beschattet. Dauerte nicht allzu lange, bis wir deine Verbindung zu der Telefonsexagentur raushatten.«

Für einen Augenblick sah es so aus, als überkäme den Millionär so etwas wie Wehmut. Aber dann lachte er wieder schallend, bis er sich den Bauch hielt. Er nahm einen Schluck Wasser, hustete, spuckte und trank noch einmal.

»Was gibt's denn da zu lachen, verdammt noch mal?« Paige schnappte nach Luft, so angestrengt vom Sprechen, dass ihre letzten Energiereserven aufgebraucht waren.

»Na, deine Rettung«, prustete er. »Dafür verleihen die mir bestimmt die Lebensrettungsmedaille. Sicher, die Ironie daran gefällt mir schon, aber was richtig lustig war, das …« Er stockte und griff wieder zur Wasserflasche.

Großer Gott!, dachte Paige. In der kurzen Zeit, in der er jetzt vor ihr saß, hatte er fast einen Liter getrunken. Sie selbst hatte mit ihrem Wasservorrat tagelang auskommen müssen. Für einen Schluck Wasser hätte sie alles getan, sogar gemordet. Doch dazu musste sie erst aus dem Speicher heraus.

»… das war, als Arlen dich damals oben am Rand der Schlucht auf den Boden drückte. Auf Sucia Island. Als er dir die Plastiktüte über den Kopf zog. Da habe ich vom Waldrand aus zugesehen. Gut eine Viertelstunde lang.«

Paige schluckte heftig, doch es ging nichts hinunter. Noch ehe Mercer Wyatt den Mund aufmachte, wusste sie, was jetzt kam.

»Ich hätte dich schon viel früher befreien können.«

62. Kapitel

Carolyns Nachforschungen zum Hintergrund von Mercer Wyatt ergaben ein düsteres Bild. Jedem Glücksmoment in seinem Leben stand ein tragischer Schicksalsschlag gegenüber. Mit dreißig heiratete er ein ehemaliges Fotomodell. Rechte Feierstimmung wollte bei der kleinen, aber feinen Hochzeit indes nicht aufkommen, da man bei seiner Mutter kurz zuvor Leukämie festgestellt hatte. Zwei Wochen nach der Geburt des einzigen Sohnes Taylor Jamieson starb Mercers Vater an Lungenkrebs. In der Todesanzeige hatte gestanden: »Nach langer, mit großer Tapferkeit ertragener Krankheit ist James Benton Wyatt heute still in seinem Haus entschlafen.«

Unbeirrt von diesen Nackenschlägen machte Mercer seine erste Million, der bald weitere folgten. Kontaktfreudig und gesellig, zählte das Ehepaar Wyatt rasch zur feineren Gesellschaft. Man ließ sich bei zahllosen Wohltätigkeitsveranstaltungen und Galaabenden sehen, wo man auch andere dazu brachte, im Sinne des Allgemeinwohls tief in die Taschen zu greifen. Wyatt galt als der »stille Wohltäter«, der ohne viel Worte dort einsprang, wo die Not am größten war. Er unterstützte Frauenhäuser, Suppenküchen, außerschulische Fördermaßnahmen für benachteiligte Kinder und Jugendliche. Er nahm an einem 10-Kilometer-Lauf zu Gunsten der MS-Forschung teil, arbeitete ein Mal pro Woche als ehrenamtlicher Sterbebegleiter in einem Hospiz und kaufte dem Krankenhaus eine Dialysemaschine.

Es nutzte ihm nichts. Als der Befund des Abstriches eintraf, magerte seine Frau schon zusehends ab.

Der Krebs zerfraß Wyatts gesamte Familie.

Nach dem Tode seiner Frau zog er sich aus dem Licht der Öffentlichkeit zurück. Er ging in seinem Unternehmen auf und stellte serienweise Erziehungspersonal für seinen widerborstigen Filius ein. Sein Vermögen wuchs. Sein Sohn verschwand. Sein Leben fiel in Stücke.

Im Frühling des Jahres 2002 erwarb er ein Grundstück unmittelbar am Nordrand von Cypress Village und ließ sich dort, nur Wochen nach dem Unfalltod von Paiges Eltern, ein klotziges Blockhaus bauen.

Er musste gewusst haben, dass Taylor sich in der Gegend aufhielt.

Carolyn schnappte sich ihre Jacke und eilte, so schnell es der lähmende Schmerz in ihrem Bein erlaubte, die Treppe hinunter. Auf das Schmerzmittel hatte sie bewusst verzichtet, um geistig voll einsatzbereit zu sein. Fehler durften jetzt keine mehr passieren. Falls ihre Vermutungen sich bewahrheiten sollten, durfte man keine Zeit mehr verlieren.

Sie ließ den Motor an und setzte aus der Parkbox, wobei sie gleichzeitig Ziggy auf dem Handy anrief. »Erinnerst du dich an meinen Rat von vorhin? Von wegen Familie und so?«

»Klar«, antwortete er. »Bin gerade dabei, mich mit ’nem Gläschen Chardonnay in den Whirlpool zu setzen.«

»Kannst du das vorerst vertagen? Ich brauche dich. Du bist der Einzige, der mich nicht für übergeschnappt hält. Ich fahre rauf zum Haus von Mercer Wyatt. Das Skelett, das ist sein Sohn Taylor, glaube ich.«

»Was? Na, egal. Bin schon unterwegs zum Auto. Ich rufe dich übers Handy zurück.«

Eine Wegbeschreibung brauchte Carolyn ihm nicht zu geben. Jeder in Cypress Village kannte das Haus. Einsam thronte es auf der Kuppe von Signal Hill, einer bewaldeten Anhöhe, vorher ein beliebter Treffpunkt für Halbstarke, die hier bei herrlichem Blick auf den Pazifik tranken, rauchten oder sich die Köpfe einschlugen. Dass Wyatt hier baute, kam der Polizei damals sehr entgegen.

Ihr Telefon klingelte.

»Meine Güte, wo brennt's denn?«

»Die Knochenreste«, teilte sie Takacs mit. »Ich hab mal recherchiert. Vor Jahren brach Taylor Wyatt sich beim Skifahren das linke Bein. Er müsste jetzt ungefähr so alt sein wie der Tote im Bunker.«

»Warum hat der Vater dann keinen Anspruch auf die Überreste erhoben?«

»Abrechnen nennt man das. Auge um Auge. Seraphina Greene soll büßen für das, was seinem Taylor zugestoßen ist. Dafür muss Wyatt weiter so tun, als wäre der Junge am Leben. Wir sollen nicht draufkommen, dass eine Verbindung besteht zwischen Paiges Verschwinden und Taylors Leiche.«

»Aber er hat Paige vor diesem Perversen gerettet! Erst rettet er ihr das Leben, und jetzt will er sie umbringen?«

»Ja, ich weiß. Perfekt, was? Wer würde da ausgerechnet ihn verdächtigen? Wir verleihen dem 'nen Orden für seinen selbstlosen Einsatz, und in der Zwischenzeit macht er mit Paige, was die Greenes seiner Meinung nach mit seinem Jungen gemacht haben.«

»Nette Theorie, wenn auch grauslich. Klingt logisch. Aber …« – er unterbrach sich hüstelnd – »… wie sicher bist du dir?«

Carolyn wurde böse. Offenbar geisterten ihrem Kollegen noch ihre Miss-Rambo-Zeiten im Kopf herum. »Was heißt hier sicher?«, fauchte sie pampig, riss sich aber zusammen. »Ziemlich sicher. Halbwegs. Ich hab's im Gespür!«

»Gut, aber wenn's stimmt, hat der Bursche mindestens so einen Sockenschuss wie Dale. Du hast zehn Minuten Vorsprung. Warte auf mich. Ich fordere Verstärkung an. Keine Alleingänge diesmal!«

»Ich bin jetzt unten am Fuß des Hügels.«

»Rühr dich da nicht vom Fleck!«

Sie beendete die Verbindung. Hoffentlich pfiff Ziggy aufs Tempolimit und gab Vollgas! Sie hielt neben Wyatts altmodischem Briefkasten, stellte den Motor ab und nahm sich vor, zu Fuß den Hügel hinaufzugehen, um die Lage zu erkunden. Ziggy und die uniformierten Kollegen mussten ja jeden Moment eintreffen.

Der »Adlerhorst«, wie Wyatt sein Refugium genannt hatte, war eine Blockbalkenvilla von knapp fünfhundert Quadratmetern Wohnfläche. Nach Millionärsmaßstäben eher bescheiden, machte sie hoch auf der Hügelkuppe einen majestätischen Eindruck. Aus sämtlichen mehrfach verglasten Fenstern fiel heimeliger, einladender Schein. Der imposante Säulenvorbau wurde von mächtigen, einen halben Meter dicken Baumstämmen getragen. Carolyn wusste noch, wie die Stämme seinerzeit, während der Bauarbeiten, auf Langholzladern durch den Ort rollten. Heimische Bauarbeiter berichteten von einer internen Brücke, die das Haupthaus mit einem über der Mehrfachgarage gelegenen Gästeapartment verband. Wurde Paige dort etwa gefangen gehalten?

Carolyn sah auf ihre Uhr. Ziggy musste jetzt jeden Augenblick kommen, obwohl unten auf der S-förmigen Schleife noch nichts von einem Auto zu sehen war. Die Straße lag im Dunkel.

Sie beschloss, den Anstieg in Angriff zu nehmen. Sie brauchte Bewegung. Ziggy würde schon folgen. Ungeachtet der rasenden, stechenden Schmerzen im Bein beschleunigte sie bald ihr Tempo und hastete schließlich im Laufschritt den Hügel hinauf bis direkt vor das prächtige Portal von Wyatts Villa. Sie ließ sich nicht täuschen vom wohligen Schein der

Leuchten, vom warmen Braun der rustikalen Balken, von dem gepflegten Garten, der Gäste zum Verweilen geradezu einlud. Carolyn wusste nur zu gut, dass hier ein Verbrecher hauste.

63. Kapitel

»Sag mal, Paige, musstest du schon vor lauter Durst auf deinen eigenen Urin zurückgreifen?«

Paige drehte sich der leere Magen um. Sie musste ihm entkommen, dem grässlichen Gesicht mit dem selbstgefälligen Grinsen, diesem geschniegelten, höhnischen Widerling auf der anderen Seite der Tür. Er hatte sich kurz entschuldigt, um einige Minuten später mit einer zweiten Flasche Wasser wiederzukommen. Außerdem hatte er sich umgezogen. Er habe sich etwas frisch machen wollen, so seine Begründung. Und noch etwas war anders.

Seine Stimme. War sein Tonfall vorher noch knapp und nüchtern gewesen, schwang nun der leise, gurrende Singsang eines Verführers mit. Flüsterlaute im Dunkeln.

»Das funktioniert nämlich nicht«, murmelte er. »Man kann seinen Flüssigkeitsbedarf nicht decken, indem man Urin trinkt. Außerdem kam ich nicht umhin zu bemerken, dass du das ganze Brot aufgegessen hast. Leider. Das hättest du besser gelassen. Trockene Nahrungsmittel erfordern Flüssigkeit, um richtig verdaut zu werden.«

Er führte die frische Flasche an die Lippen und zwinkerte Paige zu.

Paige wandte sich ab. Der Boden unter ihren Füßen begann sich zu drehen. Arme und Beine verkrampften. Sie musste sich hinlegen. Ehe sie hinfiel.

Sie würde Mercer das Drama, das er erwartete, nicht gönnen. Sie würde weder wimmern noch flehen noch ihm versprechen, alles zu tun, was er von ihr verlangte. Keine Galavorstellung, nichts von Unterhaltungswert. Sie würde einfach hinüberdämmern. War das nicht ein Tod, wie ihn die meisten Menschen sich wünschen würden?

Oktober 2006. Paige Rowan, friedlich entschlafen. Statt Blumen erbitten wir eine Spende zu Gunsten des örtlichen Tierheims oder für Umweltschutzprojekte.

Die Matratze lag direkt vor ihr. Paige bückte sich, streckte den Arm aus und brach zusammen.

»Nur mal interessenhalber«, kam die tiefe, sinnliche Stimme durch die Türklappe, »Laurels Kunden – haben die auch mal Interesse an gewissen Körperfunktionen geäußert? Wie heißt das noch in der Fachsprache? WS? Wassersport? Wasserspiele? Goldene Dusche?«

O Gott, nein! Sie ahnte, wie er die Sache zu Ende bringen wollte. Ein friedliches Entschlafen würde ihr nicht vergönnt sein.

Sie hörte das Kratzen von Metall auf Kacheln. Mercer rückte den Hocker näher zur Tür. Postwendend erschien sein lächelnder Mund hinter dem Eisengitter. Dann füllten die Augen das Viereck aus. Paige wandte sich ab, wälzte sich auf die Seite und starrte auf eine Stelle direkt vor ihr an der Wand, wo eine winzige Ameise mit ihrer Beute, offenbar einem Weißbrotkrümel, in einer Ritze verschwand.

»Hast du in letzter Zeit mal deine Haut angesehen?«, flüsterte er. »Kommt sie dir runzlig vor? Wenn du dran zupfst – bleibt sie dann faltig? Dauert es fast eine Ewigkeit, bis sie sich wieder strafft?«

Lieber Gott, mach, dass er weggeht! Warum ich? Ich habe doch nichts Böses getan! Oder?

Ihre Eltern hatten an einen rächenden Gott geglaubt, der Missetaten bestrafte, Sündern die Quittung für ihre Frevel verpasste und die Menschheit mit Sintfluten, Seuchen und Missernten schlug, bis den Erdenbewohnern ein Licht aufging.

Paige hingegen nahm sich die Freiheit, an einen gütigen Gott zu glauben, an einen himmlischen Vater, der ihr zulächelte, wenn flimmernd die Sonne durchs Astwerk schien, der sich ihr offenbarte in der Herzlichkeit fremder Leute, in der Hilfsbereitschaft von Nachbarn und Freunden, in der bedingungslosen Hingabe im Blick eines Tieres. Wer immer der wahre Herrgott sein mochte – wo war er jetzt? Und warum rettete er sie nicht?

»Wie steht's mit deinen Fingern und Zehen?«, fragte Mercer. »Die laufen doch nicht etwa blau an, hm? Periphere Zyanose. Äußerst schlechtes Zeichen, Paige. Schneller und flacher Puls auch. Hast du mal mit dem Daumen am Handgelenk gefühlt? In Fällen von mittlerer bis schwerer Dehydrierung ist der radiale Puls praktisch nicht mehr zu spüren.«

Sie hatte den Puls nicht geprüft. Jetzt war sie zwar versucht, versagte es sich allerdings. Ja, als sie sich die Haut an ihren Händen angesehen hatte, da war ihr, als wäre sie von Stunde zu Stunde gealtert. Auch ihre Atmung war tief und schnell. Mercer hatte seine Hausaufgaben gemacht. Wie lange gab er ihr wohl noch?

»Außerdem fällt mir auf, dass deine Augen tief in den Höhlen liegen«, säuselte die abscheuliche Stimme durch die Gitterstäbe. »Und was macht der Bauch? Abgesehen davon natürlich, dass er leer ist? Geschwollen? Aufgebläht? Ob du mir den wohl mal zeigst? Nein? Wie dumm von mir. Bist sowieso eher der Redetyp, oder? Dafür wurdest du ja schließlich bezahlt, nicht wahr? Fürs Reden.«

Lautes Gluckern drang an ihr Ohr. Schon wieder hatte Mercer die Flasche am Mund.

»Manche Männer stehen auf Frauen mit Kurven. Ich für meinen Teil bevorzuge den schlankeren Typ. Denk nur an all die aufstrebenden Models, die liebend gerne so aussehen würden wie du! Ausgezehrte, abgemagerte Gerippe, mehr tot als lebendig. Ist ja auch nach wie vor *en vogue*, dieser Heroinsüchtigenlook. Chic. Wusstest du eigentlich, dass es sogar Internetseiten für Magersüchtige gibt? Wo Mädchen ermuntert werden, einem Schönheitsideal nachzueifern, wie du es momentan verkörperst? Ja, ich muss gestehen, für mich warst du nie schöner als jetzt. Klingt sonderbar in deinen Ohren, nehme ich an.«

Ihr war zum Heulen zu Mute, doch sie beherrschte sich. Ihr Körper hätte das krampfhafte Schluchzen, das mit dem Weinen einherging, ohnehin nicht verkraftet, und Tränen flossen schon lange keine mehr. Sie biss sich auf die Lippen und versuchte zu schlucken, doch dazu fehlte der Speichel.

»Ach, was rede ich da! Vermutlich hört sich das für dich überhaupt nicht sonderbar an. Bei deinem Job hattest du zweifelsohne viel absonderlichere Dinge gehört. Stimmt doch, oder?«

Die Augen fest zugekniffen, hielt Paige sich die Ohren zu. Die Stimme drang trotzdem zu ihr durch.

»Waren wohl ziemliche Ferkel, einige von den Kerlen, mit denen ihr euch abgeben musstet. Amber und Jasmine meinten das jedenfalls. Meine Anrufe hingegen waren ihnen stets ein Vergnügen. Für die war ich ein echter Gentleman.«

Wie bitte? Mercer hatte mit den beiden telefoniert? Paige war so benommen, dass sie nicht mehr klar denken konnte. Zu durstig. Zu geschwächt. Bestimmt hatte sie ihn falsch verstanden.

»Jeden Donnerstagabend saß Amber neben ihrem Telefon und wartete freudig erregt auf meinen Anruf. Sie konnte es nicht abwarten, mir persönlich zu begegnen – dem einzigen Mann, dem ihrer Überzeugung nach ihre Figur egal war.«

Das konnte nicht sein! Mercers Stimme – mit britischem Akzent!

»Ein reifes, scharfes Vollweib war die. Was hat die nicht alles getan für ihren Dr. James Lowrey?«

»Du?« Die Frage kam von irgendwo aus ihrem Inneren.

Durch die Totenstille der Nacht drang ein Gluckern, als noch mehr Wasser durch Mercers Kehle rann. »Du glaubst doch nicht allen Ernstes, dass Dale die Weiber abgemurkst hat! Dieser Schwachkopf?« Er hielt kurz inne, ließ die Vorstellung einen Moment sacken und fügte hinzu: »Der hätte vermutlich nicht mal 'nen Frosch in der Biostunde sezieren können. Meine Wenigkeit allerdings …«

Paige dachte an Amber, an jenen grausigen Fuß, den er so hingelegt hatte, dass sie darauf stoßen musste. Dass sie Todesängste ausstand, sich jeden Tag fragte, ob sie als Nächste dran sein würde.

»Arlen wollte sogar, dass Schluss war mit dem Umbringen. Deswegen doch diese ganze Suche nach Opal. Ich hatte ihm versprochen, ich würde ihm Opal besorgen. Ein Versprechen, das ich natürlich nie zu halten gedachte.«

Wenn er doch nur die Klappe hielte! Sie hatte doch längst mit allem abgeschlossen! Wie lange dauerte es denn noch, bis der Tod eintrat? Musste sie etwa vorher auch noch den Verstand verlieren? Sie wollte nichts mehr hören!

Die Bilder zwängten sich dennoch in ihr Denken. Dory, um ihren Jungen fürchtend und Ambers Todesschreien ausgesetzt. Jasmine, um ihr Leben flehend und weinend beteuernd, sie wisse nicht, wo Opal sei.

Paige ließ den Blick über den Fußboden streifen. Ein Gegenstand an der Wand fiel ihr auf, der einzige, der eigentlich nichts in einem Speicher verloren hatte: ein Telefonadapter. Funkelnagelneu. Die Anrufe waren von diesem Raum aus erfolgt. Amber und Jasmine waren hier gestorben.

Von jenseits der Tür drang leises, spöttisches Lachen. »Ein Klacks, am Apparat den echten britischen Gentleman zu geben. Zu tun, als wäre ich auf der Suche nach Opal, und Arlen weiszumachen, wir wären ganz nahe dran. Ich muss aber bekennen, ich kann nachvollziehen, dass ein empfänglicher Typ wie Arlen solchen Telefonflittchen verfällt. Dass Stuart, mein Sicherheitschef, auf Arlen und dessen pikante Neigungen stieß, passte haargenau in das Szenario, das mir vorschwebte. Das fiel mir regelrecht in den Schoß. Reiner Zufall, eine Laune des Schicksals – dank Stuart. Ein bisschen Schwarzarbeit, ein aufgezeichnetes Telefongespräch und der Tod einer gewissen Tammi Jean Flowers.«

Tammi Jean Flowers? Wo hatte sie bloß diesen Namen gehört? Sie zerbrach sich den Kopf, aber vergebens.

»Sobald ich von Arlens Missgeschick mit dieser Tammi Jean Kenntnis hatte, konnte er nur noch hilflos zusehen, wie das eigentliche Spiel seinen Lauf nahm. Im Grunde ging es nie um Opal. Sondern um dich, Paige. Die Polizei fahndet nach einem Serienkiller, der es auf Sextelefonistinnen abgesehen hat. Nun rate mal, womit Paige Rowan früher ihre Brötchen verdiente?«

Sie machte eine halbe Drehung, sah ihn jedoch noch immer nicht an. »Aber Arlen ist tot«, hauchte sie kraftlos über die Schulter. »Wenn ich sterbe, weiß die Polizei, dass ein zweiter Mörder umgeht.«

»Mörder gibt es immer. Liegt an der Gesellschaft, in der wir leben. Dein Verschwinden hingegen wird unaufgeklärt bleiben. Vielleicht wird am Ende aus dir eine Sagengestalt, eine Legende, die man sich am Lagerfeuer erzählt. Laurel. Paige. Seraphina. Keine wird je gefunden werden. So wie auch Amber unauffindbar bleiben wird. Nur die Körperteile, die sollten entdeckt werden. Ach ja, so ein Privatflugzeug hat schon seine Vorteile!«

Das Gesicht wieder zur Wand, sperrte sie sich vor dem Schlimmsten, malte es sich aber dennoch aus.

Bis dahin bin ich tot, argumentierte sie stumm. Was er mit meiner Leiche anstellt, kann mir dann egal sein.

»Weißt du, dass ich seit Brookes Tod mit keiner Frau mehr zusammen war? Kein Interesse. Merkwürdig, aber jetzt, in deiner Gegenwart, melden sich manche der alten Gefühle allmählich wieder. Mag sich komisch anhören, aber ich bin sogar regelrecht scharf.« Er lachte.

Man hörte das unmissverständliche Ratschen eines Reißverschlusses. »Na los, Paige Baby, dreht dich mal rum! Schau mich an! Es soll dir doch auch Spaß machen!«

Wieder kniff sie die Augen fest zu, zog die Beine an die Brust, versuchte zu summen, um die entsetzlichen Laute von jenseits der Tür auszublenden.

Kinderlieder, in dieser Lage zum Lachen kindisch. Doch andere fielen ihr nicht ein. Sie summte lauter. Die Geräusche drangen trotzdem zu ihr durch.

»Nun hab dich nicht so, Paige«, keuchte Mercer schwer atmend. »Klar, du nimmst an sich ja Honorar fürs Reden, aber diesmal dürfte doch wohl 'ne Gratisnummer drin sein! Für einen echten Kavalier!«

... sonst wird dich der Jäger holen mit dem Schießgewehr ...

»Am liebsten würde ich dich ja teilhaben lassen. Zu dir reinkommen und ...«

Wie aus weiter Ferne vernahm Paige einen Glockenton. Dann, viel näher: »Mist, verdammter!«

Sie wälzte sich auf den Rücken und sah, wie Mercer vom Hocker aufstand.

»Sieht so aus, als hätte ich Besuch«, knurrte er mürrisch. »Mal sehen, wer's ist. Bin gleich wieder da. Schön hierbleiben.«

Einen Moment lang dachte Paige, er werde das Guckloch offen lassen, doch dann hörte sie, wie seine Schritte sich noch einmal näherten, und die Klappe knallte zu. Paige fragte sich, wie viel Kraft ihr wohl noch verblieben war. Reichte es für einen allerletzten Hilfeschrei?

64. Kapitel

Taylor Wyatt war für ein Wochenende in das Loch gestiegen, ausgerüstet mit einem Laib Brot, drei Litern Wasser und einer Bibel. Der Wasservorrat an sich hätte dicke gereicht, vorausgesetzt, die Greenes wären am Sonntagabend gekommen, um ihn abzuholen. Waren sie aber nicht, und deshalb war die Lage für Taylor am folgenden Donnerstag vermutlich schon verzweifelt. Bestimmt hatte er um Hilfe gerufen. Geweint. Vielleicht auch gebetet.

Paige war vor acht Tagen verschwunden. Falls Mercer ihr kein Wasser gegeben hatte, war sie bereits tot. Doch Carolyn hatte so eine Ahnung, dass der Millionär bei seinem Rachefeldzug buchstabengetreu dem alttestamentarischen Credo folgte. Wie Taylor hatte auch Paige gewiss einen Krug Wasser bekommen. Der hätte jedoch allerhöchstens bis Freitagabend gereicht, selbst bei sorgfältiger Einteilung. Heute war Dienstag.

Falls Paige sich nicht in dem Refugium des Millionärs auf Signal Hill befand, musste Carolyn einen telegrafischen Durchsuchungsbeschluss beantragen, der es der Polizei in Palo Alto ermöglichte, Wyatts dortige Behausungen zu durchsuchen. Dennoch: je näher sie dem »Adlerhorst« kam, desto überzeugter war sie, dass ihr Instinkt sie nicht trog. Paige war hier.

Instinkt? Sie konnte förmlich im Geiste hören, wie ihr vorgesetzter Lieutenant abfällig knurrte. *Wie bitte? Sie sind da rauf? Auf eigene Faust? Wegen Ihres Instinkts?* Spätestens morgen Früh konnte sie wohl alle Hoffnung auf Beförderung begraben. Karriere vermasselt, Gesundheit im Eimer, Ehe kaputt. Drei Volltreffer.

Dann stand sie unter einem gleißenden Lichtkranz auf dem Podest vor Mercers Portal und spähte durch gläserne Flügeltüren in ein Foyer mit einem großen Saal dahinter. Von dort aus verzweigte sich das Haus in symmetrische Flügel. Rechts lagen eine offene Küche und ein Essbereich, nach links ging es vermutlich in den Schlaftrakt. Bewegung war nirgendwo zu entdecken.

Sie betätigte den Klingelknopf. Ein Glockenton wie von einer Kathedrale hallte durch die stille Nacht. Als niemand kam, pochte Carolyn an die Scheibe und wartete. Sie drückte die massive Bronzeklinke, aber die Tür war verschlossen. Zwar hätte sie mit Leichtigkeit eine der Glasscheiben einschlagen und dann eindringen können, doch wieder meldete sich die mahnende Stimme ihres Chefs. *Sie brauchen eine Begründung für ein Eindringen! Vergessen? Stichhaltige Gründe! Was hat Sie zu der Annahme veranlasst, Wyatt halte die Rowan gegen ihren Willen in seinem Haus fest? Gab es Anzeichen für eine Straftat? Für Gefahr im Verzug?*

So leicht würde Wyatt es ihr nicht machen. Paiges Handtasche im Eingang, ihre Jacke über einer Stuhllehne – weder war zu erwarten, dass solche Hinweise für jedermann sichtbar herumlagen, noch dass der Millionär mit reuiger Miene die Tür aufmachte, um sein Gewissen zu erleichtern. Seit in der Zeitung gestanden hatte, welche Art von Verletzung der Tote in dem Bunker aufwies, plante Wyatt diese Verschleppung. Möglicherweise sogar schon länger.

Falls sich herausstellte, dass er jetzt oben unter der Dusche stand oder – noch besser! – Damenbesuch hatte, waren Carolyns Tage als Polizistin gezählt. Der Millionär würde ihr mit Behagen eine Dienstaufsichtsbeschwerde anhängen, und die McBride durfte sich auf ihren nächsten Knüller für die Titelseite freuen. Es gab Schlimmeres. Beispielsweise, dass Paige möglicherweise irgendwo in dem Haus steckte, tot oder im Sterben liegend. Oder dass eine Polizistin zaudernd vor der Tür stand und Angst vor der eigenen Courage bekam.

Vom Portal aus ließ sie den Blick über das dunkle Anwesen schweifen, Ausschau haltend nach den schon lang ersehnten Strahlen von Autoscheinwerfern. Immer noch keine Spur, weder von Ziggy noch von anrückenden Einsatzwagen. Die Verstärkung verspätete sich. Da galt es, keine Sekunde mehr zu zögern.

Quer über die Terrasse huschte sie zur rechten Seite der Villa, bog um eine fliegengeschützte Veranda, umrundete eine aus Findlingen bestehende Halbinsel und schlich sich, immer der Küchenwand folgend, zu einem Seiteneingang. Zwei urige Außenlaternen flankierten eine massive Tür mit einem bogenförmigen Vordach, das auf mit Flusssteinen verzierten Pfeilern ruhte. Oberhalb dieses Überbaus zählte Carolyn vier Fenster, vermutlich Teil des Brückenganges, der das Obergeschoss der Villa mit den Gästezimmern verband. Die Fenster waren dunkel. Eine breite Dreifachgarage erstreckte sich zur Rechten bis hin zu einem hohen Zederngehölz. Über der mittig angebrachten Garageneinfahrt erhob sich ein spitzwinkeliges Satteldach – die Gästesuite.

Mit der stimmte etwas nicht. Eigentlich hätte in der V-förmigen Giebelseite ein Fenster sein müssen. Platz war reichlich vorhanden. Auch ein Balkon nebst Balkontür hätte dem Baustil der Villa nicht widersprochen. Stattdessen eine massive Bohlenwand. Das ging nicht mit rechten Dingen zu.

Leise betrat Carolyn das mit Steinplatten gepflasterte Treppenpodest. Diesmal brauchte sie nicht zu klopfen. Als sie die Klinke probierte, ging die Tür auf. An der Wand rechts von ihr befand sich ein Sicherheitsschließsystem, doch aus dem Lautsprecher quäkte keine monotone Anweisung für das Ausschalten der Einbruchssicherung. Sie war überhaupt nicht eingeschaltet.

Carolyn gelangte in eine lange Galerie, erhellt von einer trüben Deckenleuchte, die an wuchtigen, roh behauenen Querbalken hing. Eine alte Kirchenbank aus Kiefernholz stand an der Wand, daneben ein Paar schwarze Gummistiefel. An beiden Enden des Gangs befanden sich identische, bogenförmige Durchlässe mit gläsernen Flügeltüren, von denen die linke ins Haupthaus, die rechte in die Garage führte. Auf Zehenspitzen tappte Carolyn erst nach links und spähte noch einmal in die Küche des Millionärs, um zu sehen, ob sich dort etwas tat. Nichts wies darauf hin, dass die Küche in jüngster Zeit benutzt worden wäre – kein schmutziges Geschirr auf dem Tresen, kein abgezogener Elektrokessel, kein abkühlender Kochtopf, der darauf wartete, in den Geschirrspüler zu wandern. Der Fußboden war wie geleckt. Die Edelstahlgeräte blitzten.

Sie machte kehrt und probierte die in die Garage führende Tür, die sich auf Anhieb öffnete. Beim Eintreten bemerkte Paige den schwarzen Edelkombi des Hausherrn. Hatte er Paige darin verschleppt? Carolyn leuchtete mit der Lampe hinein, ließ den Strahl über die Ledersitze schweifen, über den üppigen Teppichboden und die Mittelkonsole. Doch so angestrengt sie auch suchte – kein verräterischer Ohrring, kein Frauenhaar, kein Anzeichen eines Kampfes. Bis auf die Nobelkarosse und ein paar an der Wand hängende Gartengeräte war die Garage leer.

Vielleicht war Wyatt gar nicht zu Hause! Durchaus möglich, dass er einen anderen Wagen genommen hatte und in die Stadt gefahren war. Eventuell spazierte er auch um den Hügel und schnappte noch eine Prise frischer Abendluft. Möglich, dass er das Licht absichtlich angelassen hatte, um Einbrecher abzuschrecken. Damit es bewohnt aussah.

Nein. Wäre er bange vor Einbrechern gewesen, hätte er die Nebentür abgesperrt. Und das Alarmsystem eingeschaltet.

Aber möglicherweise schnüffelte er unten am Fuße des Hügels herum und rätselte, wem das dort abgestellte Auto gehörte. Ob er wohl schon im Eiltempo den Hügel hochkam, um der Sache auf den Grund zu gehen?

In einem Winkel der Garage, gleich vor dem Nobel-Jeep, führte eine Betontreppe nach oben. Ohne zu zögern nahm Carolyn sie in Angriff. Verstärkung muss jeden Moment eintreffen, redete sie sich ein.

Dann blieb keine Zeit mehr zum Überlegen. Sie hatte ihren triftigen Grund für einen Zutritt gefunden. Oben auf der obersten Stufe, wie auf die Seite gefallen, lag ein Damenlaufschuh, und als Carolyn die Tür einen Spaltbreit öffnete, sah sie, dass das Licht im Durchgang brannte. Es war also jemand im Hause, entweder Wyatt oder eine andere Person.

Sie zog ihre Dienstwaffe und merkte, wie ihr Puls schlagartig hochschnellte, als schalte er in eine höhere Drehzahl. Kein Mensch, bei dem es etwas zu holen gab, ließ sämtliche Türen unverschlossen. Außerdem wäre Wyatt, zumal er Paige inzwischen acht Tage in seiner Gewalt hatte, nie und nimmer so schlampig gewesen, den Joggingschuh für jedermann sichtbar auf der Treppe liegen zu lassen. Er spielte Katz und Maus mit ihr, warf ihr einen Brosamen hin, einen Köder. Eine Falle. EINE FALLE! Ein abgekartetes Spiel, ganz ohne Frage. Was nur heißen konnte, dass Paige irgendwo hier drinnen war.

Unschlüssig verharrte Carolyn am Eingang zur Brücke, einem von Fenstern gesäumten Durchgang, der das Haus mit dem Gästetrakt verband. Die Fingerspitzen eiskalt, doch ansonsten schon schweißgebadet, versuchte sie, ihren Atmen unter Kontrolle zu bekommen. Als sie schließlich den Kopf vorsichtig um den Durchlass steckte, sah sie, dass der Korridor verwaist war. Der helle Schein einer wattstarken Deckenleuchte fiel auf das gegenüberliegende Ende des Ganges – das Dachstudio über der Großgarage. Jetzt aber wanderte Carolyns Blick nach rechts, angezogen von einer schweren Eichentür. Das Holz war von erheblich dunklerem Ton als die übrigen Türen, die sie in der Villa bislang gesehen hatte. Ein hässliches, unheilvoll wirkendes Ding, das mit den schweren, schwarzen Eisenscharnieren und der zerschrammten Oberfläche eher zu einem Kerker gepasst hätte als zum traumhaften Flair von Wyatts Refugium.

Etwa auf Augenhöhe und an Scharnieren befestigt befand sich eine kleine Klappe. Ein Guckloch? Was gab es dahinter zu sehen? Eines stand fest: Egal, wer das Haus entworfen haben mochte – ein solch hässliches Monstrum wie diese Tür hätte sich kein Architekt einfallen lassen. Die musste Wyatt aus ganz persönlichen Gründen angeschafft haben. Aus Gründen, bei denen sich Carolyn die Nackenhaare sträubten. Vorsichtig wandte sie sich um, blickte noch einmal die Treppe hinunter und dann wieder hinüber zum Dachapartment. Vielleicht war ja doch noch Zeit! Vielleicht wanderte Wyatt tatsächlich noch um den Hügel und wunderte sich über den Kombi, der unten bei seinem Briefkasten stand. Möglich auch, dass er in diesem Moment die Polizei alarmierte und einen Einbuch meldete. Fünf Minuten. Mehr brauchte sie nicht. Durch die Klappe gucken. Ob Paige dahinter war. Falls ja, sofortige Rettung. Falls nicht, kehrt Marsch und nichts wie weg!

Die Waffe im Anschlag, pirschte sie auf die Tür zu, geduckt und immer unter den Fensterbänken, damit Wyatt, falls er sich draußen aufhielt, sie nicht sehen konnte. Ihr mittlerweile hämmerndes Herz sagte ihr aber, dass dem nicht so war. Weiterhin in gebückter Haltung, wirbelte sie herum und blickte nach hinten, als erwarte sie jeden Moment, dass vom anderen Ende des Ganges ein kreischender Irrer auf sie losgehen könnte. An der Tür angelangt, drehte sie sich ein letztes Mal um, den Lauf ihrer Glock schussbereit über dem linken Unterarm. Dann richtete sie sich auf und öffnete die Klappe. Als sie mit ihrer Taschenlampe hineinleuchtete, musste sie sich fest auf die Lippen beißen, sonst hätte sie laut aufgeschluchzt.

Der Gestank menschlicher Exkremente, der durch das kleine Viereck drang, verschlug ihr schier den Atem. Paige lag auf einer Matratze, reglos, leichenblass, als wäre sie schon tot. Nein. Das wollte Carolyn nicht glauben. So durfte es nicht enden.

Sie rüttelte an der Klinke, flüsterte Paige zu, sie müsse durchhalten, sei nun in Sicherheit, Hilfe sei schon im Anmarsch. Dann spürte sie einen Schlag, einen Stoß wie von einer kalten, harten Faust mitten in den Rücken. Nein, keine Faust. Und plötzlich auch nicht mehr kalt. Heiß. Wie ein Schweißbrenner. Sengend heiß wie ein Feuerofen. Gott, tat das weh! Die Knie wurden ihr weich; sie sackte zusammen, wälzte sich auf die Seite. Am Ende des Ganges stand Mercer Wyatt. Ein Lächeln lag auf seinem Gesicht, und in der Hand hielt er einen Revolver.

65. Kapitel

Carolyn hasste Rummelplätze, Jahrmärkte und Freizeitparks. Sie waren ihr ein Gräuel mit ihren fettig-süßen Gerüchen, dem klebrigen Pflaster und dem Luftgewehrgeknatter auf laufende Keiler und ähnlich dämliche Zielscheiben, auf die Möchtegern-Scharfschützen um die Wette ballerten, um ihren Angebeteten kitschige Plastikrosen verehren zu können. Wieso ging ihr das jetzt durch den Kopf? Benommen. Benebelt. Kurz vor dem Filmriss.

Am Ende des Ganges hob Mercer Wyatt die Waffe. Carolyn kauerte vor der Kerkertür, ausweglos und ohne Deckung, ein leichtes Ziel, der lange Korridor einer Schießbude gleich. Ach so, daher der Vergleich mit der Kirmes! Er drückte ab und traf sie in die rechte Schulter. Wieder jagte der Schmerz durch ihr Fleisch wie ein Feuerpfeil.

Sie erwiderte das Feuer, doch Wyatt verschwand hinter dem Mauervorsprung. Sie wusste, er lauerte dort, bis er sicher sein konnte, dass sie kampfunfähig war und ihm nicht mehr gefährlich werden konnte. Ihre Schulter blutete. Sonst aber nichts, wie ihr ein Blick auf die Magengegend verriet. Keine Austrittswunde. Kein Blut. Das Projektil war wohl im Rücken eingedrungen, an einem Knochen abgeprallt und im Körper stecken geblieben. Schlecht. Innere Blutung. Infektion. Da konnte sie gleich eine Münze werfen und wetten, woran sie zuerst draufging.

Weder hatte sie aber die Absicht, sich tatenlos in ihr Schicksal zu fügen, noch wollte sie Wyatt die Gelegenheit bieten, ihr den Schädel wegzublasen. Es gab eine einzige Deckung, und die lag hinter ihr. Kein schlechter Anreiz für überlegtes Handeln, oder?

Für den Bruchteil einer Sekunde riss sie den Blick vom hinteren Ende des Korridors los und visierte den Türriegel an. Ein Auge zum Zielen geschlossen, hob sie mit ihrer wackligen Linken die Glock, stabilisierte die Waffe mit dem fast unbrauchbaren rechten Arm und feuerte auf den Riegel. Genau in dem Moment, als wieder der scharfe Knall eines Revolverschusses durch den Gang peitschte, warf Carolyn sich taumelnd durch die nun offene Tür in den Speicher.

Mehr tot als lebendig, einem Zombie gleich, hatte sich Paige inzwischen mit letzter Kraft aufgerafft. Zoll für Zoll robbte sie über den Fußboden zur gegenüberliegenden linken Speicherseite, wobei sie klugerweise den Eingang mied und sich so aus der Schusslinie hielt. Teils auf den Knien, teils auch im Entengang, der Körper ein einziges schmerzendes Brennen, schob sich Carolyn auf sie zu.

»Getroffen …«, wisperte Paige, die Stimme wie ein krächzendes Todesröcheln. Mit zitterndem Zeigefinger wies sie auf Carolyns Schulter. »Du … blutest …«

»Fleischwunde«, murmelte Carolyn, die sich kaum traute, in jene eingesunkenen Augen zu sehen, auf das eingefallene Kinn. Paiges Atemzüge waren gehetzt und tief. Offenbar stand es schlimm um sie. *Jetzt nicht daran denken!*

Mit schmerzverzerrtem Gesicht hockte sich Carolyn auf den Boden. Verdammt, tat das Atemholen weh! Der erste Schuss musste die Lunge durchschlagen haben. Im Augenblick war das indes ihre geringste Sorge. »Er kommt, Paige! Jeden Moment. Ich brauche deine Hilfe!«

Ein Blinzeln der blicklosen Augen. »Was … machen?«

Ein Knie vor die Brust gezogen, setzte sich Carolyn in Schussposition, Paige rechts von ihr, beide unweit der Tür. »Mein Schussarm ist hin. Pack meine Hand!«

Das Griffstück der Glock mit beiden Händen umfassend, stützte sie ihre Handgelenke auf das angewinkelte Knie. Der Schmerz zuckte ihr durch den Arm wie ein glühendes Eisen, übertroffen nur von einem rasenden Brennen in ihrem Rücken, das nach und nach den ganzen Körper erfasste, als stünde er regelrecht in Flammen.

»Leg deine Hand dicht über meine!«, flüsterte sie. »Zeigefinger lang, pass auf, genau so!« Sie spürte Paiges kraftlosen Griff, danach von unten die andere Hand.

»Zittern ... wackelig ...«

»Spar deine Kraft! Wenn er durch die Tür kommt, hier abdrücken, immer wieder. Wir knallen das Schwein ab! Hauen das ganze Magazin raus, wenn's sein muss.«

Sie warteten. Horchten auf Schritte. Auf das Knarren von Bodendielen. Auf irgendeine Zeichen, dass das Scheusal im Anmarsch war. Das Haus war still.

Im schlimmsten Falle tat Wyatt gar nichts, sondern wartete seelenruhig ab, bis Carolyn verblutet war. Paige würde er einfach verrecken lassen. Das Zweitschlimmste: Sein Wartespielchen. Er wusste ja, irgendwann musste Carolyn aus der Deckung heraus. Dann gab sie wieder die ideale Zielscheibe ab. Dann konnte er sie vom Ende des Korridors aus mit Leichtigkeit abschießen. Wie auf dem Schießstand.

Ein Organisationstalent wie Wyatt war ein teuflischer Gegner, doch das gegenwärtige Szenario kam in seinem Plan nicht vor. Lange konnte er nicht untätig bleiben, und davon war auch nicht auszugehen. Er würde kommen und nach der Matratze sehen wollen. Die beiden mussten ausharren. Solange es eben ging.

Endlos scheinende Minuten verstrichen. Carolyn blutete. Paige kam dem Tode immer näher. Gemeinsam hielten sie die Pistole umklammert.

Carolyn starrte auf die gut zwei Meter entfernten Scharniere. Sie waren so angeschraubt, dass die Tür beim Aufstoßen nach innen schwingen musste, genau auf die beiden Frauen zu. Fast schien es, als bewege sie sich schon etwas, doch es war bloß Einbildung, ausgelöst durch Benommenheit und Blutverlust. Blut, das aus ihrer Schulterwunde rann. Und innerlich noch mehr. Ihr war, als spüre sie am eigenen Handgelenk Paiges flachen Puls, doch eigentlich konnte das gar nicht sein. Sie hatte ja kaum ein Gefühl für die Waffe in der Hand.

Schlagartig herrschte Grabesstille im Raum. Paige hielt den Atem an. Die Tür flog auf, und da stand Wyatt. Den Revolver im Anschlag, blickte er geradeaus. Die Frauen kauerten am Boden, links unterhalb von ihm.

Schieß, Paige! Halt drauf, verflucht! Drück ab!

Ihr war, als explodiere die Luft in einem ohrenbetäubenden Knall. Wyatt stieß einen Wutschrei aus und wirbelte herum. Wieder spürte Carolyn den Druck von Paiges Zeigefinger; abermals brach ein Schuss, und diesmal traf er sein Ziel. Der Millionär ging zu Boden und hielt sich das Bein. Erstklassige Teamarbeit!

Noch hatte Wyatt die Waffe. Carolyn bog das Knie zur Seite und zielte flüchtig. »Los, noch einen!«, drängte sie.

Paige betätigte den Abzug. Das Geschoss fetzte dem Millionär durch die Hand und hinterließ ein gezacktes Loch. Wyatts Revolver polterte zu Boden. Vom Gang her dröhnte dumpfes Getrappel, als würde das Gebäude von einer ganzen Armee gestürmt. Nur verschwommen erlebte Carolyn das nun folgende Tohuwabohu mit, ein Durcheinander aus wunderbaren Geräuschen – das metallische Klicken von Handschellen, das Geleier der Rechtsbelehrung, zuletzt noch Ziggy Takacs mit einem kräftigen »Ja, leck mich doch einer am Arsch!«.

»Ich muss doch sehr bitten, Kollege«, ächzte Carolyn schwer atmend, »du bist hier unter Damen!«

Im Krankenwagen sprach sie mit dem Rettungssanitäter,

der die Blutung an ihrer Schulter zu stillen versuchte. »Wenn wir im Spital sind, sagen Sie dem Chirurgen, er soll bei der Gelegenheit gleich nach meinem Bandscheibenvorfall gucken. Er stochert mir ja sowieso im Kreuz herum.«

»Alles klar, Detective.«

»Aber vorher kümmert er sich um meine Freundin hier. Auf die kommt's an!« Mit dem Kopf wies sie auf Paige, die man an ein Gewirr aus Röhren und Schläuchen angeschlossen hatte. »Sie schafft es, kapiert? Sie kommt durch!«

66. Kapitel

In manchen medizinischen Kreisen ist es als »Goldene Stunde« bekannt, jenes entscheidende sechzigminütige Zeitfenster, in welchem ein Team aus erstklassigen Traumachirurgen den durch eine Schusswunde angerichteten Schaden lokalisiert und zu beheben versucht. Für Carolyn begann die Uhr in dem Moment zu ticken, als das 9-Millimeter-Geschoss aus Mercer Wyatts Revolver durch ihren Rücken jagte, haarscharf links an der Wirbelsäule vorbei.

Als sie auf einer Patientenliege in die Notaufnahme gerollt wurde, standen der Chefarzt und ein Traumaspezialist schon in grünen OP-Overalls bereit. Nachdem ein Sanitäter den versammelten Krankenschwestern, Technikern und Ärzten den Zustand ihrer lebenswichtigen Funktionen beschrieben hatte, setzte sich die medizinische Maschinerie in Windeseile in Gang: Blutproben wurden zwecks Abgleich genommen, Infusionsschläuche angelegt, Röntgenaufnahmen gemacht, um Knochenverletzungen aufzuspüren, die möglicherweise Aufschluss über Schusskanal und den Weg des Geschosses geben konnten. Die Ärzte wälzten Carolyn wie einen Baumstamm um die eigene Achse und schauten unter die Verbände, um die Schwere ihrer Verletzungen zu bewerten.

Sobald die Blutungen gestillt waren und feststand, dass Carolyns Atemwege frei waren, stand die nächste Herausforderung an: die OP und das Überleben der Operation. Massive Eingriffe waren erforderlich, um zu bestimmen, welchen Schaden das Projektil angerichtet hatte, wie etwa erheblichen Blutverlust, der einen jähen Abfall der Körpertemperatur sowie

Herzrhythmusstörungen auslösen konnte. Carolyn war noch nicht über den Berg, noch lange nicht.

Man packte sie in eine elektrische Wärmedecke, ein wie eine Luftmatratze aufgeblasenes Kissen, durch das warme Luft zirkulierte. Dann begann das Ärzteteam mit der Schadensanalyse und der Suche nach lebensbedrohenden Verletzungen. Danach wurde sie vernäht und durfte sich erholen. Am nächsten Tag wollte man noch einmal operieren, vorausgesetzt, sie war stabil genug.

Joshua klammerte sich zwar noch immer an seinen Rosenkranz, hatte aber vor sieben »Gegrüßet seist du, Maria« aufgehört, sich auf die Gebetsperlen zu verlassen. Inzwischen kam sein Flehen aus tiefstem Herzen – zusammenhanglose Stoßgebete, die ihm wie unzählige Flipperkugeln kreuz und quer durch den Kopf schossen.

O Gott in deiner himmlischen Gnade, gib, dass sie beide gesund werden. Nenn mir deinen Preis; du weißt, ich bin kreditwürdig.

Flehend. Zerknirscht. Dann Zorn, der sich trotz aller Abwehrbemühungen in Joshua festsetzte. Die Finger krampften sich um den Rosenkranz.

Warum musste das geschehen? Keine von beiden hat dies verdient! Und überdies: Wie konntest du zulassen, dass ich mich wie der letzte Arsch benehme?

»Bloß keine Panik, Josh«, hatte Carolyn gemurmelt, als sie vor einer Stunde auf der Rolltrage an ihm vorübergeschoben wurde. »Die gucken sich das nur mal an. Schütteln mich ein paar Mal durch, dann bin ich wieder da und kann dir die Revolverkugel auf den Teller legen.«

Blass war sie gewesen, kurzatmig, die Kleidung blutverschmiert. Bei dem Anblick hatte er sich nicht mehr halten können. Da waren ihm die Tränen gekommen, und er konnte sie nicht mal rechtzeitig abwischen.

»Nun mach mir bloß nicht schlapp, Bruderherz. Du musst mich doch nachher bemuttern. Glaub bloß nicht, dass ich das nicht nach Strich und Faden ausnutze!« Sie lächelte schief und gezwungen und verschwand dann durch eine zweiflügelige Schwingtür im OP.

Er spürte ein heißen Brennen im Leib, als hätte er selbst einen Schuss abbekommen. Die Hände auf die brennende Stelle gepresst, wünschte er stumm, er könne Carolyns Schmerzen auf sich selbst übertragen.

Gib sie mir bald wieder, und zwar so gut wie neu, ja, lieber Gott?

Er bemühte sich, positiv zu denken, doch angesichts seines Schwagers, der über den Korridor auf ihn zugeeilt kam, war das vergebene Liebesmüh. Um elf Uhr abends lief Carolyns Ex in spe noch immer in seiner Wichtigtuermontur herum – dunkelblauer Anzug, gestreiftes Hemd, rote Powerkrawatte, blitzblanke Schuhe, perfekte Frisur.

»Hab die Nachricht im Restaurant gekriegt«, keuchte er. »Was ist denn eigentlich los, verdammt noch mal? Irgendwas mit Carolyn?«

Joshuas blieb die Spucke weg. Seine Schwester hatte für die Rettung von Paige Kopf und Kragen riskiert, und Gregg diniert derweil fürstlich im teuersten Fresslokal am Ort? Am liebsten hätte er seinem Schwager in den edel betuchten Hintern getreten. »Sie wurde angeschossen. Zwei Mal. In Schulter und Magengegend. Wird gerade operiert. Was suchst du hier?«

»Ja hallo?«, ächzte Gregg, hob die Hand zur Schläfe und schnippte mit den Fingern. »Bin ich vielleicht der Mann? Der nächste Verwandte?«

Teilweise bestand Greggs Charme in seinem Talent, andere wie Volltrottel erscheinen zu lassen. Bei Carolyn hatte er diese reizende Kunst bis zur Meisterschaft verfeinert. Joshua fragte sich, wieso sie diesem Blödmann nicht schon vor Jahren den Stuhl vor die Tür gesetzt hatte. »Nicht mehr lange, wenn ich das richtig sehe. Zumal du ja Vaterfreuden entgegensiehst. Wo du Carolyn immer weismachen wolltest, die Zeit wäre nicht reif für ein Kind.«

»Also, jetzt hör aber mal ...«

»Nichts da, Gregg.« Joshua schluckte seinen Zorn hinunter und verkniff sich den ansonsten nachvollziehbaren Wunsch nach dem Tritt in den Allerwertesten. »Wenn hier einer zuhört, dann du, und ich werde mich möglichst klar ausdrücken. Du bist derjenige, der von der Fahne gegangen ist; jetzt sieh zu, wie du fertig wirst. Carolyn braucht dich nicht mehr.«

Gregg verkniff die Lippen. »Sieh mal, ich weiß, ihr steht euch nahe, deine Schwester und du; versteht sich, dass du ihr die Stange hältst. Aber wenn 'ne Ehe in die Brüche geht, sind immer zwei beteiligt.«

»Jawohl, stimmt genau! Wenn ich mich nicht verrechnet habe, sind das du ...« – er reckte einen Finger in die Luft – »... und deine neue Flamme!« Der zweite Finger ging hoch.

»Da war doch alles schon längst den Bach ...«

Jetzt hob Joshua die ganze Hand. »Spar dir das für den Scheidungsrichter, Herr Advokat. Ich habe für so was keine Zeit. Muss nämlich nach Paige sehen.« Mit diesen Worte ließ er seinen Schwager stehen.

»Sag Carolyn aber, ich wäre hier gewesen!«, rief der ihm noch nach.

»Das richtet sie ganz bestimmt auf!«, konterte Joshua, ohne sich dabei umzudrehen.

Inzwischen hatten die Rosenkranzperlen schon ovale Dellen in seine Finger gedrückt. Er lockerte den Griff und beugte sich über Paige. Mit der freien Hand glättete er ihre Bettdecke, wischte ihr eine Strähne aus der Stirn, liebkoste ihre Wange.

»Mach schon, Paige!«, flüsterte er, die Lippen dicht an ihrem Ohr. »Parker und ich, wir brauchen dich. Wenn du aufwachst, werde ich auch nie wieder so ein Knallkopf sein, das verspreche ich dir. Ich habe mit dem alten Herrn da oben Zwiesprache gehalten; wir wissen jetzt, was Sache ist. Also, komm zurück, ja?«

Er küsste sie sanft auf Stirn und Lippen, horchte auf ein Stöhnen, hielt Ausschau nach einem Zucken hinter den geschlossenen Lidern. Es tat sich nichts. Nur ihre leisen Atemzüge waren zu hören. Vorsichtig, um nicht gegen den Tropf zu stoßen, setzte er sich auf den Besucherstuhl.

Er hatte sich vorher schon mit dem Arzt unterhalten. Bei der Einlieferung war Paige in einem besorgniserregenden Zustand gewesen. Ihre Augen lagen tief in den Höhlen, der Puls ging flach, der Blutdruck war im Keller, die Patientin lethargisch und mehrmals einer Ohnmacht nahe. Der Arzt sagte etwas von abnormen Hautschwellungen: Wenn man in die Haut kniff, stülpte sie sich zeltartig hoch und straffte sich erst nach unwahrscheinlich langer Zeit. Man hatte Paige unverzüglich eine Kochsalz- und Plasmainfusion verordnet, um ihr Blutvolumen aufzufrischen. Der Elektrolythaushalt wurde streng überwacht. Darüber hinaus hatte der ernste Mediziner wenig zu bieten. »Bleiben Sie still bei ihr sitzen«, riet er Joshua. »Von mir aus beten Sie, wenn Sie sich was davon versprechen.«

Eine hellblau uniformierte Schwester betrat das Zimmer. Ihr rabenschwarzes Haar war zu Dutzenden winziger Zöpfchen geflochten, an denen unzählige pastellfarbene Kügelchen baumelten. Sie maß Blutdruck und Temperatur und überprüfte den Infusionstropf.

»Sie schläft die ganze Zeit!«, flüsterte Joshua. »Ist das denn normal?«

»Hat viel mitgemacht, das Mädel«, gab die Schwester in unverkennbar karibischem Singsang zurück. »Da ist Schlaf genau das Richtige. Keine Sorge. Blutdruck gut, Temperatur auch. Trotzdem, bleiben Sie ruhig hier. Wenn sie aufwacht, fangen wir mit oraler Rehydration an, damit sie den blöden Tropf loswird. Sie können sie füttern. Bisschen Pudding oder Milchreis.«

Wirf mir den Rettungsring zu!, dachte er. Gib mir was zum Festhalten! »Alles okay mit ihr?«, fragte er nochmals.

»Höchstens achtundvierzig Stunden, dann ist sie wieder putzmunter.« Die Schwester tätschelte ihm die Schulter. »Nicht ohne, die Kleine! Der Polizistin dabei zu helfen, diesen Verbrecher von Millionär umzunieten! Ungewöhnlich!«

»Aber hallo!«, bekräftigte Joshua. »Sie ist echt was Besonderes.«

67. Kapitel

Als am Freitag, dem 13. Oktober das Atelier Bissonette eröffnet wurde, fielen die Kritiken unterschiedlich aus. Der Kulturredakteur des *Examiner*, stets eifrig bestrebt, einheimische Talente zu fördern, bezeichnete die Galerie als »aufregend«, die Arbeiten des Künstlers als »innovativ, ausgefallen und aufrüttelnd«. Kritiker aus der weiteren Umgebung gingen mit Lobeshymnen weniger verschwenderisch um, wobei einer die ausgestellten Werke als »banal, fade und nicht mal den Bilderrahmen wert« einstufte. Als er Paige zwei Tage nach der Eröffnungsfeier auf der Straße begegnete, zählte Nicholas ihr die positiven Kommentare im Wortlaut auf. Die Galerie werde schon laufen, so seine Überzeugung, zumindest wenn man nach der Zahl der Besucher bei der Eröffnung ging. Er könne sogar, so behauptete er, einen dampfenden Scheißhaufen auf ein Podest stellen und an den Mann bringen. Weder fand Paige das sonderlich komisch, noch ließ sie sich von ihm einladen, sei es zum Dinner, zu einem Drink oder zu einer Spritztour in seinem Porsche. Das werde sie sicher bald anders sehen, meinte er; sie müsse erst über den Schock ihres Leidensweges hinweg. Sie ließ ihn wortlos stehen und fragte sich, wie viele Begegnungen sie wohl noch über sich ergehen lassen musste, bis Nicholas sie endlich in Ruhe ließ.

Die Antwort erhielt sie einige Tage später, als sie nach Ladenschluss über die Straße zu ihrem Einstellplatz eilte. Inzwischen hieß es bei Nicholas' Galerie nämlich »Atélier fermé« – Atelier geschlossen. Ein kleiner Artikel in der Abendausgabe des *Examiner* erwähnte etwas von einer Razzia in einem Wohnhaus in einer ruhigen Mittelschichtsiedlung. Nicholas' »Panikraum« entpuppte sich als pharmazeutisches Warenlager, wo alle erdenklichen Rauschmittel gehortet wurden, von Partydrogen bis hin zu Heroin. Nun musste er also Haus und Porsche versilbern, um seine horrenden Anwaltshonorare bezahlen zu können.

Wenngleich Paige heilfroh war über den herbstlich bedingten Betrieb im Laden, lag ihr doch sehr daran, nach Feierabend schnellstmöglich nach Hause zu kommen. Carolyn hatte für die Dauer ihrer Genesung das Gästezimmer in Paiges Blockhaus bezogen, und Paige ließ sie nur ungern länger als nötig allein. Die Polizistin machte gute Fortschritte und wappnete sich schon für die rigorose Physiotherapie, die ihr zur Wiederherstellung ihres Armes in den nächsten Monaten bevorstand. Zurzeit ermüdete sie allerdings noch schnell und geriet rasch aus der Puste, wenn sie sich übernahm. Nach Hause mochte sie nicht zurück; sie hatte bereits beschlossen, das Haus zu veräußern, denn dort, so behauptete sie in einer esoterischen Anwandlung, herrsche noch schlechtes Karma, hervorgerufen durch Greggs vergiftete Aura. Ihr Mann hatte ihr einen Blumenstrauß in die Klinik geschickt, kombiniert mit einer witzigen Genesungskarte. Die pfirsichfarbenen Rosen, an sich ihre Lieblingsblumen, hatte Carolyn an ihre Bettnachbarin weitergegeben. »Ihnen tun die vielleicht gut«, hatte sie der Frau gesagt, die gerade eine Totaloperation hinter sich hatte. »Mir kein bisschen.«

Für Paige war es selbstverständlich gewesen, Carolyn das Gästezimmer anzubieten. Joshuas Schwester hatte ihr das Leben gerettet. Gegen alle polizeiliche Vernunft war sie ihrem Instinkt gefolgt, jener unbestimmten Ahnung, dass mit dem »Adlerhorst« etwas faul war. Zugleich machte sie es durch den Bezug des Gästezimmers ihrem Bruder leichter, sich um die beiden Frauen zu kümmern. Inzwischen verbrachte er die meiste außerdienstliche Zeit in Paiges Blockhaus, wo er seine Schwester bemutterte und seine Beziehung zu Paige erneuerte. Beides gelang ihm ganz ordentlich.

Mit ihrer Megastory über die Festnahme von Mercer Wyatt hatte Fallon McBride den nächsten Knüller gelandet. Der Millionär erholte sich zwar ebenfalls von seinen Schussverletzungen, aber nicht annähernd so erfolgreich wie Carolyn. Seine rechte Hand war so gut wie unbrauchbar, und das erste Projektil aus Carolyns Waffe hatte einen Schauer aus Knochensplittern durch sein Bein gejagt. An sich keine lebensbedrohliche Verletzung, doch zeigte sich, dass auch ein Oberschenkelschuss bedrohlich werden konnte. Wyatt hatte literweise Blut verloren, und ein weiterer Schlag ereilte ihn nach seiner Einlieferung in den OP: das zerschossene Bein musste amputiert werden. Das war aber erst der Anfang seines Leidensweges. Ihm stand ein Prozess wegen dreifachen Mordes bevor: an Sarah Lydell, Bettina Reid und Stuart Plumb, dem Leiter der Sicherheitsabteilung seiner Firma. Fallon McBride hatte sich schon für die Verhandlung angekündigt; Carolyn sowie Paige und Joshua würden ebenfalls zugegen sein.

Die menschlichen Überreste aus dem Luftschutzbunker wurden definitiv als die von Taylor Wyatt identifiziert und an der Seite seiner Mutter bestattet. Nur eine Hand voll Teilnehmer wohnte der Zeremonie bei – Cassie Pepper, einige Polizisten, ein paar enge Mitarbeiter des Millionärs. Die Aktien von Wyatts Unternehmen stürzten ins Bodenlose; im Nachhinein war Joshua froh, dass er beim Börsengang vor knapp sechs Jahren keine Firmenanteile erworben hatte. Andere hatten da weniger Glück.

Auch Arlen Dale widmete der *Cypress Village Examiner* einen Artikel. Dank Paiges Hinweisen konnte die Polizei den

Erstickungstod einer gewissen Tammi Jean Flowers, einer Prostituierten aus Seattle, Arlen Dale zuschreiben, der damals einen Wochenendurlaub in der Hauptstadt des Bundesstaates Washington verbracht hatte. Tammi hatte sich auf das »lila Spiel« eingelassen und verloren.

Auf Grund von Wyatts Aussagen erfuhr die Polizei, dass Stuart Plumb in Wyatts Auftrag nach seinem verschollenen Sohn gesucht hatte. Auf den Tipp hin, der Junge sei in der Umgebung von Millicent und Jerome Greene gesehen worden, flog Plumb nach Oregon, um dort die Fährte aufzunehmen. Kurz nach seiner Ankunft ließ der Privatermittler eine Anzeige in die Lokalzeitungen setzen, wonach er eine Nebenbeschäftigung suchte. Binnen weniger Tage erhielt er einen Anruf vom Eigentümer des Drachengeschäftes The Sky's the Limit. Dieser hatte den Verdacht, dass er von einem Angestellten bestohlen wurde. Plumb erklärte sich bereit, eine verdeckte Kamera nebst einem Aufnahmegerät in dem Laden zu installieren. Im Handumdrehen wurde er dadurch Zeuge einer Serie nächtlicher Telefonate mit Telefonsexagenturen, speziell mit Hostessen, die sich bereitwillig für Dales Erstickungsspielchen zur Verfügung stellten. Anscheinend konnte Dale nicht daheim anrufen; der einzige Fernsprecher befand sich im Wohnzimmer seiner Eltern.

Außerstande, seine pikanten Details für sich zu behalten, setzte Plumb seinen Chef über diese Erkenntnisse ins Bild. Der begriff auf der Stelle, wie Dale ihm nützlich sein konnte. Dale pflegte bestimmte, regelrecht rührende Gewohnheiten. Nach seinem erotischen Geflüster kehrte er jedes Mal, ehe er sich auf den Heimweg machte, auf ein Glas Rotwein in eine Kneipe ein, weil Alkohol bei ihm zu Hause tabu war. Eine zufällige Begegnung bei einem Glas Merlot bildete deshalb den Anfang einer Geheimallianz zwischen dem Millionär und dem Angestellten des Lenkdrachenladens. Im Laufe der

Wochen gab Dale immer mehr von sich preis, akzeptierte die Einladung zu einem zweiten Glas Wein, zuweilen auch einem dritten. Währenddessen gewann der Plan, der sich in Wyatts Kopf festgesetzt hatte, immer mehr an Gestalt. Arlen Dale bot Mercer das perfekten Szenario zum Verschleiern all dessen, was zu gegebener Zeit mit Paige passieren sollte: die Nachstellungen eines Serien-Killers, der Telefonhuren auflauerte. Wyatt heuchelte Verständnis für Dales abartige Neigungen und versicherte ihm, er sei deswegen noch lange kein schlechter Mensch, sondern brauche bloß den richtigen Partner, der ihm zeige, wo es langgeht. Beide Männer hatten etwas verloren, das ihnen lieb und teuer war, und obwohl Mercer sich keine großen Hoffnungen machte, seinen Sohn zu finden, versprach er doch hoch und heilig, Opal für Dale ausfindig zu machen. Er nahm Arlen unter seine Fittiche, widmete ihm die Zeit, die er seinem Jungen vorenthalten hatte.

Dann starb Bettina Reid, und Dale stellte sich auf die Hinterbeine. Als Mercer aber gleichsam wie nebenbei den Namen Tammi Jean Flowers fallen ließ, kapierte Dale, dass er bloß der Bauer in einem groß angelegten Spiel war, das er nicht mehr aufhalten konnte.

Auf Sucia Island war Arlen förmlich darauf abgerichtet, »das zu tun, was getan werden musste«, um Paige die notwendigen Informationen zu entlocken. So jedenfalls der Plan. Wyatt versprach, ihm zu helfen. Natürlich konnte Arlen nicht ahnen, dass er die Show nicht überleben sollte. Riskant, so räumte Mercer gegenüber der Polizei ein, den mutmaßlichen Serienmörder aus dem Wege zu räumen und danach Paige zu verschleppen. Aber kein Mensch wäre auf den Gedanken gekommen, den Lebensretter selbst zu verdächtigen. Da draußen liefen schließlich Verrückte zuhauf herum, und außerdem wusste ja niemand, dass Mercer die in dem Loch befindlichen Überreste seines Sohnes bereits gesehen hatte. Für den Fall, dass die Knochenreste irgendwann als die von Taylor identifiziert worden wären, hätte Mercer Wyatt den gramgebeugten Vater gespielt, so wie man es von jemandem, den eine solche Hiobsbotschaft ereilte, erwartete. Gut möglich zwar, dass eine Carolyn Latham oder ein anderer fähiger Ermittler irgendwann hinter die Sache kam, aber bis dahin wäre das Mercer völlig egal gewesen. Ihm war längst jeglicher Lebenssinn verloren gegangen. In den vergangenen vier Jahren hatte ihn nur eines aufrechterhalten: Das Ziel, Paige Rowan zu töten. Das Quälen und Umbringen von Telefonnutten stellte dafür lediglich den Auftakt dar.

Da nun der Telefongentleman hinter Gittern war, kehrten Dory und Sebastian, ebenso wie Lani, nach Cypress Village zurück. Die beiden Frauen hatten versucht, Paige anzurufen. Sie hatte die entsprechenden Nummern im Display ihres Gerätes erkannt und bislang noch nicht zurückgerufen.

Wo ist Opal?

Amber und Jasmine waren tot – wegen Opal, teilweise zumindest. Sebastian hatte in Lebensgefahr geschwebt und Paige um ein Haar den Erstickungstod erlitten – und alles nur deshalb, weil Opal sozusagen den sexuellen Auslöser eines Killers betätigt hatte. Sie hatte ihm eingeredet, er sei ein feiner Mensch, ein richtiger Kavalier. Sie hatte ihm Versprechungen gemacht, Versprechungen, die sie nie zu halten gedachte und nie hätte äußern dürfen. Sie hätte ihm sagen müssen, er sei ein erbärmliches, perverses Würstchen. Genau das hätten sie sagen müssen, und zwar alle. Jetzt musste Paige damit leben, dass sie jedes einzelne Mal, bei dem sie die abartigen Fantasien ihrer Anrufer mitgemacht hatte, bitter bereute. Wie viele andere Arlens mochten da draußen ihr Unwesen treiben und sich Szenarien einfallen lassen, die genauso schlimm waren wie die von Orson, Dales zweitem Ich? Oder noch schlimmer gar?

Nur zu gern hätte sie gewusst, welche Saat des Bösen sie da gepflanzt hatten, nur weil eine von ihnen die Tür zu einem Schattenreich der Perversitäten aufgestoßen hatte. Dabei hätte diese Tür verriegelt und verrammelt bleiben müssen. Es gab Wünsche, die besser unerfüllt blieben. Dennoch hatte jede einzelne der Frauen ihren Anrufern erlaubt, ihnen ihre geheimsten Gelüste anzuvertrauen und dabei sämtliche Hemmungen, die sie noch am Ausleben ihrer sexuellen Neigungen hinderten, über Bord zu werfen. Als Kunde brauchte man nur ausreichend Nummern anzurufen; dann bekam man auch zu hören, dass die eigenen Fantasien und Empfindungen völlig akzeptabel waren.

Immer, wenn sie sich auf diese Weise gedanklich in sich selber versenkte, wurde Paige von Scham, Angst und Verzweiflung übermannt. Die Nächte waren lang und schlaflos, selbst mit Joshua an ihrer Seite. Obwohl ihre neue Nummer nicht im öffentlichen Verzeichnis stand, fand sie das Klingeln des Telefons unerträglich, denn jedes Mal stellte sie sich die Frage, ob es einer ihrer ehemaligen Kunden war, der sie nun doch gefunden hatte.

Sie wollte ihr Tagebuch verbrennen. Carolyn stoppte sie, enthielt es doch Geschichten und Personen, aus denen man seine Lehren ziehen musste. Eigentlich, so Carolyn, hätte es Paige als Grundlage für ein Buch dienen müssen. Onkel Spence schlug in dieselbe Kerbe. »In aller Munde bist du sowieso, Engelherz. Das lässt sich nicht wegbeten. Wenn du darüber schreibst, verschwindet vielleicht etwas von dem Rätselhaften. Erzähl deine Geschichte. Die von Laurel und Seraphina auch.«

Paula Zahn bat um ein Interview. Paige hielt sie hin bis zu dem erwarteten Buchvertrag, der sechs Tage später eintraf. Ein Teil des Vorschusses sollte an Joshuas Organisation gehen.

Sie lagen nebeneinander, Paige in seine Armbeuge geschmiegt. Parker, der wohl das Ende des Nachspiels witterte, winselte leise von seinem Bettvorleger. »Na meinetwegen, du altes Hinkebein«, nuschelte Joshua, »rauf mit dir.« Wie auf ein Stichwort sprangen achtzig Kilo Lebendgewicht aufs Bett und zwängten sich zwischen das Pärchen.

»Puh!«, nörgelte Paige. »Hat der Zwiebeln gefressen?«

»Ich hab ihm was von meinem Burger abgegeben«, bekannte Joshua. »Sorry, aber ich konnte dem Dackelblick nicht widerstehen. Wahrscheinlich hab ich vergessen, ein Mundwasser nachzuschieben.«

»Kann mal wohl sagen. Übrigens, Carolyn sieht schon viel besser aus, oder?«

»Äußerlich schon. Aber wie's da drinnen aussieht – darüber muss man sich wohl oder übel seine Sorgen machen. Bestimmt ist sie tief verletzt.«

»Dafür sind wir ja da. Um ihr zu helfen, wenn sie die Krise kriegt.«

»Und was ist mit unserer Krise, Paige? Liegt die hinter uns? Wird das was aus uns?«

»Es läuft von Tag zu Tag besser. Bei uns allen. Das lässt doch hoffen, hm?«

Joshua nickte und schmiegte sich an sie. »Weißt du, ich wollte immer zu den Guten gehören. Zu erkennen, dass ich 'ne hässliche Heuchlerseite habe, das war ein schwerer Schlag für mich.«

Paige dachte an Mercer Wyatt, Arlen Dale, Nicholas Bissonette und ihre einstigen Kunden mit ihrem lüsternen Geraune. »Geh nicht so hart mit dir ins Gericht, Joshua. So hässlich ist deine hässliche Seite nicht. Wir alle haben Sachen gemacht, die uns nicht gerade zur Ehre gereichen. Ich kann ein Lied davon singen.« Sie kuschelte sich an ihn, schlang die nackten Beine um die seinen und seufzte. Allmählich fiel die Last der vergangenen Wochen von ihr ab. »Du bist einer von den Guten. Da beißt die Maus keinen Faden ab.«

Mit dieser Erkenntnis ließ sie sich endlich in einen wohligen Schlummer sinken.

Ein Mörder mit giftigen Absichten – und keiner is(s)t mehr sicher ...

Cathy Vasas-Brown
SÜSS SCHMECKT
DER TOD
Roman
480 Seiten
ISBN 978-3-404-15719-8

Die Panik geht um in dem idyllischen Künstlerort Pleasant Bay: Vier Menschen starben nach dem Verzehr von vergifteten Mandeln. Wer war der Täter? Und schlägt er noch einmal zu? Pete Szilagyi, der ermittelnde Detective, ist zunächst ratlos. Seine Pflegetochter Olivia ist als Journalistin mit dem Fall befasst und verstrickt sich immer mehr in eigene Ermittlungen. Gleichzeitig passieren merkwürdige Dinge in ihrem Umfeld – ein mysteriöser Unbekannter treibt seine makabren Streiche mit ihr und schickt ihr ein Päckchen mit blutigem Inhalt ... Als dann in einem Restaurant weitere Menschen vergiftet werden, fühlt sich Olivia immer bedrohter. Hat der Mörder es auch auf sie abgesehen?

Bastei Lübbe Taschenbuch

»Wenn Ihnen dieses Buch keine Angst macht, sollten Sie Ihren Arzt aufsuchen.«

NEW YORK TIMES

Cody Mcfadyen
DIE BLUTLINIE
Thriller
480 Seiten
ISBN 978-3-404-15853-9

Nach dem Mord an einer Freundin folgt FBI-Agentin Smoky Barrett der Fährte eines Serienkillers. Doch diese Spur ist so blutig, dass ihr ganzes Können gefragt ist. Mit jedem neuen Verbrechen reift eine erschreckende Erkenntnis: Der Mörder möchte sich einen Traum erfüllen – einen Traum, der für viele zum Albtraum werden könnte ...

Bastei Lübbe Taschenbuch